BASTEI LÜBBE

Taschenbücher von LARRY NIVEN
im BASTEI LÜBBE-Programm:

24 168 Ringwelt
24 177 Ringwelt-Ingenieure
22 111 Kinder der Ringwelt

22 082 Der schwebende Wald
24 121 Welt in den Lüften

LARRY NIVEN

GESCHICHTEN AUS DEM RINGWELT-UNIVERSUM

Ins Deutsche übertragen von
Bodo Baumann, Waltraud Götting, Joachim Körber,
Michael Kubiak, Dr. Helmut Pesch, Horst Pukallus,
Bernd Seligmann

BASTEI
LÜBBE

BASTEI-LÜBBE-TASCHENBUCH
Band 24 185

Erste Auflage:
Mai 1994

Dieser Roman ist bereits
im Jahr 1985 unter der
Bandnummer 24 064 erschienen.

Deutsche Lizenzausgabe 1985/1994
by Bastei-Verlag
Gustav H. Lübbe GmbH & Co.,
Bergisch Gladbach
Originaltitel: Tales of Known Space
Titelillustration: Arndt Drechsler
Umschlaggestaltung:
Quadro Grafik, Bensberg
Satz: Fotosatz Schell, Bad Iburg
Druck und Verarbeitung:
Brodard & Taupin,
La Flèche, Frankreich
Printed in France

ISBN 3-404-24185-1

Inhalt

Zeittafel

*1975	*Bericht*:	Der kälteste Ort Die Probe aufs Exempel Gestrandet auf Pluto Das Octopusauge
	Ereignisse:	Anfänge der Organbank-Technologie. Bürgerrechte für Meeressäuger. Einige bemannte Forschungsflüge ins Sonnensystem. Formulierung der ersten Organbank-Gesetze.
2000	*Bericht*:	Wie die Helden sterben (2040) Der total verpflanzte Mensch (2099)
	Ereignisse:	Kolonisierung des Belts. Dritte Mars-Expedition. Der Belt erhält eine unabhängige Regierung. Start der ersten interstellaren Rammroboter. Zusammenarbeit zwischen UN und Belt. Start der ersten Kolonistenschiffe.
2100	*Bericht*:	Das Doppelhirn (2106) Am Grunde eines Lochs Betrugsabsicht Tod durch Ekstase The Defenseless Dead ARM The Adults (Protector, 1. Hälfte) Der Mantel der Anarchie (2135)
	Ereignisse:	Meerstatue gefunden und wiederbelebt; erster Alien auf der Erde. Organbank-Probleme nahezu unüberwindlich. Organdiebstahl an der Tagesordnung. Todesstrafe zwecks frischer Transplantate macht Gefängnisse überflüssig. Gesetze zum Komplex des Tiefgefrierens werden erlassen.

* 1939: Geburt von Lucas Lancelot Garner.

		Phssthpok der Pak erreicht das Sonnensystem. Meeressäuger werden in die Vereinten Nationen aufgenommen. Auf der Erde beginnt das Goldene Zeitalter. Kolonie auf Jinx, Mt. Lookitthat, Wir haben es geschafft und Wunderland.
2300	*Bericht*:	Vandervecken (Protector, 2. Hälfte) (2340) Die Krieger (2360)
	Ereignisse:	Kolonie auf Home. Brennan im Kometenschweif Sols. Krieg mit Scoutschiffen der Pak. Erster Vorbeiflug der BVS-1. Erster Kontakt mit der Kzinti. Erster Kzin-Krieg. Das Institut der Wissenschaft auf Jinx entwickelt die Boosterspice-Pflanze. Die Kolonie auf Home zerfällt.
2400	*Bericht*:	A Gift From Earth (2410) Programmierter Wahnsinn (2425)
	Ereignisse:	Revolution auf Mt. Lookitthat. Entwicklung der sicheren Rammschaufel. Wir haben es geschafft. Kauft das Hyperdrive-aggregat von fremden Händlern. Ende des ersten Kzin-Krieges.
2500	*Bericht*:	
	Ereignisse:	Die bemannte Rammschaufel wird überflüssig. Weitere Kzin-Kriege. Kontakte mit Piersons Puppeteers und anderen Aliens; einige davon gehören zum Kzinti-Imperium.
2600	*Bericht*:	Neutron Star (2640) A Relict of Empire At the Core

		Fremdling im Kosmos The Handicapped Grendel Im Grenzland der Sonne The Soft Weapon
	Ereignisse:	Zweiter Vorbeiflug des BVS-1. Puppeteers entwickeln den Quantum II-Hyperdrive Entdeckung der galaktischen Kernexplosion. Rückzug der Puppeteers und Zusammenbruch des Aktienmarktes im vom Menschen bewohnten Raum. Kontakt mit den Grogs. Geburt von Louis Gridley Wu. Fruchtbarkeitsgesetze werden von den Geburtsrecht-Lotterien abgelöst.
2700	*Bericht:*	
	Ereignisse:	Ausbreitung und Konsolidierung eines relativen Friedens. Schubantrieb ersetzt den Fusionsantrieb, allerdings noch nicht vollständig.
2800	*Bericht:*	Das fremde Raumschiff (2830) Ringwelt
	Ereignisse:	Kontakt mit den Trinocs. Scout-Flug zur Ringwelt Der Rückzug der Puppeteers dauert an.
2900		
3000		
3100	*Bericht:*	Funktionstüchtig & narrensicher
	Ereignisse:	Weitere Expansion. Im bekannten Raum entsteht die Gemeinschaft Tausendwelt. Langlebigkeit bewirkt gesellschaftliche Veränderungen.

Der kälteste Ort

Am kältesten Ort des Sonnensystems verhielt ich einen Moment vor dem Schiff. Es war zu dunkel dort draußen. Ich kämpfte den Drang nieder, nahe beim Schiff zu bleiben, in der Geborgenheit dieser warmen, ungefügen Metallmasse, welche die wärmende, lichte Erde umschloß.

»Siehst du was?« fragte Eric.

»Nein, selbstverständlich nicht. Ist dafür hier sowieso zu heiß, wenn du die Wärmestrahlung des Schiffes bedenkst. Erinnerst du dich, wie sie vor der Sonne auseinanderspritzen?«

»Sicher. Hör mal, soll ich dir das Händchen halten oder was? Marschiere!«

Ich setzte mich seufzend in Bewegung, während der schwere Kollektor auf meiner Schulter sacht auf- und niederhüpfte. Ich hüpfte ebenfalls. Die Eisenspitzen an meinen Stiefeln bewahrten mich vor dem Abrutschen.

Ich ging die Seitenwand des flachen breiten Kraters hinauf, den das Schiff in die Luftsedimente geschlagen hatte und die es bis zur Wassereisschicht hinunter verdampfte. Klippen ragten um mich auf, Massen aus gefrorenem Gas mit glatten, runden Rändern. Sie schimmerten sanftweiß, wo das Licht aus meiner Helmlampe sie traf. Alles andere war schwarz wie die Ewigkeit. Gestochen scharf glitzerten Sterne über den weichen Klippen; doch ihr Licht machte keinen Eindruck auf das schwarze Land. Das Schiff wurde kleiner und dunkler und verschwand.

Es sollte Leben hier geben. Niemand hatte auch nur zu erraten versucht, was für Leben. Vor zwei Jahren war die Messenger-VI-Sonde, die den Planeten umkreiste, hier in der Nähe niedergegangen, teilweise in der Absicht, zu ergründen, ob die Kappe aus Gasen brennbar war. Während der Landung waren im Kamerafeld Dinge beobachtet worden, die sich wie Schatten aus dem Lichtkegel der Sonde schlängelten. Auf den Filmen waren sie genau zu erkennen. Natürlich hatten ein paar Klugscheißer gemeint, es wären nur Schatten.

Ich hatte die Filme selbst gesehen. Ich wußte es besser. Hier gab es Leben.

Etwas Lebendiges, das das Licht scheute. Etwas dort draußen in der Dunkelheit. Etwas Riesiges ... »Eric, bist du das?«

»Wo würde ich wohl hingehen?« frotzelte er.

»Also«, sagte ich, »wenn ich jedes Wort auf die Goldwaage legte, würde ich gar nichts mehr sagen.« Trotzdem war ich taktlos gewesen. Eric hatte einen bösen Unfall gehabt, einen sehr bösen. Er würde nirgendwo hingehen, es sei denn, das Schiff kam mit.

»Auch wieder richtig«, sagte Eric. »Hat dein Anzug einen spürbaren Wärmeverlust?«

»Kaum.« Tatsächlich schmolz die gefrorene Luft nicht einmal unter dem Druck meiner Stiefel.

»Vielleicht ist ihnen schon das bißchen zuviel. Vielleicht haben sie Angst vor deinem Licht.« Er wußte, ich hatte nichts gesehen. Er schaute durch einen Spion in meinen Helm.

»Okay, ich werde diesen Berg besteigen und es eine Weile abschalten.«

Ich drehte meinen Kopf, damit er sehen konnte, welchen Hügel ich meinte, und ging die Steigung hinauf. Es war eine Lockerungsübung, keine Anstrengung bei der geringen Schwerkraft. Ich konnte fast so hoch springen wie auf dem Mond, ohne Angst haben zu müssen, daß ein scharfer Stein mir den Anzug zerriß. Das war alles gepreßter Schnee mit Vakuum zwischen den Flocken.

Meine Phantasie begann wieder zu arbeiten, als ich den Gipfel erreichte. Schwärze war um mich her; die Welt war

Schwärze mit Kälte. Ich schaltete das Licht aus, und die Welt verschwand.

Ich drückte auf einen Auslöser seitlich am Helm, und mein Helm schob mir das Mundstück einer Pfeife zwischen die Lippen. Der Luftreiniger saugte den ausgeatmeten Rauch unter meinem Kinn ab. Sie fabrizierten großartige Raumanzüge heutzutage. Ich saß und rauchte, wartete, erschauerte im Wissen um die Kälte. Schließlich merkte ich, daß ich schwitzte. Der Anzug war fast zu gut isoliert.

Unser Ionen-Antrieb kam über den Horizont, ein gleißender, sich rasch bewegender Stern. Er verschwand, als er in den Schatten des Planeten eintauchte. Die Zeit verging. Die Füllung in meiner Pfeife war ausgebrannt, und ich verstaute sie wieder.

»Versuch es mit dem Licht«, sagte Eric.

Ich stand auf und stellte das Fernlicht ein. Der Kegel reichte eine Meile weit. Eine märchenhaft weiße Landschaft wurde lebendig, ein Wintermärchen-Wunderland in Reinkultur. Ich drehte eine langsame Pirouette, schaute, schaute ... und sah es.

Selbst aus der Nähe glich es einem Schatten. Zugleich sah es wie eine sehr flache, monströs große Amöbe aus. Oder wie eine Ölpfütze, die über Eis rinnt. Es lief hügelan, floß langsam und angestrengt an der Flanke eines Stickstoffberges empor, versuchte verzweifelt dem sengenden Licht meiner Lampe zu entkommen. »Den Kollektor!« befahl Eric. Ich hob den Kollektor über den Kopf und richtete ihn wie ein Teleskop auf das flüchtende Rätsel, so daß Eric es im Sucher des Kollektors anpeilen konnte. Der Kollektor spuckte an beiden Enden Feuer und sprang mir aus den Händen. Eric übernahm jetzt die Leitung.

Nach einem Moment fragte ich: »Soll ich zurückkommen?«

»Keinesfalls. Bleib, wo du bist. Ich kann den Kollektor nicht zum Schiff zurückbringen! Du mußt warten und ihn zurücktragen.«

Die Schattenpfütze glitt über den Hügelkamm.

Die Flamme der Kollektor-Rakete verfolgte sie, stieg hoch, wurde kleiner. Sie tauchte hinter den Hügelkamm. Eine Sekunde später hörte ich Eric murmeln: »Habe es.« Die helle Flamme erschien wieder über dem Hügel, stieg hoch und kurvte dann auf mich zu.

Als das Ding dann an zwei seitlichen Raketen vor mir schwebte, packte ich es beim Schwanz und trug es nach Hause.

»Nein, kein Problem«, sagte Eric. »Ich benütze nur den Löffel, um ihm eine Probe aus der Flanke zu entnehmen, wenn ich mich so ausdrücken darf. Ich habe ungefähr zehn Kubikzentimeter von diesem seltsamen Fleisch mitgenommen.«

»Gut«, sagte ich, während ich den Kollektor vorsichtig in einer Hand trug. Ich stieg die Landestütze zur Luftschleuse hinauf. Eric ließ mich ein.

Ich schälte mich in dem gesegneten künstlichen Licht des Schiffstages aus dem froststarren Anzug.

»Okay«, sagte Eric, »bring es hinauf ins Labor. Und faß es nicht an.«

Eric kann einem fürchterlich auf die Nerven gehen. »Ich habe auch ein Gehirn«, fauchte ich, »obwohl du es nicht sehen kannst.« Ich kann auch gemein werden.

Dröhnendes Schweigen, während wir beide uns eine Entschuldigung auszudenken versuchten. Eric kam zuerst darauf. »Tut mir leid«, sagte er.

»Mir auch.« Ich zog den Kollektor auf einer Karre zum Labor.

Er dirigierte mich, als ich dort anlangte. »Leg das ganze Paket in die Öffnung dort, mit den Backen voran. Nein, noch nicht schließen. Dreh das Ding, bis die Markierungen sich mit dem Linienmuster auf dem Kollektor decken. Okay, Howie, von hier ab übernehme ich ...« Ich hörte ein knatterndes Geräusch hinter der kleinen Tür. »Ich muß warten, bis das Labor kühl genug ist. Mach dir inzwischen einen Kaffee.«

»Ich würde mich lieber um deine Wartung kümmern.«

»Okay, gut. Geh und öle meine Prothesen.«

»›Prothesen‹« – das war gelungen. Der Ausdruck stammte von mir. Ich drückte den Knopf für Kaffee, damit er fertig war, wenn ich von der Wartung zurückkam, und öffnete die große Tür an der Stirnwand der Kabine. Eric hatte eine große Ähnlichkeit mit einer Druckschaltung, abgesehen von der grauen Masse, die darauf saß. Das war sein Gehirn. In allen Richtungen verzweigten sich die Anschlüsse von seinem Rückenmark und seinem Gehirn, die an den Wänden des kompliziert geformten Gehäuses aus Glas und Weichplastik, das ihn enthielt, mit ihm gekoppelt waren. Erics Nerven beherrschten das Schiff. Die Instrumente, die ihn beherrschten – doch er war empfindlich, hörte das nicht so gern –, waren zu beiden Seiten seines Gehäuses angeordnet. Die Blutpumpe pumpte rhythmisch, siebzig Schläge pro Minute.

»Wie sehe ich aus?« fragte Eric.

»Schön. Hast du heute deinen eitlen Tag?«

»Esel! Bin ich noch am Leben?«

»Die Instrumente meinen ja. Aber ich sollte lieber deine Flüssigkeitstemperatur eine Idee herunterschalten.« Ich tat es. Seit wir gelandet waren, neigte ich dazu, die Temperatur zu hoch zu halten. »Alles andere sieht okay aus. Nur dein Nahrungstank geht zur Neige.«

»Der Vorrat reicht für eine Reise.«

»Sicher. Entschuldige mich einen Augenblick, Eric. Der Kaffee ist fertig.« Ich holte ihn mir. Das einzige, worüber ich mir wirklich Sorgen machte, ist seine ›Leber‹. Sie ist zu kompliziert. Sie könnte zu leicht zusammenbrechen. Wenn sie ihre Blutzuckerproduktion einstellen würde, wäre Eric tot.

Wenn Eric stirbt, sterbe ich auch, denn Eric ist das Schiff. Wenn ich sterbe, stirbt Eric an Wahnsinn, denn er kann nicht mehr schlafen, wenn ich seine Prothesen nicht mehr reguliere. Ich trank gerade den letzten Schluck von meinem Kaffee, als Eric schrie: »He!«

»Ist was nicht in Ordnung?« Ich machte mich bereit, in irgendeine Richtung zu laufen.

»Es ist nur Helium!«

Er war verwundert und ungehalten. Ich beruhigte mich wieder.

»Ich habe es jetzt, Howie. Helium II. Das ist alles. Unsere Monster sind Helium. Verrückt.«

Helium II, die Superflüssigkeit, die bergan fließt. »Doppelt verrückt. Halt alles an, Eric. Kippe die Probe nicht weg. Überprüfe sie auf Verunreinigungen!«

»Auf was?«

»Verunreinigungen. Mein Körper ist Wasserstoffoxyd mit Verunreinigungen. Wenn die Verunreinigungen im Helium kompliziert genug sind, könnte es lebendig sein.«

»Da sind eine Menge anderer Substanzen«, sagte Eric, »aber ich kann sie nicht genau genug analysieren. Wir müssen diese Probe zur Erde bringen, solange die Kühlanlage diese Temperatur halten kann.«

Ich stand auf. »Also starten wir sofort?«

»Ja, ich denke, wir sollten. Wir könnten noch eine zweite Probe gebrauchen, müssen möglicherweise aber so lange darauf warten, bis diese verdorben ist.«

»Okay, ich gurte mich jetzt fest. Eric?«

»Ja? Wir starten in fünfzehn Minuten. Wir müssen auf den Ionen-Antrieb warten. Du kannst wieder aufstehen.«

»Nein, ich warte hier. Eric, ich hoffe, es ist nicht lebendig. Mir gefiele es, wenn es nur Helium II wäre, das sich benimmt, wie es sich benehmen soll.«

»Warum? Möchtest du nicht so berühmt werden wie ich?«

»Oh, sicher, aber mir mißfällt der Gedanke, daß dort draußen Leben ist. Es ist einfach zu fremdartig. Zu kalt. Selbst auf Pluto könntest du aus Helium II kein Leben machen.«

»Es könnte immer auf der Wanderschaft sein, um auf der Nachtseite des Planeten zu bleiben. Plutos Tag währt lang genug dafür. Trotzdem gebe ich dir recht; selbst zwischen den Sternen wird es nicht kälter als hier. Glücklicherweise habe ich nicht viel Phantasie.«

Zwanzig Minuten später starteten wir. Unter uns war nichts als Dunkelheit, und nur Eric, der mit dem Radar verbunden war, konnte die Eiskuppe schrumpfen sehen, bis er sie ganz überschauen konnte, die riesige Kappe aus Schichteis, die den kältesten Ort des Sonnensystems bedeckt, wo die Mitternacht sich mit dem Äquator auf dem schwarzen Rücken des Merkurs kreuzt.

Diese, meine erste Geschichte war überholt, ehe sie in Druck ging. Merkur besitzt eine Atmosphäre und dreht sich einmal in seinen zwei Jahren um seine Achse.

Die Folgegeschichte war nicht von so einem Pech verfolgt.

LN

Die Probe aufs Exempel

Ich konnte die Hitze spüren, die draußen lauerte. In der Kabine war es hell, trocken und kühl – fast zu kühl. Wie in einem modernen Bürogebäude im Hochsommer. Hinter den beiden schmalen Fenstern gähnte eine Dunkelheit – so schwarz, wie sie in unserem Sonnensystem jemals werden kann, und sie war heiß genug, daß sie Blei zum Schmelzen brachte. Der Druck entsprach einer Tauchtiefe von hundert Metern im Ozean.

»Dort schwimmt ein Fisch«, sagte ich, um die Eintönigkeit ein bißchen aufzulockern.

»Wie ist er zubereitet?«

»Kann ich nicht mit hundertprozentiger Sicherheit sagen. Er scheint eine Spur aus Semmelmehl hinter sich herzuziehen. Gebackener Fisch? Stell dir das nur vor, Eric! Eine gebackene Qualle!«

Eric seufzte laut.

»Muß ich mir etwas vorstellen?«

»Du mußt. Die einzige Möglichkeit, irgend etwas Sinnvolles in dieser – dieser ... Was eigentlich? Suppe? Nebel? Kochender Rübensirup?«

»Im siedenden schwarzen Schweigen zu erkennen ...«

»Richtig.«

»Jemand hat sich diesen Vergleich ausgedacht, als ich noch ein Kind war. Das geschah, als die Mariner-II-Sonde ihre Ergebnisse zur Erde funkte. Ein ewig siedendes schwarzes Schweigen, heiß wie ein Schmelzofen, unter einer Atmosphäre, die so dick ist, daß sie jeden Lichtstrahl und Windzug von der Oberfläche des Planeten abhält.«

Ich bekam eine Gänsehaut. »Wie hoch ist jetzt die Außentemperatur?«

»Du solltest lieber nicht danach fragen, Howie. Du hast schon immer zuviel Phantasie gehabt.«

»Ich kann die Wahrheit vertragen, Doc.«
»Sechshundertundzwölf Grad.«
»Das kann ich nicht vertragen, Doc!«

Das war also die Venus, der Planet der Liebe, der Liebling der Science-fiction-Autoren vor dreißig Jahren. Unser Schiff hing unter dem Treibstofftank, der mit Wasserstoff gefüllt war, zwanzig Meilen über der Planetenoberfläche, fast bewegungslos in der syrupartigen Atmosphäre. Der Tank, der nur noch wenig Treibstoff enthielt, gab einen ausgezeichneten Gasballon ab. Er würde uns so lange in der Schwebe halten, wie der Innendruck dem Außendruck entsprach. Das war Erics Aufgabe, den Gasdruck im Tank zu regulieren, indem er die Temperatur des Wasserstoffgases regulierte. Wir hatten Luftproben entnommen – alle zehn Meilen –, als wir bis auf dreihundert Meilen an den Planeten herangekommen waren, und die Temperatur in noch kürzeren Abständen gemessen.

Wir hatten die kleine Sonde losgeschickt und von der Planetenoberfläche nur Daten erhalten, die unseren bisherigen Wissenstand von der heißesten Welt in unserem Sonnensystem bestätigten.

»Die Temperatur beträgt jetzt sechshundertunddreizehn«, sagte Eric. »Hast du dich jetzt abreagiert?«

»Im Moment ja.«

»Gut. Schnall dich an. Wir starten wieder.«

»Was für ein glorreicher Tag!« rief ich und schnallte das Sicherheitsnetz über meinem Liegesitz los.

»Wir haben alles erledigt, was man uns aufgetragen hat – oder etwa nicht?«

»Habe ich mich beschwert? Okay – ich bin angeschnallt.«

»Okay.«

Ich wußte, warum er so empfindlich reagierte. Ich war genauso enttäuscht. Wir hatten vier Monate dazu gebraucht, die Venus zu erreichen, um sie dann eine Woche lang zu umrunden und keine zwei Tage in der oberen Schicht der Atmosphäre zu verbringen. Das schien mir eine schreckliche Zeitverschwendung zu sein.

Doch er brauchte eine verdammt lange Zeit zum Starten. »Was ist denn los, Eric?«

»Du solltest lieber nicht danach fragen.«

Diesmal war das sein Ernst. Seine Stimme klang mechanisch, unmenschlich, monoton. Er strengte sich nicht mehr an, aus seiner Artikulations-Prothese einen menschlichen Ausdruck herauszuquetschen. Nur ein schwerer Schock konnte ihn so beeinflussen.

»Ich kann die Wahrheit vertragen«, sagte ich.

»Okay. Ich fühle nichts mehr in den Rammjet-Leitungen. Mir ist so, als hätte ich eine Querschnittslähmung.«

Die ganze Kälte in der Kabine kroch in mich hinein. »Schau mal zu, ob du ein paar Motorimpulse in die entgegengesetzte Richtung schicken kannst. Du könntest die Rammjets ja auch nach Erfahrung und Intuition steuern, ohne sie zu fühlen.«

»Okay.« Eine Sekunde später: »Es geht nicht. Alles tot. Trotzdem ein guter Einfall von dir.«

Ich versuchte, eine passende Antwort darauf zu finden, während ich mich wieder vom Liegesitz losband. »Es war ein Vergnügen, dich kennenzulernen«, stieß ich dann heraus. »Ich habe gern als dein Partner in diesem Team gearbeitet, Eric, und ich tue es noch immer mit der gleichen Freude …«

»Weinen kannst du später immer noch. Jetzt wirst du einmal sorgfältig meine Anschlüsse kontrollieren, okay?«

Ich verdrängte meine pathetische Anwandlung und öffnete das Schott in der Vorderwand der Kabine. Der Boden schwankte leise unter meinen Füßen.

Hinter dem Schott, das einen Mann in geduckter Haltung hindurchließ, befand sich Eric. Erics zentrales Nervensystem mit dem Gehirn ganz oben und darunter das Rückenmark in einer lockeren Spirale aufgerollt, damit es besser in dem Glas- und Schaumplastikgehäuse untergebracht werden konnte. Hunderte von Drähten liefen hier aus dem Schiff an den Glaswänden zusammen, wo sie an ganz bestimmten Nervenenden angeschlossen waren, die sich wie ein elektrisches Versorgungsnetz aus der Zentralspirale verästelten, die aus Nervengewebe und einer fettigen Schutzhülle bestand.

Im Weltraum kann ein Krüppel sich nicht behaupten. Und ich nenne Eric auch nicht so, weil er diesen Ausdruck nicht leiden kann.

In gewisser Hinsicht ist er der ideale Astronaut. Denn sein lebenerhaltendes System wiegt nur die Hälfte von meinem und beansprucht nur ein Zwölftel des Raumes, den ich für mein System brauche. Doch seine Prothesen füllen fast das ganze Schiff aus. Die Rammjets sind an den untersten Nervenästen angeschlossen – an jenen Nerven, mit denen er einmal seine Beine bewegt hat. Dutzende von Nervenfibern in diesen Nervenästen spürten und regulierten die Kraftstoffzufuhr, die Rammjet-Temperatur, die Differential-Beschleunigung, die Ansaugdüsenöffnung und den Zündimpuls.

Diese Anschlüsse waren in Ordnung. Ich überprüfte sie auf vier verschiedene Arten und hatte damit die Möglichkeit eines Versagens ausgeschlossen.

»Dann prüfe die anderen«, sagte Eric.

Ich brauchte mehr als zwei Stunden dazu, jeden Hauptnervenstrang zu testen. Sie waren alle in Ordnung. Die Blutpumpe arbeitete einwandfrei, und die chemische Zusammensetzung stimmte haargenau, so daß auch meine vage Vermutung widerlegt war, daß die Rammjet-Nerven aus Mangel an Nahrung oder Sauerstoff vielleicht ›eingeschlafen‹ waren. Da auch das Laboratorium zu Erics Nervenprothesen gehört, überließ ich ihm die Analyse seines Blutzuckers selbst. Aber seine ›Leber‹ hatte nicht verrückt gespielt und produzierte genau den richtigen Zucker. Die Ergebnisse waren erschreckend. Eric fehlte nicht das geringste – soweit er *in* der Kabine eingebaut war.

»Eric, du bist gesünder als ich.«

»Das sehe ich. Du siehst blaß aus, und ich kann dir das nicht übelnehmen. Denn jetzt mußt du die Außenbordkontrolle durchführen.«

»Ich weiß. Dann wollen wir mal den Anzug herausholen.«

Er befand sich im Schrank für den Notfall, dieser Venus-Anzug, und sollte eigentlich gar nicht benützt werden. Die NASA hatte ihn ursprünglich für den Einsatz auf dem Venusboden konstruiert. Dann hatte sie sich geweigert, das Schiff für einen Einsatz unter zwanzig Meilen Höhe über dem Venusboden zuzulassen, ehe man nicht mehr über den Planeten Venus wußte. Der Anzug war ein mehrgliedriger Panzer. Ich hatte zugesehen, wie der Anzug in der Hitze- und Druckkammer im kalifornischen Labor getestet wurde, und ich wußte, daß die Gelenke sich nach fünf Stunden festfraßen und erst wieder arbeiteten, wenn sich der Anzug abgekühlt hatte. Ich öffnete den Schrank und zog den Anzug bei den Schultern heraus. Ich starrte ihn an, und er schien zurückzustarren.

»Spürst du immer noch nichts in den Rammjets?«

»Nicht ein Zucken.«

Ich legte den Anzug an – Stück für Stück wie eine mittelalterliche Rüstung. Dann kam mir ein Gedanke. »He!« rief ich, »wir sind zwanzig Meilen hoch! Verlangst du von mir vielleicht einen Balanceakt auf dem Schiffsrumpf?«

»Nein! Habe nicht eine Sekunde mit diesem Gedanken gespielt. Wir müssen eben hinunter.«

Der Auftrieb unseres Gasballons sollte bis zum Start konstant bleiben. Kurz vor dem Start konnte Eric den Auftrieb verstärken, indem er den Wasserstoff auf höheren Druck anheizte und dann das Ventil öffnete, um den Überdruck abzulassen. Natürlich mußte er aufpassen, daß der Druck im Tank höher blieb, sonst strömte Luft von der Venus in den Tank-Ballon und das Schiff fiel, statt zu steigen. Selbstverständlich würde das eine Katastrophe zur Folge haben.

Eric senkte die Temperatur im Tank, öffnete das Ventil, und hinunter ging es in die Tiefe.

»Natürlich ist ein Haken an der Geschichte«, sagte Eric.

»Ich weiß.«

»Das Schiff widerstand dem Druck bei zwanzig Meilen Höhe. Auf dem Boden ist der Druck sechsmal so hoch.«

»Ich weiß.«

Wir fielen rasch. Die Kabine neigte sich nach vorn, da die Atmosphäre auf die Steuerflossen drückte. Die Temperatur stieg stetig, der Druck sehr rasch. Ich saß am Fenster und sah nichts, nichts außer schwarz. Ich saß trotzdem dort und wartete, daß das Fenster platzte. Die NASA hatte sich geweigert, das Schiff für einen Flug unter zwanzig Meilen Höhe zuzulassen ...

»Der Gestank ist okay«, sagte Eric. »Das Schiff ist ebenfalls okay, glaube ich. Aber wird die Kabine dem Druck standhalten?«

»Keine Ahnung.«

»Zehn Meilen!«

Fünfhundert Meilen über uns – unerreichbar – befand sich der atomare Ionenmotor, der uns wieder nach Hause bringen sollte. Wir konnten ihn nicht mit der chemischen Rakete erreichen. Die Rakete reichte nur für die letzte Etappe, wenn die Luft für die Rammjets zu dünn wurde.

»Vier Meilen. Muß das Ventil noch einmal öffnen.«

Das Schiff fiel.

»Ich kann den Boden sehen«, sagte Eric.

Ich konnte ihn nicht sehen. Eric bemerkte, wie ich die Augen verrenkte, und sagte: »Hat keinen Zweck. Ich verwende tiefes Infrarot und kann trotzdem keine Einzelheiten unterscheiden.«

»Keine riesigen, nebligen Sümpfe mit unheimlichen, schrecklichen Ungeheuern und menschenfressenden Pflanzen?«

»Alles, was ich sehe, ist heißer, leerer Boden.«

Doch wir waren schon fast unten, und trotzdem keine Sprünge in der Kabinenwand. Meine Hals- und Schultermuskeln entkrampften sich etwas. Ich wendete mich vom Fenster ab. Stunden waren vergangen, seit der Abstieg durch die vergiftete, dicke Luft begann. Ich hatte bereits den Anzug, bis auf den Helm und die Handschuhe, angelegt. Jetzt schraubte ich den Helm fest und bewegte die drei Finger der Handschuhe.

»Gurt anlegen«, befahl Eric. Ich gehorchte.

Sanft setzten wir auf. Das Schiff neigte sich ein wenig, richtete sich wieder auf und hatte erneut Bodenberührung. Mein gepanzerter Körper rollte im Netz hin und her, und meine Zähne schlugen aufeinander. »Verdammt«, murmelte Eric, »ich weiß nicht, wie wir wieder hinaufkommen sollen.«

Ich wußte es auch nicht. Diesmal prallte das Schiff härter auf und blieb dann auf Grund liegen. Ich löste das Netz und stapfte zur Luftschleuse.

»Viel Glück«, sagte Eric. »Bleib nicht zu lange draußen.«

Ich winkte der Kabinenkammer zu. Die Außentemperatur betrug siebenhundertunddreißig Grad.

Die äußere Schleuse öffnete sich, und die Kühlmaschine in meinem Anzug setzte mit einem schrillen Surren ein. Einen leeren Eimer in jeder Hand stieg ich hinaus auf die rechte Tragfläche. Meine Helmlampe schlug eine weiße Bresche in die tintenschwarze Stille, die mich umgab.

Mein Anzug knirschte und knackte unter dem gewaltigen Druck. Ich stand auf der Tragfläche und wartete, bis die Geräusche sich legten. Ich kam mir vor wie ein Tiefseetaucher. Mein Scheinwerfer reichte vielleicht dreißig Meter weit. Die Luft konnte unmöglich so trübe sein, trotz ihrer Dichte nicht. Eine Menge Staub mußte sich darin befinden oder winzige Tropfen irgendeiner Flüssigkeit.

Die Tragfläche glich einem messerscharfen Trittbrett, das sich zum Heck hin erweiterte und in einer Schwanzflosse ausschwang. Die beiden Schwanzflossen stießen hinter dem Rumpf zusammen. An jeder Schwanzflossenspitze befand sich ein Rammjet, ein großer Zylinder mit einem Atommotor als Eingeweide. Der Motor konnte unmöglich heiß sein, weil er ja noch gar nicht gezündet worden war. Trotzdem hatte ich meinen Geigerzähler eingeschaltet.

Ich befestigte eine Leine an der Tragfläche und ließ mich auf den Boden hinunter. Der Boden war trocken, von rötlicher Farbe, bröckelig und so porös, das er fast schwammig wirkte. Lava, von Chemikalien zersetzt. Fast jeder Stoff würde bei diesem Druck und dieser Temperatur verwittern. Ich kratzte einen Eimer voll von der obersten Schicht zusammen und füllte den zweiten Eimer mit dem Boden darunter. Dann kletterte ich wieder hinauf auf die Tragfläche und setzte den Eimer dort ab.

Es war schrecklich schlüpfrig auf der Tragfläche. Ich mußte magnetische Sandalen tragen, um mich auf den Tragflächen halten zu können. Ich schritt die ganze Front des sechzig Meter langen Schiffes ab und führte eine erste, oberflächliche Inspektion durch. Weder der Rumpf noch die Tragflächen zeigten Spuren von Schäden. Wenn ein Meteor Erics Kontakt mit seinen Sensoren in den Rammjets unterbrochen hätte, hätte man doch ein Loch oder eine Delle in der Außenhaut sehen müssen.

Plötzlich hatte ich eine Eingebung. Es gab da eine Alternative ...

Bisher war es nur ein Verdacht, der sich noch nicht einmal in Worte kleiden ließ. Außerdem mußte ich erst meine Inspektion beenden. Falls ich aber recht hatte, konnte ich das Eric nur sehr schwer beibringen.

Vier Kontrollmeßstellen waren in den Tragflächen eingebaut, gut geschützt vor Reibungshitze beim Eintritt in die Atmosphäre. Eine befand sich ungefähr in der Mitte des

Rumpfes auf den Tragflächen, unterhalb des Gastanks, der das Schiff wie eine Haube überragte, so daß es von vorne aussah wie ein riesiger Delphin. Zwei weitere Kontrollmeßstellen befanden sich in der Steuerflosse und die vierte im Rammjet. Alle Meßstellen befanden sich an wichtigen Anschlußpunkten des elektrischen Systems und konnten nur mit einem elektrischen Schraubenzieher zugängig gemacht werden, der in den Schlitz der versenkten Schrauben eingeführt werden mußte.

Ich öffnete die Deckel der Kontrollstellen und konnte nichts entdecken, was nicht vorschriftsmäßig verbunden war. Indem ich die Kontakte löste und wieder verband und dabei Erics Reaktionen beobachtete, stellte ich fest, daß seine Gefühllosigkeit irgendwo zwischen der zweiten und dritten Kontrollstelle begann. Auf der linken Tragfläche das gleiche Lied – auch hier keine Reaktion mehr bei der dritten Meßstelle. Trotzdem auch dort kein äußerer Schaden, keine falsche Verdrahtung an den Meßstellen. Ich kletterte von der Tragfläche herunter und schritt langsam unter der Tragfläche den Rumpf ab, die Lampe schräg nach oben gerichtet.

Auch hier konnte ich keinen Schaden feststellen. Ich sammelte meine beiden Eimer ein und kletterte in die Kabine zurück.

»Was soll das heißen – ein Hühnchen zu rupfen?« meinte Eric mit dem Tonfall menschlicher Betroffenheit. »Ist das nicht der falsche Moment, dich mit mir zu streiten? Hebe dir deine Launen für den Rückflug auf. Wir haben vier Monate vor uns, in denen wir uns die Langeweile vertreiben müssen.«

»Das duldet keinen Aufschub. Zuerst einmal – hast du etwas bemerkt, was mir entgangen ist?« Er hatte alles, was ich mit meinen Augen gesehen hatte, durch den Spion in meinem Helm beobachtet.

»Nein. Sonst hätte ich mich schon gemeldet.«

»Okay. Nun hör mal gut zu. Die Unterbrechung in deinen Nervenkreisen kann nicht hier in der Kabine sein, weil du bis zur zweiten Kontrollstelle auf den Tragflächen Nervenreize wahrnimmst. Die Unterbrechung kann auch nicht außen sein, weil es nirgends einen Hinweis auf einen Schaden gibt. Nicht einmal einen Rostflecken oder Schmutz konnte ich entdecken. Bleibt nur noch eine Stelle übrig, wo der Schaden sein kann.«

»Sprich weiter.«

»Da ist auch das Rätsel, warum die beiden Rammjets lahmgelegt sind. Warum sollten sie wohl beide zur gleichen Zeit ausfallen? Es gibt nur eine Stelle im Schiff, wo die beiden Rammjetkreise zusammentreffen.«

»Was? O ja, natürlich. Sie treffen in mir zusammen.«

»Nun wollen wir mal eine Sekunde lang annehmen, daß du das Teil bist, wo der Fehler steckt. Du bist kein Maschinenteil, Eric. Wenn etwas bei dir nicht in Ordnung ist, kann es aber auch kein medizinischer Fehler sein. Das haben wir gleich am Anfang festgestellt. Aber es könnte ein psychologischer Fehler sein.«

»Es ist angenehm zu hören, daß du mich immer noch für einen Menschen hältst. Also glaubst du, daß bei mir ›eine Schraube locker‹ ist, wie?«

»So will ich es nicht bezeichnen. Ich glaube, daß bei dir ein Fall von Abwehrneurose vorliegt – eine gewisse Anästhesie, wie man sie früher zum Beispiel bei Soldaten beobachtet hat. Ein Soldat, der zu oft getötet hat, entdeckt eines Tages, daß sein rechter Zeigefinger oder sogar die ganze Hand pelzig geworden ist, als gehörte die Hand oder der Finger gar nicht mehr zu seinem Körper. Deine Bemerkung, daß du keine Maschine seist, ist sehr wichtig, Eric. Hier liegt ja gerade das Problem. Du hast dich nie ganz mit dem Gedanken befreundet, daß irgendein Teil des Schiffes auch ein Teil von *dir* wäre. Diese Einstellung ist sehr vernünftig, weil sie der Wahrheit entspricht. Jedesmal, wenn das Schiff verbessert wird, bekommst du auch neue Teile eingebaut, und es ist sehr vernünftig, Umbauten im Schiff unter dem Gesichtspunkt einer Amputation zu betrachten.« Ich hatte den Vortrag im stillen bereits geprobt, mir die Worte so zurechtgelegt, daß Eric gar keine andere Wahl blieb, als mir zu glauben. Doch jetzt klang das Ganze irgendwie falsch und phrasenhaft. »Jetzt bist du leider einen Schritt zu weit gegangen. Im Unterbewußtsein hast du den Glauben verloren, daß die Rammjets sich so *anfühlen*, als wären sie ein Stück von dir, wozu man sie ja konstruiert hatte. Du hast dich selbst überredet, daß du nichts spürst.«

Nachdem ich meine vorbereitete Rede heruntergesagt hatte, wartete ich schweigend auf die Explosion.

»Du hast ganz vernünftig geredet«, sagte Eric.

»Du gibst mir recht?« Ich war von den Socken.

»Das habe ich nicht gesagt. Du hast dir da eine recht imposante Theorie ausgedacht, die ich erst einmal verdauen muß. Was tun wir, wenn sie stimmt?«

»Ich ... ich weiß nicht. Du mußt dich eben selbst heilen.«

»Okay ... Nun hör dir mal meine Theorie an. Ich behaupte, daß du dir deine Theorie nur ausgedacht hast, um dich von deiner Verantwortung zu befreien, uns lebendig nach Hause zu bringen. Du hast mir das ganze Problem sozusagen in den Schoß geworfen.«

»Oh, zum ...«

»Halt die Klappe. Ich habe nicht behauptet, daß du auf dem Holzweg wärst. Das wäre ein unsachliches Argument. Wir brauchen Zeit, um gründlich darüber nachzudenken.«

Es war Zeit, das Licht abzuschalten – vier Stunden später –, ehe Eric auf das Thema zurückkommen wollte.

»Howie, tu mir einen Gefallen. Nimm noch für eine Weile als gegeben an, daß eine mechanische Ursache hinter der Panne steckt. Ich einige mich sogar auf eine psychosomatische Panne.«

»Das ist ein vernünftiger Standpunkt.«

»Die einzig vernünftige Lösung. Denn was kannst du tun, wenn es eine psychosomatische Panne ist? Und was kann ich tun, wenn es ein mechanischer Fehler ist? Ich kann nicht herumwandern und mich selbst inspizieren. Jeder von uns beiden sollte sich an das halten, was wir beide wissen.«

»In Ordnung.« Ich schaltete ihn für die Nacht ab und legte mich ins Bett. Aber nicht, um zu schlafen.

Wenn die Lichter abgedreht waren, war es in der Kabine nicht anders als draußen vor dem Schiff. Ich drehte die Lichter wieder an. Eric konnte das nicht stören. Eric schläft nicht wie ein normaler Mensch, da sich in seinem Blut keine Abfallstoffe sammeln, die ein Schlafbedürfnis auslösen. Und er würde verrückt werden, wenn er ununterbrochen wach bleiben müßte. Er hat einen Apparat neben der Großhirnrinde, eine russische Erfindung, einen Schlaferzeuger. Das Schiff konnte implodieren, ohne Eric zu wecken, solange der Schlaferzeuger angestellt ist. Ich schämte mich fast, weil ich vor der Dunkelheit Angst hatte.

Doch solange die Dunkelheit auf die Umgebung des Schiffes beschränkt blieb, störte mich das nicht.

Aber sie würde nicht vor der Tür bleiben. Sie hatte sich bereits im Verstand meines Partners festgefressen. Weil seine chemischen Filter ihn vor chemisch erzeugten Geisteskrankheiten, wie zum Beispiel Schizophrenie, beschützten, hatten wir angenommen, er sei geistig gegen jede Gefahr gefeit. Doch wie konnte eine Prothese ihn vor seiner eigenen Phantasie schützen, vor seinen eigenen Vorurteilen?

Ich konnte meine Zusage nicht einhalten. Ich wußte, daß ich recht hatte. Aber was konnte ich damit anfangen?

Späte Einsicht ist ein schlechter Trost. Ich sah jetzt, was für einen Fehler wir gemacht hatten – Eric, ich und Hunderte von Spezialisten, die Erics lebenerhaltendes System entworfen und gebaut hatten, nachdem er bei einer Notlandung verunglückt war.

Von Eric war nichts mehr übriggeblieben außer seinem

unversehrten zentralen Nervensystem. Keine Drüsen, außer der Hypophyse. »Wir werden die Zusammensetzung seines Blutes regulieren«, hatten die Spezialisten gesagt, »und er wird immer kühl, besonnen und ruhig bleiben. Bei Eric werdet ihr nie eine Panikreaktion erleben!«

Ich kenne ein Mädchen, dessen Vater mit fünfundvierzig einen Unfall hatte. Er war mit seinem Bruder, dem Onkel des Mädchens, zum Angeln gefahren. Sie waren total besoffen, als sie wieder nach Hause fuhren, und der Bursche saß rittlings auf der Motorhaube, während sein Bruder den Wagen lenkte. Dann latschte der Bruder plötzlich auf die Bremse. Unser Held opferte zwei wichtige Drüsen. Sie blieben an der Kühlerverzierung hängen.

Die einzige Veränderung in seinem Geschlechtsleben bestand darin, daß seine Frau sich nicht mehr vor einer späten Schwangerschaft fürchtete. Seine *Gewohnheiten* waren *eingefahren*.

Eric brauchte keine Adrenalindrüsen, um sich vor dem Tod zu fürchten. Seine Gefühlsregungen und seelischen Reaktionen waren schon lange festgelegt, ehe er mit seinem Mondschiff ohne Radarhilfe zur Landung ansetzte. Er würde jede Erklärung für bare Münze annehmen, wenn ich behauptete, ich hätte einen Fehler an den Rammjet-Anschlüssen repariert.

Doch er verließ sich auf mich, daß ich einen Fehler entdeckte.

Die Atmosphäre lag mit ihrem ganzen Gewicht auf den Fenstern. Ohne es zu wollen, streckte ich die Hand aus und berührte das Quarzglas mit den Fingerspitzen. Ich konnte den Druck nicht spüren. Doch er war da, drückte erbarmungslos auf die Hülle des Schiffes, wie die Brandung des Meeres auf einen Felsen lospeitscht, bis er zu Sand zermahlen ist. Wie lange konnte die Kabine diesem Druck noch Widerstand leisten?

Wenn tatsächlich ein defektes Teil uns hier auf dem Grund

der Hölle festhielt, wie konnte es dann meiner Aufmerksamkeit entgangen sein? Vielleicht war es schadhaft geworden, ohne eine sichtbare Spur auf der Hülle oder den Tragflächen zu hinterlassen. Aber war das überhaupt möglich?

Nach zwei weiteren Zigaretten stand ich auf und holte die Eimer aus dem Schrank. Sie waren jetzt leer. Die Bodenproben des fremden Planeten waren sicher verwahrt. Ich füllte die Eimer mit Wasser und stellte sie in das Kühlaggregat. Ich stellte den Regler auf 40 Grad absoluter Temperatur, schaltete das Licht wieder ab und legte mich ins Bett.

Der Morgen auf der Venus war dunkler, als es in der Lunge eines Kettenrauchers sein kann. Was die Venus wirklich braucht, überlegte ich in meiner philosophischen Viertelstunde nach dem Aufwachen, ist eine Verdünnung ihrer Atmosphäre. Wenn sie neunundneunzig Prozent ihrer Lufthülle verlieren würde, blieb ihr immer noch etwas mehr als die Hälfte der Lufthülle, wie sie die Erde besitzt.

Schließlich mußte man die Größe der Venus berücksichtigen. Dann würde sich der Treibhaus-Effekt so sehr reduzieren, daß die Temperatur auf der Venus für die Entwicklung organischen Lebens positiv wäre. Wenn man dann noch die Schwerkraft der Venus ein paar Wochen lang fast bis auf Null herabsetzte, würde alles andere sich von selbst regeln.

Das ganze verdammte Universum wartete nur darauf, daß wir die Antischwerkraft entdeckten.

»Guten Morgen«, sagte Eric, »ist dir inzwischen etwas eingefallen?«

»Ja.« Ich rollte mich aus dem Bett. »Nun frage mir nur keine Löcher in den Bauch. Ich werde alles erklären, wenn ich meine Überlegungen in die Tat umsetze.

»Kein Frühstück?«

»Noch nicht.«

Ich legte jetzt Stück für Stück meine Rüstung wieder an

wie ein Ritter von König Artus' Tafelrunde und holte die Eimer aus dem Kühlschrank, nachdem ich meine Handschuhe festgeschraubt hatte. Das Eis war unverschämt kalt, nur ein paar Grad über dem absoluten Nullpunkt. »Hier habe ich zwei Eimer«, sagte ich und hob sie hoch, »die mit ganz gewöhnlichem Eis gefüllt sind. Laß mich jetzt bitte ins Freie.«

»Ich sollte dich eigentlich hierbehalten, bis du mir alles erklärst«, brummelte Eric. Aber die Schleuse öffnete sich trotzdem, und ich kletterte auf die Tragfläche. Ich schraubte den Deckel der Kontrollstelle Nummer zwei auf der rechten Tragfläche auf und öffnete dann den Mund.

»Eric, überlege mal, was für Tests mit einem bemannten Raumschiff durchgeführt werden, ehe die Mannschaft das Lifesystem betreten darf. Jedes Teil wird einzeln geprüft und dann in Zusammenarbeit mit anderen Teilen. Doch wenn jetzt ein Teil nicht mehr arbeitet, ist es entweder beschädigt oder es wurde nicht richtig getestet. Habe ich recht?«

»Das ist logisch.« Seine Stimme klang vollkommen neutral.

»Wir haben keinen Schaden entdecken können. Die Schiffshülle ist unversehrt. Ich glaube an keinen Zufall, der beide Rammjets im gleichen Zeitpunkt ausfallen läßt. Also muß etwas nicht richtig getestet worden sein.«

Ich hatte jetzt die Klappe der Kontrollstelle geöffnet. Das Eis kochte an den Stellen, wo es mit der gläsernen Oberfläche des Eimers in Berührung kam. Die blauen Eisklumpen bekamen Sprünge und Risse. Der Druck, der in ihnen herrschte, sprengte die Hülle. Ich kippte einen Eimer voll Eis über dem verwirrenden Labyrinth aus Drähten, Kontaktstellen und Relais aus. Das Eis zerbarst in kleine Stücke, verteilte sich so, daß ich den Deckel wieder verschließen konnte.

»Deshalb überlegte ich mir in der vergangenen Nacht, was man bei der Überprüfung des Schiffes übersehen haben konnte. Jedes Teil des Schiffes war natürlich in der Hitze- und Druckkammer gewesen, um es unter venusähnlichen Bedingungen zu testen. Aber das Schiff als Ganzes konnte unmöglich in der Druckkammer gewesen sein. Dafür ist es zu groß.« Ich ging um das Schiff herum zur linken Tragfläche und öffnete den Deckel von Kontrollstelle Nummer drei in der Schwanzflosse. Mein Eis hatte sich inzwischen in eine kalte Wasserbrühe verwandelt, in er noch einzelne Kristallstückchen herumschwammen. Ich kippte das Zeug über Drähte und Anschlüsse aus und verschloß den Deckel.

»Ich überlegte, daß entweder die Hitze oder der Druck unsere Kontakte unterbrochen haben muß. Oder beides zusammen. Gegen den Druck kann ich nichts unternehmen. Aber ich kühle jetzt die Relais und Kontakte mit Eis. Sage mir Bescheid, in welchem Rammjet das Gefühl zuerst zurückkehrt. Dann wissen wir auch, an welcher Kontrollstelle wir den Schaden beheben müssen.«

»Howie, hast du dir überlegt, wie kaltes Wasser auf heißes Metall wirkt?«

»Natürlich. Das Metall kann springen. Dann würdest du jede Kontrolle über die Rammjets verlieren. Genau das ist doch eingetreten, oder nicht?«

»Hm – logisch, Partner. Eins zu null für dich. Trotzdem spüre ich immer noch nichts.«

Ich ging zurück zur Luftschleuse. Die beiden leeren Eimer pendelten in meiner gepanzerten Hand. Hoffentlich wurden sie nicht so heiß, daß sie zu schmelzen anfingen. Aber ich blieb nicht so lange im Freien, bis dieser kritische Moment erreicht war. Ich hatte bereits meine Anzug abgelegt, um mich ein bißchen auszuruhen, als Eric meldete: »Ich kann den rechten Rammjet spüren!«

»Ein bißchen oder volle Kontrolle?«

»Nein – keine Temperatur. Doch, jetzt kommt sie! Wir sind wieder einsatzfähig, Howie.«

Mein Seufzer der Erleichterung war deutlich zu hören.

Ich stellte die Eimer wieder in das Kühlaggregat. Die Relais mußten kalt sein, wenn wir starteten. Das Wasser stand ungefähr zwanzig Minuten im Aggregat, als Eric meldete: »Das Gefühl verliert sich wieder.«

»Was?«

»Keine Empfindungen mehr. Kontakt verlorengegangen. Keine Temperatur. Kann die Kraftstoffzufuhr nicht mehr regeln. Es bleibt leider nicht lange genug kalt, daß es zum Start reicht.«

»Verdammt. Was nun?«

»Ich möchte es dir lieber nicht sagen. Mir wäre es sympathisch, wenn du selbst darauf kommst.«

Ich seufzte. »Wir müssen so hoch hinaus, wie wir das mit unserem Ballontank schaffen. Dann muß ich mit den zwei Eimern voll Eis auf die Tragflächen steigen ...«

Wir mußten den Tank fast bis achthundert Grad aufheizen, um überhaupt Druck zu bekommen. Doch dann lösten wir uns vom Boden. Wir schafften es bis zu einer Höhe von sechzehn Meilen.

Wir brauchten drei Stunden dazu.

»Höher will er nicht steigen«, sagte Eric. »Bist du bereit?«

Ich holte das Eis aus dem Kühlaggregat. Eric brauchte keine Erklärungen. Er beobachtete mich ja dauernd. Er öffnete wortlos die Schleuse.

Ich hätte Angst spüren können, Entschlossenheit oder das erhebende Gefühl eines Mannes, der sich selbst opfert. Doch ich spürte nichts. Ich bewegte mich wie eine Marionette, die ihren Drähten gehorcht.

Die Magneten in den Sohlen waren auf volle Kraft geschaltet. Ich hatte ein Gefühl, als watete ich durch eine Teerpfütze. Die Luft war zum Schneiden dick, wenn auch nicht so schwer wie unten auf dem Venusboden. Ich folgte dem Lichtkegel meiner Helmkappe bis zum Kontrollpunkt zwei, öffnete den Deckel, kippte das Eis hinein und warf den Eimer weg. Ich konnte den Deckel nicht mehr schließen; denn das Eis war in einem Stück aus dem Eimer gerutscht.

Ich ließ den Deckel offen und eilte hinüber auf die andere Tragfläche. Der zweite Eimer war voller explodierter Eisstückchen. Ich kippte sie in den linken Kontrollpunkt zwei, schraubte schnell den Deckel zu und eilte wieder hinüber auf die rechte Tragfläche. Jetzt hatte ich beide Hände frei. Ich hatte immer noch eine herrliche Aussicht auf die Hölle. Nur meine Helmlampe schnitt einen hellen Bogengang aus der Tintenschwärze. Meine Füße wurden schrecklich heiß. Im rechten Kontrollpunkt kochte das Wasser. Ich verschraubte den Deckel und hinkte zurück zur Schleuse.

»Komm herein und schnall dich an«, rief Eric. »Beeil dich!«

»Muß erst meinen Anzug ausziehen.« Meine Hände flogen. Jetzt kam die Reaktion. Ich konnte die Verschlüsse nicht öffnen.

»Nicht ausziehen. Wenn wir gleich starten, kommen wir vielleicht wieder nach Hause. Komm herein!«

Ich gehorchte. Als ich das Netz über dem Liegesitz festschnallte, brüllten die Rammjets auf. Das Schiff erbebte, während wir uns vom Ballontank lösten, und schoß nach vorne. Der Druck nahm zu, während die Ramms beschleunigten. Eric legte alles hinein, was er hatte. Selbst ohne Metallanzug war der Start ein zweifelhaftes Vergnügen. Mit dem Anzug war es eine Folterung. Mein Liegesitz brannte unter dem Metall; aber ich bekam keine Luft, um es Eric mitteilen zu können. Wir schossen fast senkrecht nach oben.

Wir waren ungefähr zwanzig Minuten unterwegs, als das Schiff einen Satz machte wie ein galvanisierter Frosch.

»Der eine Jet ist ausgefallen«, sagte Eric gelassen. »Ich fliege nur mit dem anderen weiter.« Wieder folgte ein Satz, als wir den ausgebrannten Rammjet abwarfen. Das Schiff flog weiter wie ein verwundeter Pelikan, aber es beschleunigte immer noch.

Eine Minute ... zwei ...

Der andere Rammjet fiel aus. Ich bekam einen Stoß, als

wären wir in ein Syrupmeer gestürzt. Eric sprengte den Rammjet ab, und der Druck ließ etwas nach. Ich konnte wieder sprechen.

»Eric?«

»Ja?«

»Hast du etwas Kölnisch Wasser dabei? Oder Lavendel?«

»*Was*? Ach, ich verstehe. Ist dein Anzug luftdicht?«

»Natürlich.«

»Dann mußt du es eben noch eine Weile aushalten. Wir werden den Qualm später ausfiltern. Ich treibe jetzt noch ein bißchen durch die Atmosphäre; aber wenn ich die Rakete einschalte, wird es verdammt ungemütlich. Ich kann keine Rücksicht auf dich nehmen.«

»Werden wir es schaffen?«

»Ich hoffe es. Aber es wird knapp hergehen.«

Zuerst kam die Erleichterung, eiskalt. Dann die Wut. »Keine unerklärlichen Unterbrechungen mehr? Kein abgestorbenes Gefühl?« fragte ich.

»Nein, warum?«

»Wenn es noch einmal auftreten sollte, sagst du mir doch Bescheid, nicht wahr?«

»Was soll diese Anspielung?«

»Vergiß es.« Ich hatte meinen Ärger abreagiert.

»Kommt gar nicht in Frage! Du weißt doch ganz genau, daß es ein mechanischer Fehler war. Du hast ihn ja selbst repariert!«

»Nein. Ich habe dich nur *überzeugt*, daß ich ihn *repariert haben müßte*! Du mußtest erst daran *glauben*, daß die Rammjets wieder einwandfrei arbeiten mußten! Ich habe eine Wunderkur an dir vollbracht, Eric! Ich hoffe nur, daß ich mir nicht noch mehr Placebos auf der Heimreise für dich ausdenken muß.«

»Wegen einer Suggestivbehandlung bist du sechzehn Meilen über dem Boden auf die Tragflächen geklettert?« schnaubte Eric. »Du hast mehr Schneid als Verstand, Shorty!« Ich antwortete nicht darauf.

»Ich wette fünftausend Dollar, daß ein mechanischer Fehler vorlag. Wir lassen die Mechaniker entscheiden, nachdem wir auf der Erde gelandet sind, wer von uns beiden recht hatte.«

»Ich nehme die Wette an.«

»Jetzt zünde ich die Rakete! Zwei – eins ...«

Eine Riesenfaust schüttelte mich in meinem Metallanzug. Rußige Flammen schlugen bis zur Decke. Doch der rosige Nebel, der meine Quarzgläser bedeckte, stammte nicht von meinem brennenden Liegesitz ...

Der Mann mit den dicken Brillengläsern breitete eine Konstruktionsskizze von dem Venusschiff vor mir aus und deutete mit dem Zeigefinger auf den Rand der Tragfläche. »Hier ungefähr ist es gewesen«, sagte er. »Der Außendruck drückte die Kabelhülle etwas zusammen – nur so weit, daß die Leitung sich nicht verwerfen konnte, verstehen Sie? Die Drähte blieben starr, als wären sie aus einem Stück, kapiert? Doch als die Kabelhülle sich bei der übermäßigen Hitze ausdehnte, verschoben sich die Drähte etwas, und der Kontakt wurde unterbrochen.«

»Wahrscheinlich wurde das gleiche Verfahren an beiden Tragflächen angewendet – habe ich recht?«

Der Mann sah mich erstaunt an. »Selbstverständlich!«

Ich schrieb einen Scheck über fünftausend Dollar aus und schob ihn in Erics Postfach, ehe ich in ein Flugzeug nach Brasilien stieg. Wie er meine Adresse herausfinden konnte, ist mir schleierhaft. Aber heute morgen erhielt ich ein Telegramm.

Howie, komm nach Hause! Alles verziehen!
Eric Donovans Gehirn

Ich glaube, es wird mir nichts anderes übrigbleiben ...

Gestrandet auf Pluto

Nacht auf Pluto. Scharf schneidet die Linie des Horizonts durch mein Sichtfeld. Die durchbrochene Linie unten ist grauweißer Schnee, auf den die Sterne scheinen. Darüber liegen die Schwärze des Raumes und die hellen Sterne des Vakuums. Hinter einer bizarren Reihe gefrorener Berge steigen die Sterne auf – einzeln, in Paaren oder in Bändern aus kalten, weißen Punkten. Langsam, aber für das Auge noch sichtbar, bewegen sie sich.

Irgend etwas kann da nicht stimmen: Die Umdrehungsgeschwindigkeit des Pluto ist langsam – 6,39 Tage. Die Zeit müßte hier spürbar langsamer verstreichen.

Sie müßte stillstehen.

Habe ich einen Fehler gemacht?

Der Horizont ist nahe, weil der Planet nicht sehr groß ist. Er scheint noch näher zu rücken, weil keine Atmosphäre die Entfernung verschleiert. Zwei scharfe Bergspitzen ragen in den Sternenschwarm hinauf wie die zugefeilten Schneidezähne eines Kannibalen. In der Schlucht zwischen diesen gefrorenen Bergspitzen steigt ein leuchtender Punkt auf.

Ich erkenne die Sonne, obwohl ihre Scheibe nicht größer ist als andere, schwächere Sterne. Die Sonne strahlt als kalter Punkt zwischen den gefrorenen Bergspitzen. Sie befreit sich aus der Schlucht und scheint in meine Augen ...

Die Sonne ist fort, das Sternenfeld hat ein anderes Muster. Ich muß ohnmächtig geworden sein.

Habe ich einen Fehler gemacht? Er wird mich nicht umbringen. Trotzdem könnte ich rasend darüber werden ...

Ich werde es nicht. Ich spüre nichts – keinen Schmerz, keinen Verlust, kein Bedauern, keine Furcht. Nicht einmal Mitleid. *Was für eine Situation!* Das ist alles.

Graues Weiß über grauem Weiß: Das Landungsfahrzeug,

gedrungen und konisch zugespitzt, liegt halb vergraben auf der Eisebene unterhalb meiner Augenhöhe. Hier stehe ich, blicke nach Osten und warte.

Das kommt davon, wenn man nicht sterben will.

Pluto war nicht der äußerste Planet unseres Sonnensystems. Vor zehn Jahren, 1979, wurde diese Theorie umgestoßen. Jetzt stand Pluto im Perihelion – so nahe der Sonne und der Erde, wie es seine Umlaufbahn erlaubte. So eine günstige Gelegenheit durften wir natürlich nicht ungenützt verstreichen lassen.

Deshalb kamen wir – Jerome, Sammy und ich – in einer aufgeblasenen Plastikblase, die auf einem Ionenstrom balancierte. Wir hatten anderthalb Jahre in dieser Plastikblase gelebt. Nach so einer langen Zeit, ohne wirkliches Privatleben, hätten wir uns eigentlich hassen müssen wie die Pest. Wir taten es nicht. Das psychologische Team der UN mußte gut gewählt haben.

Doch – was für eine Erleichterung, wenn man einmal für sich allein blieb, und wenn es auch nur Minuten waren. Wenn man etwas tun konnte, was nicht vorhersehbar war. Eine neue Welt konnte unendlich viele Überraschungen bringen. Das gleiche traf aber auch für eine Maschine zu, die man im Labor gründlich getestet hatte. Ich glaube nicht, daß einer von uns blindes Vertrauen zu unserer Nerva-K hatte, die unser Landungsfahrzeug antrieb.

Man muß es nur gründlich durchdenken. Für lange Reisen im Raum verwendet man einen Ionenstrom, der einen schwachen Schub für lange Zeiträume liefert. Der Ionenmotor an unserem eigenen Fahrzeug war jahrzehntelang im Einsatz gewesen. Wo die Schwerkraft erheblich geringer ist als auf der Erde, landet man mit zuverlässigen chemischen Raketen. Für Landungen auf der Erde und auf der Venus verwendet man Hitzeschilde und die Bremskraft der Atmosphäre. Für Landungen auf den Gasriesen – aber wer will da schon landen?

Die Nerva-Fusionsraketen werden nur zum Start von der Erde verwendet, wo der Schub und die Leistung zählen. Manövrierfähigkeit und Reaktionsschnelligkeit sind lebenswichtig, wenn man mit seiner eigenen Antriebskraft landen muß. Und ein schwerer Planet hat immer Atmosphäre, die einen abbremst.

Pluto hatte keine Atmosphäre.

Für Pluto waren chemische Schubdrüsen zu schwer, die uns wieder in den Raum hinausschießen konnten. Wir brauchten einen atomaren Nerva-Raketenmotor, der Wasserstoff als Reaktionsmasse benützte und äußerst manövrierfähig war.

Wir hatten diesen Motor. Doch wir trauten ihm nicht.

Jerome Glass und ich gingen auf Pluto nieder und ließen Sammy Cross in einer Park-Umlaufbahn zurück. Natürlich beschwerte er sich darüber. Er hatte sich anderthalb Jahre deswegen nicht beruhigen können, seit wir vom Kap K. gestartet waren. Doch einer mußte ja da oben kreisen. Einer mußte an Bord des Fahrzeuges bleiben, das zur Erde zurückkehrte. Er mußte die Nachrichten zur Erde übermitteln, eingreifen, wenn etwas schiefging und die Bomben werfen, die das einzige echte Geheimnis von Pluto lösen sollten.

Wir lösten dieses Rätsel leider nicht. Wo nimmt Pluto all seine Masse her? Der Planet ist ein dutzendmal dichter, als er es eigentlich sein durfte. Wir hätten dieses Rätsel mit den Bomben lösen können, wie man im letzten Jahrhundert das Rätsel des Erdaufbaues löste. Man erfaßte das Muster der Erdbebenschwingungen, die durch den Kern der Erde liefen. Doch diese Schwingungen wurden durch natürliche Ursachen ausgelöst. Auf Pluto hätten die Bomben viel bessere Dienste geleistet.

Eine helle Sternen-Sonne leuchtete plötzlich zwischen den Fangzähnen der Berge auf. Ich frage mich, ob sie alle Rätsel gelöst haben, wenn meine Wache hier endet.

Der Himmel hüpft auf und nieder und beruhigt sich wieder.

Ich blickte nach Osten über die Ebene, wo wir mit unserem Schiff landeten. Die Ebenen und die Berge dahinter schienen zu versinken wie Atlantis. Doch das war nur eine Illusion, die durch den Fluß der Sterne erzeugt wurde. Wir gleiten unaufhörlich am schwarzen Himmel hinunter, Jerome und ich und das gestrandete Schiff.

Die Nerva-K hatte perfekt funktioniert. Wir schwebten ein paar Minuten lang über einer Stelle, um uns durch mehrere Schichten gefrorenen Gases hindurchzuschmelzen und etwas Festes als Landekissen unter den Rumpf zu bekommen. Kondensierende Gase dampften und kochten um uns herum, und wir setzten in einem weißen Nebel auf, der von der Wasserstoffflamme erhellt wurde.

Schwarzer, feuchter Boden erschien unter der Rundung unseres Landewulstes. Langsam ließ ich das Schiff sinken, unendlich langsam – und wir hatten Bodenberührung.

Wir brauchten eine Stunde, um das Schiff durchzuchekken und auszusteigen. Doch wer sollte der erste sein? Das war keine leichte Entscheidung. Pluto würde der letzte Außenposten des Sonnensystems für viele Jahrzehnte bleiben, und der Ruf, als erster Mensch Pluto betreten zu haben, würde wahrscheinlich die Zeiten überdauern.

Jerome gewann bei der Münzentscheidung. Nur weil die Münze zufällig auf die Ziffer fiel, würde Jerome als Unsterblicher in die Geschichte eingehen. Ich zwang mich zu einem Lächeln. Ich wünschte, ich könnte jetzt immer noch ein Lächeln aufbringen. Er lachte und sprach von Marmordenkmälern, als er in die Schleuse stieg.

Ironie des Schicksals, dachte ich bitter.

Ich schraubte gerade meinen Helm fest, als Jerome Flüche in das Helmmikrophon schrie. Ich beendete meine Checkliste und folgte ihm dann ins Freie.

Ein Blick genügte.

Der schwarze, feuchte Boden unter unserem Landewulst war schmutziges Eis gewesen – Wassereis, vermischt mit leichteren Gasen und Steinen. Die Hitze der Nerva-Düsen hatte dieses Eis geschmolzen. Die Steine im Eis waren abgesunken. Das Landefahrzeug ebenfalls. Und als das Wasser wieder zu Eis erstarrte, schnürte es unseren halben Rumpf ein. Unser Landungsfahrzeug war halb im Eis versunken.

Wir hätten uns ja noch ausführlicher umsehen können, ehe wir versuchten, das Schiff wieder aus dem Eis zu lösen. Als wir Sammy von unserer Lage berichteten, schlug er uns das ebenfalls vor. Doch Sammy war oben im Schiff, das zur Erde zurückkehren sollte, und wir waren hier unten, gestrandet im Eis einer anderen Welt.

Wir hatten Angst. Solange wir unser Landefahrzeug nicht aus dem Eis befreit hatten, taugten wir nicht für andere Aufgaben. Wir wußten das beide.

Ich wundere mich heute, weshalb ich mich nicht mehr an diese Angst erinnern kann.

Wir hatten eine einzige Chance. Das Landefahrzeug war so gebaut, daß es sich über die Oberfläche von Pluto bewegen konnte. Es hatte keine Landestützen, sondern nur einen Landewulst. Der Schub von einem halben g hätte genügt, um uns einen Bodeneffekt zu geben. Das war sicherer und billiger, als das Schiff wie eine ballistische Rakete in den Raum zu schießen. Der Landewulst mußte Gas eingefangen haben, als das Schiff versank. Die Nerva-K-Maschine mußte sich in einem Raum voller eingefrorener Gasblasen befinden.

Wir konnten uns wieder aus dem Eis herausschmelzen.

Wir gingen so vorsichtig vor, wie zwei gutgeschulte Männer in einer Krisensituation nur sein konnten. Die Wärme nahm in der Nerva-K zu – so langsam, daß wir uns vor Ungeduld die Lippen blutig bissen. Im Flug wirkte der kalte Wasserstoff wie ein Kühlmittel, wenn er durch den Reaktor floß. Hier konnten wir diese Nebenwirkung keinesfalls gebrauchen. Doch die Umgebung des Motors war schrecklich kalt. Die beiden Faktoren konnten sich daher ausgleichen oder …

Plötzlich spielten die Meßgeräte verrückt. Irgend etwas war unter dem Einfluß des wahnwitzigen Temperaturunterschiedes zusammengebrochen. Jerome schaltete die Dämpfer ein – ohne Erfolg. Vielleicht waren sie zerschmolzen. Vielleicht waren Leitungen zusammengebrochen, oder die Widerstände waren bei dieser extremen Kälte zu Supraleitern geworden. Vielleicht war der Reaktor – aber das spielte jetzt keine Rolle mehr.

Ich wundere mich nur, warum ich mich nicht mehr an die Angst erinnern kann.

Sonnenlicht …

Und ein dumpfes, traumartiges Gefühl. Ich bin wieder bei Bewußtsein. Ich sehe die gleichen Sternenformationen über den gleichen schwarzen Bergen aufgehen.

Etwas Schweres kriecht an mich heran. Ich spüre sein Gewicht auf der Rückseite meiner Beine und meinem Rükken. Was ist es? Warum habe ich keine Angst?

Es gleitet um mich herum, tastend, drängend. Es sieht aus wie eine riesige Amöbe, formlos und durchsichtig. In einer durchsichtigen Masse sind dunklere Organe eingebettet. Ich vermute, das Ding ist genauso schwer wie ich.

Leben auf Pluto? Aber wieso? Superflüssigkeiten? Helium II, das von kompletten Molekülen verseucht wurde? In diesem Fall sollte sich das Biest schleunigst in Sicherheit bringen. Bei Sonnenaufgang braucht es dringend Schatten. Die Temperatur auf der Sonnenseite des Pluto ist immerhin 50 Grad absoluter Temperatur.

Nein, komm zurück! Es entfernt sich, fließt hinunter zu einem Krater. Haben meine Gedanken es fortgejagt? Unsinn. Wahrscheinlich war ich nicht nach seinem Geschmack. Das Biest muß sich verdammt langsam bewegen, denn ich kann seinen Bewegungsablauf genau verfolgen. Es bewegt sich den Hang hinunter auf unser Landefahrzeug zu und die winzige Statue – auf den ersten Menschen, der auf Pluto starb.

Nach dem Fiasko mit dem Nerva-K-Motor mußte einer von uns nach unten gehen, um nachzusehen, wie groß der Schaden war. Das bedeutete, daß einer von uns mit der Flamme des Tornister-Jets sich einen Tunnel durch das Eis graben und dann unter den Landewulst des Landefahrzeugs kriechen mußte. Wir sprachen nicht von den Gefahrenmomenten. Wir waren so gut wie tot. Derjenige, der hinunter in die Höhle mit den Gasblasen steigen sollte, war bestimmt so gut wie tot. Aber was soll's? Tot ist tot.

Ich habe kein schlechtes Gewissen. Ich wäre hinuntergestiegen, wenn das Los mich getroffen hätte.

Der Nerva-K-Motor hatte seine Eingeweide in die Höhlung ausgespuckt. Wir waren hier für immer gestrandet. Das heißt, ich war hier gestrandet, und Jerome war tot. Die Höhle mit den Gasblasen war eine radioaktive Höhle.

Jerome hatte leise vor sich hingeflucht, als er in die Höhle einstieg. Schweigend kam er wieder heraus. Er hatte wohl seinen besten Wortschatz auf weniger kritische Situationen verschwendet.

Ich weinte. Daran erinnere ich mich. Ich weinte aus Kummer und aus Angst. Trotzdem sprach ich so ruhig wie immer. Jerome ahnte die Wahrheit nicht. Was er sich dabei dachte, ist seine Privatangelegenheit. Er schilderte mir die Lage, nahm Abschied von mir, ging hinaus in das Eis und nahm den Helm ab. Ein weißer Nebelball hüllte seinen Kopf ein, explodierte und rieselte in winzigen Schneeflocken auf den Boden.

Doch das alles scheint schon in weiter Vergangenheit zurückzuliegen. Jerome steht dort unten, den Helm in der geballten Faust – eine eigene Statue als erster Mensch auf dem Pluto. Ein Reif rekondensierter Flüssigkeit liegt auf seinem Gesicht.

Sonnenaufgang. Ich hoffe, daß die Amöbe ...

Die Sonne verharrte einen Augenblick zwischen den Gipfeln, eine weiße, punktgroße Lichtquelle. Dann schoß sie nach oben – und der sich drehende Himmel kam jäh zum Stillstand.

Kein Wunder, daß ich das nicht früher beobachten konnte. Es geschah alles viel zu schnell.

Sammy saß dort oben im Schiff, das zur Erde zurückkehren sollte. Doch er konnte nicht zu mir herunter, und ich konnte nicht zu ihm hinauf. Mein Rucksacksystem funktionierte einwandfrei; aber früher oder später würde ich hier unten erfrieren, oder die Atemluft würde mir ausgehen.

Ich blieb ungefähr dreißig Stunden beim Landefahrzeug, holte Eis- und Bodenproben zusammen, analysierte sie, schickte die Daten mit meinem Laserstrahl zu Sammy hinauf. Ich übermittelte ihm auch meine berühmten letzten Worte und bedauerte mich selbst. Mehrmals mußte ich Jeromes Denkmal passieren. Als Leiche, die nicht von einem Präparator nach dem Tode kosmetisch behandelt worden war, sah er verdammt gut aus. Seine reifbedeckte Haut kann man kaum von Marmor unterscheiden, und seine Augen sind nach oben gerichtet und blicken sehnsüchtig nach den Sternen. Jedesmal, wenn ich an ihm vorbeikam, überlegte ich, wie ich ausschauen würde, wenn meine Zeit kam.

»Du mußt nach einer Schicht gefrorenem Sauerstoff suchen«, wiederholte Sammy beharrlich.

»Weshalb?«

»Sie erhält dich am Leben! Früher oder später werden sie ein Rettungsschiff hierherschicken! Du darfst jetzt nicht aufgeben!«

Ich hatte bereits aufgegeben. Selbstverständlich war hier auch Sauerstoff vorhanden, aber nicht in so nennenswerten Schichten, wie Sammy das erhoffte. Es gab hier nur Sauerstoffadern, vermischt mit anderen Stoffen. Sie glichen Goldadern im Gestein auf der Erde. Sie waren zu klein und zu fein verteilt.

»Dann halte dich an das Wassereis! Du kannst durch Elektrolyse den Sauerstoff herausziehen!«

Ein Rettungsschiff würde Jahre brauchen, bis es Pluto erreichte. Sie mußten es ganz neu bauen und auch ein neues Landefahrzeug entwerfen. Ich hatte nur noch die Batterien zur Verfügung.

Früher oder später würde ich auch über keine Energie mehr verfügen können. Sammy sah dieses Problem überhaupt nicht. Er war viel verzweifelter als ich. Ich hatte noch genügend Vorrat an berühmten, letzten Worten. Doch ich hörte auf, sie hinaus in den Raum zu senden, weil sie Sammy zum Wahnsinn getrieben hätten.

Ich passierte Jeromes Statue einmal zuviel. Dabei kam mir eine Idee.

Das kommt davon, wenn man nicht sterben möchte.

In Nevada, drei Milliarden Meilen von hier entfernt, liegt eine halbe Million Leichen, umgeben von flüssigem Stickstoff in unterirdischen Gewölben. Eine halbe Million Menschen warten dort auf eine irdische Wiederauferstehung, sobald die Medizin ein Verfahren kennt, um sie schonend wieder aufzutauen, ihre einstmals tödlichen Leiden zu heilen und alle zusätzlichen Schäden zu reparieren, die durch Eiskristalle in ihrem Körper entstanden waren.

Eine halbe Million Narren? Aber was für eine andere Wahl hatten sie denn, als sie starben?

Ich starb ebenfalls.

Ein Mensch kann ein paar Zehntelsekunden im Vakuum bei Besinnung bleiben. Wenn ich mich rasch bewegte, konnte ich mich in dieser Zeit meines Anzugs entledigen. Ohne diese Wärmeisolierung würde Plutos schwarze Nacht mir in Sekunden meine Körperwärme entziehen. Bei 50 Grad absoluter Temperatur würde ich hier tiefgekühlt warten, bis für mich der Tag der Wiederauferstehung kam. Auf die eine Art oder die andere.

Sonnenlicht …

... und Sterne. Keine Spur mehr von dem kriechenden Klumpen, der mich gestern so ungenießbar fand. Aber vielleicht blickte ich nur in die falsche Richtung ...

Ich hoffe, es hat noch rechtzeitig Unterschlupf gefunden.

Ich blicke nach Osten, über die kraterübersäte Ebene. Am Rande meines Sichtfeldes erscheint mein Landefahrzeug unverändert und unversehrt.

Mein Anzug liegt neben mir auf dem Eis. Ich stehe auf dem Gipfel eines schwarzen Felsens in meiner silberfarbenen Unterwäsche und blicke zum Horizont. Bevor die Kälte mein Gehirn erreichte, hatte ich noch Gelegenheit, diese heroische Haltung einzunehmen. Gehe nach Osten, junger Mann. Merkst du nicht, daß du die Himmelsrichtungen durcheinanderbringst? Doch der Nebel meiner Atemluft hüllte alles ein, und ich bewegte mich mit schrecklicher Hast.

Sammy Cross muß inzwischen schon auf dem Weg zur Erde sein. Er wird Ihnen sagen, wo ich stehe.

Sterne strömen hinter den Bergen hervor. Die Ebene, Jerome und ich versinken unter den Sternen ins Bodenlose.

Meine Leiche wird die kälteste in der Geschichte der Menschheit sein. Selbst die Toten der Erde werden nur bei einer Temperatur von flüssigem Stickstoff gelagert. Plutos Nacht läßt diese Temperatur als gnadenlose Hitze erscheinen, nachdem die 50 Grad absoluter Temperatur des Tages in das Vakuum verströmen.

Ich bin zum Supraleiter geworden. Das Sonnenlicht bringt meine Körpertemperatur viel zu hoch, schaltet mich im Anbruch der Dämmerung ab wie eine verdammte Maschine. Doch nachts wird mein Nervensystem zum Supraleiter. Ströme fließen, Gedanken fließen, Empfindungen fließen. Sie fließen unendlich träge. Die einhundertdreiundfünfzig Stunden von Plutos Umdrehungen zucken vorüber, als wären sie nur eine Viertelstunde. Bei diesem Tempo kann ich sogar erwarten ...

Ich stehe dort als Denkmal und Aussichtspunkt. Kein Wunder, daß mich nichts mehr erschüttern kann. Wasser ist hier Stein, und meine Drüsen sind Eisadern in meinem Innern. Doch ich empfinde den Zug der Schwerkraft, den Schmerz in den Ohren, das Saugen des Vakuums auf jedem Quadratzentimeter meines Körpers. Das Vakuum bringt mein Blut nicht zum Kochen. Doch die Anspannungen sind ebenfalls in mein Eis gebettet, und ich merke, wie der Wind von meinen Lippen pfeift, als stieße ich Zigarettenrauch aus.

Das kommt davon, wenn man nicht sterben will. Was für ein göttlicher Schmerz, wenn mein Wunsch in Erfüllung ginge!

Glauben Sie, daß man mich finden wird? Pluto ist nur ein kleiner Planet. Und das Schiff ist ein Wegweiser.

Aber es ist mit Frost bedeckt, grauweiß auf grauweißer Ebene. Es sieht aus wie ein natürlicher Eisklumpen auf einer Ebene aus Eis. Ich kann hier stehen bis in die Ewigkeit, ehe sie mein Schiff von der Umgebung unterscheiden können.

Aufhören!

Sonnenlicht …

Die Sterne rollen am Himmel. Dieselben Formationen, immer von den gleichen Punkten sich entrollend. Ob auch Jeromes Leiche diesen Zustand besitzt? Dasselbe halbe Leben lebt wie ich? Er hätte sich ausziehen sollen, wie ich das getan hatte. Mein Gott! Ich hätte daran denken sollen, ihm das Eis von den Augen zu wischen!

Ich wollte, diese superflüssige Amöbe käme wieder zurück.

Verdammt. Es ist *kalt* …

Das Oktopusauge

Es war ein Brunnen.

Henry Bedrosian und Christopher Luden beugten sich über den Rand und starrten in die undurchdringliche Finsternis hinunter. Ihr Motorrad mit den Luftgummireifen lag vergessen im Sand, feinkörnigem, rosafarbenem Sand, der sich in endloser Weite bis zu dem gleichförmigen Horizont erstreckte, dessen Farbe vom Himmel entliehen war. Der Himmel war blutrot. Es hätte ein flammender Sonnenuntergang in Kansas sein können, doch die winzige Sonne stand noch im Zenit. In der unwirtlichen Wildnis des Mars nahm sich der durchscheinende, behauene Stein aus wie eine Gotteslästerung.

Der Brunnen ragte vier Fuß aus dem Sand, war ungefähr rund und knapp drei Meter im Durchmesser. Die verwitterten Steine waren aufrecht stehende Blöcke, die etwa einen Fuß hoch, einen Fuß lang und zwölf Zentimeter breit waren. Aus welchem Material die Sterne auch bestehen mochten, sie schienen jedenfalls von einem schwachen inneren Glühen erfüllt.

»Er wirkt so menschlich!« sagte Henry Bedrosian. In seiner Stimme schwang ein Hauch von enttäuschter Verwunderung, die sich in seinem dunklen Gesicht mit der scharf gezeichneten Nase widerspiegelte.

Chris Luden wußte, was er damit meinte. »Das ist ganz normal. Mit einem Brunnen ist es wie mit einem Hebel oder einem Rad. Diese Dinge sind so einfach, daß man nicht viel daran verändern kann. Ist dir die Form der Steine aufgefallen?

»Ja. Seltsam. Aber sie könnten dennoch von Menschen gemacht sein.«

»In dieser Luft? Während sie Stickstoffoxyd einatmen und

Salpetersäure trinken? Aber ...« Hier holte Chris tief Atem, »wir wollen uns nicht beklagen. So ist das Leben, Harry! Wir sind auf die Spuren intelligenter Lebewesen gestoßen!«

»Das müssen wir Abe berichten.«

»Genau.«

Beide rührten sich jedoch noch eine ganze Weile nicht von der Stelle. Sie standen über den Brunnen gebeugt und starrten in seine schwarzen Tiefen hinunter. Das leuchtende Grün ihrer Druckanzüge hob sich vom Rosa des Sandes und dem Dunkelrot des Himmels scharf ab. Schließlich wandten sie sich ab und bestiegen das Marsmobil.

Die Landefähre ragte wie ein aufgerichteter Kugelschreiber in den Himmel. Ihre untere Hälfte bestand aus drei auseinandergespreizten Beinen, einem wiederzündenden Raketenantrieb und einem großen Laderaum, der jetzt zu zwei Dritteln leer war. Die obere Hälfte bestand aus der Wiedereintrittsstufe in die Umlaufbahn. In weiter Ferne, hinter den geschwungenen Dünen, konnte man einen weißen Fleck erkennen, den abgeworfenen Treibanker.

Das Marsmobil, ein vielgepriesenes zweisitziges Motorrad mit großen Ballonreifen und einer Reihe von Sondervorrichtungen, tuckerte auf eines der Landebeine zu und hielt an. Henry stieg ab und kletterte in die Kabine, um Abe Cooper im Orbiter anzurufen. Chris Luden stieg in den Laderaum und durchwühlte einen unordentlichen Haufen von Ausrüstungsgegenständen, bis er eine dicke Rolle Bindfaden, einen Metalleimer und einen schweren Gesteinshammer, sie alle gegen die zersetzende Atmosphäre besonders gefeit, gefunden hatte. Er warf die Gegenstände neben das Marsmobil hinunter und kletterte wieder hinaus. »Nun wollen wir mal sehen«, sagte er bei sich.

Henry stieg die Leiter hinunter. »Abe ist außer sich. Er sagt, wenn wir ihn nicht alle fünf Minuten anrufen, kommt er zu uns runter. Er will gerne wissen, wie alt der Brunnen ist.«

»Das möchte ich auch gerne wissen.« Chris schwang den Hammer. »Wir werden ein Stückchen abhauen und es analysieren. Komm schon.«

Der Brunnen war eineinhalb Meilen von dem Schiff entfernt und von unauffälliger Farbe. Hätten sie nicht eine Flagge zurückgelassen, hätten sie die Stelle wahrscheinlich nicht wiedergefunden.

»Laß uns als erstes untersuchen, wie tief er ist«, sagte Luden. Er legte den Hammer in den Eimer, um ihn zu beschweren, befestigte eine Schnur am Griff und ließ ihn fallen. Sie standen wartend in der unheimlichen Stille der Marswüste und lauschten ... Das Seil war beinahe am Ende, als der Eimer unten auf Widerstand traf. Einen Augenblick später schwebte der Widerhall eines platschenden Geräusches aus der Tiefe herauf. Henry brachte ein Zeichen an der Schnur an, damit sie messen konnten, wie weit sie sich abgewickelt hatte. Es schienen etwa dreihundert Fuß zu sein. Sie holten die Leine wieder ein.

Der Eimer war zur Hälfte mit einer trüben, leicht öligen Flüssigkeit gefüllt.

Chris reichte seinem Gefährten den Eimer und sagte: »Harry, würdest du das zurückbringen und analysieren?«

Henrys dunkles Gesicht verzog sich über dem Spitzbart zu einem Grinsen. »Ich knobele mit dir darum. Wir wissen doch beide, als was es sich herausstellen wird.«

»Sicher, aber es muß getan werden. Gerade Zahl.« Sie knobelten. Henry verlor. Er fuhr zum Schiff zurück. Der Eimer baumelte in seiner Hand, und die Flüssigkeit schwappte über den Rand.

Das Gestein aus dem der Brunnen gebaut war, hätte Quarz oder sogar eine ungemaserte Marmorart sein können. Er war zu stark verwittert und von den feinen Sandkörnern abgerieben, gescheuert und eingekerbt worden, als daß man hätte sagen können, woraus er bestand. Chris Luden wählte einen Steinblock aus, der ihm geeignet erschien, und ließ den Hammer kraftvoll auf eine Seite niedersausen, die aussah wie ein Riß. Er wiederholte den Schlag noch einmal.

Der Hammer war verbogen.

Luden drehte den Hammer nach allen Richtungen und untersuchte die schartige, stumpfe Kante und die breitgeschlagenen Seiten. In seinen blauen Augen drückte sich Erstaunen aus. Er wußte, daß der Regierung in bezug auf das Gewicht eines Marswerkzeuges keine Haarspalterei zu lästig war, nicht jedoch, wenn es um die Kosten oder die Qualität der Werkzeuge für das Marsprojekt ging. Hier auf dem Mars war dieser Hammer Zehntausende von Dollars wert. Er mußte aus einer harten, unverwüstlichen Legierung bestehen. Dann …

Er legte den Kopf im Helm schief, und ein merkwürdiger Gedanke beschlich ihn …

»Harry!«

»Ja?«

»Wie weit bist du?«

»Ich habe gerade die Luftschleuse erreicht. Laß mir fünf Minuten Zeit, um herauszufinden, daß es sich bei dem Zeug um Salpetersäure handelt.«

»Gut. Aber tu mir einen Gefallen. Hast du deinen Ring dabei?«

»Das Diamantenhufeisen? Aber sicher.«

»Bring ihn mit, und zwar außerhalb des Raumanzuges. Außerhalb, verstehst du?«

»Jetzt mach aber mal einen Punkt, Chris. Es ist ein wertvoller Ring. Warum nimmst du nicht deinen eigenen?«

»Daß ich daran nicht gedacht habe! Ich werde nur eben meinen Druckanzug ausziehen und – oh, ich glaube, ich kann meinen Helm nicht öffnen …«

»Halt! Hör schon auf! Ich habe verstanden.« Mit einem vernehmlichen Klicken schaltete Henry sein Funkgerät ab.

Luden setzte sich nieder und wartete.

Die Sonne glitt langsam dem Horizont entgegen. Sie waren gestern kurz vor Sonnenuntergang gelandet, daher wußten sie, wie plötzlich sich das Rosa der Wüste in mitternächtliches Schwarz verwandeln konnte und wie schwach der Schein der unbedeutenden Monde war. Aber bis zum Sonnenuntergang hatten sie noch vier Stunden Zeit.

Die Dünen blickten alle in dieselbe Richtung, halbrunde Hügel, so ebenmäßig, als wären sie von Hand geformt. Etwas mußte die Winde hier beeinflussen, so daß sie immer in dieselbe Richtung bliesen, wie die Passatwinde auf der Erde. Und die Dünen krochen langsamer als Schnecken über den Sand und folgten den Winden.

Wie alt waren die Steine, an denen er mit dem Rücken lehnte? Wenn es wirklich – ein merkwürdiger und törichter Gedanke, aber Chris hätte sich nicht freiwillig für das Marsprojekt gemeldet, wenn er nicht ein wenig schwärmerisch veranlagt gewesen wäre –, wenn es wirklich Diamanten waren, mußten sie, da der bloße Sand sie so hatte abtragen können, furchtbar alt sein. Viel älter als die Pyramiden, würdige Vorgänger der Sphinx. Vielleicht war das Geschlecht, das diese Steine behauen hatte, inzwischen verschwunden. Science-fiction-Schriftsteller sprachen häufig von einer ausgestorbenen Marsbevölkerung. Vielleicht hatte der Brunnen ursprünglich einmal Wasser enthalten …

»Hallo, Chris?«

»Hier.«

»Es ist dreckige Salpetersäure. Nicht besonders stark konzentriert. Das nächste Mal wirst du mir hoffentlich gleich glauben.«

»Harry, sie haben uns nicht hierhergeschickt, damit wir scharfsinnige Vermutungen anstellen. Das haben sie bereits getan, als sie das Schiff bauten. Wir sind hierhergekommen, um uns Sicherheit zu verschaffen. Habe ich recht?«

»Ich bin in zehn Minuten zurück.« Klick.

Luden ließ den Blick noch einmal über die Wüste schweifen. Es dauerte einen Augenblick, bis ihm klar wurde, was seine Aufmerksamkeit erregt hatte. Eine der Dünen war anders als die anderen. Die Rundungen stimmten nicht, sie waren asymmetrisch. Aus dem Halbrund ragte ein ausgestreckter Fortsatz hervor. Es wirkte wie eine Birne in einer Reihe Äpfel.

Er hatte noch zehn Minuten Zeit, und die Düne war nicht weit entfernt. Luden erhob sich und machte sich auf den Weg.

Er stand am Fuße der Düne und blickte zurück. Der Brunnen war deutlich zu erkennen. Die Entfernung war noch geringer, als er geglaubt hatte. Die Nähe des Horizonts hatte ihn getäuscht.

Der Rand der Düne war ungefähr fünfzehn Fuß hoch.

Was hatte sie aus dem Gleichgewicht gebracht? Eine aufragende Felsenspitze vielleicht, die nicht hoch genug war, um aus dem Sand hervorzutreten? Dem konnten sie später mit Hilfe des Schallsuchers nachgehen.

Sie mußten sich unter dem ausgestreckten, verkrümmten Sandfortsatz befinden.

»Chris? Wo, zum Teufel, steckst du? Chris?«

Chris zuckte zusammen. Er hatte Henry vollkommen vergessen. »Schau vom Brunnen aus genau südlich, dann siehst du mich.«

»Warum bleibst du nicht, wo du bist, du Idiot? Ich dachte, du wärest von einem Sandsturm begraben worden.«

»Tut mir leid, Harry. Ich bin auf etwas Interessantes gestoßen.« Chris Luden stand jetzt auf dem verkrümmten Sandarm. Seine Stimme klang geistesabwesend. »Versuch, die Steinblöcke des Brunnens mit deinem Ring anzukratzen.«

»Das ist ja ein merkwürdiger Einfall«, lachte Henry.

»Tu, was ich dir sage.«

Schweigen. Luden spürte den Windhauch. Er blickte auf den Sand hinunter und versuchte, sich vorzustellen, welches Hindernis ihn hier aufgehäuft hatte. Etwas, das nicht unbedingt groß sein mußte. Es befand sich wohl nicht unter der Düne, sondern auf der dem Wind zugewandten Seite … am Anfang des Halbrunds … dort.

»Ich habe ihn angekratzt, Chris. Hier ist ein Kratzer. Man braucht also tatsächlich – huch. Aaarg! Chris, zur Hölle mit dir! Nur der Tod kann dich vor meinem Zorn retten!«

»Warum bist du so wütend über …«

»Mein Diamant! Er ist hinüber!«

»Beruhige dich. Ein einziger Stein aus dem Brunnen ist millionenmal mehr wert.«

»Tatsächlich, du hast recht. Aber wir werden Laser brauchen, um den Stein herauszuschneiden. Sie müssen Diamantenstaub als Mörtel verwendet haben. Und der Treibstoff, um sie zurückbringen …«

»Harry, tu mir einen Gefallen. Bring …«

»Der letzte Gefallen hat mich einen Dreitausend-Dollar-Ring gekostet.«

»Bring das Marsmobil hierher. Ich möchte ein wenig graben.«

»Bin gleich da.«

Eine Minute später hielt Henrys Maschine neben Chris' grünem Raumanzug an, und das Lächeln in seinen Zügen bewies, daß die Kratzer an seinem Ring Henrys Psyche keinen dauerhaften Schaden zugefügt hatten. »Wo graben wir?«

»Genau hier, wo ich stehe.«

Um steile Hindernisse überwinden zu können, war das Marsmobil mit zwei Druckluft-Rückstoßdüsen ausgestattet. In einem großen Tank an der Unterseite des Fahrzeuges befand sich die Druckluft, die der dünnen Marsatmosphäre entnommen und mit Hilfe des Motors verdichtet wurde. Henry schaltete die Triebwerke ein und schwebte, indem er das Gewicht verlagerte, um die Maschine an ihrem Platz zu halten, über die Stelle, an der Chris stand. Der Sand wurde in dichten Schwaden aufgewirbelt. Während Chris eilends die Flucht ergriff, verdoppelte Henry grinsend den Druck, so daß die feinen Sandkörner Chris über und über berieselten. Eine halbe Minute später ließ der Druck nach, und Henry mußte lachen. Das Marsmobil bebte und zitterte unter den Bemühungen des Motors, die Druckkammer wieder aufzufüllen.

»Ich stelle dir die Frage nur ungern«, sagte Henry, »aber was hat das alles zu bedeuten?«

»Dort unten liegt irgendein fester Gegenstand. Ich möchte ihn freilegen.«

»Na gut, wenn du sicher bist, daß wir uns an der richtigen Stelle befinden. Wir müssen uns schließlich sechs Monate um die Ohren schlagen.«

Schweigend brachten sie die folgenden Minuten damit zu, das Marsmobil zu beobachten, während es seine Druckkammer füllte.

»He«, unterbrach Henry das Schweigen. »Glaubst du, daß wir auf diese Diamanten Anspruch erheben können?«

Chris Luden, der am steilen Hang der Düne saß, kratzte sich nachdenklich am Helm. »Warum nicht? Uns sind bisher keine lebenden Marsbewohner begegnet, und es steht fest, daß niemand außer uns einen Anspruch angemeldet hat. Klar, wir reichen unser Gesuch ein; das Schlimmste, was uns passieren kann, ist, daß sie den Antrag ablehnen.«

»Noch etwas. Ich habe noch kein Wort darüber verloren, weil ich wollte, daß du es mit eigenen Augen siehst, aber zum Teufel damit. Einer der Quader ist über und über mit tiefen Kratzern bedeckt.«

»Das sind sie alle.«

»Nicht so, wie dieser. Es sind *tiefe* Linien, und wenn mir meine Phantasie keinen Streich spielt, stehen sie alle in einem Winkel von fünfundvierzig Grad zueinander. Sie sind zu dünn, um es mit Sicherheit entscheiden zu können, aber ich glaube, daß es sich um etwas Ähnliches wie Schriftzeichen handelt.«

Gleich darauf bestätigte Henry, ohne eine Antwort abzuwarten, die Druckluftdüsen. Er war ein Meister darin. Er bewegte sich wie ein Ballettänzer. Henry verlagerte immer wieder das Gewicht, doch das Fahrzeug schien sich nicht von der Stelle zu bewegen.

Etwas wurde im Sand sichtbar. Es war kein Felsen.

Ein Ding, das aussah wie eine moderne Stahlplastik, ohne Sinn und Bedeutung und doch von einer eigenartigen Schönheit erfüllt. Etwas, das einmal eine Maschine gewesen und jetzt – nicht mehr war.

Henry Bedrosian schwebte über dem trichterförmigen Loch, das seine Düsen gegraben hatten. Der Gegenstand war jetzt fast vollständig zu erkennen. Daneben tauchte noch etwas anderes auf.

Eine Mumie.

Mit dem letzten bißchen Druckluft landete das Marsmobil weich im Sand. Als Henry abstieg, ließ Chris sich in die Grube hinuntergleiten.

Die Mumie war ein Humanoid, etwa vier Fuß groß, mit langen Armen, langen, spitz zulaufenden, zerbrechlichen Fingern und einem vergleichsweise viel zu großen Schädel. Einzelheiten waren nicht erkennbar; die Zeit hatte alles verwischt. Chris konnte nicht einmal mit Sicherheit sagen, wie viele Finger der – Humanoid – gehabt hatte. An einer Hand waren noch zwei vorhanden, an der anderen nur einer und ein flacher, abgespreizter Daumen. Die Füße hatten keine Zehen. Das Ding lag mit dem Gesicht nach unten.

Der Gegenstand, der jetzt vollständig freigelegt war, wies mehr erkennbare Einzelheiten auf. Aber die Einzelheiten ergaben keinen Sinn. Dicke, gebogene Metallstreben, dünne, verworrene Drähte, zwei riesige, zerbeulte Kreise, an deren ehemaligen Rändern etwas Verrottetes herunterhing – und dann klickte es in Henrys Phantasie, es war die gleiche visuelle Begabung, die ihm zu den Einsern in Topologie verholfen hatte, und er sagte: »Es ist ein Fahrrad.«

»Du hast den Verstand verloren.«

»Nein, schau her. Die Räder sind zu groß, und ...«

Es war ein auf absurde Weise verdrehtes Fahrrad, dessen Räder einen Durchmesser von acht Fuß hatten. Der Sattel war winzig, und die Kette war durch ein Getriebesystem ersetzt. Das Getriebe hatte eine extrem kleine Übersetzung. Der Sattel stieß beinahe ans Hinterrad, und an der Vorderradnarbe war eine Lenkstange befestigt, die jetzt nur noch ein verbogenes Stück Schrott war. Das Fahrrad war von irgend etwas zerdrückt worden wie eine knitterfeste Zigarrenschachtel in der Hand eines starken Mannes, und dann hatte die Salpetersäure dem Metall den Rest gegeben.

»Also gut, es ist ein Fahrrad«, sagte Chris. »Es ist ein Salvador-Dali-Fahrrad, aber immerhin ein Fahrrad. Sie müssen uns ziemlich ähnlich gewesen sein, was? Fahrräder, Steinbrunnen, Schriftzeichen ...«

»Kleidung.«

»Wo!«

»Es muß welche vorhanden gewesen sein. Er ist um den Torso herum weniger verwittert, siehst du? Man kann die Falten in seiner Haut erkennen. Er muß geschützt gewesen sein, bevor die Kleider wegfaulten.«

»Vielleicht. Irgendwie macht er unsere Theorie von der untergegangenen Rasse zunichte, stimmt's? Er kann unmöglich älter als ein paar tausend Jahre sein. Eher jedoch ein paar hundert.«

»Dann hat er schließlich doch Salpetersäure getrunken. Nun, damit können wir unsere Diamantenmine vergessen, Partner. Es muß lebende Verwandte von ihm geben.«

»Wir können uns nicht darauf verlassen, daß sie uns allzu ähnlich sind. Die Sachen, die wir entdeckt haben – Kleidung, Schriftzeichen, Brunnen –, das alles können Dinge sein, die zu erfinden jedes intelligente Wesen gezwungen sein kann. Und eine parallele Entwicklung könnte den aufrechten, zweibeinigen Gang erklären.«

»Parallele Entwicklung?« echote Henry.

»Wie das Oktopusauge. Es stimmt in seiner Struktur fast vollkommen mit dem menschlichen Auge überein. Und doch ist ein Oktopus nicht im entferntesten menschlich. Nun ja, versuchen wir, ihn aufzuheben.«

Jeder Archäologe hätte sie in diesem Augenblick kaltblütig niedergeschossen.

Die Mumie war leicht und ausgetrocknet wie Kork und zeigte keinerlei Ansätze, in ihren Händen zu Staub zu zerfallen. Sie banden ihren Fund vorsichtig auf dem Gepäckträger fest und bestiegen das Motorrad. Langsam und behutsam fuhr Chris zurück.

Chris stand auf der ersten Stufe der Leiter und rückte die Mumie auf seiner linken Schulter zurecht. »Wir müssen ihn vor dem Start mit einer Plastikschicht besprühen«, sagte er. »Haben wir Plastikspray an Bord?«

»Ich kann mich nicht erinnern, welches gesehen zu haben. Wir sollten lieber jede Menge Bilder machen, falls er doch zerfällt.«

»Genau. In der Kabine ist eine Kamera.« Chris begann, die Leiter hinaufzuklettern, und Henry folgte ihm. Sie brachten die Kostbarkeiten ohne Zwischenfälle bis zur Luftschleuse.

»Ich habe mir Gedanken gemacht«, erklärte Henry. »Die Salpetersäure war zwar nicht gerade verdünnt, aber sie enthielt Wasser. Vielleicht ist der Stoffwechsel des Burschen in der Lage, das Wasser von der Salpetersäure zu trennen.«

»Einleuchtender Gedanke.«

Sie legten die Mumie behutsam auf einen Stapel Decken und machten sich auf die Suche nach der Kamera. Nach fünf Minuten ergebnislosem Herumstöbern schlug Chris vorsätzlich mit der Stirn an die Wand. »Ich habe sie gestern abend mitgenommen, um den Sonnenuntergang zu fotografieren. Sie ist im Laderaum.«

»Dann geh und hol sie.«

Henry stand in der Luftschleuse und sah Chris nach, der die Leiter hinunterstieg. Als Chris nach wenigen Augenblikken aus dem Frachtraum zurückkehrte, kletterte er, den Riemen der Kamera über die Schulter gehängt, wieder hinauf.

»Ich habe mir auch Gedanken gemacht«, sagte er, und die Stimme schien sich von seiner kletternden Gestalt zu lösen. »Die Diamantenvorkommen können nicht *derartig* groß sein, und es muß ein hartes Stück Arbeit gewesen sein, Quader daraus zu schneiden. Warum Diamanten? Und warum die Schriftzeichen auf einem Brunnen?«

»Religiöse Gründe? Vielleicht verehren sie das Wasser.«

»Genau das habe ich auch gedacht.«

»Natürlich hast du das. Das Muster ist so alt wie Lowell.« Chris war am Ende der Leiter angelangt. Sie drängten sich in die Luftschleuse und warteten, bis sie sich gedreht hatten.

Die Tür öffnete sich. Die beiden Männer hatten inzwischen ihre Helme abgenommen, und beide rochen es sofort. Etwas Chemisches, etwas Stechendes ...

Dichte, schwere Rauchschwaden stiegen von dem vorzeitlichen Leichnam auf.

Henry reagierte als erster. Er hastete zum Doppelboiler in der kleinen Küchennische. In der unteren Hälfte befand sich noch Wasser; er ergriff den Behälter und goß das Wasser über die rauchende Marsmumie, während er mit der anderen Hand den Wasserhahn aufdrehte.

Die Mumie explodierte wie eine Napalmbombe.

Henry sprang vor den aufschießenden Flammen zurück und prallte mit dem Kopf gegen etwas Flaches, sehr Hartes. Er stürzte, während sein Kopf erfüllt war von berstendem Licht. Augenblicklich richtete er sich wieder auf. Er wußte, daß etwas sehr Dringliches getan werden mußte, konnte sich aber nicht erinnern, was es war. Dann sah er, wie Chris, noch immer im Vakuumanzug, jedoch ohne Helm, durch die bunten Flammen eilte, die Mumie an den Handgelenken packte und in die Luftschleuse warf. Darauf betätigte er hastig den Drehknopf. Die Innentür schloß sich.

Einen Augenblick später beugte sich Chris über ihn. »Wo tut's weh, Harry? Kannst du sprechen? Kannst du dich bewegen?«

Henry setzte sich wieder auf. »Ich bin in Ordnung.«

Chris stieß heftig die Atemluft aus. Dann begann er zu lachen.

Ein wenig zittrig erhob sich Henry. Sein Kopf schmerzte. Der Rauch in der Kabine war nicht unerträglich, und der Lüftungsapparat mühte sich bereits surrend, die Luft wieder sauber und geruchlos zu machen. Roter Rauch drang aus der Außentür der Luftschleuse, zog an einer Luke vorüber und löste sich auf. »Warum ist er explodiert?« fragte Henry nachdenklich.

»Das Wasser«, erklärte Chris Luden. »Was muß er bloß für einen verrückten Stoffwechsel haben. Ich möchte unbedingt dabeisein, wenn wir einem Lebenden begegnen.«

»Aber was ist mit dem Brunnen? Wir *wissen*, daß er Wasser verwendete.«

»Ja, das tat er. Das ist sicher wie das Amen in der Kirche. Und weißt du schon, daß ein Oktopusauge genau mit einem menschlichen Auge übereinstimmt?«

»Sicher. Aber ein Brunnen ist ein Brunnen, nicht wahr?«

»Nicht, wenn der Brunnen ein Krematorium ist, Henry. Was sollte er sonst sein? Es gibt kein Feuer auf dem Mars, aber Wasser muß einen Körper vollkommen auflösen. Und ich würde zu gerne wissen, was die Leichenbestatter ihren Kunden für diese behauenen Diamantblöcke berechnen! Das härteste Material, das Menschen und Marsbewohnern bekannt ist! Zum ewigen Gedenken an den lieben Verschiedenen!«

Wie die Helden sterben

Nur durch äußerste Skrupellosigkeit konnte er jetzt noch lebend aus der Stadt herauskommen. Die aufgebrachte Menge, die ihm auf den Fersen war, hatte sich nicht die Mühe gemacht, die Marswagen zu bewachen, da es Carter zuviel Zeit gekostet hätte, einen Wagen durch die Fahrzeugschleuse zu bringen. Dort hätten sie ihn erwischen können, und das wußten sie. Einige bewachten die Personenschleuse in der Hoffnung, daß er versuchen würde, sich dorthin durchzuschlagen. Es wäre eine Möglichkeit gewesen; denn wenn es ihm gelänge, ihnen die eine Tür vor der Nase zuzuschlagen, während er die nächste öffnete, hätten ihn die Sicherheitsvorrichtungen beim Durchschreiten der dritten und vierten und bis zum Hinaustreten geschützt. Im Marswagen dagegen war er in der Blase gefangen.

Es war Platz genug hier drinnen, um herumzufahren. Weniger als die Hälfte der Fertighäuser waren bisher errichtet worden. Der übrige Boden der Blasenstadt bestand aus flachgepreßtem Sand, auf dem sich lediglich hier und da Schaumstoffwände, -decken und -fußböden stapelten. Aber über kurz oder lang würden sie ihn erwischen. Schon setzten sie einen zweiten Wagen in Bewegung.

Nicht im Traum hätten sie damit gerechnet, daß er mit seinem Fahrzeug die Blasenwand durchbrechen würde.

Der Marswagen kippte zur Seite und richtete sich dann wieder auf. Ein Schwall Atemluft entwich faulend um ihn herum, riß eine Wolke feinen Sandes mit sich und wirbelte ihn in die dünne, vergiftete Atmosphäre. Carter grinste, als er zurückblickte. Sie würden nun sterben, sie alle. Er war der einzige, der einen Druckanzug trug. In einer Stunde konnte er zurückkommen und den Riß in der Blase reparieren. Bis das nächste Schiff eintraf, mußte er sich eine einleuchtende Geschichte ausdenken …

Carter runzelte die Stirn. Was hatten sie vor …

Mindestens zehn windzerzauste Männer mühten sich mit einer Fertighauswand ab. Carter sah, wie sie die Wand aufhoben, fast senkrecht aufrichteten und dann losließen. Die Schaumstoffwand wurde vom Luftzug mitgerissen und prallte heftig über dem zehn Fuß langen Riß gegen die Wand.

Carter hielt seinen Wagen an, um zu sehen, was geschah.

Niemand war tot. Die Luft entwich nicht rasend schnell, sondern sickerte nur noch heraus. Langsam und umsichtig stiegen eine Reihe von Männern in ihre Anzüge und traten einer nach dem anderen durch die Personenschleuse, um die Blase zu reparieren.

Ein Wagen schob sich in die Fahrzeugschleuse. Der dritte und letzte setzte sich ebenfalls in Bewegung. Carter wendete seinen Buggy und fuhr davon.

Die Höchstgeschwindigkeit eines Marsbuggy liegt etwa bei fünfundzwanzig Meilen pro Stunde. Der Wagen bewegt sich auf drei breiten Ballonreifen, die jeweils am Ende eines fünf Fuß langen Armes befestigt sind. Hindernisse, die diese Räder nicht überwinden können, werden gewöhnlich mit Hilfe der Druckluftdüsen, die sich unter dem Boden des Fahrzeuges befinden, übersprungen. Motor und Kompressor beziehen ihre Energie von einer Littonbatterie, die zehnmal soviel Energie speichert wie die Atombombe von Hiroshima.

Carter hatte überlegt gehandelt, so überlegt, wie es die Knappheit der Zeit erlaubte. Er hatte eine volle Ladung Sauerstoff mitgenommen, zwölf Vier-Stunden-Tanks, die sich im Luftbehälter hinter seinem Rücken befanden, und einen Reservetank, der vor seinen Knien lag. Seine Batterien waren beinahe voll; die Luft würde ihm ausgehen, lange bevor die Energie verbraucht war. Wenn die anderen Wagen die Verfolgung aufgaben, konnte er einen Bogen um sie schlagen und in der Zeit, die ihm der Ersatztank sicherte, zu der Blase zurückkehren.

Sein Buggy und die beiden, die seine Verfolgung aufgenommen hatten, waren die einzigen Fahrzeuge dieser Art auf dem Mars. Mit fünfundzwanzig Meilen pro Stunde floh er, und mit fünfundzwanzig Meilen pro Stunde verfolgten sie ihn. Das nächste Fahrzeug war eine halbe Meile hinter ihm.

Carter schaltete sein Funkgerät ein.

Er geriet mitten in eine Unterhaltung. » ...können es uns nicht leisten. Einer von euch muß umkehren. Zwei der Fahrzeuge können wir verlieren, aber nicht alle drei.«

Das war Shute, der Forschungsdirektor der Blasenstadt und gleichzeitig der einzige Militärexperte. Die nächste Stimme, tief und sarkastisch, gehörte Rufus Doolittle, dem Biochemiker. »Was sollen wir tun, eine Münze werfen?«

»Laß mich gehen«, sagte eine dritte Stimme gepreßt. »Das ist meine Angelegenheit.«

Carter spürte einen Schauder der Furcht im Nacken.

»In Ordnung, Alf. Viel Glück«, sagte Rufus. »Waidmannsheil«, fügte er dann boshaft hinzu, als wisse er, daß Carter mithörte.

»Sorgt ihr dafür, daß die Blase repariert wird. Ich sorge dafür, daß Carter nicht zurückkommt.«

Der letzte der Buggys wendete im großen Bogen und kehrte zur Stadt zurück. Der andere setzte seinen Weg fort. Und am Steuer saß Alf Harness, der Linguist.

Die meisten der zwölf Männer in der Blase waren damit beschäftigt, den zehn Fuß langen Riß mit Hitzeschweißgeräten und Plastikplanen zu reparieren. Es war eine langwierige Arbeit, jedoch nicht besonders schwierig, da die Luft auf Shutes Anweisung hin aus der Blase abgelassen worden war. Die durchsichtige Plastikhaut war in Falten über den Fertighäusern zusammengesunken und bildete jetzt eine Reihe von miteinander verbundenen Zelten. Man konnte sich darunter ohne große Schwierigkeiten bewegen.

Generalmajor Michael Shute sah den Männern bei der Arbeit zu und kam zu dem Schluß, daß sie die Lage unter Kontrolle hatten. Wie ein Soldat bei der Parade schritt er davon und beugte den Rücken sowenig wie möglich, wenn er sich unter den herabfallenden Falten hindurchbückte.

Er blieb stehen und beobachtete Gondot, der den Lufterzeuger betätigte. Gondot bemerkte ihn und sagte, ohne aufzusehen:

»Bürgermeister, warum haben sie Alf Carters Verfolgung allein übernehmen lassen?«

Shute protestierte nicht gegen den Spitznamen. »Wir dürfen auf keinen Fall beide Fahrzeuge verlieren.«

»Warum stellen Sie nicht einfach zwei Tage lang Wachen auf?«

»Und was ist, wenn Carter die Wachen umgeht? Er scheint entschlossen zu sein, die Kuppel zu zerstören. Er würde uns mit heruntergelassenen Hosen treffen. Selbst wenn es einigen von uns gelänge, rechtzeitig ihre Schutzanzüge anzulegen, könnten wir wirklich einen zweiten Riß in der Blase verkraften?«

Gondot hob die Hand, um sich an seinem kurzgeputzten Bart zu kratzen. Seine Fingerspitzen trafen auf den Plastikhelm, und er blickte verdrossen drein. »Vielleicht nicht. Ich kann die Blase auffüllen, sobald Sie fertig sind, aber dann ist der Lufterzeuger leer. Wenn sie das Loch geflickt haben, bleiben uns kaum noch Luftreserven. Ein weiterer Riß würde unser Ende bedeuten.«

Shute nickte und wandte sich ab. Draußen gab es Luft im Überschuß – tonnenweise Stickstoff und Sauerstoff; aber in der Form von Stickstoffdioxid. Der Lufterzeuger konnte es dreimal so schnell umwandeln, wie ein Mensch es verbrauchen konnte. Aber wenn es Carter noch einmal gelang, ein Loch in die Kuppel zu reißen, wäre das zu langsam.

Aber das würde Carter nicht tun, dafür würde Alf sorgen. Für dieses Mal war die Gefahr gebannt.

So konnte Generalmajor Shute sich also wieder seinen Sorgen um die Hintergründe dieses Zwischenfalls zuwenden.

Er hatte seinen Bericht über diese Hintergründe schon vor einem Monat abgeschlossen. Er hatte ihn seither mehrere Male durchgelesen, und jedesmal war ihm das Geschriebene vollständig und zutreffend erschienen. Dennoch hatte er das Gefühl, daß man es hätte besser schreiben können. Er hätte den Bericht so wirkungsvoll wie möglich gestalten sollen. Was er zu sagen hatte, konnte nur einmal gesagt werden, dann würde seine Karriere beendet und seine Stimme zum Schweigen gebracht werden.

Cousins hatte früher ein paar Romane verkauft, Schreiben war sein Hobby. Vielleicht konnte er helfen. Doch Shute widerstrebte der Gedanke, einen anderen in das Wagnis seiner Rebellion miteinzubeziehen.

Und doch – jetzt mußte er den Bericht neu schreiben oder zumindest etwas hinzufügen. Lex Harness war tot, ermordet. John Carter würde innerhalb der nächsten beiden Tage sterben. Und alles unter Shutes Verantwortung. Alles paßte zum Bild.

Es eilte nicht mit der Entscheidung. Es würde noch einen Monat dauern, bis die Erde in die Reichweite der Sendestation der Blasenstadt gelangte.

Die meisten Asteroiden verbringen den größten Teil ihrer Existenz zwischen Mars und Jupiter, und es geschah nicht selten, daß einer von ihnen auf einen Planeten stieß, wo er zuvor doch nur eine Umlaufbahn durchquert hatte. Die Marsoberfläche war mit Asteroidenkratern übersät. Alte, verwitterte, scharf umrissene, neue, große, kleine, zerklüftete, glatte Krater. Die Blasenstadt stand in der Mitte eines verhältnismäßig neuen, großen Kraters von vier Meilen Durchmesser, ein ungeheurer, nachlässig geformter Aschenbecher, der in dem rötlichen Sand vergessen worden war.

Die Buggies fuhren, indem sie den verstreut daliegenden, gekippten Felsblöcken auswichen, über zersprungenes Glas und strebten dann aufwärts, dem zerklüfteten Rand entgegen. Der blutrot gefärbte Himmel umgab eine winzige, strahlende Sonne, die genau im Zenit stand.

Alf rückte beständig näher. Wenn sie den Rand hinter sich ließen und die Fahrt wieder bergab ging, würden sie sich unweigerlich wieder voneinander entfernen. Es würde eine lange Verfolgungsjagd werden.

Jetzt war die Zeit der Reue gekommen, wenn es eine solche Zeit überhaupt gab. Aber Carter war nicht der Typ dazu, und abgesehen davon gab es nichts, dessen er sich hätte schämen müssen. Lew Harness hatte sterben müssen, hatte geradezu danach *verlangt*. Carter war lediglich erstaunt darüber, daß sein Tod eine so heftige Reaktion ausgelöst hatte. War es möglich, daß sie *alle* so waren – wie Lew? Unwahrscheinlich. Wenn er geblieben wäre und ihnen erklärt hätte ...

Sie hätten ihn in Stücke gerissen. Diese Fuchsgesichter mit den geweiteten Nüstern und den gebleckten Zähnen!

Und nun wurde er von einem einzigen Mann verfolgt. Aber dieser Mann war Lews Bruder.

Jetzt hatte er den Rand erreicht, und Alf war noch ein gutes Stück hinter ihm. Carter verlangsamte das Tempo, als er den Saum überquerte, denn er wußte, daß der Weg hinunter schwieriger war. Als er sich auf dem höchsten Punkt befand, explodierte zehn Meter von ihm entfernt ein Felsblock in einer grellweißen Flamme.

Alf hatte eine Flammenpistole.

Carter konnte sich gerade noch zusammenreißen, nicht aus dem Buggy zu stürzen und hinter einem Felsen Dekkung zu suchen. Das Fahrzeug rollte schlingernd abwärts, und Carter mußte, ob er wollte oder nicht, seine Angst verdrängen, um nicht die Gewalt darüber zu verlieren.

Das Geröll unterhalb des Kraterrandes bremste seine

Geschwindigkeit erheblich. Carter lenkte den Buggy auf den nachstgelegenen Sandhang zu. Als er ihn erreicht hatte, tauchte eine Viertelmeile hinter ihm Alf am Rande des Kraters auf. Einen Augenblick lang stand seine Silhouette zögernd vor dem blutroten Himmel, dann flammte gleißend hell und erschreckend nah, eine zweite Detonation auf.

Gleich darauf rollte Carter den Sandhügel hinunter auf einen vollkommen ebenen Horizont zu.

Aus dem Funkgerät ertönte Alfs Stimme: »Wird eine Ewigkeit dauern, Jack.«

Carter drückte auf den Sendeknopf. »Richtig. Wie viele Geschosse hast du noch?«

»Zerbrich dir darüber nicht den Kopf.«

»Das tue ich auch nicht. So, wie du sie verschwendest.«

Alf antwortete nicht. Carter ließ das Funkgerät eingeschaltet; er wußte, daß Alf schließlich mit dem Mann reden würde, den er töten wollte.

Der Krater, der ihre Heimat war, fiel zurück und verschwand schließlich. Endlose, flache Wüstenlandschaft dehnte sich vor den Buggies aus, flog unter den überdimensionalen Rädern dahin und fiel ebenfalls zurück. Sanft geschwungene Dünen tauchten vor ihnen auf, doch sie waren kein Hindernis für die Fahrzeuge. Einmal stießen sie auf einen Marsbrunnen. Er ragte einsam aus dem Sand auf, eine verwitterte runde Mauer aus behauenen Diamanten, mit einem Umfang von zehn Fuß und einer Höhe von sieben Fuß. Die Brunnen und die schrägen Schriftzeichen, die tief in ihre ›Widmungstafeln‹ geritzt waren, waren der Grund für die Existenz der Stadt auf dem Mars. Da der einzige Marsbewohner, der je gefunden worden war – eine Mumie, die mindestens seit Jahrhunderten tot war –, bei der ersten Berührung mit Wasser explodiert war, wurde allgemein angenommen, daß es sich bei den Brunnen um Krematorien handelte. Aber das war nicht sicher. Auf dem Mars war nichts sicher.

Das Funkgerät wahrte ein unheimliches Schweigen. Die Stunden verrannen, die Sonne glitt auf den tiefroten Horizont zu, und Alf sagte noch immer kein Wort. Es war, als hätte Alf Carter bereits alles, was es zu sagen gab, gesagt. Und das stimmte nicht! Alf hätte sich eigentlich rechtfertigen müssen!

Schließlich war es Carter, der seufzend klein beigab. »Du kannst mich nicht einholen, Alf.«

»Nein, aber ich kann dir so lange auf den Fersen bleiben, wie ich will.«

»Du kannst mir genau vierundzwanzig Stunden lang auf den Fersen bleiben. Dein Luftvorrat reicht für achtundvierzig Stunden. Ich glaube nicht, daß du dich umbringen wirst, nur um mich zu töten.«

»Darauf würde ich mich an deiner Stelle nicht verlassen. Aber es wird gar nicht notwendig sein. Morgen mittag wirst du mir nachjagen. Du mußt atmen, genau wie ich.«

»Schau her«, sagte Carter. Der O-Tank vor seinen Knien war leer. Er kippte ihn zur Seite hinaus und sah zu, wie er hinunterpurzelte.

»Ich hatte einen Reservetank«, sagte er. Er lächelte erleichtert, daß er von der drückenden Last befreit war.

»Ich kann vier Stunden länger leben als du. Willst du nicht umkehren, Alf?«

»Nein.«

»Er ist es nicht wert, Alf. Er war doch bloß ein Schwuler.«

»Und darum muß ein Mensch sterben?«

»Ja, wenn er mich anmacht. Vielleicht bist du auch ein bißchen andersherum?«

»Nein. Und Lew war auch nicht schwul, bevor er hierherkam. Sie hätten eine gleiche Anzahl von Männern und Frauen hierherschicken sollen.«

»Amen.«

»Weißt du, vielen Menschen wird beim Gedanken an Homosexuelle ein bißchen komisch zumute. Mir geht es selbst so, und es hat mir sehr weh getan, zu sehen, daß es Lew erwischte. Aber es gibt nur einen Typ von Menschen, der ihnen auflauert, um ihnen eine Abreibung zu verpassen.«

Carter runzelte fragend die Stirn.

»Latent Gefährdete. Kerle, die glauben, sie könnten schwul werden, wenn man ihnen Gelegenheit dazu gäbe. Sie können Schwule nicht in ihrer Nähe dulden, weil Schwule eine Versuchung für sie darstellen.«

»Du erwiderst nur mein Kompliment.«

»Vielleicht.«

»Jedenfalls hat die Stadt auch ohne – solche Dinge schon genug Probleme. Das ganze Projekt könnte von jemanden wie deinem Bruder zunichte gemacht werden.«

»Wie gut können wir Mörder gebrauchen?«

»Ziemlich gut im Augenblick.« Plötzlich wurde Carter klar, daß er jetzt sein eigener Verteidiger war. Wenn er Alf überzeugen konnte, daß er nicht hingerichtet werden durfte, dann konnte er auch die anderen überzeugen. Wenn nicht – mußte er die Blase zerstören oder sterben. Er fuhr fort, so überzeugend wie möglich zu reden.

»Weißt du, Alf, mit der Stadt sollen zwei Ziele erreicht werden. Das eine besteht darin, herauszufinden, ob wir in einer derartigen feindseligen Atmosphäre überhaupt leben können; das andere, mit den Marsbewohnern Kontakt aufzunehmen. Wir sind nur fünfzehn Menschen in der Stadt ...«

»Zwölf. Dreizehn, wenn ich zurückkomme.«

»Vierzehn, wenn wir beide zurückkommen. Jeder von uns ist zum Funktionieren der Stadt mehr oder weniger unentbehrlich. Sicher. Aber ich werde in beiden Bereichen gebraucht. Ich bin der Ökologe, Alf. Meine Aufgabe ist es nicht nur, dafür zu sorgen, daß die Stadt nicht aufgrund irgendeines Ungleichgewichts zugrunde geht, sondern ich muß darüber hinaus herausfinden, wie die Marsbewohner leben, wovon sie sich ernähren, in welcher Beziehung die

Lebensformen auf dem Mars zueinander stehen. Verstehst du?«

»Sicher. Aber was ist mit Lew? War er nicht unentbehrlich?«

»Wir können ohne ihn auskommen. Er war der Funkspezialist. Mindestens zwei von uns haben genügend Erfahrung, um den Funkverkehr zu übernehmen.«

»Du machst mich wirklich glücklich. Gilt nicht dasselbe für dich?«

Carter dachte angestrengt nach. »Ja, insbesondere Gondot war in der Lage, das Versorgungssystem der Stadt ohne große Hilfe aufrechtzuerhalten. Aber – nicht mit der Ökologie auf dem Mars. Es gibt keine ...«

»Es gibt keine Ökologie auf dem Mars. Jack, hat je ein Mensch *irgendwelches* Leben auf dem Mars entdeckt, abgesehen von der Mumie in Menschengestalt? Du kannst keine Ökologieforschung betreiben, wenn du nichts hast, von dem du deine Ableitungen machen kannst. Es gibt nichts, was du untersuchen könntest. Wozu bist du also nütze?«

Carter hörte nicht auf zu reden. Er redete immer noch, als die Sonne im Sandmeer versank, und die Dunkelheit sie mit einem Schlag umfing. Doch inzwischen hatte er begriffen, daß es zwecklos war. Alfs Verstand hatte sich gegen ihn verschlossen.

Bei Sonnenuntergang war die Blase wieder straff gespannt, und der gequälte Schrei der hereinströmenden Atemluft war nur noch ein müder Seufzer. Generalmajor Shute öffnete die Schnallen an den Schultern und hob den Helm leicht an, bereit, ihn sofort wieder herunterzulassen, falls die Luft noch zu dünn war. Aber dem war nicht so. Er legte den Helm ab und gab den Männern, die ihn beobachteten, mit aufgerichtetem Daumen ein Zeichen.

Vorschriften. Die Männer hatten gewußt, daß die Luft

sicher war. Aber wo Menschen arbeiteten, wurden Vorschriften streng eingehalten, und die erste Regel lautete, daß der diensthabende Offizier den Helm als letzter auf und als erster absetzte. Nun wurden die Druckanzüge abgelegt. Die Männer wandten sich ihren Aufgaben zu. Einige begaben sich in die Küche, um die Verwüstung, die das Vakuum zurückgelassen hatte, zu beseitigen, damit Hurley das Abendessen bereiten konnte.

Shute hielt Lee Cousins im Vorbeigehen auf. »Lee, kann ich Sie einen Augenblick sprechen?«

»Klar, Bürgermeister.« In der ganzen Blasenstadt wurde Shute nicht anders genannt als ›Bürgermeister‹.

»Ich brauche Ihre Hilfe als Schriftsteller«, sagte Shute. »Ich habe die Absicht, einen recht heiklen Bericht zur Erde zu schicken, wenn sie in unseren Sendebereich kommt, und ich möchte, daß Sie mir helfen, ihn überzeugend zu formulieren.«

»Schön. Zeigen Sie ihn mir.«

Die zehn Straßenlaternen leuchteten auf und vertrieben die Dunkelheit, die so plötzlich hereingebrochen war. Shute ging zu seinem Fertigbungalow voraus, schloß den Safe auf und händigte Cousins das Manuskript aus. Cousins wog es prüfend in der Hand. »Dick«, sagte er. »Könnte sich lohnen, es zu kürzen.«

»Unbedingt, wenn Sie etwas Überflüssiges darin finden.«

»Ich möchte wetten, daß mir das gelingt«, sagte Cousins grinsend. Er ließ sich auf das Bett fallen und begann zu lesen.

Zehn Minuten später fragte er: »Wie verbreitet ist die Homosexualität in der Raumflotte?«

»Ich habe nicht die geringste Ahnung.«

»Dann ist das kein überzeugender Beweis. Sie könnten ein paar Limmericks zitieren, um zu demonstrieren, daß das Problem bereits sprichwörtlich ist. Ich kenne einige.«

»Gut.«

Ein wenig später sagte Cousins: »Es gibt eine Menge Schulen mit koedukativer Erziehung in England. Und es werden mit jedem Jahr mehr.«

»Ich weiß. Aber unser gegenwärtiges Problem betrifft Männer, die ihren Abschluß auf reinen Jungenschulen gemacht haben, als sie wesentlich jünger waren.«

»Stellen Sie das deutlicher heraus. Ach übrigens, haben Sie eine koedukative Schule besucht?«

»Nein.«

»Gab es dort Schwule?«

»Einige. Mindestens einen in jeder Klasse. Die Tutoren pflegten diejenigen, die sie im Verdacht hatten, zu verprügeln.«

»Hat das geholfen?«

»Nein. Natürlich nicht.«

»Also gut. Sie haben zwei Beispiele für Umstände genannt, die das Auftreten von Homosexualität in hohem Maße fördern. In beiden Fällen treffen drei Voraussetzungen zu: viel Freizeit, keine Frauen und eine disziplinarische Hackordnung. Sie müssen noch ein drittes Beispiel aufführen.«

»Mir fällt keins ein.«

»Die Naziorganisation.«

»Wie?«

»Ich werde Sie über die Einzelheiten unterrichten.«

Cousins fuhr mit dem Lesen fort. Er kam zum Ende des Berichts und legte ihn beiseite. »Wenn sie das lesen, ist die Hölle los«, sagte er.

»Ich weiß.«

»Das Schlimmste daran ist Ihre Drohung, das Ganze an die Presse weiterzugeben. An Ihrer Stelle würde ich das weglassen.«

»An meiner Stelle würden Sie das nicht tun«, entgegnete Shute. »Jeder, der etwas mit WARGOD zu tun hatte, wußte, daß sie alles, was geschah, wissentlich in Kauf nahmen. Sie zogen es vor, uns dieses Risiko eingehen zu lassen, anstatt selbst den Verlust des öffentlichen Wohlwollens zu riskieren.

Es gibt Hunderte von Sittenverbänden in den Vereinigten Staaten. Vielleicht Tausende, ich weiß es nicht. Sie würden sich jedenfalls alle wie die Furien auf die Regierung stürzen, wenn man versuchen würde, eine gemischte Mannschaft zum Mars oder in einen anderen Winkel des Raumes zu schicken. Nur, indem ich eine noch größere Drohung ausspreche, kann ich die Regierung zum Handeln veranlassen.«

»Sie haben gewonnen. Das hier ist eine größere Drohung.«

»Haben Sie sonst noch etwas gefunden, das gekürzt werden kann?«

»Zum Teufel, ja. Ich werde das Ganze noch einmal mit dem Rotstift durchgehen. Sie sind zu geschwätzig und benutzen zu viele lange Worte, und Sie neigen zu Verallgemeinerungen. Sie müssen mehr in die Einzelheiten gehen, sonst verlieren Sie an Überzeugung.«

»Damit würde ich dem guten Ruf einiger Leute schaden.«

»Das ist nicht zu ändern. Wir brauchen Frauen auf dem Mars, und zwar sofort. Rufe und Timmy entwickeln einen glühenden Haß aufeinander. Rufe glaubt, daß er an Lews Tod schuld ist, weil er ihn verlassen hat. Timmy hört nicht auf, ihm deshalb Vorwürfe zu machen.«

»Also gut«, sagte Shute. Er erhob sich. Während der Unterredung hatte er kerzengerade dagesessen, als müsse er Haltung annehmen. »Befinden sich die Fahrzeuge noch in Funkreichweite?«

»Sie können uns nicht hören, aber wir hören sie. Timmy bedient das Funkgerät.«

»Gut. Er soll dort bleiben, bis sie außer Hörweite sind. Gehen wir essen?«

An der Stelle, an der die Sonne untergegangen war, ging Phobos auf, ein Gewirr huschender Lichtpunkte, wie ein Halbrund aus blassen Sternen. Je weiter er aufging, desto heller wurde er: Aus einem Neumond wurde in wenigen Stunden ein Halbmond. Dann stand er so hoch, daß Carter ihn nicht mehr sehen konnte. Er mußte die Augen fest auf das Wüstendreieck richten, das von seinen Scheinwerfern beleuchtet wurde. Die Scheinwerferstrahlen hatten die Farbe von irdischem Sonnenlicht, aber für Carters marsgewohnte Augen färbten sie alles blau.

Er hatte die Richtung sehr sorgfältig ausgewählt. Vor ihm streckte sich die Wüste mehr als siebenhundert Meilen weit vollkommen flach aus. Vor ihm würden sich keine niedrigen Hügel erheben, die ihn zwangen, sie im schwachen Mondschein mit Düsenantrieb zu überfliegen oder darauf zu warten, daß Alf sich auf ihn stürzen konnte. Alf würde seinen Wendepunkt morgen mittag erreichen, und dann hatte Carter gewonnen.

Denn Alf würde zu der Blase umkehren, und Carter würde seinen Weg in die Wüste fortsetzen. Wenn Alf dann am Horizont verschwunden war, würde sich Carter nach links oder rechts wenden, noch eine Stunde weiterfahren und dann parallel zu Alfs Spur zurückkehren. Er würde sich erst drei Stunden später in Sichtweite der Blase befinden, und das ließ ihm drei Stunden Zeit, sich einen Plan zurechtzulegen.

Darauf würde der schwierigste Teil folgen. Ganz sicher würde jemand Wache stehen. Carter mußte an dem Wachtposten vorbeikommen – der vielleicht mit einer Flammenpistole bewaffnet war –, die Blase aufreißen und sich irgendwie in den Besitz der O-Tanks bringen. Wenn er die Blase aufriß, würden wahrscheinlich alle, die sich im Innern befanden, umkommen, aber einige würden sich sicher mit ihren Druckanzügen draußen aufhalten. Er mußte die O-Tanks auf seinen Buggy laden und die Absperrhähne der anderen Fahrzeuge öffnen, bevor die anderen ihn erreichten.

Die größten Sorgen bereitete ihm die Vorstellung, gegen eine Flammenpistole anrennen zu müssen … Aber vielleicht konnte er den Buggy auf die Blase zulenken und selbst abspringen. Das würde sich zeigen.

Allmählich wurden seine Lider schwer, und die Hände verkrampften sich. Aber er wagte es nicht, langsamer zu werden, und er wagte es nicht, zu schlafen.

Einige Male war er nahe daran, das Ortungsgerät in seinem Anzug zu zerschmettern. Solange das Ding ständig piepste, konnte Alf ihn jederzeit finden. Aber Alf würde ihn ohnehin immer finden. Seine Scheinwerfer waren ständig hinter ihm, fielen niemals zurück, kamen niemals näher. Wenn er Alf je aus den Augen verlieren würde, mußte das Ortungsgerät verschwinden. Aber es hatte keinen Sinn, ihn das wissen zu lassen. Noch nicht.

Sterne wurden vom schwarzen Westhimmel verschluckt. Wieder ging Phobos auf, diesmal heller als beim letzten Mal, und wieder stieg er so hoch, daß Carter ihn nicht mehr beobachten konnte. Deimos erschien jetzt über dem beständigen Lichtkegel von Alfs Scheinwerfern.

Plötzlich brach der Tag an, und schmale, schwarze Schatten reckten sich dem gelben Horizont entgegen. Am rötlichschwarzen Himmel schienen noch immer einige Sterne. Vor ihm lag ein Krater, ein Glasteller in der Wüste, klein genug, um ihn zu umrunden. Carter wandte sich nach links. Der Buggy hinter ihm folgte seinem Beispiel. Wenn es so weiterging, mußte Alf aufholen. Carter saugte Wasser und Nährflüssigkeit aus den Röhrchen in seinem Helm und konzentrierte sich aufs Lenken. Seine Augen brannten, und sein Mund fühlte sich an, als gehörte er einer Marsmumie.

»Morgen«, sagte Alf.

»Morgen. Lange geschlafen?«

»Nicht genug. Ich habe nur ungefähr sechs Stunden geschlafen, und auch nur stückchenweise. Ich hatte ständig Angst, du könntest mich abhängen.«

Einen Augenblick lang überlief es Carter heiß und kalt. Dann begriff er, daß Alf ihn reizen wollte. Er hatte nicht mehr Schlaf gehabt als Carter.

»Schau nach rechts«, sagte Alf.

Zur Rechten befand sich die Kraterwand. Und – Carter sah noch einmal hin, um sich zu vergewissern – auf dem Rand war eine Silhouette zu erkennen, ein Schatten in der Gestalt eines Menschen vor dem roten Himmel. In einer Hand hielt sie etwas Langes, Dünnes.

»Ein Marsbewohner«, stieß Carter leise hervor. Ohne nachzudenken, wendete er sein Fahrzeug und begann den Hang hinaufzufahren. Im Abstand von einer Sekunde detonierten zwei Leuchtflammen vor ihm, und er riß die Lenkstange hart nach links.

»Verdammt, Alf! Das war ein *Marsbewohner*! Wir müssen *hinterher*!«

Die Silhouette war verschwunden. Ohne Zweifel war der Marsbewohner um sein Leben gerannt, als er die beiden Flammenexplosionen gesehen hatte.

Alf sagte nichts. Kein Wort. Und Carter setzte seinen Weg fort, brachte den Krater hinter sich, während in ihm mörderische Wut hochstieg.

Es war elf Uhr. Die Spitzen einer Bergkette erhoben sich über den westlichen Horizont.

»Ich bin bloß neugierig«, sagte Alf, »was du diesem Marsbewohner eigentlich gesagt hättest.«

Carter entgegnete mit bitterer, gepreßter Stimme: »Spielt das eine Rolle?«

»O ja. Im günstigsten Fall hättest du ihn erschreckt. Wenn wir mit den Marsbewohnern Kontakt aufnehmen, dann tun wir das genau so, wie wir es geplant haben.«

Carter biß die Zähne knirschend zusammen. Auch ohne den Zwischenfall mit Lew Harness' Tod konnte man nicht sagen, wie lange es dauern würde, den Übersetzungsplan durchzuführen. Er umfaßte drei Stufen: Zuerst sollten Bilder von den Brunneninschriften zur Erde gesandt werden, damit sie mit Hilfe der Computer entziffert wurden; dann sollten Botschaften in dieser Sprache niedergeschrieben und bei den Brunnen, wo die Marsbewohner sie finden mußten, hinterlegt werden; sodann würde man darauf warten, daß die Marsbewohner ein Lebenszeichen von sich gaben. Aber es gab keinen Grund anzunehmen, die Inschriften auf den Brunnen stammten nicht aus mehreren Sprachen oder aus derselben Sprache, jedoch in den Wandlungsformen, die sie im Laufe von Tausenden von Jahren durchlaufen hatten. Und es gab keinen Grund zu der Annahme, daß sich die Marsbewohner für fremde Wesen interessierten, die in einem leuchtenden Ballon lebten, gleichgültig, ob sie nun schreiben konnten oder nicht. Und konnten die Marsbewohner die Schriftzeichen ihrer Vorfahren überhaupt lesen?

Ihm kam ein Gedanke ... »Du bist doch Linguist«, sagte Carter.

Keine Antwort.

»Alf, wir haben darüber gesprochen, ob Lew für die Stadt notwendig ist, und wir haben darüber gesprochen, ob ich es bin. Wie aber steht es mit dir? Ohne deine Hilfe können wir die Brunneninschriften *niemals* entziffern.«

»Das bezweifle ich. Die Cal-Tech-Computer erledigen den größten Teil der Arbeit, und außerdem habe ich Aufzeichnungen gemacht. Aber was soll das?«

»Wenn du mich weiter verfolgst, zwingst du mich, dich zu töten. Kann es sich die Stadt leisten, dich zu verlieren?«

»Du kannst mich nicht töten. Aber ich schlage dir ein Geschäft vor, wenn du willst. Es ist jetzt elf Uhr. Gib mir zwei deiner O-Tanks, dann kehren wir zur Stadt zurück. Zwei Stunden, bevor wir die Stadt erreichen, halten wir an, lassen deinen Buggy stehen, und du legst den Rest der

Strecke in der Luftkabine verschnürt zurück. Dann kannst du dich der Verhandlung stellen.«

»Glaubst du, daß sie mich laufenlassen würden?«

»Nicht, nachdem du die Blase auf der Flucht aufgerissen hast. Das war ein Fehler, Jack.«

»Warum willst du nicht einen Tank nehmen?« Wenn Alf das tat, würde Carter mit zwei Stunden Zeitgewinn zurückkommen. Ihm war jetzt klar, daß ihm nichts anderes übrigbleiben würde, als die Blase zu zerstören. Er hatte keine andere Wahl. Aber Alf würde ihm mit dem Flammengewehr auf den Fersen sein ...

»Kein Geschäft. Ich würde kein sicheres Gefühl haben, wenn ich nicht wüßte, daß dir zwei Stunden, bevor ich zurückkomme, die Luft ausgeht. Du willst doch, daß ich mich sicher fühle, nicht wahr?«

Es war besser so. Sollte Alf in einer Stunde zurückkehren. Sollte Alf sich in der Blase befinden, wenn Carter zurückkehrte und sie zerriß.

»Carter ist nicht auf Alfs Vorschlag eingegangen«, erklärte Timmy. Er hatte sich über das Funkgerät gebeugt, hielt die Kopfhörer mit beiden Händen und lauschte mit jeder Faser seiner Aufmerksamkeit auf die Stimmen, die sich fast in der Ferne verloren.

»Er plant etwas«, warf Gondot unbehaglich ein.

»Natürlich«, entgegete Shute. »Er möchte Alf abhängen, zur Blase zurückkehren und sie zerstören. Welche andere Hoffnung bleibt ihm schon?«

»Aber er würde ebenfalls sterben«, wandte Timmy ein.
»Nicht unbedingt. Wenn er uns alle umbringt, kann er den Riß flicken und unterdessen von den O-Tanks leben, die wir noch haben. Ich glaube, er könnte die Blase in einem Zustand erhalten, der es einem Menschen gestattet, darin zu leben.«

»Mein Gott! Was sollen wir tun?«

»Beruhige dich, Timmy. Es ist eine einfache Rechnung.« Es fiel Generalmajor Shute nicht schwer, seiner Stimme einen unbekümmerten Klang zu verleihen, und er wollte nicht, daß Timmy die Nerven verlor. »Wenn Alf heute mittag umkehrt, kann Carter nicht vor morgen mittag hier eintreffen. Um vier Uhr geht ihm die Luft aus. Wir müssen einfach alle vier Stunden lang die Anzüge anlassen.« Insgeheim fragte er sich, ob zwölf Leute in der Lage waren, auch nur einen kleinen Riß zu reparieren, bevor die Luft in den Flaschen aufgebraucht war. Sie würden alle zwanzig Minuten einen Tank benötigen ... aber vielleicht wurden sie gar nicht auf die Probe gestellt.

»Fünf Minuten vor zwölf«, sagte Carter. »Kehr um, Alf. Du hast nur noch zehn Minuten Spielraum, wenn du nach Hause kommst.«

Der Linguist kicherte. Eine Viertelmeile hinter Carter wich der winzige, blaue Buggy nicht von seiner Bahn ab.

»Du kannst die Mathematik nicht überlisten, Alf. Kehr um.«

»Zu spät.«

»In fünf Minuten wird es zu spät sein.«

»Ich habe diese Fahrt mit einem O-Tank weniger begonnen. Ich hätte schon vor zwei Stunden umkehren müssen.«

Carter mußte die Lippen an dem Wasserröhrchen befeuchten, bevor er antwortete: »Du lügst. Hör auf, mich zu reizen. Hör auf damit!«

Alf lachte. »Schau doch her, wie ich umkehre.«

Alfs Buggy setzte seinen Weg unaufhaltsam fort.

Es war Mittag, und die Verfolgungsjagd nahm kein Ende. Mit einer Geschwindigkeit von fünfundzwanzig Meilen in der Stunde bewegten sich zwei Marsbuggies eine Viertelmeile voneinander entfernt unbeirrbar durch die orangefarbene Wüste. Durch chemische Reaktionen hervorgerufene grüne Flecken tauchten vor ihnen auf und fielen zurück. Gleichförmig wie die Wellen im Ozean zogen Dünenbögen an ihnen vorüber. Der gespenstische Lauf eines Meteoriten zeichnete sich am Nordhimmel sekundenlang wie ein weißer Blitz ab. Die Berge ragten jetzt höher auf, glatte Felsenhöcker, die wie schlafende Tiere hinter dem Horizont lagen. Die Sonne brannte klein und hell an einem Himmel, der vom Stickstoffdioxid rot gefärbt war und sich am Horizont dunkel verfärbte wie chinesische Tinte.

Hatte die Verfolgungsjagd wirklich mittags begonnen? Genau mittags? Doch jetzt war es bereits zwölf Uhr dreißig, und er war *sicher,* daß das zu spät war.

Alf gab sich selbst der Vernichtung preis – um Carter zu vernichten.

Aber das würde er nicht tun.

»Große Geister haben die gleichen Gedanken«, sagte er in das Funkgerät.

»Wirklich?« Alfs Stimme schien zu sagen, daß ihm das ungeheuer gleichgültig war.

»Du hast auch einen Reservetank mitgenommen. So wie ich.«

»Nein, das habe ich nicht, Jack.«

»Es muß so sein. Wenn ich etwas im Leben genau weiß, dann ist es die Tatsache, daß du *nicht* der Typ bist, der Selbstmord begeht. Also gut, Alf, ich gebe auf. Laß uns umkehren.«

»Nein, das tun wir nicht.«

»Wir hätten drei Stunden Zeit, diesen Marsbewohner zu verfolgen.«

Hinter seinem Buggy explodierte ein Flammengeschoß. Carter stieß einen tiefen Seufzer aus. Um zwei Uhr würden beide Fahrzeuge zur Blasenstadt zurückkehren, wo man Carter sicherlich hinrichten würde.

Aber angenommen, ich kehre jetzt um?

Die Antwort ist leicht. Alf wird mich mit dem Flammengewehr erschießen.

Vielleicht schießt er daneben. Wenn ich zulasse, daß er meinen Weg bestimmt, sterbe ich auf jeden Fall.

Carter schwitzte. Er verfluchte sich, aber er konnte es nicht. Er konnte sich nicht wissentlich Alfs Gewehr ausliefern.

Um zwei Uhr tauchte der Fuß der Gebirgskette über dem Horizont auf. Die Berge waren unglaublich klar zu sehen, beinahe so klar wie auf dem Mond. Aber sie waren entsetzlich verwittert, und das Meer von Sand umwogte sie, als sei es begierig, ihnen den Garaus zu machen, sie zu sich herunterzuziehen.

Carter fuhr mit rückwärts gerichtetem Blick. Die Zeiger seiner Uhr rückten Minute um Minute vor, und er sah ungläubig, daß Alfs Fahrzeug die Verfolgung nicht aufgab. Die Zeit verrann, und als es zwei Uhr dreißig war, schwand Carters Ungläubigkeit. Es spielte jetzt keine Rolle mehr, wieviel Sauerstoff Alf noch hatte. Sie hatten Carters Wendepunkt überschritten.

»Du hast mich umgebracht«, sagte er.

Keine Antwort.

»Ich habe Lew im Faustkampf getötet. Was du mir antust, ist viel schlimmer. Du bringst mich langsam und qualvoll um. Du bist ein Teufel, Alf.«

»Erzähl den Unsinn meiner Großmutter. Du hast Lew einen Schlag in den Hals versetzt und zugesehen, wie er an seinem eigenen Blut erstickt ist. Erzähl mir bloß nicht, du wußtest nicht, was du tust. Jeder in der Stadt weiß, daß du Karate kannst.«

»Er ist innerhalb weniger Minuten gestorben. Bei mir wird es einen ganzen Tag dauern.«

»Gefällt dir das nicht? Kehr um und stell dich meinem Gewehr. Es wartet nur auf dich.«

»Wir können noch rechtzeitig zu dem Krater zurückkehren, um nach dem Marsbewohner zu suchen. Aus diesem Grund bin ich zum Mars gekommen. Um herauszufinden, was es hier gibt. Und mit dir ist es dasselbe, Alf. Komm, laß uns umkehren.«

»Du zuerst.«

Aber er konnte nicht. Er *konnte nicht*. Mit Karate konnte er sich gegen jede Handwaffe verteidigen, mit Ausnahme des Langstabes, und selbst darin war Carter geübt. Aber er konnte nichts gegen eine Flammenpistole ausrichten! Nicht einmal, wenn Alf die Absicht gehabt hätte, umzukehren. Und diese Absicht hatte Alf nicht.

Ein leises Wimmern erfüllte bebend die Luft in der Blase. Der Sandsturm hatte den Höhepunkt seiner Raserei erreicht, was ihm etwa die Gefährlichkeit einer wütenden Raupe verlieh. Im schlimmsten Fall konnte man ihn als lästig bezeichnen. Das hohe, kaum hörbare Wimmern zerrte an den Nerven, und die Dunkelheit machte das Einschalten der Straßenlaternen notwendig. Morgen würde die Blase von einer millimeterdicken, mondtrockenen Schlammschicht überzogen sein. Im Inneren der Blase würde es dann dunkler sein als in der Nacht, bis jemand den Schlammstaub mit Hilfe eines O-Tanks fortblies.

Auf Shute wirkte der Sandsturm deprimierend. Hier auf dem Mars stand Generalmajor Shute, der jugendliche Held, an den Grenzen der menschlichen Forschung furchtbaren Gefahren gegenüber! Ein Sandsturm, der nicht einmal einem Baby etwas zuleide getan hätte. Kein Mensch wurde hier mit Gefahren konfrontiert, die er nicht selbst mitgebracht hatte.

Würde es ewig so weitergehen? Daß die Menschen ungeheure Entfernungen zurücklegten, nur um sich selbst ins Gesicht zu sehen?

An diesem Tag war seit dem Mittag nicht mehr viel getan

worden. Shute hatte den Versuch aufgegeben. Timmy saß auf einem Stapel von Schaumstoffwänden. Er belagerte im wahrsten Sinne des Wortes das Funkgerät, während er seinerseits abwechselnd von den verschiedenen Bewohnern der Stadt belagert wurde.

Timmy erhob sich, als Shute zu der Gruppe trat. »Sie sind weg«, sagte er, und seine Stimme klang sehr müde. Er schaltete das Funkgerät ab. Die Männer warfen einander vielsagende Blicke zu, und einige erhoben sich.

»Tim! Wie haben Sie die Verbindung zu ihnen verloren?«

Timmy sah ihn an. »Sie sind zu weit weg, Bürgermeister.«

»Sie sind nicht umgekehrt?«

»Nein. Sie fahren einfach immer weiter in die Wüste hinaus. Alf muß den Verstand verloren haben. Carter ist es nicht wert, daß man seinetwegen das Leben opfert.«

Shute dachte: *»Aber früher einmal war er es.«* Carter war einer der besten Männer gewesen: stark, mutig, klug und begeisterungsfähig. Shute hatte zusehen müssen, wie sich unter dem Einfluß der Langeweile und der Enge der Quartiere auf dem Schiff sein Charakter zum Schlechten veränderte. Er hatte sich scheinbar gefangen, als sie den Mars erreichten, als sie plötzlich alle etwas zu tun bekamen. Dann, gestern morgen – Mord.

Alf. Alf zu verlieren, war schlimm. Lews Verlust war leicht zu verschmerzen, aber Alf …

Cousins gesellte sich zu ihm. »Ich habe die Sache mit dem Rotstift erledigt.«

»Danke, Lee. Wir werden den Bericht jetzt neu schreiben müssen.«

»Tun Sie das nicht. Schreiben Sie eine Ergänzung. Erklären Sie, wie und warum drei Männer sterben mußten. Dann können Sie sagen: ›Das habe ich Ihnen gleich gesagt.‹«

»Glauben Sie?«

»Mein Urteil als Fachmann. Wann ist die Beerdigung?«

»Übermorgen. Das ist Sonntag. Ich dachte, das wäre dem Anlaß angemessen.«

»Dann können Sie die drei Trauerfeiern gleichzeitig abhalten. Gut geplant.«

Für die Bewohner der Blasenstadt waren Jack Carter und Alf Harness tot. Aber noch atmeten sie …

Die Berge rückten näher: die einzigen festen Punkte in einem Meer von Sand. Alf war jetzt etwas näher heran, er war nur noch etwas weniger als vierhundert Meter zurück. Um fünf Uhr erreichte Carter den Fuß des Gebirges.

Sie waren zu hoch, als daß er sie mit Hilfe der Druckluftdüsen hätte überspringen können. Er sah Stellen, an denen er den Buggy hätte landen können, während sich die Druckkammern für den nächsten Sprung auffüllten. Aber wozu?

Es war besser, auf Alf zu warten.

Plötzlich erkannte Carter, daß es genau das war, worauf Alf wartete. Seinen Buggy an Carters Seite zu ziehen. Sein Gesicht zu beobachten, bis er ganz sicher war, daß Carter wußte, was er zu erwarten hatte. Und dann würde er Carter aus zehn Fuß Entfernung die Flammen entgegenschleudern und zusehen, wie sich die grelle Magnesiumoxid-Flamme durch seinen Anzug und seine Haut bis in sein Innerstes durchfraß.

Die Berge waren niedrig und flach. Selbst aus der Nähe betrachtet, hätte es ebensogut die glatte Flanke eines schlafenden Tieres sein können – nur, daß dieses Tier nicht atmete. Carter holte tief Atem und stellte fest, daß die Luft trotz des Luftreinigers schal geworden war. Er schaltete die Druckluftdüsen ein.

Die Luft auf dem Mars ist furchtbar dünn, aber man kann sie komprimieren; und ein Düsenantrieb, selbst wenn er mit Druckluft betrieben wird, funktioniert überall. Carter erhob sich in die Luft. Er lehnte sich in der Kabine soweit wie möglich nach hinten, um den Gewichtsverlust in den O-Tanks auszugleichen, so daß die Stabilisisationsrotoren, die sich nur im Notfall drehen sollten, nicht mehr als unbedingt nötig belastet wurden. Er gewann rasch an Höhe und legte den Buggy schräg, so daß er an dem Hang, der in einem Winkel von dreißig Grad anstieg, entlangschwebte. An dem Hang gab es einige ebene Stellen, aber nicht viele. Die erste mußte er ohne Schwierigkeiten erreichen können ...

Vor seinen Augen explodierte ein Leuchtgeschoß. Carter biß die Zähne zusammen und kämpfte gegen den Wunsch an, sich umzudrehen. Er neigte den Buggy nach hinten, um die Geschwindigkeit zu drosseln. Der Düsendruck ließ nach.

Wie eine Feder senkte er sich zweihundert Fuß über der Wüste zu Boden. Als er die Düsen abschaltete, hörte er das Surren der Rotoren. Er schaltete den Stabilisator ab und ließ sie auslaufen. Jetzt war nur noch das Knattern des Kompressors zu hören, dessen Vibration er durch den Anzug hindurch spürte.

Alf hatte sein Fahrzeug verlassen. Er stand am Fuße des Berges und schaute hinauf.

»Komm doch her«, sagte Carter. »Worauf wartest du noch?«

»Fahr weiter über den Berg, wenn du willst.«

»Was ist los? Sind deine Rotoren verfault?«

»Dein Hirn ist verfault, Carter. Fahr weiter.« Alf streckte den Arm aus. Eine Flamme blitzte auf, und Carter zog unwillkürlich den Kopf ein.

Der Kompressor war beinahe zum Stillstand gekommen, der Tank war also fast voll. Aber Carter wäre ein Narr gewesen, hätte er abgehoben, bevor er vollständig gefüllt war. Druckluftdüsen lieferten den stärksten Antrieb während der ersten Flugsekunden. Danach reichte der Druck gerade aus, um das Fahrzeug in Bewegung zu halten.

Aber – Alf stieg in seinen Buggy. Jetzt hob der Wagen ab. Carter schaltete die Düsen ein und stieg auf.

In dreihundert Metern Höhe landete er unsanft auf dem

Boden. Erst jetzt wagte er, zurückzublicken. Er hörte Alfs höhnisches Gelächter und erkannte, daß er sich noch immer am Fuß des Berges befand. Es war eine Finte gewesen!

Aber *warum* verfolgte Alf ihn nicht?

Der dritte Flug brachte ihn auf den Gipfel des Berges.

Die erste Etappe bergab war der erste Abwärtsflug seines Lebens, und er hätte ihn beinahe umgebracht. Für das Bremsmanöver mußte er auf die letzten Druckreserven im Tank zurückgreifen. Er wartete, bis seine Hände aufgehört hatten zu zittern, dann setzte er den Weg bergab auf den Rädern fort. Als er den Fuß der Bergkette erreicht hatte und seinen Weg durch die Wüste fortsetzte, war noch immer nichts von Alf zu sehen.

Die Sonne schickte sich bereits an, unterzugehen. Blaßblaue Sterne zeichneten am rötlich-schwarzen Himmel die Linie der Berge hinter ihm ab.

Noch immer keine Spur von Alf.

In seinem Ohr ertönte Alfs Stimme leise, beinahe freundlich. »Du wirst umkehren müssen, Jack.«

»Halt nur nicht die Luft an.«

»Dazu möchte ich auch nicht gezwungen sein. Darum will ich dir etwas sagen. Wirf einen Blick auf deine Uhr.«

Es war fast sechs Uhr dreißig.

»Nun, hast du gesehen? Jetzt zähl es zusammen. Ich bin mit einem Luftvorrat für vierundzwanzig Stunden losgefahren. Deiner reichte für zweiundfünfzig. Also hatten wir beide zusammen sechsundneunzig Atemstunden. Zusammen bleiben uns noch fünfunddreißig.

Ich habe mein Fahrzeug vor einer Stunde angehalten. Von hier aus sind es fast dreißig Stunden bis zu unserem Stützpunkt. Irgendwann in den nächsten zweieinhalb Stunden mußt du dir meine Luft holen und mich am Atmen hindern. Oder aber ich muß dasselbe mit dir tun.«

Das war einleuchtend. Endlich ergab alles einen Sinn. »Alf, hörst du mir zu? Horch«, sagte Carter. Dann öffnete er die Abdeckplatte seines Funkgerätes und tastete nach einem Draht, dessen Lager er schon vor längerer Zeit erkundet hatte. Er riß ihn los. Sein Funkgerät knackte ohrenbetäubend und verstummte dann wieder.

»Hast du das gehört, Alf? Ich habe meinen Ortungssender herausgezogen. Jetzt kannst du mich nicht mehr finden, auch wenn du es wolltest.«

»Genauso habe ich es mir gewünscht.«

In diesem Augenblick ging Carter auf, was er getan hatte. Alf hatte keine Möglichkeit mehr, ihn zu finden. Nach all den vielen Stunden und Meilen der Verfolgung war es schließlich Carter, der Alf jagte. Alf brauchte nur noch zu warten.

Die Dunkelheit senkte sich im Westen wie ein schwerer Vorhang herunter.

Carter wandte sich südwärts. Er verlor keine Zeit. Er würde eine Stunde oder mehr benötigen, um die Bergkette zu überqueren. Er mußte etappenweise zum Gipfel hinaufspringen, und nur die Scheinwerfer würden ihm den Weg zeigen. Sein Motor war nicht stark genug, ihn einen solchen Hang hinaufzutragen. Mit viel Glück konnte er bergab auf den Rädern rollen, aber das würde er in völliger Dunkelheit nicht wagen. Delmos würde erst später aufgeben, und Phobos schien nicht hell genug, um ihm von Nutzen zu sein.

Alles war genau nach Alfs Plan verlaufen. Carter bis zu der Bergkette zu verfolgen. Wenn er dort angreift, ihm die Tanks abjagen und heimkehren. Wenn er es schafft, ihm beweisen, warum er zurückkommen muß. Es so einrichten, daß er bei Dunkelheit umkehren muß. Wenn er es durch irgendeinen glücklichen Zufall diesmal schafft – nun, dann gibt es immer noch die Flammenpistole.

Carter blieb nur eine Möglichkeit, ihn zu überrumpeln. Er würde den Berg sechs Meilen südlich von der Stelle überqueren, an der Alf ihn erwartete, und würde sich seinem Buggy dann von *Südosten* her nähern.

Oder rechnete Alf auch damit?

Es spielte keine Rolle. Carter handelte nicht mehr nach seinem eigenen Willen.

Der erste Sprung war, als würde er sich blindlings aus der Luftschleuse eines Raumschiffs stürzen. Er richtete die Scheinwerfer senkrecht nach unten, und als er schob, sah er, wie sich die Lichtkegel vergrößerten und verschwommener wurden. Er schwenkte nach Osten ab. Im ersten Moment bewegte er sich überhaupt nicht. Dann glitt der Berghang auf ihn zu, viel zu schnell. Er riß das Fahrzeug wieder herum. Nichts geschah. Der Druck unter ihm ließ nach, zwar nur langsam, aber er wurde schwächer, und der Hang unter ihm war ein in Finsternis getauchter schwankender Fleck.

Die Landung erschütterte ihn vom Steißbein bis zur Schädeldecke. Er saß kerzengerade aufgerichtet und wartete atemlos darauf, daß der Buggy den Hang hinunterstürzte. Doch obwohl er in furchterregendem Winkel gekippt stand, verlor er nicht das Gleichgewicht.

Carter sank in sich zusammen und barg den Helm in den Armen. Zwei zitternde Tränen, die in der niedrigen Schwerkraft zu enormer Größe angewachsen waren, fielen auf seine Sichtplatte und zerstäubten. Zum ersten Mal bereute er die ganze Geschichte. Daß er Lew getötet hatte, da doch ein Tritt in die Kniescheibe genügt hätte, ihn außer Gefecht zu setzen und ihm eine dauerhafte, unübersehbare Lehre zu erteilen. Daß er durch die Blase gerast war – und sich damit jeden Mann auf dem Mars zum Todfeind gemacht hatte. Daß er abgewartet hatte, was geschehen würde – da er doch davonlaufen und hinter dem Horizont hätte verschwinden können, noch bevor Alf die Fahrschleuse passiert hatte. Er ballte die Hände zu Fäusten und preßte sie gegen die Sichtplatte, als er sich an den Anflug von belustigtem Interesse erinnerte, das ihn befallen hatte, als Alfs Buggy in die Schleuse gerollt war.

Zeit zum Aufbruch. Carter bereitete sich auf einen zweiten Sprung vor. Es würde ein furchtbarer Sprung werden. Er mußte abheben, während sein Buggy um dreißig Grad nach hinten geneigt am Hang stand ...

Aber Halt.

Etwas stimmte nicht an dem Bild von Alfs Buggy, wie er, von langsam dahintrottenden Männern umgeben, auf die Schleuse zurollte. Etwas stimmte nicht, das stand fest. Aber was?

Es würde ihm einfallen. Er griff nach dem Antriebshebel und machte sich bereit, mit der anderen Hand die Rotoren anzuwerfen, sobald er in der Luft war.

Alf hatte alles so sorgfältig vorbereitet. Wie konnte er da mit einem O-Tank zuwenig aufbrechen?

Und – wenn er wirklich alles geplant hatte, *wie konnte Alf dann erwarten, daß er Carters Tank bekam, wenn er abstürzte?*

Angenommen, Carter zerschmetterte seinen Buggy an einem Felsen, jetzt, auf seinem zweiten Sprung. Woher würde Alf es erfahren? Er würde es erst erfahren, wenn es neun Uhr wurde und Carter nicht auftauchte. Dann würde er wissen, daß er irgendwo abgestürzt war. Aber dann würde es zu spät sein!

Wenn Alf nicht gelogen hatte.

Jetzt hatte er es, das war es, was an dem Bild von Alf in der Fahrzeugschleuse nicht stimmte. Legte man einen O-Tank in die Luftkammer, stand er hervor wie ein aufgerichteter Daumen. Füllte man aber die Luftkammer und nahm dann einen Tank wieder heraus, so stach das Loch in dem sechseckigen Feld hervor wie Sammy Davis III in der Fußballmannschaft der Nazis in Berlin! Ein solches Loch hatte es nicht gegeben.

Wenn Carter jetzt abstürzte, würde Alf es erfahren, und dann blieben ihm noch vier Stunden, um nach seinem Buggy zu suchen.

Carter stellte seine Scheinwerfer wieder in ihre normale

Position und rollte dann langsam und vorsichtig in weitem Bogen zurück. Der Buggy schwankte, kippte aber nicht. Jetzt konnte er seinen Scheinwerfern den Hang hinunter folgen.

Neun Uhr. Wenn sich Carter irrte, dann war er jetzt tot. Vielleicht löste er in diesem Moment Alf, endgültige, verzweifelte Leere im Blick, den Helm und fragte sich, wo Carter blieb. Aber wenn er recht hatte …

Dann nickte Alf jetzt vor sich hin, nicht triumphierend, sondern nur, um sich eine Vermutung zu bestätigen. Nun überlegte er, ob er angesichts der Möglichkeit, daß Carter sich verspätet hatte, noch fünf Minuten warten oder gleich mit der Suche beginnen sollte. Carter saß in seiner dunklen Kabine am Fuß des Berges, die linke Hand krampfhaft um einen Schraubenschlüssel geballt, die Augen fest auf die schimmernde Nadel des Richtungssuchers geheftet.

Der Schraubenschlüssel war der schwerste, den er in seiner Werkzeugkiste hatte finden können. Er hatte nichts Schärferes als einen Schraubenzieher auftreiben können, und damit war es unmöglich, das Material des Raumanzuges zu durchstoßen.

Die Nadel deutete genau auf Alf.

Und sie bewegte sich nicht.

Alf hatte beschlossen zu warten.

Wie lange würde er warten?

Carter ertappte sich dabei, daß er leise vor sich hinflüsterte. *Komm schon, Idiot. Du mußt beide Berghänge absuchen. Beide Hänge und den Gipfel. Komm. Beweg dich!*

Großer Gott! Hatte er sein Funkgerät ausgeschaltet? Ja, der Schalter stand nach unten.

Beweg dich.

Die Nadel bewegte sich. Sie zuckte kaum merklich, dann stand sie wieder still.

Sie rührte sich lange nicht – sieben oder acht Minuten. Dann zuckte sie in die andere Richtung. Alf suchte die falsche Seite der Berge ab!

In diesem Augenblick erkannte Carter den Fehler in seinem Plan. Alf mußte jetzt annehmen, daß er tot war. Und wenn er, Carter, tot war, dann verbrauchte er keine Luft. Alf hatte zwei zusätzliche Atemstunden zur Verfügung, aber er dachte, es wären vier!

Die Nadel zuckte und bewegte sich – ein gutes Stück weit. Carter seufzte und schloß die Augen. Alf kam auf die andere Seite. Er hatte klugerweise beschlossen, diese Seite zuerst abzusuchen; denn wenn Carter sich auf dieser Seite befand und tot war, mußte Alf die Bergkette noch einmal überfliegen, um zum Stützpunkt zurückzukehren.

Ein Zucken.

Noch ein Zucken. Er mußte jetzt auf dem Gipfel sein.

Dann eine langsame, gleichmäßige Bewegung abwärts.

Scheinwerfer. Sehr schwach, nach Norden gerichtet. Würde Alf sich nordwärts wenden?

Er drehte sich Richtung Süden. Perfekt. Die Scheinwerfer wurden heller ... und Carter wartete, den Buggy am Fuß der Bergkette bis zur Windschutzscheibe im Sand vergraben.

Alf hatte immer noch das Flammengewehr. Ungeachtet seiner Überzeugung, daß Carter tot war, würde er das Gewehr in der Hand halten. Aber er hatte seine Scheinwerfer eingeschaltet und er fuhr ziemlich langsam, ungefähr fünfzehn Meilen pro Stunde.

Er würde vorüberfahren ... zwanzig Meter weiter westlich.

Carter umklammerte den Schraubenschlüssel fester. *Da kommt er.*

Licht traf seine Augen. *Hoffentlich sieht er mich nicht.* Und dann war der Lichtschein vorüber. Carter glitt aus dem Buggy und rutschte den Sandhang hinunter. Die Scheinwerferlichter entfernten sich, und Carter setzte ihnen nach wie ein Mondmensch, indem er sich mit beiden Füßen vom Sand abstieß, eine Sekunde lang durch die Luft flog und dann die

Beine nach vorn warf, um mit beiden Füßen zu landen und sich gleichzeitig wieder abzustoßen.

Ein letzter Känguruhsprung – und er landete, die Füße in der Luft, auf Knien und Unterarmen auf den O-Tanks. Ein Arm landete im Nichts, wo leere O-Tanks entfernt worden waren. Sein Körper machte Anstalten, in den Sand zu rollen. Er ließ es nicht zu.

Alfs Helm tauchte als durchsichtige Kuppel vor ihm auf. Der Kopf im Innern bewegte sich vor und zurück, als Alf das Lichtdreieck, das seine Scheinwerfer zeichneten, mit den Augen absuchte.

Carter kroch näher. Er brachte sich über Alfs Kopf ins Gleichgewicht, hob den Schraubenschlüssel und ließ ihn mit aller Kraft niedersausen.

Risse durchzogen den Plastikhelm. Alf hob, Mund und Augen weit aufgerissen, den Kopf. In sein Erstaunen mischte sich weder Wut noch Angst. Carter schlug wieder zu.

Neue, längere Risse zeigten sich. Alf stöhnte auf und hob – endlich – die Flammenpistole. Einen Augenblick lang erstarrte Carter, als er in die teuflische Mündung blickte. Dann setzte er erneut zum Schlag an, und er wußte, daß dies der letzte sein mußte.

Der Schraubenschlüssel durchschlug durchsichtiges Plastik, Kopfhaut und Schädeldecke. Carter kniete noch einen Augenblick lang auf den O-Tanks und betrachtete sein unerfreuliches Werk. Dann zog er den Leichnam an den Schultern heraus, ließ ihn zur Seite fallen und kletterte in den Buggy, um ihn abzuschalten.

Es dauerte einige Minuten, bis er die Stelle wiedergefunden hatte, an der er seinen Buggy im Sand eingegraben hatte. Noch länger brauchte er, um ihn wieder auszugraben. Aber das war schon in Ordnung. Er hatte Zeit. Wenn er die Bergkette um zwölf Uhr dreißig überquerte, dann erreichte er die Blasenstadt mit dem letzten Rest seines Luftvorrats.

Ihm würde ein wenig Zeit für Spitzfindigkeiten bleiben. Auf der anderen Seite erreichte er die Blasenstadt eine Stunde vor dem Morgengrauen. Sie würden ihn niemals entdecken. Morgen mittag mußten sie aufhören, ihn oder Alf zurückzuerwarten – selbst wenn sie nicht wußten, daß Alf sich geweigert hatte, zurückzukehren.

Die Luft würde aus der Blase entwichen sein, bevor jemand seinen Druckanzug anlegen konnte.

Später konnte er die Blase dann reparieren und auffüllen. In einem Monat würde die Erde von dem Unglück erfahren: wie ein Meteorit auf einer Seite der Kuppel heruntergegangen war, daß er, Carter, sich zu diesem Zeitpunkt als einziger im Raumanzug draußen befunden hatte. Sie würden ihn nach Hause bringen, und er konnte den Rest seines Lebens damit verbringen, zu vergessen.

Er wußte, welche von seinen Tanks leer waren. Wie jeder Mann in der Stadt ordnete er sie nach einer ganz bestimmten Methode in der Luftkammer an. Er warf sechs Tanks hinaus und hielt inne. Es war ein Jammer, die leeren Tanks fortzuwerfen. Sie waren sehr schwer zu ersetzen.

Er kannte Alfs Anordnungssystem nicht. Er mußte jeden Tank einzeln überprüfen.

Alf hatte bereits einige fortgeworfen. (Um Platz zu schaffen für Carters Tanks?) Carter drehte an den Hähnen der Tanks. Wenn es zischte, legte er den Tank in seine Luftkammer. Wenn nicht, warf er ihn fort.

Einer zischte. Nur einer.

Fünf O-Tanks. Er konnte keine Dreißig-Stunden-Fahrt mit fünf O-Tanks überstehen.

Irgendwo hatte Alf drei O-Tanks zurückgelassen. An einer Stelle, die er leicht wiederfinden konnte. Nur für den unwahrscheinlichen Fall, daß irgend etwas entsetzlich schiefging für Alf. Damit Carter, falls ihm Alfs Buggy in die Hände fiel, dennoch nicht lebend nach Hause gelangen konnte.

Alf mußte die Tanks irgendwo zurückgelassen haben, wo er sie leicht finden konnte. Sie mußten irgendwo in der Nähe sein, denn Carter hatte, bevor er die Bergkette überquerte, Alf nie aus den Augen verloren, und darüber hinaus hatte er nur einen Tank bei sich behalten, um zu den restlichen zu gelangen. Die Tanks befanden sich in der Nähe, und Carter blieben nur noch zwei Stunden, sie zu finden.

Ihm fiel ein, daß sie auf der anderen Seite des Berges sein mußten. Alf hatte auf dieser Seite kein einziges Mal angehalten. Aber während seiner Sprünge zum Gipfel konnte er sie irgendwo auf dem Hang zurückgelassen haben …

Plötzlich wurde Carter von brennender Ungeduld gepackt, sprang in seinen Buggy und setzte zum Sprung an. Die Scheinwerfer beleuchteten seinen Weg nach oben und über den Gipfel.

In den ersten rötlichen Strahlen der Sonne standen Lee Cousins und Rufe Doolittle bereits draußen vor der Blase. Sie schaufelten ein Grab. Cousins grub mit unerschütterlichem Schweigen. Mit einem Gemisch aus Mitleid und Verachtung ließ er Rufes zwanghaften Redefluß über sich ergehen.

»… erste Mann, der auf einem anderen Planeten begraben wird. Glaubst du, Lew hätte das gefallen? Nein, es wäre ihm zuwider. Er würde sagen, daß es sich nicht lohnt, dafür zu sterben. Er wollte nach Hause zurück. Und er wäre auch mit dem nächsten Schiff aufgebrochen …«

Der Sand lag trocken und bröselnd auf den Schaufeln. Es bedurfte einiger Übung, ihn auf der Schaufel zu halten. Er neigte dazu, wie eine zähe Flüssigkeit herunterzurinnen.

»Ich habe versucht, dem Bürgermeister zu erklären, daß er gerne ein Brunnenbegräbnis gehabt hätte. Aber der Bürgermeister wollte nicht auf mich hören. Er sagte, daß die Marsbewohner vielleicht nicht – he!«

Cousins Blick fuhr auf, und seine Augen machten eine

Bewegung aus – die beständige Bewegung eines Punktes an der Kraterwand. »Ein Marsbewohner!« war sein erster Gedanke. Was sonst sollte es sein, das sich dort draußen bewegte? Und dann erkannte er, daß es ein Buggy war.

Lee Cousins kam es vor, als sähe er einen wiederauferstandenen Leichnam vor sich. Wie ein blindes Etwas bewegte sich der Buggy über die gekippten, alten Glasblöcke hinunter und erreichte den verwehten Sand am Boden des Kraters. Die ganze Zeit über stand Cousins reglos da. Aus den Augenwinkeln sah er, wie Doolittle die Schaufel weit von sich schleuderte und auf die Blase zurannte.

Der Buggy streifte die Sandfläche nur, dann schickte er sich an, die Kraterwand wieder hinaufzurollen. Die Starre fiel von Cousins ab, und er rannte los, um den letzten Buggy der Stadt zu holen.

Der Geist bewegte sich nur mit halber Geschwindigkeit vorwärts. Er erreichte ihn eine Meile vor der Kraterwand. Carter saß in der Führerkabine. Er hielt den Helm mit starrem Totengriff im Schoß umklammert.

Cousins berichtete: »Er muß den Buggy auf seinem Richtungsfinder ausgemacht haben, als er merkte, daß ihm die Luft ausging. Das müssen wir ihm zugute halten«, fügte er hinzu, indem er eine Schaufel voll Sand vom zweiten Grab hob. »So anständig war er immerhin. Er hat den Buggy zurückgeschickt.«

Unmittelbar nach dem Morgengrauen bog eine kleine, zweifüßige Gestalt um einen Berghang im Osten. Sie schritt geradewegs auf den hingestreckten Leichnam von Alf Harness zu, nahm einen seiner Füße mit beiden, zartgeformten Händen auf und begann wie eine Ameise den Körper durch den Sand fortzuziehen. Während der zwanzig Minuten, die es dauerte, bis die Gestalt Alfs Buggy erreicht hatte, hielt sie nicht ein einziges Mal inne.

Der Marsbewohner ließ seine Beute fallen, kletterte auf den Stapel leerer O-Tanks und sah erst auf die Luftkammer, dann auf den Leichnam hinunter. Aber unter keinen Umständen konnte ein so kleiner, schwacher Körper eine so gewaltige Last hochheben. Der Marsbewohner schien sich an etwas zu erinnern. Er kletterte von dem Tankstapel herunter und kroch unter den Buggy. Minuten später kroch er wieder hervor und zog eine Nylonschnur hinter sich her. Er band die Enden der Schnur um Alfs Handgelenke, dann schob er die Schlaufe über die Anhängerkupplung des Buggys.

Eine Zeitlang stand die Gestalt reglos über Alfs zerschmettertem Helm gebeugt und begutachtete ihr Werk. Alfs Kopf mochte einige Schläge abbekommen haben, wenn er auf diese Weise geschleppt wurde; aber Alfs Kopf war als Musterexemplar wertlos. Überall, wo Stickstoffdioxid mit Flüssigkeit in Berührung gekommen war, hatte sich rotschwelende Salpetersäure gebildet. Der übrige Körper war inzwischen trocken und hart und recht gut konserviert.

Die Gestalt kletterte in den Buggy. Kurzes Herumhantieren, erstaunlich kurz, und der Buggy setzte sich in Bewegung. Zwanzig Meter weiter kam er mit einem Ruck zum Stehen. Der Marsbewohner stieg aus und ging zurück. Er kniete neben den drei O-Tanks nieder, die mit der entliehenen Nylonschur unter dem Buggy befestigt gewesen waren, und öffnete, einen nach dem anderen, ihre Hähne. Er sprang hastig und voller Entsetzen zurück, als das giftige Gas zischend entwich.

Einige Minuten später rollte der Buggy südwärts. Die O-Tanks zischten noch eine Weile, dann war alles still.

Der total verpflanzte Mensch

Im Jahre 1900 nach Christi Geburt klassifizierte Karl Landsteiner das menschliche Blut nach vier Grundtypen: A, B, AB und 0. Er unterschied sie nach Merkmalen der Unverträglichkeit. Zum erstenmal in der Geschichte wurde es damals möglich, einem Patienten, der einen Schock erlitten hatte, eine Blutübertragung zu geben, ohne daß ihn das umbrachte.

Die Bewegung zur Abschaffung der Todesstrafe war eben erst ins Leben gerufen worden. Sie war zum Scheitern verurteilt, ehe sie richtig in Schwung kam.

Vh83uOAGn7 war seine Telefonnummer, die Nummer seines Führerscheins, seine Sozialversicherungs-Nummer, seine militärische Kennziffer und die Kennummer seiner Gesundheitsakte. Zwei von diesen Dokumenten waren bereits für ungültig erklärt. Der Rest spielte auch keine Rolle mehr, abgesehen von seiner Gesundheitsakte. Sein Name lautete Warren Lewis Knowles. Er war zum Sterben verurteilt.

Zwar sollte der Prozeß erst morgen stattfinden; doch das Urteil stand trotzdem fest. Lew war schuldig. Wenn jemand daran zweifelte, so besaß die Anklage doch hieb- und stichfeste Beweise. Morgen nachmittag um sechs Uhr würde Lew zum Tode verurteilt. Broxton würde das Urteil aus irgendeinem Grund anfechten. Doch man würde seinen Antrag verwerfen.

Die Zelle war klein, gepolstert und eigentlich recht gemütlich. Die Polsterung hatte nichts mit der geistigen Verfassung des Gefangenen zu tun. Unzurechungsfähigkeit war keine Entschuldigung mehr für einen Gesetzesbrecher. Drei der Wände bestanden nur aus Gitterstäben. Die vierte Wand – die Außenwand – war mit Zement verkleidet und in einem wohltuenden Grün gestrichen. Die Stäbe, die ihn vom Korridor, von einem nörglerischen alten Mann links und einem finster vor sich hin starrenden Teenager rechts trennten, waren vier Zoll dick und standen acht Zoll auseinander. Die Stäbe waren mit Silikonplastik überzogen. Zum viertenmal schon versuchte Lew, die Plastikpolsterung von den Stäben zu reißen. Das Zeug fühlte sich an wie Schaumgummikissen, ließ sich aber nicht abreißen. Als er es wieder losließ, schnellte es in seine alte Lage zurück und bildete eine perfekte Rundung.

»Das ist nicht fair«, murmelte er.

Der Teenager reagierte nicht. Zehn Stunden befand sich Lew jetzt schon in dieser Zelle, doch der Junge hatte sich nicht vom Fleck gerührt. Er saß auf dem Rand seiner Koje. Sein langes, schwarzes Haar hing ihm in die Augen, während der Schatten der späten Nachmittagssonne seine Gestalt immer mehr verdunkelte. Er bewegte seine langen, behaarten Arme nur, wenn es etwas zu essen gab. Doch sein Rumpf verharrte immer an der gleichen Stelle.

Der alte Mann blickte hoch, als Lew sich beklagte. Er fragte mit bitterem Sarkasmus: »Hat man dich hereingelegt?«

»Nein, ich ...«

»Du bist wenigstens ehrlich. Was liegt denn gegen dich vor?«

Lew berichtete. Er konnte den Ton verletzter Unschuld nicht ganz unterdrücken. Der alte Mann lächelte spöttisch und nickte, als habe er nichts anderes erwartet.

»Dummheit. Dummheit war schon immer ein Kapitalverbrechen. Wenn du dir schon eine Todesstrafe einhandeln wolltest, warum dann nicht für ein deftiges Ding? Siehst du den Jungen auf der anderen Seite?«

»Ja«, murmelte Lew geistesabwesend.

»Er ist ein Organ-Schwarzhändler.«

Lew spürte, wie der Schock sein Gesicht einfror. Er nahm seinen ganzen Mut zusammen und blickte in die Nachbarzelle hinüber. Jeder Nerv in seinem Körper zuckte. Der Junge blickte ihn an. Mit seinen stumpfen dunklen Augen unter den Haarsträhnen betrachtete er Lew wie ein Metzger ein Stück Rindfleisch.

Lew wich zu den Stäben zurück, die ihn von der Zelle des alten Mannes trennten. »Wie viele hat er getötet?« fragte er, heiser flüsternd.

»Niemanden.«

»Wieso?«

»Er war als Fänger tätig. Er ging durch die Straßen, bis er auf einen Passanten traf, der allein unterwegs war. Dann mußte er den Passanten betäuben und zu dem Doktor bringen, der den Schwarzhandel-Ring leitete. Der Arzt besorgte das Töten. Wenn Bernie einen toten Organspender angeschleppt hätte, hätte der Arzt *ihm* die Haut abgezogen.«

Der alte Mann saß nun mit dem Rücken zu Lew in seiner Zelle. Er hatte sich ein wenig zur Seite gedreht, um mit Lew reden zu können. Doch jetzt verlor er offenbar jedes Interesse an der Unterhaltung. Seine Hände bewegten sich ruhelos.

»Wie viele hat er eingefangen?«

»Vier. Dann wurde er gefaßt. Bernie ist nicht besonders intelligent.«

»Und was haben Sie verbrochen?« fragte Lew.

Der Alte antwortete nicht. Er wendete Lew wieder den Rücken zu, und seine Schultern zuckten, während seine Hände rastlos arbeiteten. Lew hob die Schultern und warf sich dann auf seine Koje. Es war sieben Uhr an einem Dienstagabend.

Der Ring hatte aus drei Fängern bestanden. Bernie wartete noch auf seinen Prozeß. Der zweite Fänger war tot – er hatte sich von einem Pedwalk gestürzt, als er die Gnadenkugel in seinen Arm einschlagen spürte. Der dritte Fänger wurde gerade auf einer fahrbaren Trage in das Krankenhaus gebracht, das an das Gerichtsgebäude angrenzte.

Offiziell lebte er noch. Er war verurteilt worden, und seine Berufung war verworfen. Doch er lebte noch, während sie ihn betäubt in den Operationssaal schoben.

Die Ärzte hoben ihn von der Trage und schoben ihm einen Schlauch in den Mund, damit er atmen konnte, wenn man ihn in das Gefrierbad legte.

Sie hoben ihn so sachte hinein, daß es keinen Spritzer gab, und während seine Körpertemperatur stetig sank, träufelten sie ihm etwas in die Venen. Ungefähr einen halben Liter Flüssigkeit. Seine Temperatur erreichte fast den Nullpunkt, und die Herzschläge wurden immer langsamer. Schließlich blieb das Herz ganz stehen. Aber man konnte es immer noch zum Schlagen bringen, und man hatte schon Verurteilte nach diesem Zeitpunkt begnadigt. Offiziell war der Organ-Schwarzhändler immer noch am Leben.

Der eigentliche Arzt war eine Reihe von Maschinen, die mit einem Fließband verbunden waren. Sobald die Körpertemperatur des Organ-Schwarzhändlers unter einen Punkt absank, setzte sich das Fließband in Bewegung. Die erste Maschine führte eine Reihe von Schnitten auf seiner Brust durch. Mechanisch geschickt, um nicht zu sagen perfekt, führte der ›Doktor‹ eine Cardiectomie durch. Das heißt, er entfernte das Herz.

Das Herz kam sofort in einen Lagertank. Dann kam die Haut des Verurteilten, der jetzt offiziell tot war, an die Reihe. Die Haut wurde möglichst in einem Stück entfernt und lebte natürlich noch. Der Arzt nahm den Verurteilten so vorsichtig und umsichtig auseinander, als zerlegte er ein unendlich zerbrechliches, unendlich kompliziertes Puzzle. Das Gehirn wurde elektrisch verbrannt und die Asche für die Urnenbestattung aufgehoben. Doch der Rest des Korpers, in größeren und kleineren Röhren, kam in die Lagerhalle der Organbank. Jeder dieser gelagerten Organteile konnte bei Anforderung in kürzester Zeit reisesicher verpackt und innerhalb einer Stunde in die entlegensten Teile der Welt gebracht werden. Wenn die Leute zur richtigen Zeit mit der richtigen Krankheit ans Bett gefesselt wurden, konnte der Organ-Fänger mehr Menschenleben retten, als er vernichtet hatte.

Und das war der springende Punkt der Gerechtigkeit.

Lew lag auf dem Rücken und starrte hinauf zum Fernsehgerät an der Decke. Plötzlich schrak er zusammen. Er hatte sich nicht die Tonübertragung ins Ohr gesteckt, und die Bewegungen der Cartoon-Figuren waren schrecklich anzusehen, wenn sie sich in absoluter Lautlosigkeit vollzogen. Er stellte das Gerät ab. Aber das half ihm auch nichts.

Stück für Stück würden sie ihn ausweiden und in Tanks lagern. Er hatte zwar noch nie eine Organbank von innen gesehen. Aber sein Onkel war Fleischer ...

»He!« schrie er.

Die Augen des Jungen bewegten sich. Der Alte drehte sich nur und blickte ihn über die Schulter an. Der Wächter am Ende des Korridors hob nur kurz den Kopf und las dann weiter.

Die Angst flatterte in Lews Magen, pochte in seinem Hals. »Wie könnt ihr das nur aushalten?« fragte er.

Der Blick des Jungen senkte sich wieder auf den Boden. »Wie aushalten?« fragte der alte Mann.

»Wißt ihr denn nicht, was sie mit uns anstellen werden?«

»Nicht mit mir«, sagte der Alte. »Ich lasse mich nicht auseinandernehmen wie ein Mastschwein.«

Sofort stand Lew an der Trennwand. »Wieso nicht?«

Die Stimme des Alten sank zu einem Flüsterton herab.

»Weil ich eine Bombe dort trage, wo ich früher meinen rechten Oberschenkelknochen hatte. Ich werde mich selbst in die Luft sprengen. Was übrigbleibt, werden die kaum noch verwenden können.«

Die Hoffnung, die der alte Mann in Lew wachgerufen hatte, sank wieder in sich zusammen. »Quatsch. Wie können Sie denn eine Bombe in Ihrem Bein unterbringen?«

»Ganz einfach. Du nimmst den Knochen heraus, bohrst ihn der Länge nach auf, baust die Bombe in der Höhlung ein, entfernst alles organische Material, damit er nicht verrottet, und setzt den Knochen an der alten Stelle wieder ein. Selbstverständlich wird der Bestand an roten Blutkörperchen in deinem Körper danach etwas absinken. Doch das spielt jetzt keine Rolle mehr. Ich wollte dich nur fragen, ob du dich beteiligen willst?«

»Beteiligen?«

»Presse dich ganz fest gegen die Stäbe. Die Bombe nimmt uns beide mit.«

Lew wich sofort bis zur entgegengesetzten Gitterwand zurück.

»Nun, du hast natürlich freie Wahl«, sagte der Alte. »Ich habe dir noch gar nicht verraten, weshalb ich hier in dieser Zelle sitze, nicht wahr? Ich war der Arzt. Bernie war von mir als Fänger eingestellt.«

Lew wirbelte herum und blickte in die stumpfen Augen des Teenagers. Organ-Schwarzhändler! Er war von Berufsmördern umgeben!

»Ich weiß, wie das Ganze vonstatten geht«, fuhr der Alte fort. »Mit mir machen sie so was nicht. Wenn du aber keinen sauberen, schnellen Tod haben willst, lege dich hinter deiner Pritsche auf die Erde. Sie ist dick genug, um dich zu schützen.«

Die Koje war eine Matratze mit Federkern, der in einen Betonblock eingelassen war. Der Betonblock war ein fester Bestandteil des Bodens. Lew rollte sich hinter seiner Koje zusammen, die Hände hatte er schützend vor die Augen geschlagen.

Eins wußte er sicher. Er wollte nicht *sofort* sterben.

Nichts geschah.

Nach einer Weile öffnete er die Augen, nahm die Hände vom Gesicht und spähte um die Ecke seiner Koje.

Der Junge schaute ihn an. Zum erstenmal zeigte er eine Gemütsbewegung – ein saures Lächeln. Draußen im Korridor stand jetzt der Wächter bei den Stäben und blickte stirnrunzelnd auf ihn herunter.

Lew spürte, wie ihm das Blut bis in die Ohren stieg. Der alte Mann hatte ihn zum Narren gehalten. Er machte Anstalten, sich zu erheben …

Und ein gewaltiger Hammer fiel herunter auf die Welt.

Der Wächter lag jetzt in einer grotesk angewinkelten Haltung vor den Stäben der gegenüberliegenden Zelle. Der Teenager mit den langen schwarzen Haaren rappelte sich hinter seiner Koje auf und schüttelte wie betäubt den Kopf. Irgendwo stöhnte jemand. Die Luft war erfüllt von Zementstaub.

Lew stand auf. Blut lag wie eine rote Ölschicht auf allen Flächen, die der Explosionsstätte zugekehrt war. Von dem alten Mann war nichts mehr übriggeblieben.

In der Wand gähnte ein Loch.

Er mußte – genau dort – gestanden haben.

Das Loch in der Wand war groß genug, daß Lew hindurchkriechen konnte. Falls er es erreichen konnte, dachte er. Doch die Bresche in der Mauer war in der Zelle nebenan. Die Silikonpolsterung der Stäbe war von dem Luftdruck weggerissen worden. Das Skelett der bleistiftdünnen Metallstreben war übriggeblieben.

Lew versuchte sich hindurchzuzwängen.

Die Drähte summten, vibrierten ohne Geräusche. Die Vibration machte Lew schläfrig. Er zwängte sich durch die Drähte und kämpfte gleichzeitig gegen die Betäubungs-

Schallwellen, die seinen Willen ducken wollten. Die Stäbe gaben nicht nach; aber sein Körper. Und die Stäbe waren schlüpfrig von Blut ... Er war durch. Dann steckte er den Kopf durch das Loch in der Mauer und blickte nach unten.

Ein endloses Gefälle. Es machte ihn schwindlig, dort hinunterzusehen.

Das Topeka-Bezirksgericht war ein kleiner Wolkenkratzer, und Lews Zelle mußte fast unter dem Dach liegen. Glatte Betonplatten verkleideten die Fassade, und die Fenster saßen ohne Sims und Sockel im Beton. Wie ausgestanzt. Er sah keinen Weg, wie er sie erreichen, geschweige öffnen konnte.

Die Betäubungs-Strahlen saugten ihm die Willenskraft aus dem Körper. Er wäre bereits bewußtlos, überlegte er, wenn sein Kopf nicht außerhalb der Mauer im Freien schwebte. Er zwang sich dazu, ihn nach oben zu drehen.

Er befand sich unmittelbar unter dem Dach. Der Rand des Daches befand sich nur ein paar Fuß über seinen Augen. Leider außerhalb seiner Reichweite. Doch wenn er aus dem Loch in der Wand kroch ...

Gewinnen oder verlieren – sie würden ihn nicht für die Organbank bekommen. Wenn er auf die Ebene hinunterfiel, wo sich der Autoverkehr abwickelte, wurde sein Körper für jede Organverwertung unbrauchbar. Er saß jetzt im Loch, preßte den Oberkörper fest an die Mauer. Er streckte die Arme nach oben aus. Zu kurz.

Deshalb zog er ein Bein nach, federte und schnellte sich ab.

Seine Hände schlossen sich über dem Dachsims, als sein Körper der Schwerkraft nachgeben mußte. Er stöhnte; aber es war zu spät. Das Dach des Gerichtsgebäudes bewegte sich! Es hatte ihn aus dem Mauerloch herausgezogen, ehe er wieder loslassen konnte. Er pendelte langsam über dem Abgrund hin und her, während das Band ihn hinwegtrug.

Das Dach des Gerichtsgebäudes war ein Fußgängerband, ein Pedwalk.

Er hatte nicht mehr die Kraft, sich hinaufzuschwingen. Das Band bewegte sich auf das Nachbargebäude zu, das die gleiche Höhe wie das Gericht hatte. Er konnte es erreichen, wenn er sich nur lange genug festklammerte.

Die Fenster in dem anderen Gebäude sahen ganz anders aus. Man konnte sie zwar nicht öffnen – dafür war der Smog viel zu gefährlich –, aber die hatten Simse. Vielleicht konnte man das Glas einschlagen. Vielleicht auch nicht.

Die Armmuskeln schmerzten höllisch. Er brauchte doch nur loszulassen, und ... Nein, er hatte kein Verbrechen begangen, für das man sterben mußte. Er weigerte sich zu sterben.

Im Verlauf des zwanzigsten Jahrhunderts gewann die Bewegung gegen die Todesstrafe immer mehr an Boden. Ihre Anhänger hatten ein Ziel vor Augen: Sie wollten die Hinrichtung durch eine Gefängnisstrafe ersetzen. Sie verfochten den Standpunkt, daß das Töten eines Menschen für sein Verbrechen ihm keine Lehre erteilt. Die Todesstrafe diente anderen auch nicht zur Abschreckung, wenn sie zu der gleichen Tat entschlossen waren. Der Tod sei unwiderruflich, argumentierten sie, während man einen zu Unrecht Verurteilten wieder auf freien Fuß setzen konnte, wenn seine Unschuld sich nachträglich herausstellte. Die Todesstrafe erfüllte keinen guten Zweck, sagten sie, und befriedige nur das Rachebedürfnis der Gesellschaft. Und Rache sei kein legitimer Standpunkt für eine aufgeklärte Gesellschaft.

Vielleicht hatten die Leute damals recht.

Im Jahre 1940 veröffentlichten Karl Landsteiner und Alexander S. Wiener ihre Forschungsergebnisse über den Rhesusfaktor im menschlichen Blut.

Gegen Mitte des Jahrhunderts bekamen die meisten verurteilten Mörder eine lebenslange Freiheitsstrafe oder eine Strafe auf Zeit. Viele wurden später wieder in die Gesellschaft entlassen, manche ›rehabilitiert‹, manche nicht. In manchen Staaten wurde sogar für Entführung die Todesstrafe ausgesprochen; doch man konnte nur wenige Geschworene dazu überreden, für diese Strafe zu plädieren. Das gleiche galt für Angeklagte, denen man einen Mord zur Last legte. Wenn zum Beispiel ein Mann in Kanada wegen Einbruchs, in Kalifornien wegen Mordes gesucht wurde, wehrte er sich gegen eine Auslieferung nach Kanada, weil er wahrscheinlich in Kalifornien eine mildere Strafe zu erwarten hatte als in Kanada. Viele Staaten hatten die Todesstrafe überhaupt abgeschafft.

Die Besserung des Straffälligen war das Hauptanliegen der Wissenschaft und besonders der Psychologie.

Doch ...

Damals gab es schon auf der ganzen Welt Blutbanken. Frauen und Männer mit Nierenleiden wurden bereits vom Tode gerettet, indem man ihnen die Niere ihrer Schwester oder ihres Bruders einpflanzte, falls sie als eineiige Zwillinge auf die Welt gekommen waren. Das traf allerdings nur in seltenen Fällen zu. Ein Arzt in Paris verwendete gespendete Nieren von nahen Verwandten und bestimmte schon im voraus, wie groß die Verträglichkeit zwischen dem Empfänger- und dem Spenderorgan sein würde, um die Überlebenschancen auszurechnen.

Auch Augenverpflanzungen waren an der Tagesordnung. Doch ein Augenspender konnte bis zu seinem Tode warten, ehe er einen anderen Menschen vor dem Schicksal der Blindheit rettete. Menschliche Knochengewebe konnten jederzeit übertragen werden, wenn man sie vorher von Blutgefäßen und Mark säuberte.

So war die Lage um die Mitte des zwanzigsten Jahrhunderts.

Im letzten Jahrzehnt dieses Jahrhunderts konnte man jedes lebende menschliche Organ für eine genügend lange Zeit lagern. Transplantationen waren zur Routine geworden. Das wurde besonders durch das Skalpell ›mit der hundertprozentigen Genauigkeit‹ ermöglicht – durch den Laser. Sterbende vermachten in der Regel ihren Körper der Organbank. Selbst die Lobbyisten der Bestattungsunternehmen waren dagegen machtlos. Doch die Geschenke der Toten erfüllten oft nicht mehr ihren Zweck.

1993 erließ Vermont als erster Staat Gesetze über Spenden an die Organbank. Vermont hatte nie die Todesstrafe abgeschafft. Jetzt wußte ein zum Tode Verurteilter, daß er durch seinen Tod das Leben anderer retten würde. Jetzt war die Ansicht entkräftet, daß die Hinrichtung keinen sinnvollen Zweck erfüllte. Zumindest in Vermont.

Später erließ Kalifornien ein ähnliches Gesetz. Dann Washington, Georgia, Pakistan, England, Schweiz, Frankreich.

Das Gehband bewegte sich mit einer Geschwindigkeit von zehn Meilen in der Stunde. Lewis Knowles hing an den Gleitketten und sah ein Fenstersims unter sich. Das Sims war ungefähr sechzig Zentimeter breit und befand sich ein Meter zwanzig unter seinem großen Zeh.

Er ließ sich fallen.

Der Aufprall schleuderte seine Knie hoch, doch er stürzte nicht ab. Nach einer langen Sekunde des Balancierens holte Lew tief Luft.

Er wußte nicht, auf welchem Gebäude er sich befand; aber er war auf keinen Fall verlassen. Trotz der Feierabendstunde um neun Uhr abends waren alle Fenster erleuchtet. Er versuchte, sich in einen toten Winkel zu drücken, während er durch die Scheibe spähte.

Das Fenster gehörte zu einem Büro. Das Büro war leer.

Er brauchte etwas, das er sich um die Hand wickeln konnte, wenn er die Scheibe einschlagen wollte. Er trug nur Socken und einen Gefangenenkittel. Dieser Kittel war so auffällig, daß er ihn ebensogut ausziehen konnte. Er streifte ihn über den Kopf, wickelte ihn um seine rechte Hand und schlug gegen die Scheibe.

Fast hätte er sich bei diesem Schlag die Hand gebrochen.

Nun – man hatte ihm im Gefängnis wenigstens seine Uhr und seinen Brillantring gelassen. Er ritzte einen Kreis in die Scheibe und schlug noch einmal zu – diesmal mit der Linken. Es *mußte* Glas sein. Falls nicht, war er verloren.

Die Scheibe gab nach. Das heißt, das kreisrunde Stück, das er mit dem Brillanten vorgeschnitten hatte.

Er mußte den Vorgang sechsmal wiederholen, ehe das Loch groß genug zum Durchschlüpfen war.

Lächelnd trat er in das Büro, den Kittel noch in der linken Hand. Jetzt brauchte er nur einen Lift. Die Polizei würde ihn sofort in seinem Gefangenenkittel auf der Straße verhaften. Doch wenn er den Kittel hier versteckte, konnte ihm nicht viel passieren. Wer verdächtigte schon einen lizenzierten Nudisten?

Natürlich besaß er gar keine Lizenz. Auch kein Schultertäschchen, in dem er die Lizenz tragen mußte.

Und er war unrasiert.

Das war schlimm. So einen haarigen Nudisten wie ihn hatte es noch nie gegeben. Er hatte keine Stoppeln, sondern einen ausgewachsenen Bart. Wo konnte er sich einen Rasierapparat beschaffen?

Er sah in den Schubladen der Schreibtische nach. Viele Geschäftsleute hatten einen Ersatzapparat im Büro. Als er eine Schublade durchsucht hatte, brach er das Unternehmen ab. Nicht, weil er einen Apparat gefunden hatte – er wußte jetzt, wo er war.

Die Papiere im Schreibtisch klärten ihn darüber auf.

Ein Hospital.

Er hielt sich immer noch krampfhaft an seinem Kittel fest. Nun warf er ihn in den Papierkorb, bedeckte ihn säuberlich mit Papier und brach regelrecht über dem Stuhl hinter dem Schreibtisch zusammen.

Ein Hospital. Ausgerechnet er mußte sich in ein Hospital flüchten. Und ausgerechnet *dieses* Hospital. Man hatte es ja nicht zufällig neben das Bezirksgericht von Topeka hingestellt.

Doch er *wollte* sich ja gar nicht hierher flüchten. Das Hospital hatte sich ihm aufgedrängt. Hatte er ein einziges Mal in seinem Leben wirklich eine Entscheidung selbst getroffen? Freunde hatten sich von ihm Geld geborgt, um es nicht mehr zurückzugeben. Andere Männer hatten sich seine Freundinnen ausgeborgt (mit gleichem Ergebnis). Er war bei Beförderungen immer übergangen worden, weil er sein Licht stets unter den Scheffel stellte. Shirley hatte gedroht, sich umzubringen, wenn er sie nicht heiratete, um ihn dann vier Jahre später gegen einen anderen einzutauschen, der sich von der Selbstmorddrohung nicht beeindrucken ließ.

Und diese Pechsträhne wollte auch jetzt, am wahrscheinlichen Ende seines Lebens, nicht enden. Ein alter Organ-Schwarzhändler hatte ihm zur Flucht verholfen. Ein Architekt hatte die Zellstäbe so weit auseinandergezogen, daß ein schmächtiger Mensch hindurchschlüpfen konnte. Ein anderer Architekt hatte ein Gehband zwischen den beiden Gebäuden gespannt. Und jetzt war er hier.

Was die Lage noch verschlimmerte: Hier konnte er sich nicht als Nudist tarnen. Krankenkittel und Atemmasken waren das absolute Minimum an Bekleidung in dieser Anstalt. Selbst Nudisten mußten manchmal Kleidung anlegen.

Und im Schrank?

Im Schrank war nichts als ein modischer grüner Hut und eine durchsichtige Regenhaut.

Vielleicht kam er damit durch bis auf die Straße. Er biß sich nervös auf die Fingerknöchel. Wenn er nur wüßte, wo der Aufzugschacht war. Er mußte sich eben auf sein Glück verlassen. Wieder suchte er nach einem Rasierapparat.

Er hatte bereits ein schwarzes Lederetui mit dem gesuchten Gegenstand in der Hand, als sich die Tür öffnete. Ein korpulenter Mann im weißen Kittel rauschte herein. Er war schon fast am ersten Schreibtisch, ehe er Lew bemerkte. Er blieb stocksteif stehen. Sein Unterkiefer klappte herunter.

Lew brachte ihn wieder in seine alte Lage zurück, indem er dem Mann den Rasierapparat gegen das Kinn schlug. Zähne knirschten und splitterten. Die Knie des Mannes gaben nach, als Lew bereits durch die Tür in den Korridor hinauslief.

Der Aufzug war keine zehn Meter entfernt. Die Türen standen einladend offen. Es war niemand zu sehen. Lew trat in den Fahrstuhl und drückte auf den untersten Knopf. Er rasierte sich, während der Fahrstuhl nach unten glitt. Die Klinge rasierte scharf und rasch, und Lew bearbeitete gerade seine Brusthaare, als der Fahrstuhl hielt und die Türen sich öffneten.

Eine hagere Technikerin stand vor ihm, Augen und Mund geistesabwesend und verschlossen, wie das für einen Menschen typisch ist, der auf einen Aufzug wartet. Sie drängte sich an ihm vorbei, eine Entschuldigung murmelnd. Lew verließ fluchtartig den Fahrstuhl. Die Türen schlossen sich wieder, ehe Lew begriff, daß er auf dem falschen Stockwerk gelandet war.

Diese verdammte Ziege, dachte Lew. Sie hatte den Aufzug angehalten, ehe er das Erdgeschoß erreicht hatte. Er drückte auf den Knopf, um einen anderen Fahrstuhl herbeizuholen, als er sich bewußt wurde, wo er sich hier befand.

Es war ein riesiger Saal, von oben bis unten mit aquariumartigen Glasbehältern ausgefüllt. Reihenweise nichts als Glasbehälter wie die Buchregale im Magazin einer Bibliothek. Und in diesen Glasbehältern schwammen – nun, es war ein schrecklicher Anblick. Diese Dinge waren einmal *Männer* und *Frauen* gewesen! Nein, er wollte das nicht sehen. Er starrte hartnäckig auf die Aufzugtüren. *Warum wollte der Fahrkorb nicht kommen?*

Er hörte eine Sirene.

Der harte, mit Fliesen belegte Boden vibrierte jetzt unter seinen bloßen Füßen. Er spürte eine Taubheit in den Muskeln, eine Lethargie in seiner Seele.

Der Fahrkorb hielt – zu spät. Er blockierte die geöffneten Türen mit einem Stuhl. Die meisten Gebäude verfügten nur über zwei Fahrstühle und besaßen keine Treppenhäuser. Sie mußten also den zweiten Fahrstuhl benützen, wenn sie ihn fangen wollten. In welchem Stockwerk befand er sich jetzt? ...Er hatte keine Zeit, sich mit diesem Problem zu befassen. Er war benommen, wollte schlafen. Mehrere Schallprojektoren mußten in diesem Raum eingebaut sein. Wenn man den Strahl eines Projektors passierte, spürte man höchstens eine leichte Müdigkeit in den Gliedern. Aber dem konzentrierten Ansturm mehrerer Projektoren war man auf die Dauer nicht gewachsen. Bewußtlosigkeit würde am Ende stehen. Doch noch war es nicht soweit.

Zuerst mußte er seinem Gewissen folgen.

Wenn sie ihn hier einkassierten, würden sie endlich einen Vorwand haben, ihn zum Tode zu verurteilen.

Die Behälter waren aus Plastik, nicht aus Glas. Doch dieser Kunststoff besaß ganz besondere Eigenschaften, weil er zur Aufbewahrung von unzähligen Organteilen diente und keine Immunitätsreaktionen hervorrufen durfte. Er mußte chemisch vollkommen neutral reagieren. Eine harte Nuß für jeden Konstrukteur. Man konnte nicht erwarten, daß er diesen Kunststoff auch noch bruchfest machte.

Und das Zeug splitterte ganz prächtig.

Später mußte Lew den Kopf schütteln, daß er so lange durchgehalten hatte. Das einschläfernde Murmeln der Ultraschallwellen lag wie eine Bleischicht auf seinen Nerven. Der Boden wurde immer schlüpfriger, der Stuhl, den er mit beiden Armen schwang, immer schwerer. Doch solange er ihn noch in die Höhe stemmen konnte, schlug er damit die Aquarien ein. Bis zu den Knien watete er in Nährflüssigkeit, und sterbende Organe trieben wie in einer Sintflut durch den Saal. Er hatte den Saal erst zu einem Drittel durchquert, als die Ultraschall-Sirene für seine Nerven unerträglich wurde.

Er sank auf die Knie.

Und trotzdem wurde der Amoklauf durch die Organbank bei der Verhandlung mit keinem Wort erwähnt.

Er saß auf der Anklagebank und hörte das Ritual der öffentlichen Verhandlung wie eine unbestimmte Geräuschkulisse, dem Rauschen des Meeres in einem Muskelgehäuse vergleichbar. Lew beugte sich zu Mister Broxton vor und flüsterte ihm die Frage ins Ohr, die ihn so brennend beschäftigte. Mister Broxton lächelte nur. »Warum sollten sie diesen Punkt bei der Verhandlung erwähnen? Sie glauben, sie hätten auch so genug, um Sie zu verurteilen. Wenn Sie vom Gericht freigesprochen werden, weil man Sie nicht überführen kann, wird man eine neue Anklage gegen Sie vorbringen. Diesmal wegen heimtückischer und vorsätzlicher Zerstörung wertvoller Heilmittelvorräte. Aber die Anklagevertretung ist sich ihrer Sache sicher.«

»Und Sie?«

»Ich fürchte, die Vorteile liegen ganz auf seiten der Anklagevertretung. Doch wir werden unser Möglichstes versuchen. Hennessy steht gerade auf, um die Anklageschrift zu verlesen. Bringen Sie es fertig, ein verletztes, unschuldiges Gesicht zu machen?«

»Selbstverständlich.«

»Sehr gut.«

Der Ankläger verlas sein Schriftstück. Seine Stimme klang wie die Trompete des Jüngsten Gerichtes, die aus einem Trichter und einem dünnen, blonden Schnurrbart kam. Warren Lewis Knowles setzte eine beleidigte, verletzte Miene auf. Doch er fühlte sich nicht mehr unschuldig.

Er hatte etwas getan, für das er eigentlich mit dem Tode büßen mußte.

Selbstverständlich hing das ausschließlich mit der Organbank zusammen. Wenn die Ärzte etwas taugten und immer genug Nachschub in die Organbank kam, konnte jeder Steuerzahler begründete Hoffnungen auf ein ewiges Leben haben. Und welcher Geschworene stimmte gegen ein ewiges Leben? Die Todesstrafe war sein Garantieschein für die Unsterblichkeit. Deswegen würde jeder Geschworene darauf dringen, daß die Todesstrafe in den meisten Fällen ausgesprochen wurde.

Lewis Knowles hatte zurückgeschlagen.

»Der Staatsanwalt wird beweisen, daß besagter Warren Lewis Knowles im Verlauf von zwei Jahren vorsätzlich sechs Rotlichter überfahren hat. Während besagter Periode hat Warren Knowles nicht weniger als zehnmal die Geschwindigkeitsbegrenzung überschritten. Sein Personalregister weist schwarze Flecken auf. Zum Beispiel wurde er bereits im Jahre 2082 wegen Trunkenheit am Steuer verhaftet und wurde nur deshalb freigesprochen, weil ...«

»Einspruch!«

»Einspruch stattgegeben. Wenn er freigesprochen wurde, Herr Staatsanwalt, kann die Verhaftung nicht gegen den Angeklagten verwendet werden.«

Am Grunde eines Loches

Nach mehr als einem Jahrhundert Raumfahrt war das Wissen der Menschen von ihrem Sonnensystem beinahe lückenlos. Daher wandten sie sich der industriellen Entwicklung zu.

Die folgenden hundert Jahre waren Zeuge der Evolution einer Zivilisation im Weltraum. Aus Gründen der Wirtschaftlichkeit konzentrierten sich die Belter auf die Reichtümer der Asteroiden. Mit fusionsgetriebenen Schiffen hätten sie die Mineralvorkommen der Planeten abbauen können, aber ihre Technik ließ sich leichter im freien Fall und zwischen den fallenden Gesteinsbrocken anwenden. Nur Merkur war reich genug, auf die Bergleute des Belts eine Anziehung auszuüben.

Eine Zeitlang war die Erde das Zentrum der Raumindustrie. Aber die Lebensweise der Belter und der Flachländer war so unterschiedlich, daß ein Bruch unvermeidlich war. Die Phobie der Flachländer – die Unfähigkeit, auch nur einen Flug auf der Umlaufbahn auszuhalten – war auf der Erde weit verbreitet, und das blieb auch so. Und es gab Belter, die sich niemals in die Nähe eines Planeten begaben.

Zwischen der Erde und dem Belt gab es ökonomische Rangeleien, aber niemals Krieg. Die Kulturen waren voneinander abhängig. Und sie wurden von einem gemeinsamen Band zusammengehalten: der Eroberung der Sterne. Die Rammroboter – die unbemannten Bussard-Forschungs-Raumraketen – wurden Mitte des einundzwanzigsten Jahrhunderts auf den Weg geschickt.

2100 A.D. gab es auf nahe gelegenen Sonnensystemen aufblühende Kolonien: Die Welten hießen Pechvogel, Wunderland, Wir Haben Es Geschafft, Plateau und Höhenzug. Keine dieser Welten glich der Erde vollkommen. Denjenigen, die die Rammroboter programmiert hatten, hatte es an Phantasie gemangelt. Die Folgen sind eingehend beschrieben in *A Gift From Earth*, in der Sammlung *Neutron Star* und in der Geschichte ›*The Border – Land of Sol*‹.

Auf der Erde hatte man drei Walarten als intelligent anerkannt und ihren Beitritt zu den Vereinten Nationen befürwortet. Ihre Klage gegen die früheren Walfangnationen hatte zu keinem Ergebnis geführt, und das sollte sich auch später nicht ändern. Die Wale fanden so viel Spaß am Rechtssport, daß sie ihn niemals beendeten.

Zur ersten Begegnung der Menschheit mit außerirdischer Intelligenz kam es im Jahre 2106 – obwohl Kzanol schon länger auf der Erde weilte als die Menschheit –, und sie ist in der Chronik *World of Ptavvs* festgehalten.

Zwölf Stockwerke unterhalb der Dachgärten lagen Zitronenhaine, Weideflächen und Gemüsegärten. Vom Erdgeschoß des Hotels aus erstreckten sie sich in ordentlichen, kleinen Vierecken hinaus, zogen sich in weitem Bogen hinauf und hinauf und weiter hinauf. Fünf Meilen weiter oben befand sich der Fusionssonnenschacht, der am Radius des leicht ausgebuchteten Zylinders des Farmerasteroiden entlang verlief. Fünf Meilen oberhalb des Sonnenlichtschachtes war der Himmel ein geflecktes Feld aus kleinen Vierecken, durchzogen von einem verbundenen Seenring und dessen Zuflüssen, ein Himmel, an dem es von winzigen, rotschimmernden Pünktchen der selbststeuernden Traktoren wimmelte.

Lukas Garner träumte versonnen vor sich hin, während sein Blick über den starren Himmel glitt. Auf die Einladung der Regierung hin hatte er zum ersten Mal eine Blasenwelt besucht und damit einen Urlaub von seiner Tätigkeit bei den Vereinten Nationen mit einer vollkommen neuen Erfahrung verbunden – eine seltene Gelegenheit für einen Mann, der siebzehn Jahrzehnte alt ist. Er fand es angenehm verrückt, zu einem Himmel aus verscholzenem Gestein und importiertem Mutterboden aufzublicken.

»Schmuggeln ist absolut nichts Unmoralisches«, sagte Lit Schaeffer.

Die Erdoberfläche über ihm war überzogen mit Hotels, als wäre die Blasenwelt im Begriff, sich zur Stadt zu entwickeln. Garner wußte, daß es nicht so war. Diese Hotels und die verstreuten Hotels in der anderen Blasenwelt dienten dem gelegentlichen Bedürfnis der Belter nach einer irdischen Umgebung. Belter benötigen keine Häuser. Das Heim eines Belters ist das Innere seines Druckanzuges.

Garner wandte sich wieder seinem Gast zu. »Sie meinen, Schmuggeln ist dasselbe wie Taschendiebstahl auf der Erde?«

»Genau das meine ich nicht«, erklärte Schaeffer. Der Belter zog etwas Flaches, Schwarzes aus der Tasche seines Overalls und legte es auf den Tisch. »Ich werde das gleich abspielen. Garner, Taschendiebstahl ist auf der Erde nichts Ungesetzliches. Es kann es gar nicht sein, so zusammengedrängt, wie Sie auf der Erde leben. Sie wären außerstande, ein Gesetz gegen den Taschendiebstahl zu erzwingen. Im Belt ist der Schmuggel ungesetzlich, aber er ist nicht unmoralisch. Es ist das gleiche, als würde ein Flachländer vergessen, Geld in die Parkuhr zu stecken. Er zieht nicht den Verlust der Selbstachtung nach sich. Wenn man erwischt wird, bezahlt man das Bußgeld und vergißt das Ganze.«

»Oh.«

»Wenn ein Mensch seinen Gewinn durch das Gebiet der Ceres befördern will, ist das seine Sache. Es kostet ihn runde dreißig Prozent. Wenn er glaubt, sich an den Goldhäuten vorbeimogeln zu können, ist das auch seine Sache. Aber wenn wir ihn erwischen, konfiszieren wir seine Ladung, und er wird von allen ausgelacht. Kein Mensch hat Mitleid mit einem glücklosen Schmuggler.«

»Ist es das, was Müller versucht hat?«

»Ja. Er hatte eine kostbare Fracht geladen, zwanzig Kilogramm reine magnetische Nordpole. Die Versuchung war zu groß für ihn. Er versuchte sich an uns vorbeizuschleichen, und wir haben ihn mit den Radargeräten aufgespürt. Dann hat er eine Dummheit begangen. Er hat versucht, sich um ein Loch herumzuschlagen.

Er muß sich auf den Weg zur Luna befunden haben, als wir ihn entdeckten. Ceres befand sich mit den Radargeräten in seinem Rücken. Unsere Schiffe befanden sich vor ihm, und sie flogen alle mit einer Geschwindigkeit von 2 g. Sein Minenschiff konnte nur bis 1,5 g beschleunigen, also stand fest, daß sie ihn über kurz oder lang einholen mußten, ganz gleich, was er tat. Und dann stellte er fest, daß sich der Mars genau vor ihm befand.«

»Das Loch.« Garner kannte genug Belter, um einiges von ihrer Sprache aufgeschnappt zu haben.

»Genau das. Sein erster Gedanke muß gewesen sein, die Richtung zu ändern. Die Belter lernen es, Schwerkraftschächten auszuweichen. Ein Mensch kann auf vielerlei Arten ums Leben kommen, wenn er einem Loch zu nahe tritt. Eine gute Selbststeuerungsanlage kann sein Schiff sicher um das Loch herumsteuern, den Ein- und Austritt in den Wirbel programmieren oder es sogar, Gott bewahre, auf dem Grund landen. Aber die Minenschürfer verfügen nicht über gute Selbststeuerungsanlagen. Ihre Schiffe sind mit billigen Anlagen ausgerüstet, und darum meiden sie die Löcher.«

»Sie wollen doch auf etwas hinaus«, sagte Garner mit leichtem Bedauern. »Etwas Geschäftliches?«

»Sie sind zu alt, um sich hinters Licht führen zu lassen.«

Manchmal war Garner selbst davon überzeugt. Irgendwann zwischen dem Ersten Weltkrieg und der Entscheidung der zweiten Blasenwelt hatte Garner gelernt, in den Gesichtern der Menschen ebenso deutlich zu lesen wie andere Leute in Büchern. Oft sparte ihm das Zeit – und in

Garners Augen war seine Zeit es wert, daß man sparsam damit umging.

»Reden Sie weiter«, sagte er.

»Müllers zweiter Gedanke war, sich des Lochs zu bedienen. Durch einen Ein- und Wiederaustritt in den Wirbel konnte er die Richtung wirkungsvoller ändern als mit Hilfe des Motors. Er konnte das Manöver so anlegen, daß der Mars ihn beim Wiederaustritt vor Ceres verbarg. Er konnte auch verdammt nahe an die Oberfläche des Planeten herangehen. Die Atmosphäre des Mars ist so dünn wie die Träume eines Flachländers.«

»Herzlichen Dank. Lit, ist der Mars nicht Eigentum der Vereinten Nationen?«

»Nur, weil wir nie Wert darauf gelegt haben.«

Demnach hatte Müller also unbefugt die Grenze überschritten. »Weiter. Was geschah mit Müller?«

»Ich werde ihn selbst erzählen lassen. Dies hier ist sein Logband.« Lit Shaeffer hantierte an der flachen Schachtel herum, und die Stimme eines Mannes ertönte.

20. April 2112

Der Himmel ist eintönig, die Erde ist eintönig, und beide schließen sich in der Unendlichkeit zum Kreis. Es ist kein Stern zu sehen, außer dem Großen, der hier etwas größer wirkt als in den meisten Teilen des Belts, aber genau wie der Himmel ist er rot gefärbt.

Es ist der Grund eines Loches, und ich muß verrückt gewesen sein, das Wagnis einzugehen. Ich bin lebend heruntergekommen. Das hatte ich nicht erwartet, nicht hier am Ende.

Die Landung war ein einziger Irrsinn.

Man muß sich ein Universum vorstellen, dessen eine Hälfte aus ockerfarbener Abstraktion besteht, zu fern und viel zu gewaltig, als daß man Einzelheiten hätte erkennen können, und das mit rasender Geschwindigkeit vorbeistürzt. Ein eigenartiges, singendes Geräusch dringt durch die Wände herein, und es ist anders als alles, was man je zuvor gehört hat, wie das Flügelschlagen des Todesengels. Die Wände werden warm. Man hört das Summen des Thermosystems selbst durch das Heulen der Luft, die um die Außenhaut rauscht. Und dann schüttelt sich das Schiff wie ein waidwunder Dinosaurier, als hätte man noch nicht genug Probleme.

Da waren meine Treibstofftanks, die sich losrissen. Plötzlich klinkten sie ihre Haltestreben aus, alle vier gleichzeitig, und wirbelten kirschrot vor mir herunter.

Das stellte mich vor die Wahl zwischen zwei gleich ungünstigen Möglichkeiten. Ich mußte mich rasch entscheiden. Wenn ich die Hyperbel beendete, würde ich auf unbekanntem Kurs in den Weltraum geschleudert werden, und zwar mit dem Rest Treibstoff, der sich in dem Kühltank im Inneren des Schiffs befand. Mein Lebensbereich würde mich nicht länger als zwei Wochen am Leben erhalten. Die Chance, daß ich in so kurzer Zeit und mit einem so knappen Treibstoffvorrat irgend etwas erreichen konnte, war gering, und ich hatte dafür gesorgt, daß die Goldhäute *mich* nicht erreichen konnten.

Aber der Treibstoff im Kühltank würde ausreichen, mich hinunterzubringen. Selbst die Schiffe von der Erde verbrauchen beim Ein- und Austritt in ihre geliebten Schwerkraftschächte nur einen geringen Teil ihres Treibstoffs. Das meiste davon wird bei ihrer Bemühung, schnell von einem Planeten zum anderen zu gelangen, verbrannt. Und der Mars ist leichter als die Erde.

Aber was dann? Auch dann blieben mir nur noch zwei Wochen zu leben.

Mir fiel der alte Lacis-Solis-Stützpunkt ein, der schon seit siebzig Jahren verlassen war. Sicher konnte ich das Versorgungssystem so weit wiederherstellen, daß es einen Mann am Leben erhalten konnte. Vielleicht fand ich sogar so viel

Wasser, daß ich etwas davon durch Elektrolyse in Wasserstoff verwandeln konnte.

Ob es nun richtig war oder falsch, ich landete jedenfalls unten.

Die Sterne sind verschwunden, und das Land um mich herum erscheint mir sinnlos. Ich weiß jetzt, warum die Planetenbewohner »Flachländer« genannt werden. Ich komme mir vor wie eine Mücke auf einem Tisch.

Ich sitze hier und zittere vor Angst, hinausgehen zu müssen.

Unter einem rötlich-schwarzen Himmel liegt ein Meer von Staub, hier und da unterbrochen von nachlässig geformten, gläsernen Aschenbechern. Die kleinsten, gleich hier vor der Luke, haben nur einen Durchmesser von einigen Zentimetern. Die größten sind mehrere Meilen breit. Als ich herunterkam, zeigte der Tiefenradar die Überreste von viel größeren Kratern tief unter der Stauboberfläche an. Der Staub ist fein und weich, fast wie Treibsand. Ich schwebte herunter wie eine Feder, und doch ist das Schiff bis zur Hälfte des Lebensbereiches eingesunken.

Ich habe am Rand einer der größten Krater aufgesetzt. Es ist derjenige, der den ehemaligen Stützpunkt der Flachländer beherbergt. Von oben betrachtet sieht er aus wie ein riesiger, durchsichtiger Regenmantel, den jemand auf dem rissigen Kraterboden vergessen hat.

Er ist ein merkwürdiger Ort. Aber einmal muß ich hinaus; wie soll ich sonst an das Versorgungssystem des Stützpunktes herankommen?

Mein Onkel Bat pflegte zu sagen, daß auf Dummheit die Todesstrafe steht.

Ich werde morgen hinausgehen.

21. April 2112
Meine Uhr zeigt an, daß es Morgen ist. Die Sonne steht jetzt auf der anderen Seite des Planeten, und der Himmel ist nicht mehr blutrot. Er sieht fast aus wie der Raum, wenn man die Schwerkraft außer acht läßt, doch die Sterne sind blaß, als würde man durch beschlagenes Plastik daraufblicken. Ein großer Stern ist am Horizont aufgegangen. Er wird heller und dunkler wie ein sich drehender Gesteinsbrocken. Das muß Phobos sein, denn er ist in der Gegend des Sonnenuntergangs aufgetaucht.

Ich gehe hinaus. Später:

Dort, wo die Fusionsflamme auftraf, ist das Schiff von einer Art konkaver Glasschüssel umgeben. Der Lebensbereich des Schiffes, die Hälfte, die aus dem Staub herausragt, sieht aus wie ein Frischling auf einem Lilienkissen auf dem Entbindungsasteroiden. Die Schale ist wie ein Spinnengewebe aus Rissen, aber sie ist so fest, daß man darauf laufen kann.

Anders ist es mit dem Staub.

Der Staub ist wie dickflüssiges Öl. In dem Augenblick, als ich den Fuß daraufsetzte, begann ich zu sinken. Ich mußte zu dem Kraterrand, der sich wie ein Inselstrand ausdehnt, hinüberschwimmen. Es war harte Arbeit. Zum Glück reicht die Schüssel, die durch die Fusionsflamme entstanden ist, an einer Stelle bis zum Kraterrand, es bleibt mir also erspart, das noch einmal zu tun.

Es ist merkwürdig, dieser Staub. Ich bezweifle, daß man irgendwo im System etwas Ähnliches finden könnte. Es sind die Rückstände von Meteoren, und er besteht aus kondensiertem Gesteinsstaub. Auf der Erde würde derartig feiner Staub vom Regen ins Meer gespült und zu Sedimentgestein, natürlichem Zement, werden. Auf dem Mond würde er durch das Vakuum zu Zement gepreßt werden, das Kreuz der Mikroverkleinerungsindustrien im Belt. Aber hier gibt es gerade genug »Luft«, daß sie von der Stauboberfläche absorbiert werden kann ... und nicht annähernd genug, um einen Meteoriten aufzuhalten. Das Ergebnis: Er verdichtet sich nicht zu Zement, unter keinen Umständen. Also verhält er sich wie eine zähe Flüssigkeit. Wahrscheinlich sind die einzigen Stellen, an denen der Boden fest ist, die Meteoritenkrater und die Bergketten.

Der Aufstieg auf den Kraterrand war schwierig. Er besteht ganz aus zerbrochenen, gekippten Blöcken von vulkanischem Glas. Die Ränder sind fast scharf. Dieser Krater hier muß aus der geologischen Neuzeit stammen. Auf seinem Grund liegt, halb versunken in einem flachen See von Staub, die Blasenstadt. Ich kann in der hier herrschenden Schwerkraft ganz gut laufen; sie liegt etwas unter der maximalen Fallbeschleunigung meines Schiffes. Aber ich hätte mir beim Abstieg über diese gekippten, glitschigen, staubbedeckten Steinblöcke ein paarmal fast die Knöchel gebrochen. Alles in allem ist der Krater ein zerbrochener Aschenbecher, der notdürftig wieder zusammengesetzt worden ist wie ein Puzzle.

Die Base liegt über dem Stützpunkt wie ein Zelt, aus dem die Luft herausgelassen worden ist. Die Lufterzeugungsanlage befindet sich unmittelbar daneben. Der Lufterzeuger ist ein durch siebzig Jahre Marsatmosphäre geschwärzter Würfel aus Metall. Er ist riesig. Es muß ein schweres Stück Arbeit gewesen sein, ihn zu transportieren. Ich werde niemals verstehen, wie sie diese Masse nur mit Hilfe von chemischen und Ionentriebwerken von der Erde zum Mars bringen konnten. Oder *warum* überhaupt? Was gab es Begehrenswertes auf dem Mars?

Wenn es je eine nutzlose Welt gegeben hat, dann ist sie es. Sie liegt nicht, wie der Mond, dicht bei der Erde. Die Schwerkraft ist unangenehm hoch. Es gibt keine Bodenschätze. Wenn man seinen Druckanzug verliert, ist es ein Wettlauf gegen die Zeit, ob man am Unterdruck zugrunde geht oder weil das rotdampfende Stickstoffdioxid die Lunge verätzt.

Die Brunnen?

Irgendwo auf dem Mars gibt es Brunnen. Um 1990 herum hat die erste Expeditionsmannschaft einen gefunden. In der Nähe des Brunnens sind sie auf ein mumifiziertes *Etwas* gestoßen. Es explodierte, als es mit Wasser in Berührung kam, daher hat man nie Näheres darüber erfahren, auch nicht, wie alt es war.

Haben sie erwartet, auf lebende Marsbewohner zu stoßen? Und wenn ja, was soll's?

Vor der Blase stehen zwei zweisitzige Marsbuggies. Sie haben einen weiten Achsabstand und sehr breite Räder, wahrscheinlich breit genug, daß sie beim Fahren nicht im Staub einsinken. Man muß vermutlich vorsichtig sein, wenn man anhält. Ich werde sie ohnehin nicht benutzen.

Der Lufterzeuger wird wahrscheinlich funktionieren, nehme ich an, wenn ich ihn an das Energiesystem meines Schiffes anschließen kann. Die Batterien sind leer, und der Fusionsreaktor muß inzwischen vorwiegend aus Blei bestehen. Um mich herum gibt es Tausende von Tonnen Atemluft, gebunden in Stickstoff, NO_2. Der Lufterzeuger wird Sauerstoff und Stickstoff trennen und das bißchen Wasserdampf, das es hier gibt, sammeln. Ich werde dem Wasser Wasserstoff entziehen, um Treibstoff zu gewinnen. Aber komme ich an die Energie heran? Vielleicht finde ich irgendwo in dem Stützpunkt Kabel.

Fest steht, daß ich nicht mit Hilfe rechnen kann. Meine Antennen sind beim Landeanflug verglüht.

Ich habe einen Blick durch die Blasenwand geworfen und einige Fuß davon entfernt einen männlichen Leichnam gesehen. Er ist an Unterdruck gestorben. Es ist anzunehmen, daß ich ein Loch in der Blase finde, wenn ich danach suche.

Ich frage mich, was hier geschehen ist.

22. April 2112
Ich habe mich bei Einbruch des Sonnenlichts schlafen gelegt. Die Umdrehung des Mars dauert ein kleines bißchen länger als ein Schiffstag, und das ist mir sehr angenehm. Ich kann arbeiten, wenn man die Sterne, nicht aber den Staub sieht, und das wird mich bei Verstand halten. Aber ich habe schon gefrühstückt und unangenehme Putzarbeiten auf dem Schiff erledigt, und doch dauert es noch zwei Stunden bis zum Sonnenuntergang. Bin ich ein Feigling? Ich *kann* nicht bei Tageslicht hinausgehen.

Um die Sonne herum wirkt der Himmel, der vom Stickstoffdioxid gefärbt ist, wie frisches Blut. Auf der anderen Seite ist er fast schwarz. Keine Spur von einem Stern. Die Wüste ist eben und ihre Eintönigkeit nur durch die Krater und ein sich wiederholendes Muster von Dünen unterbrochen, die so flach sind, daß man sie nur in der Nähe des Horizonts sehen kann. Eine Bergkette, die aussieht wie ein gerades Mondgebirge, zieht sich in die Wüste hinein; aber die Berge sind furchtbar verwittert, wie etwas längst Vergangenes. Könnte es der schräge Rand eines uralten Asteroidenkraters sein? Die Götter müssen den Mars gehaßt haben, daß sie ihn in die Mitte des Ringes gesetzt haben. Dieses zertrümmerte, pulverisierte Land wirkt wie der Inbegriff von Alter und Verfall. Erosion scheint nur am Boden von Löchern zu existieren. Später:

Kurz vor der Morgendämmerung. Ich sehe, wie das Rot die Sterne verblassen läßt.

Nach Sonnenuntergang habe ich den Stützpunkt durch die noch bestehende Luftschleuse betreten. An einer Stelle, die früher einmal der Hauptplatz gewesen sein muß, liegen zehn Leichen verstreut. Eine weitere befindet sich, halb in einem Druckanzug, im Verwaltungsgebäude, und die zwölfte liegt wenige Fuß von der Blasenwand entfernt, wo ich ihn gestern gesehen habe. Ein Dutzend Leichen, und alle sind an Unterdruck gestorben: an explosionsartiger Dekompression, wenn man es wissenschaftlich ausdrücken will.

Das kreisförmige Gebiet unter der Blase ist nur zur Hälfte bebaut. Der unbebaute Boden besteht aus fest verschmolzenem Sand. Die restlichen Gebäude liegen, zum Aufbau bereit, zu Wand-, Decken- und Fußbodenstapeln aufgeschichtet da. Ich nehme an, daß die Besatzung des Stützpunktes weitere Materialsendungen von der Erde erwartete.

Eines der Gebäude ist mit Elektrokabeln ausgerüstet. Ich habe ein Kabel an die Batterie des Lufterzeugers angeschlossen, und es ist mir gelungen, das andere Ende mit dem Kontakt an meinem Fusionsreaktor zu verbinden. Es schlägt ständig Funken, aber der Lufterzeuger funktioniert. Ich fülle damit die leeren O-Tanks auf, die ich neben einem Stapel von Wänden aufgeschichtet gefunden habe. Das Stickstoffdioxid dringt in die Blase ein.

Ich weiß jetzt, was sich in dem Stützpunkt der Flachländer abgespielt hat.

Die Bewohner der Blasenstadt sind einem Mordanschlag zum Opfer gefallen. Daran besteht kein Zweifel. Als das Stickstoffdioxid anfing, in die Blase zu strömen, ist an der einen Ecke der Stadt Staub hinausgeblasen worden. Dort befand sich ein Riß in der Blase. Er hatte glatte Ränder, als wäre er von einem scharfen Messer verursacht. Wenn ich das notwendige Werkzeug finde, kann ich das Loch reparieren. Irgendwo hier muß es welches geben.

In der Zwischenzeit erzeuge ich Sauerstoff und Wasser. Die Sauerstofftanks kann ich, wenn sie voll sind, in das Rettungssystem leiten. Das Schiff entzieht ihn der Luft und lagert ihn. Wenn ich eine Möglichkeit finde, das Wasser hierher zu bringen, kann ich es einfach in die Toilette schütten. Kann ich es in den O-Tanks transportieren?

23. April 2112

Morgengrauen.

Das Verwaltungsgebäude ist gleichzeitig ein Bandarchiv. Es gibt eine Aufzeichnung der Vorkommnisse im Stützpunkt, äußerst vollständig und bisher sehr langweilig. Die Aufzeichnungen hören sich an wie das Logband eines Schiffes, nur sind sie geschwätziger und gehen mehr in die Einzelheiten. Ich werde sie später ganz durchlesen.

Ich habe ein Stück Blasenkunststoff und ein wenig Kontaktkleber gefunden und damit den Riß geflickt. Die Blase hat dennoch die Luft nicht gehalten. Also habe ich mich auf die Suche gemacht und zwei weitere Risse gefunden, die genauso aussahen wie der erste. Ich habe sie repariert und nach weiteren Rissen Ausschau gehalten. Habe drei entdeckt. Als ich mit der Reparatur fertig war, war es bereits kurz vor Sonnenaufgang.

Das Wasser kann man in den O-Tanks transportieren, aber ich muß sie erhitzen und das Wasser zum Kochen bringen, um es wieder herauszubekommen. Das ist ein hartes Stück Arbeit. Frage: Ist es leichter, das zu tun oder die Kuppel zu reparieren und die Elektrolyse im Innern fortzusetzen? Wie viele Risse gibt es?

Ich habe sechs gefunden. Wie viele Mörder sind es gewesen? Nicht mehr als drei. Ich habe drinnen zwölf Leichen gezählt, und vom Logband habe ich erfahren, daß die zweite Expedition aus fünfzehn Teilnehmern bestand.

Keine Spur von Goldhäuten. Wenn sie mich hier vermuten würden, wären sie längst gekommen. Mit einem Luftvorrat für mehrere Monate in meinem Lebensbereich werde ich wieder daheim in der Freiheit sein, sobald ich aus diesem Loch herauskomme.

24. April 2112

Noch zwei Risse in der Blase, insgesamt acht. Sie liegen etwa zwanzig Fuß auseinander und sind gleichmäßig um die durchsichtige Plastikfolie verteilt. Es sieht aus, als wäre mindestens ein Mann um die Kuppel herumgelaufen und hätte darauf eingeschlagen, bis sie nicht mehr straff genug gespannt war, um sie einzuschneiden. Ich habe die Risse geflickt. Als ich fertig war, füllte sich die Blase mit Luft.

Ich bin das Logband der Stadt bereits bis zur Hälfte durchgegangen, und bis zu dieser Stelle ist noch niemand einem Marsbewohner begegnet. Ich hatte recht, aus diesem Grund sind sie hierhergekommen. Bis jetzt haben sie drei weitere Brunnen gefunden. Sie sind aus geschliffenen Diamantbausteinen, recht groß, sehr verwittert und wahrscheinlich Zehn- oder Hunderttausende von Jahren alt. Am Grund von zwei der vier Brunnen wurde gewöhnliches Stickstoffdioxid gefunden, die beiden anderen waren trocken. Jeder der vier Brunnen besitzt einen »Widmungsstein«, der mit seltsamen, teilweise verwitterten Schriftzeichen bedeckt ist. Eine oberflächliche Analyse der Schriftzeichen hat ergeben, daß es sich bei den Brunnen tatsächlich um Krematorien handelt: Ein verstorbener Marsbewohner muß explodiert sein, wenn er im Stickstoffdioxid am Grund des Brunnens mit Wasser in Berührung kam. Es paßt. Marsbewohner können kein Feuer gelegt haben.

Ich frage mich immer noch, warum sie hierhergekommen sind, die Männer vom Stützpunkt. Was konnten Marsbewohner für eine Bedeutung für sie haben? Wenn sie jemanden zum Reden brauchten, ein nichtmenschliches Wesen, so hatten sie doch in ihren eigenen Meeren die Delphine und Mörderwale. Die Schwierigkeiten, die sie auf sich genommen haben! Nur, um von einem Loch zum anderen zu gelangen!

24. April 2112

Seltsam, zum ersten Mal nach der Landung bin ich nicht zum Schiff zurückgekehrt, als der Himmel sich hell färbte. Als ich mich auf den Rückweg machte, war die Sonne schon aufgegangen. Sie tauchte auf, als ich über den Kraterrand stieg. Dort stand ich zwischen zwei scharfen Obsidianzakken und blickte auf mein Schiff hinunter.

Es sah aus wie der Eingang zum Entbindungsasteroiden.

Dorthin werden Frauen gebracht, wenn sie schwanger werden; eine zehn Meilen lange und fünf Meilen breite Felsenkuppel, die sich schnell um ihre eigene Achse dreht und eine Fluchtgeschwindigkeit von 1 g erzeugt. Die Kinder müssen dort ein Jahr lang bleiben, und das Gesetz schreibt vor, daß sie anschließend bis zu ihrem fünfzehnten Lebensjahr alljährlich einen Monat darauf verbringen. Ich habe eine Frau namens Letty, die im Augenblick dort darauf wartet, daß das Jahr um ist, damit sie mit unserer Tochter Janice fortgehen kann. Die meisten Minenleute zahlen die Vaterschaftsgebühr in einem großen Beitrag, wenn sie so viel Geld haben; es sind ungefähr sechzigtausend Handelseinheiten, einige müssen die Summe daher in Raten abstottern, und manchmal ist es sogar die Frau, die bezahlt; aber wenn sie bezahlen, ist die Sache für sie erledigt, und sie lassen die Frauen die Kinder allein großziehen. Aber ich habe über Letty nachgedacht. Und über Janice. Die Monopole, die sich in meinem Besitz befinden, würden es mir erlauben, Letty Schenkungen zu machen und Janice aufzuziehen, und es würde immer noch genug bleiben, daß sie ein wenig reisen kann, und ich hätte sogar noch genügend Handelseinheiten für weitere Kinder übrig. Ich würde sie mit Letty haben, wenn sie einverstanden ist. Ich glaube, daß sie zustimmen würde.

Wie bin ich jetzt auf dieses Thema gekommen? Wie ich schon sagte, bevor ich so grob unterbrochen wurde, sieht mein Schiff aus wie der Eingang zum Entbindungsasteroiden oder zum Farmerasteroiden oder irgendeiner unterirdischen Stadt. Jetzt, da die Tanks abgerissen sind, ist nur noch der Antrieb, der Lebensbereich und ein kleiner, magnetisch abgetrennter Frachtraum vorhanden. Nur die obere Hälfte des Lebensbereichs ist über dem Meer von Staub sichtbar. Es ist eine einfache Stahlkugel mit einer dicken Tür, nicht stromlinienförmig wie die Schiffe von der Erde. Die schwere

Antriebsdüse hängt an der Unterseite und ist jetzt tief im Staub begraben. Ich frage mich, wie tief der Staub ist.

Die Grube, die bei der Landung entstanden ist, wird einen Ring von erstarrtem Glas um meinen Lebensbereich herum hinterlassen.

Immerhin verliere ich allmählich die Angst vor dem Tageslicht. Gestern dachte ich, die Blase würde sich mit Luft füllen, aber das stimmte nicht. Unter der Staubschicht waren weitere Risse verborgen, und als der Druck zunahm, wurde der Staub fortgeblasen, und die Blase fiel wieder in sich zusammen. Heute habe ich, bevor ich vom Sonnenschein überrascht wurde, vier Risse geflickt.

Unmöglich kann ein einzelner Mann all diese Risse geschlagen haben.

Das Material ist sehr fest. Würde ein Messer hindurchgehen? Oder würde man etwas anderes brauchen, wie zum Beispiel ein elektrisches Tranchiermesser oder einen Laser?

25. April 2112

Ich habe den größten Teil des Tages damit zugebracht, das Logband der Blasenstadt zu lesen.

Es hat ein Mord stattgefunden. Die Spannung zwischen fünfzehn Männern, die ohne Frauen miteinander auskommen müssen, kann ziemlich drückend werden. Eines Tages brachte ein Mann namens Carter einen anderen mit Namen Harness um und floh dann, verfolgt vom Bruder des Opfers, in einem der Marsbuggies um sein Leben. Keiner von ihnen kehrte lebend zurück. Ihnen muß wohl die Luft ausgegangen sein.

Drei Tote von fünfzehn Männern, daß heißt, es blieben noch zwölf.

Ich habe zwölf Leichen gezählt; wer blieb übrig, die Kuppel zu zerschneiden?

Marsbewohner?

Ich kann in den gesamten Aufzeichnungen keinen Hinweis darauf finden, daß je ein Marsbewohner gesehen wurde. Die Expedition ist, abgesehen von den Brunnen, auf keine Spuren von Marsbewohnern gestoßen. Wenn es sie gibt, wo sind sie dann? Wo befinden sich ihre Städte? Der Mars war in den frühen Tagen der Raumfahrt allen nur erdenklichen Arten von Forschungsflügen in der Umlaufbahn ausgesetzt. Selbst eine Stadt von der geringen Größe der Blasenstadt wäre entdeckt worden.

Vielleicht gibt es keine Städte. Aber woher stammen die Diamantblöcke? Diamanten von dieser Größe, wie sie in den Brunnenmauern gefunden wurden, entstehen nicht auf natürliche Weise. Es erfordert einen beachtlichen Stand der Technologie, sie in dieser Größe herzustellen. Und das setzt das Vorhandensein von Städten voraus – glaube ich wenigstens.

Diese Mumie. Ist es möglich, daß sie Hunderttausende von Jahren alt war? Ein Mensch könnte auf dem Mars nicht so lange konserviert werden, da das Wasser in seinem Körper mit dem Stickstoffdioxid in der Luft eine chemische Reaktion eingehen würde. Auf dem Mond könnte er Millionen Jahre überdauern. Die chemische Zusammensetzung des mumifizierten Marsleichnams war und ist ein vollkommenes Rätsel, abgesehen von der napalmartigen Explosion im Augenblick seiner Berührung mit Wasser. Vielleicht hat sie wirklich so lange Zeit überdauert, und vielleicht ist einer der beiden Männer, die auszogen, um zu sterben, zurückgekehrt und hat die Kuppel zerschnitten, und vielleicht sehe ich auch Gespenster. Dazu ist dies hier genau der richtige Ort. Wenn ich je hier herauskomme, soll nur jemand den Versuch machen, mich in der Nähe eines Lochs zu ertappen.

26. April 2112
Die Sonne steht strahlend und klar über dem scharf gezeichneten Horizont. Ich stehe in der Luke und blicke hinaus. Inzwischen wirkt hier nichts mehr fremd auf mich. Mir ist, als hätte ich mein ganzes Leben hier zugebracht. Meine Knochen gewöhnen sich an die Schwerkraft; ich stolpere nicht mehr, wenn ich über den Kraterrand laufe.

Der Sauerstoff, der sich in meinen Tanks befindet, reicht aus, mich an jeden beliebigen Ort zu bringen. Mit einem ausreichenden Wasserstoffvorrat wäre ich schon längst auf Luna und würde meine Monopole ohne die Hilfe eines Zwischenhändlers verkaufen. Aber es geht sehr langsam. Ich kann den Wasserstoff nur gewinnen, indem ich Wasser in die O-Tanks der Basis bringe, den Wasserstoff durch Elektrolyse in den Kühltank des Schiffes leite, wo er sich wieder verflüssigt.

Die Wüste ist gleichförmig, bis auf die merkwürdige rosa Wolke, die die eine Seite des Horizonts überzieht. Staub? Wahrscheinlich. Als ich zu meinem Schiff zurückkehrte, hörte ich durch den Helm das leise Pfeifen des Windes. Das Geräusch dringt natürlich nicht durch die Schiffswand herein.

Die Wüste ist leer.

Ich kann die Blase nicht reparieren. Heute habe ich vier weitere Risse entdeckt, dann habe ich es aufgegeben. Sie müssen um die ganze Kuppel herum verteilt sein. Das kann nicht das Werk eines einzigen Mannes sein. Nicht einmal das von zwei Männern.

Es sieht ganz nach Marsbewohnern aus. Aber wo sind sie?

Sie könnten auf dem Sand laufen, wenn sie breite, flache, mit Schwimmhäuten besetzte Füße hätten … und sie würden keine Fußspuren hinterlassen. Der Staub verbirgt alles. Wenn es hier Städte gäbe, müßten sie schon seit Ewigkeiten vom Staub begraben sein. An der Mumie könnte man Schwimmhäute nicht mehr entdecken, sie wären längst verwittert.

Es herrschte jetzt sternenlose Dunkelheit. Der kärgliche Wind kann kaum Schwierigkeiten haben, den Staub aufzuwirbeln. Ich bezweifle, daß ich zugeweht werde. Wie dem auch sei, das Schiff würde ohnehin an die Oberfläche gelangen.

Ich muß schlafen.

27. April 2112

Die Uhr zeigt Null-Vier-Hundert an, und ich habe kein Auge zugetan. Die Sonne steht strahlend hell am roten, klaren Himmel. Kein Staubsturm mehr.

Es gibt die Marsbewohner. Dessen bin ich mir jetzt sicher. Es war niemand sonst übrig, die Besatzung des Stützpunktes zu ermorden.

Aber warum zeigen sie sich nicht?

Ich gehe jetzt zum Stützpunkt und nehme das Logband mit. Ich stehe auf dem Hauptplatz der Stadt. Seltsamerweise war der Weg hierher im Sonnenlicht weniger schwierig. Man sieht, wohin man tritt, selbst im Schatten, denn der Himmel dämpft das Licht ein wenig, so daß es wirkt wie die indirekte Beleuchtung in einer Kuppelstadt.

Von allen Seiten blickt der Kraterrand, zersplitterte Scherben von vulkanischem Glas, auf mich herunter. Es ist ein Wunder, daß ich mir den Anzug noch nicht zerschnitten habe, da ich den Weg doch zweimal täglich zurücklege.

Warum bin ich hierhergekommen? Ich weiß es nicht. Meine Augen brennen, und das Licht ist zu grell. Ich bin von Mumien umgeben, in deren Gesichtern Angst und Verzweiflung überzogen sind. Der Tod durch Unterdruck ist ein häßlicher Tod. Zehn Mumien hier, eine am Rande der Stadt und eine im Verwaltungsgebäude.

Ich kann den gesamten Kraterrand von hier aus überblikken. Die Gebäude sind niedrige Flachbauten, und der Platz ist groß. Die schlaffe Haut der Blase verzerrt zwar die Perspektive ein wenig, aber nicht sehr.

Also. Die Marsbewohner kamen in schreiendem oder schweigendem Schwarm vom Kraterrand heruntergestürmt. Niemand hätte sie gehört, wenn sie geschrien hätten.

Aber zehn Männer befanden sich an einem Ort, von dem aus sie sie gesehen hätten.

Elf Männer. Da ist noch der Mann am Blasenrand ... nein, vielleicht waren sie aus der anderen Richtung gekommen. Aber dann waren es noch immer zehn Männer. Und sie blieben einfach stehen und warteten? Das glaube ich nicht.

Und der zwölfte Mann. Er hat den Anzug halb angelegt. Was hat er gesehen, das die anderen nicht sahen?

Ich werde ihn mir einmal näher ansehen. Bei Gott, ich hatte recht mit meiner Vermutung. Er hat zwei Finger am Reißverschluß, und er zieht ihn herunter. Er ist nicht im Begriff, den Anzug anzulegen, er zieht ihn aus.

Keine Gespenster mehr.

Aber wer hat die Kuppel zerschnitten?

Zum Teufel damit. Ich bin müde.

28. April 2112

Eineinhalb Tage Logband, die ich noch aufarbeiten muß.

Mein Kühltank ist voll, oder doch fast voll. Ich bin bereit, die Macht der Goldhäute noch einmal auf die Probe zu stellen. Ich habe genügend Luft, um mir Zeit zu lassen, und wenn ich langsam fliege, ist die Chance geringer, daß ich vom Radar entdeckt werde. Leb wohl, Mars, du liebliches Paradies für die Manisch-Depressiven.

Das ist nicht komisch. Wenn man an die Männer im Stützpunkt denkt.

Anmerkung: Es bedurfte vieler Messer, um all diese Schnitte zu machen.

Anmerkung: Alle befanden sich im Innern.

Anmerkung: Keine Marsbewohner. Sie wären entdeckt worden.

Die Schnitte sind also von innen gemacht worden. Wenn nun jemand herumrannte und Löcher in die Blase schnitt, warum hat ihn dann niemand aufgehalten?

Es sieht aus wie ein Massenselbstmord. Tatsachen sind Tatsachen. Sie müssen sich rund um die Blase verteilt und zugeschlagen haben und dann gegen den Druck der hinausströmenden Atemluft zum Hauptplatz zurückgekehrt sein. Warum? Darauf könnten nur sie eine Antwort geben. Vielleicht waren die beiden Männer, die sich nicht auf dem Platz befanden, anderer Meinung; wenn es so war, nützte ihnen das nichts.

Es ist nicht gut für einen Menschen, am Grund eines Loches festzusitzen. Man betrachte nur einmal die Zahl der Wahnsinnigen auf der Erde.

Ich werde jetzt ein minutengenaues Log beginnen.

1120

Bereit, die Rakete zu zünden. Der Staub wird der Fusionsdüse nichts anhaben, das ist unmöglich, aber der Rückschlag könnte das übrige Schiff zerstören. Ich muß es wagen.

1124

Der erste Plutoniumstoß ist nicht explodiert. Ich zünde erneut.

1130

Der Antrieb funktioniert nicht. Ich verstehe das nicht. Meine Instrumente schwören darauf, daß das Fusionsschild Energie bekommt, und wenn ich auf den rechten Knopf drücke, strömt Urangas ein. Was stimmt nicht?

Vielleicht eine Unterbrechung im Zünddraht. Wie soll ich das herausfinden? Der Zünddraht liegt tief unten im Staub.

1245
Ich habe genügend Uran in die Fusionsdüse gepumpt, um eine Pinchbombe daraus zu machen. Der Staub muß jetzt heißer sein als Washington.

Wie soll ich bloß den Zünddraht reparieren? Das Schiff mit meinen starken, zuverlässigen Armen hochheben? Durch den Staub hinuntertauchen und mich durchtasten? Ich verfüge über nichts, womit ich zehn Fuß tief in feinem Staub eine Reparaturarbeit vornehmen könnte.

Ich glaube, ich gebe mich geschlagen.

Vielleicht gibt es eine Möglichkeit, den Goldhäuten ein Zeichen zu geben. Ein SOS, in großen, schwarzen Buchstaben auf den Staub gesprüht ... wenn ich etwas Schwarzes zum Sprühen finde. Ich muß den Stützpunkt noch einmal gründlich durchsuchen.

1900
Nichts in der Stadt. Signalsender in Massen, um Anzüge, um Marsbuggies und um Umlaufschiffe, aber nur der Laser war in der Lage, in den Raum hineinzureichen. Ich kann einen siebzig Jahre alten Laser nicht mit Spucke, Draht und gutem Willen in Gang bringen.

Ich gebe das minutiöse Log wieder auf. Es findet kein Start statt.

29. April 2112
Ich war dumm.

Diese zehn Selbstmorde. Was haben die Männer mit den Messern angefangen, nachdem sie fertig waren mit Schneiden? Woher hatten sie sie überhaupt? Küchenmesser schneiden den Blasenkunststoff nicht. Ein Laser vielleicht, aber es kann im ganzen Stützpunkt nicht mehr als zwei tragbare Laser geben. Ich habe keinen einzigen gefunden.

Und die Batterien des Lufterzeugers waren knochentrokken.

Vielleicht töten die Marsbewohner, um sich in den Besitz von Energie zu bringen. Sie können kein Feuer haben. Dann haben sie aus demselben Grund mein Uran gestohlen, haben tief unten im Staub meinen Zünddraht angezapft und in ihre eigenen Behälter geleitet.

Aber wie kommen sie dort hinunter? Tauchen sie unter den Staub?

Oh. Ich muß hier raus.

Ich habe es bis zum Krater geschafft. Der Himmel mag wissen, warum sie mich nicht aufgehalten haben. Ist es ihnen gleichgültig? Sie haben schließlich meinen Treibstoff.

Sie befinden sich unter dem Staub. Sie leben dort, sicher vor Meteoriten und starken Temperaturschwankungen, und sie errichten dort auch ihre Städte. Vielleicht sind sie schwerer als der Staub und können auf dem Grund herumlaufen. Es muß eine vollständige Ökologie dort unten geben! Vielleicht einzellige Pflanzen an der Oberfläche, die die Sonnenenergie, die durch Strömung und Sandstürme im Sand weitergeleitet wird, auffangen. Warum hat niemand danach *gesucht*? Oh, ich wünschte, ich könnte mit jemandem darüber *reden!*

Ich habe keine Zeit mehr. Die O-Tanks in der Stadt passen nicht an die Anschlüsse meines Anzuges, und ich kann nicht zum Schiff zurückkehren. Innerhalb der nächsten vierundzwanzig Stunden muß ich die Blase flicken und mit Luft füllen, sonst sterbe ich, weil mir die Luft ausgeht.

Später:
Geschafft. Ich habe meinen Anzug abgelegt und kratze mich wie ein Wahnsinniger. Es waren nur noch drei Risse zu flikken; auf der Seite, an der ich die einzelne Mumie gefunden

habe, befanden sich überhaupt keine. Ich habe die drei restlichen repariert, und die Blase ist aufgequollen wie eine Fertigstadt.

Wenn genügend Wasser hereinfließt, werde ich ein Bad nehmen. Aber ich werde es an dem Platz nehmen, von wo aus ich den ganzen Kraterrand überblicken kann.

Ich möchte wissen, wie lange ein Marsbewohner dazu brauchen würde, über den Kraterrand und hier herunter in die Blasenstadt zu gelangen.

Aber diese Fragen führen zu nichts. Vielleicht sehe ich doch Gespenster.

30. April 2112

Das Wasser ist herrlich. Wenigstens haben die damaligen Reisenden sich einige Annehmlichkeiten gegönnt.

Ich habe nach allen Seiten einen großartigen Ausblick. Die Blase hat sich im Laufe der Zeit mit einem leichten Schleier überzogen, der kaum dicht genug ist, um störend zu wirken. Der Himmel, der durch den Kraterrand zerrissen ist, glänzt tiefschwarz. Ich habe alle Lichter des Stützpunktes eingeschaltet. Sie tauchen das Innere des Kraters in ein gedämpftes Licht, das aber hell genug ist, so daß ich alles, was auf mich zugekrochen kommt, erkennen kann. Leider verdrängt das Licht auch die Sterne.

Die Gespenster können mich nicht erwischen, solange ich wach bleibe.

Aber ich werde allmählich müde.

Ist das ein Schiff? Nein, nur ein Meteor. Am Himmel wimmelt es von Meteoren. Mir bleibt nichts anderes übrig, als Selbstgespräche zu führen, bis sich irgend etwas ereignet.

Später:
Ich bin zum Kraterrand hinaufgeschlendert, um zu sehen, ob mein Schiff noch da ist. Die Marsbewohner hätten es in den Staub hinunterziehen können, sie haben es nicht getan, und nichts deutet darauf hin, daß sie sich daran zu schaffen gemacht haben.

Sehe ich *wirklich* Gespenster? Ich könnte es herausfinden. Ich müßte lediglich einen Blick in den Fusionsreaktor des Stützpunktes werfen. Entweder gibt es einen Brennstab darin, der mittlerweile größtenteils Blei ist ... oder der Stab ist vor siebzig Jahren gestohlen worden. In jedem Fall würde die Reststrahlung meine Neugier bestrafen.

Ich betrachte den Sonnenaufgang durch die Blasenhaut. Die Sonne ist von eigentümlicher Schönheit, und ich habe im Raum nie etwas Ähnliches gesehen. Ich habe den Saturn aus unendlich vielen Perspektiven gesehen, als ich Monopole aus den Ringen löste, aber das ist nicht vergleichbar hiermit.

Jetzt weiß ich, daß ich verrückt bin. Es ist ein Loch! Ich befinde mich am Grund eines miesen Loches!

Die Sonne zeichnet eine zerklüftete weiße Linie um den Rand des Kraters. Ich kann von hier aus den ganzen Kraterrand überblicken, darum brauche ich mir keine Sorgen zu machen. Gleichgültig, wie schnell sie sind, ich kann in jedem Fall schnell genug meinen Anzug anlegen, bevor sie hier unten sind.

Es wäre gut, wenn ich meine Feinde sehen könnte.

Warum sind sie hierhergekommen, die fünfzehn Männer, die hier gelebt haben und gestorben sind? Ich weiß, warum ich hier bin: aus Liebe zum Geld. Sie ebenfalls? Vor hundert Jahren sahen die größten Diamanten, die die Menschen herstellen konnten, wie grobkörniger Sand aus. Vielleicht sind sie wegen der Diamantenbrunnen gekommen. Aber damals war das Reisen eine verdammt teure Angelegenheit. Kann sich das für sie gelohnt haben?

Oder glaubten sie, sie könnten sich den Mars in der gleichen Weise nutzbar machen wie die Asteroiden? Lächerlich! Doch sie verfügen nicht über die gleichen Erkenntnisse wie ich. Und Löcher *können* durchaus nützlich sein ... wie die Rohbleilager am Dämmerungsbogen des Merkur. Reines Blei, das durch die Kondensation des Dunstes auf der Tagesseite entsteht und ohne Schwierigkeiten abgebaut werden kann. Dasselbe würden wir mit den Diamanten des Mars tun, wenn ihre Herstellung nicht so einfach wäre.

Jetzt ist die Sonne da. Eine Enttäuschung: Ich kann nicht hineinblicken, obwohl sie schwächer ist als die Sonne der Minenleute. Keine Postkartenromantik mehr, bis ...

Wups.

Ich würde meinen Anzug niemals rechtzeitig erreichen. Eine einzige Bewegung, und die Blase ist ein Sieb. In diesem Augenblick verhalten sie sich ebenso still wie ich und starren mich augenlos an. Ich frage mich, wie sie mich spüren können? Ihre Speere sind auf mich gerichtet. Können sie das Blasenmaterial wirklich durchbohren? Aber die Marsbewohner kennen ihre Möglichkeiten wohl selbst, und sie haben es schon einmal getan.

Die ganze Zeit über habe ich darauf gewartet, daß sie über den Kraterrand geschwärmt kommen. Sie kamen aus dem Staubbecken am Boden des Kraters. Mir hätte klar sein müssen, daß dort der Obsidian genauso zerborsten ist wie an allen anderen Stellen.

Sie sehen wirklich aus wie gespenstische Kobolde.

Eine Zeitlang wurde die Stille nur von dem zweistimmigen Brummen einer Hummel in der Nähe und eines entfernten Traktors unterbrochen. Dann schaltete Lit das Logband ab. Er sagte: »Wir hätten ihn gerettet, wenn er durchgehalten hätte.«

»Sie wußten, daß er dort war?«

»Ja. Das Radarfeld auf Deimos beobachtete seine Landung. Wir sandten eine Routinebitte um die Erlaubnis, auf

UN-Gebiet zu landen. Unglücklicherweise sind die Flachländer langsamer als eine betäubte Schlange, und wir hatten keinen ersichtlichen Grund, sie zur Eile anzutreiben. Ein Teleskop hätte Müller aufgespürt, hätte er einen Start versucht.«

»War er verrückt?«

»Oh, die Marsbewohner waren nur zu wirklich. Aber wir erkannten das erst, als es viel zu spät war. Wir sahen, wie sich die Blase mit Luft füllte und eine Weile aufgeblasen blieb, und wir sahen, daß sie ganz plötzlich in sich zusammenfiel. Es sah aus, als hätte Müller einen Unfall gehabt. Wir brachen das Gesetz und schickten ein Schiff hinunter, um Müller, falls er noch am Leben war, zu holen. Und aus diesem Grunde erzähle ich Ihnen all das, Garner. Als Erster Sprecher der Politgruppe des Belts muß ich hiermit gestehen, daß zwei Begleitschiffe unbefugt die Grenze eines UN-Gebietes überschritten haben.«

»Sie hatten gute Gründe. Fahren Sie fort.«

»Sie wären stolz auf ihn gewesen, Garner. Er versuchte nicht, seinen Anzug zu erreichen; er wußte ganz genau, daß er zu weit entfernt war. Statt dessen lief er auf einen mit Wasser gefüllten O-Tank zu. Die Marsbewohner müssen in dem Augenblick zugeschlagen haben, als er sich umdrehte, aber er erreichte den Tank, trat durch eines der Löcher hinaus und richtete den O-Tank gegen die Marsbewohner. In dem Unterdruck war es, als hätte er einen Feuerwehrschlauch. Er erwischte sechs, bevor er fiel.«

»Sie verbrannten?«

»O ja. Aber nicht vollständig. Es sind einige Überreste geblieben. Wir nahmen drei Leichname und ihre Speere mit und ließen die anderen an Ort und Stelle zurück. Wollen Sie die Leichen haben?«

»Sehr richtig.«

»Warum?«

»Wie meinen Sie das, Lit?«

»Warum wollen Sie sie? Wir haben drei Mumien und drei

Speere zur Erinnerung mitgenommen. Für Sie sind es keine Erinnerungsstücke. Er war ein Belter, der dort unten umgekommen ist.«

»Es tut mir leid, Lit, aber diese Körper sind wichtig. Wir können herausfinden, woraus ein Marsbewohner besteht, bevor wir dort landen. Das kann von entscheidender Bedeutung sein.«

»Dort landen!« Lit stieß ein unhöfliches Gelächter aus. »Luke, warum wollen Sie dort unten landen? Welche Erwartungen können Sie in den Mars setzen? Rache? Millionen Tonnen Staub?«

»Abstraktes Wissen.«

»Wozu?«

»Lit, Sie überraschen mich. Warum ist die Erde überhaupt je in den Raum vorgedrungen, wenn nicht um des abstrakten Wissens willen?«

Worte überschlugen sich in Lits Kopf und wollten über seine Lippen drängen. Doch sie blieben ihm in der Kehle stecken, und er war sprachlos. Er breitete die Arme aus, ruderte aufgeregt in der Luft herum, schluckte zweimal und sagte dann: »Es ist *offenkundig*.«

»Sagen Sie es langsam. Ich bin ein wenig schwer von Begriff.«

»Im Raum gibt es *alles*. Monopole. Metall. Vakuum für die Vakuumindustrien. Einen Ort, an dem man billig und ohne jegliche Stützkonstruktionen bauen kann. Freien Fall für Menschen mit schwachem Herzen. Raum, in dem man Dinge erproben kann, die explosiv sind. Einen Ort, an dem man Physik dort lernen kann, wo sie stattfindet. Beherrschte Umgebung ...«

»War das alles offenkundig, bevor wir hierherkamen?«

»Sicher war es das!« Lit warf seinem Besucher einen nachdenklichen Blick zu. Er erfaßte mit diesem Blick Garners gelähmte Beine, seine schlaffe, haarlose Haut, die Jahrzehnte, die aus seinen Augen sprachen – und Lit erinnerte sich an das Alter seines Besuchers. »... War es das nicht?«

Betrugsabsicht

Als sie landeten, wurden sie von einem Kellner im Empfang genommen. Er durchquerte das Restaurant wie ein plötzlich zum Leben erwachter Schachtbauer, stoppte sacht auf der Landerampe, wartete lange genug, um sichergehen zu können, daß sie ihn bemerkt hatten, und schwebte dann in langsamem Schrittempo wieder nach drinnen.

Seine Laufgeräusche waren ein sanftes Flüstern von ausströmender Luft, die unter der Kante der bodenlangen Schürze hervordrang. Die Maschine führte sie quer durch das Red Planet Restaurant, vorbei an besetzten und leeren Tischen, an Tischen mit kunstvoll arrangierten Fleischplatten und Blumenkelchen und an anderen flüsternden Robotkellnern. An einem Zweiertisch am anderen Ende des Raumes entfernte der Roboter einen der Stühle, um für Luke Garners Reisestuhl Platz zu schaffen. Irgendwie hatte er in Luke einen Querschnittsgelähmten erkannt. Den anderen Stuhl zog er ein Stück zurück, damit Lloyd Masney sich darauf niederlassen konnte.

Die Wandbilder im Restaurant waren in blassem Rot und hellem Silber gehalten: ein Mars à la Ray Bradbury mitsamt den silbernen Türmen und Erkern einer alten marsianischen Stadt, die in der roten Sandwüste lag. Ein gerader Kanal verlor sich zu beiden Seiten des großzügigen Raumes in der Ferne. Sein sprudelndes Wasser floß tatsächlich über den Fußboden und wurde von Brücken überspannt. Abgemagerte, zerbrechliche Marsianer waren in den Straßen des Wandgemäldes unterwegs. Manchmal blickten sie neugierig hinaus auf die Restaurantgäste, die menschlichen Eindringlinge in ihrer Scheinwelt.

»Ein seltsamer Ort«, stellte Masney fest. Er war ein großer, kräftig gebauter Mann mit weißen Haaren und einem buschigen weißen Schnurrbart.

Luke gab darauf keine Antwort. Als Masney aufblickte, ließ ihn der mißmutige Ausdruck im Gesicht seines Freundes wachsam werden. »Stimmt etwas nicht?« fragte er und wandte sich um, damit er Lukes Blicken folgen konnte.

Mit ausgesprochener Abneigung starrte Luke auf ein Objekt, bei dem es sich nur um den Robotkellner handeln konnte.

Der Kellner war von der üblichen Bauweise. Unter einem glatten runden Kopf bestand der Körper im wesentlichen aus einem Zylinder. Die Arme, mit denen er Masneys Stuhl zurechtgeschoben hatte, waren bereits wieder in Öffnungen im Torso verschwunden, wo sie zu einem Sortiment von spezialisierten Armen und Händen und Behältnissen und Abstellflächen zur Aufnahme von Lebensmitteln und Speisen gehörten. Wie alle anderen Kellner hatte man ihm ein abstraktes Muster aus stumpfem Rot und glänzendem Silber aufgemalt, damit er auch zu den Wandgemälden paßte. Der letzte Fuß des zylindrischen Roboterkörpers bestand aus einem kurzen, sich bauschenden Rock. Ebenso wie Lukes Reisestuhl bewegte der Kellner sich auf einem Luftkissen.

»Stimmt was nicht?« wiederholte Masney seine Frage.

»Ist schon gut«, entgegnete Luke. Er griff nach der Speisekarte.

Der Roboter wartete auf ihre Bestellung. Regungslos, sämtliche Arme eingefahren, war er zu einer Pop-art-Skulptur geworden.

»Nun red schon, Luke. Warum hast du den Kellner so seltsam angestarrt?«

»Ich mag keine Robotkellner.«

»Hhmmm? Warum nicht?«

»Du bist mit ihnen aufgewachsen. Ich nicht. Ich habe mich nie an sie gewöhnen können.«

»An was muß man sich bei denen denn gewöhnen? Es sind Kellner. Sie servieren die Speisen.«

»Vergiß es«, sagte Luke und beschäftigte sich mit der Speisekarte.

Er war alt. Es war keine Rückgratverletzung, die ihn während der letzten zehn Jahre den Gebrauch seiner Beine gekostet hatte. Zu viele Rückenmarksnerven hatten sich im Laufe der Jahre abgenutzt. Ein Spitzbart hatte früher einmal sein Kinn geziert, doch nun war sein Kinn so kahl wie seine Augenbrauen und sein Schädel. Sein Gesicht, dank der Altersrunzeln von satanischer Qualität, erweckte augenblicklich Aufmerksamkeit, so daß jeder noch so vage Gedanken sich deutlich in seinem Ausdruck widerspiegelte. Die lappige Haut seiner Arme und Schultern verbarg zum Teil die Muskeln eines Ringers: die einzigen Partien an ihm, die noch jung erschienen.

»Jedesmal, wenn ich glaube, dich endlich durchschaut zu haben«, sagte Masney, »verblüffst du mich. Du bist doch jetzt hundertvierundsiebzig, nicht wahr?«

»Du hast mir immerhin eine Geburtstagskarte geschickt.«

»Oh, ich kann zählen. Aber richtig begreifen kann ich es nicht. Du bist fast doppelt so alt wie ich. Wie lange ist es her, seit sie den Robotkellner erfanden?«

»Kellner wurden nicht erfunden. Sie entwickelten sich – wie Computer.«

»Wann?«

»Du lerntest gerade zu buchstabieren, als das erste vollautomatische Restaurant in New York seine Pforten öffnete.«

Masney lächelte und schüttelte leicht den Kopf. »So lange Zeit schon, und du kannst dich nicht an sie gewöhnen. Konservativ, das bist du.«

Luke legte die Speisekarte auf den Tisch. »Du solltest wissen, daß ich im Zusammenhang mit Robotkellnern früher meine ganz speziellen Erfahrungen machen durfte. Damals hatte ich deinen Job inne.«

»Ach.« Lloyd Masney war Superintendent bei der Polizei für Groß-Los Angeles. Er hatte seinen Schreibtisch von Luke übernommen, als dieser vor vierzig Jahren zur UN gegangen war.

»Ich war gerade dabei, mich richtig schön an den Job zu gewöhnen; ich hatte ihn nur zwei Jahre inne. Wann war das noch? Ich kann mich nicht mehr erinnern, so um 2025, glaube ich. Es wurden gerade die ersten Automatic-Restaurants eröffnet. Sie traten mit einer ganzen Reihe von Dingen an die Öffentlichkeit.«

»Taten sie das nicht immer?«

»Natürlich, natürlich. Unterbrich mich nicht dauernd. Gegen zehn Uhr an jenem Morgen legte ich eine Zigarettenpause ein. Ich hatte diese Angewohnheit alle zehn Minuten. Ich dachte gerade daran, mich wieder meiner Arbeit zu widmen, als Dreamer Glass hereinkam. Dreamer, mein alter Freund. Ich hatte ihn wegen unlauteren Wettbewerbs für zehn Jahre hinter Gitter gesteckt. Er war gerade erst herausgekommen und besuchte ein paar Freunde.«

»Mit einer Kanone in der Faust?«

Lukes Lächeln war ein grelles Blitzen neuer, weißer Zähne. »Oh, nein. Dreamer war ein recht netter Kerl. Er hatte nur ein bißchen zuviel Phantasie, das ist alles. Er erzählte den Fernsehzuschauern, daß das Spülmittel seiner Marke gleichzeitig eine pflegende Wirkung für die Hände hat. Wir haben das Zeug getestet, und es stimmte nicht. Ich hatte immer schon geglaubt, daß er eine zu harte Strafe bekommen hatte, aber – nun, die Gesetze zum Tatbestand der Betrugsabsicht waren damals noch neu, und wir mußten uns mit allem Eifer auf die Testfälle stürzen, damit John Q begriff, daß wir es ernst meinten.«

»Heutzutage käme er in die Organbanken.«

»Damals verarbeiteten wir in den Organbanken keine Kriminellen. Ich wünschte, wir hätten niemals damit angefangen.

Jedenfalls wanderte Dreamer dank meiner Beweise ins Gefängnis. Fünf Jahre später war ich Superintendent. Weitere zwei Jahre, und er wurde auf Bewährung entlassen. An dem Tag, an dem er mich besuchte, war ich nicht beschäftigter als sonst; deshalb holte ich die Gästeflasche heraus, und wir verfeinerten damit unseren Kaffee. Und redeten. Dreamer wollte, daß ich ihm über die vergangenen zehn Jahre berichte. Er hatte sich bereits mit anderen Freunden unterhalten, deshalb wußte er weitgehend Bescheid. Aber es gab da noch gewisse Lücken, die ihn hätten in Schwierigkeiten bringen können. Zum Beispiel hatte er schon über die Jupitersonde Bescheid gewußt, doch von hartem oder weichem Plith hatte er noch nie etwas gehört.

Ich wünschte, ich hätte niemals von den Robot-Restaurants angefangen.

Zuerst dachte er, ich würde über einen größeren und besseren Automaten reden. Als er dann schließlich begriff, um was es sich handelte, war er ganz wild darauf, etwas derartiges auch zu sehen.

Also nahm ich ihn zum Lunch zum ›Herr Ober‹ mit, einem Restaurant nur ein paar Blocks vom Polizeipräsidium entfernt. Außerdem war das ›Herr Ober‹ das erste vollautomatische Restaurant in L.A. Die einzigen menschlichen Wesen, die dort beschäftigt waren, gehörten zum Wartungstrupp, und der erschien nur einmal pro Woche. Alles andere, von der Küche bis hin zur Garderobiere, arbeitete maschinell. Was das Essen betrifft, so habe ich noch nie zuvor ...«

»Wie kommt es dann, daß du soviel darüber weißt?«

»Wir waren einen Monat später dort hinter einem Mann her. Er hatte sich als Geisel ein kleines Mädchen geschnappt und hatte die Kleine noch immer in seiner Gewalt. Zumindest nahmen wir das an. Aber das ist eine andere Geschichte. Ehe ich mir darüber klar werden konnte, wie ich ihn schnappen sollte, mußte ich das ›Herr Ober‹ vom Keller bis zum Dachboden durchstöbern.« Luke schnaubte. »Sieh dir doch diesen Metallidioten an. Er wartet noch immer auf unsere Befehle. Du! Besorge uns zwei Vurguuz-Martinis.« Die Pop-art-Statue hob sich etwa einen Inch vom Boden und glitt davon. »Wo war ich stehengeblieben?

Ach ja. Es war nicht ganz so voll in diesem Schuppen, was recht günstig war. Wir suchten uns einen Tisch, und ich zeigte Dreamer, welche Knöpfe er drücken mußte, um einen Kellner herbeizurufen. Wir nannten sie bereits Kellner, obwohl sie mit den Dingern, wie wir sie heute kennen, nicht die geringste Ähnlichkeit hatten. Sie waren nichts anderes als zweistöckige Frühstückstabletts auf Rädern mit Sinnesorganen und Motoren und einer Schreibmaschine.«

»Ich wette, die liefen auch noch auf Rädern.«

»Jaaa. Laut. Aber damals war so etwas beeindruckend. Dreamer machte ganz große Augen. Als das lebendige Tablett auftauchte, um unsere Bestellungen aufzunehmen, bekam er Mund und Augen nicht mehr zu. Ich bestellte für uns beide.

Wir kippten unsere Drinks und gaben eine neue Runde in Auftrag. Dreamer erzählte von dem Club der Werbeleute, der irgendwann in seinem Zellenblock gegründet worden war. Die Zigartten-Typen hätten ihn völlig unter ihre Kontrolle bekommen können, so zahlreich waren sie vertreten, doch sie konnten sich bei keiner Sache richtig einig werden. Eigentlich wollten sie in Washington eine Sträflings-Lobby gründen.«

Der Kellner erschien mit den Martinins.

»Jedenfalls leerten wir unsere Gläser und bestellten Nachschub. Identische Mahlzeiten, da Dreamer noch immer nicht fähig war, eine Entscheidung zu treffen. Er hörte nicht auf, zu grinsen und seine Blicke in die Runde schweifen zu lassen.

Der Kellner brachte uns die Krabbencocktails. Während wir aßen, versuchte Dreamer von mir zu erfahren, wer im Besitz der Werbekonzession für die Roboter war. Nicht für das Restaurant, sondern für alle Automaten und Maschinen. Das war typisch für ihn: Er hatte nicht die geringste Ahnung von Computern und schickte sich an, sie zu verkaufen. Ich versuchte ihm klarzumachen, daß er sich den besten

Weg ausgesucht hatte, um schnellstens wieder nach San Quentin zu gelangen, doch er wollte davon nichts hören.

Wir verzehrten unseren Krabbencocktail, und dann brachte der Kellner zwei weitere Krabbencocktails. Dreamer fragte: ›Was soll das denn?‹

›Ich habe mich beim Wählen wohl vertippt‹, beantwortete ich seine Frage. ›Ich wollte zwei Mahlzeiten, doch dieses verdammte Ding serviert zwei Mahlzeiten für jeden!‹

Dreamer lachte. ›Ich esse beide‹, verkündete er und tat es auch. ›Zehn Jahre zwischen meinem letzten und diesem Krabbencocktail sind eine lange Zeit‹, sagte er.

Der Kellner nahm die leeren Schüsseln fort und brachte zwei weitere Krabbencocktails.

›Jetzt reicht es mir aber‹, sagte Dreamer. ›Wo finde ich den Geschäftsführer?‹

›Ich habe Ihnen doch schon erklärt, daß hier alles automatisch läuft. Der Geschäftsführer ist lediglich ein Computer im Tiefparterre.‹

›Hat das Ding wenigstens einen Audiokanal, damit man seine Beschwerden loswerden kann?‹

›Ich denke doch.‹

›Und wo finde ich den?‹

Ich sah mich suchend um und versuchte, mich an alles zu erinnern. ›Dort drüben. Hinter der Zahltheke. Aber ich will nicht …‹

Dreamer erhob sich. ›Bin gleich wieder da‹, sagte er.

Das war er auch. Schon nach wenigen Sekunden kam er wieder zurück und zitterte am ganzen Leib. ›Ich kam nicht aus dem Speisesaal heraus‹, verriet er mir. ›Die Zahltheke ließ mich nicht durch. Da war eine Schranke. Ich habe versucht, ihr etwas Geld zu geben, aber nichts geschah. Als ich versuchte, über die Schranke zu springen, erhielt ich einen elektrischen Schlag!‹

›Das ist für Zechpreller gedacht. Die Schranke läßt einen nicht eher durch, ehe man nicht für sein Mittagessen bezahlt hat. Und man kann erst bezahlen, wenn der Kellner einem eine Rechnung ausstellt.‹

›Na schön, dann lassen Sie uns zahlen und verschwinden. Dieser Schuppen macht mir richtig Angst.‹

Ich drückte also auf den Rufknopf, und der Kellner erschien. Ehe ich den Rechner betätigen konnte, hatte er schon zwei neue Krabbencocktails serviert und war verschwunden.

›Das ist doch lächerlich‹, sagte Dreamer. ›Passen Sie auf, wie wäre das: Ich stelle mich an der anderen Seite des Tisches auf. Auf diese Weise können Sie den Rechnungsschreiber betätigen, wenn unser Freund die nächste Runde Krabben serviert, denn ich hindere ihn daran, uns gleich wieder zu verlassen.‹

Wir versuchten unser Glück. Doch das Ding kam nicht an unseren Tisch, ehe Dreamer sich nicht niedergelassen hatte. Vielleicht erkannte er ihn nicht, wenn er stand. Dann stellte er wiederum zwei Krabbencocktails auf den Tisch, und Dreamer sprang auf und schob sich hinter die Serviermaschine. Meine Finger berührten schon den Rechnungsschreiber, als der Robotkellner zurückwich und Dreamer umstieß.

Daraufhin drehte er regelrecht durch. Er stand auf und attackierte den ersten Kellner, der vorbeikam, mit Fußtritten. Der Kellner verpaßte ihm einen Stromstoß, und während Dreamer sich aufrappelte, schnippte die Maschine ihm eine gedruckte Botschaft zu mit dem Inhalt: Roboter seien sehr empfindlich und teuer, und er solle das unterlassen.«

»Das ist richtig«, sagte Masney mit todernster Miene. »Das sollte er wirklich.«

»Ich hatte ihm ja bei seinem Vorhaben geholfen, aber ich hatte keine Ahnung, was die Maschinen als nächstes tun würden. Deshalb blieb ich auf meinem Stuhl sitzen und überlegte mir, was ich mit dem Typen anstellen würde, der diese Robotkellner erfunden hat, falls ich aus der Sache heil herauskäme und ihn finden sollte.

Dreamer stand kopfschüttelnd auf. Dann versuchte er, von den anderen Gästen Hilfe zu bekommen. Ich hätte ihm gleich sagen können, daß er damit kein Glück haben würde. Niemand möchte in irgend etwas hineingezogen werden. In den großen Städten ist das immer so. Schließlich verpaßte einer der Kellner ihm eine weitere Botschaft, die besagte, er solle endlich damit aufhören, den anderen Gästen auf den Sack zu fallen, allerdings in etwas höflicheren Worten.

Er kehrte an unseren Tisch zurück, doch diesmal setzte er sich nicht hin. Er machte einen ängstlichen Eindruck. ›Hören Sie, Garner‹, sagte er, ›ich versuche mal, irgendwie in die Küche zu gelangen. Sie bleiben hier. Ich hole Hilfe.‹ Und er drehte sich um und machte sich auf den Weg.

Ich brüllte, ›kommen Sie zurück! Uns passiert nichts, wenn wir ...‹ Doch mittlerweile war er außer Hörweite und steuerte auf die Küchentür zu. Ich wußte, daß er mich sehr wohl gehört hatte. Er wollte sich nur nicht aufhalten lassen.

Die Tür war nur vier Fuß hoch, denn sie war ausschließlich für Roboter gebaut. Dreamer bückte sich, tauchte hindurch und war verschwunden. Ich wagte es nicht, ihm zu folgen. Wenn er es schaffte, prima, dann bekäme ich Hilfe. Doch ich ging nicht davon aus, daß er Glück hatte.

Es gab da noch etwas, das ich ausprobieren wollte. Ich drückte auf den Rufknopf, und als der Kellner erneut mit zwei Krabbencocktails auftauchte, tippte ich den Befehl ›Telefon‹ ein, ehe er sich wieder aus dem Staub machen konnte.«

»Das Hauptquartier anrufen? Das hätten Sie schon früher tun sollen.«

»Klar. Aber das funktionierte nicht. Der Kellner stahl sich davon und brachte mir wieder einen Krabbencocktail.

Also wartete ich. Nach und nach verschwanden alle, und ich war im ›Herr Ober‹ allein. Immer wenn ich hungrig genug war, aß ich ein paar Cracker oder einen Krabbencocktail. Der Kellner brachte mir auch ständig frisches Wasser und weitere Krabbencocktails, demnach war in dieser Hinsicht alles in Ordnung.

Ich verteilte Hinweiszettel auf einigen Tischen, so daß die Leute, die hier zu Abend aßen, gleich gewarnt waren. Doch die Kellner entfernten die Zettel, sobald ich sie beschrieben und ausgelegt hatte. Sie hielten alles in Ordnung. Also hörte ich damit auf und wartete nur noch auf Rettung.

Niemand kam, um mich zu retten. Auch Dreamer tauchte nicht wieder auf.

Sechs Uhr, und der Saal füllte sich wieder. Etwa gegen neun fing es an. Drei Paare an einem Tisch in meiner Nähe bekamen in endloser Folge Kanapees Lorenzo serviert. Ich beobachtete sie. Nach einiger Zeit platzte ihnen der Kragen, und zu sechst umzingelten sie den Kellner und hoben ihn einfach hoch. Der Kellner ließ seine Laufräder rasendschnell durchdrehen, dann verpaßte er seinen Gästen einen Stromstoß, und sie ließen ihn fallen. Er landete auf dem Fuß eines der Männer. Alle Anwesenden im Saal gerieten in Panik. Als der Staub sich wieder gelegt hatte, waren nur noch wir sieben übrig.

Die anderen überlegten, was sie mit dem Kerl anfangen sollten, dessen Fuß unter dem Kellner eingeklemmt war. Klar, sie hatten natürlich Angst, den Kellner anzurühren. Er hätte meine Bestellung nicht aufgenommen, denn ich saß an keinem der Tische, für die er zuständig war, doch ich brachte einen der anderen dazu, eine Bestellung für Aspirintabletten einzugeben, und schon war er unterwegs.

Danach holte ich die sechs wieder an ihren Tisch zurück und gab ihnen den Rat, sich nicht zu rühren. Eines der Mädchen hatte Schlaftabletten bei sich. Drei davon verabreichte ich dem Typ mit dem gequetschten Fuß.

Und dann warteten wir.«

»Ich wage kaum, danach zu fragen, aber auf was genau habt ihr gewartet?« wollte Masney wissen.

»Darauf, daß der Laden Feierabend machte!«

»Ach so, natürlich. Was dann?«

»Um zwei Uhr hörten unsere Kellner damit auf, uns Krabbencocktails und Kanapees Lorenzo zu servieren, und brachten uns unsere Rechnungen. Du kannst dir kaum vorstellen, was die von mir für die Krabbencocktails haben wollten ... Wir bezahlten unsere Rechnungen und gingen, wobei wir den Kerl mit dem lädierten Fuß mitschleppten. Wir brachten ihn in ein Krankenhaus, und dann hängten wir uns ans Telefon und riefen jeden an, den wir kannten. Am nächsten Tag war das ›Herr Ober‹ wegen Reparaturarbeiten geschlossen. Es öffnete nie mehr seine Pforten.«

»Und was geschah mit Dreamer?«

»Er ist einer der Gründe, warum der Laden nicht mehr aufmachte. Er wurde nie gefunden.«

»Er konnte doch nicht so einfach verschwinden.«

»Konnte er das wirklich nicht?«

»Tat er es denn?«

»Manchmal glaube ich, er hat sich den ganzen Publicitywirbel zunutze gemacht und ist abgehauen. Vielleicht hat er irgendwo ein ganz neues Leben angefangen, ohne Vorstrafenregister. Und dann erinnerte ich mich daran, daß er einmal eine vollautomatische Küche betreten hatte, und zwar durch eine Tür, die nicht für Menschen gebaut worden war. Die verschiedenen Küchenmaschinen kamen mit ganzen Rinderhälften zurecht. Dreamer war ganz offensichtlich kein Roboter gewesen. Für was würde die Küchenmaschinerie ihn halten?«

Masney dachte darüber nach.

Es dämmerte Masney, während sie ihren Nachtisch verzehrten.

»Mmb!« sagte er. »Mmmbb!« und er schluckte heftig. »Du Schwindler! Du wurdest von der Mordkommission sofort auf den Superintendentenstuhl gehievt. Du hattest niemals etwas mit Abteilung für Betrugsabsicht zu tun!«

»Ich hatte mir gedacht, daß du irgendwann einmal darauf kommen würdest.«

»Aber warum hast du gelogen?«
»Du hast mich mit Fragen gelöchert, warum ich Robotkellner hasse. Ich mußte irgend etwas antworten.«
»Na schön. Du hast mich reingelegt. Aber jetzt mal ernsthaft, warum haßt du Robotkellner?«
»Das tue ich gar nicht. Du bist nur zum falschen Zeitpunkt aufgetaucht. Ich dachte gerade, wie lächerlich unser Kellner in seinem bis zum Boden reichenden Minirock aussieht.«

Der Mantel der Anarchie

Mitten auf dem ehemaligen San Diego Freeway lehnte ich mich gegen eine riesige, knorrige Eiche. Die alte Rinde war rauh und pulverig gegen meinen bloßen Rücken. Dunkelgrüner Schatten wurde von schmalen, parallelen Strahlen aus weißem Gold durchzogen. Langes Gras kitzelte meine Beine.

Vor mir lag eine weite Grasfläche, und dahinter, in etwa vierzig Meter Entfernung, stand eine Gruppe von Ulmen, und vor den Ulmen saß ein kleines Großmütterchen auf einer grünen Decke. Sie sah aus, als sei sie dort gewachsen. Sie hielt einen Grashalm zwischen den Zähnen. Ich spürte in ihr eine verwandte Seele, und einmal, als unsere Blicke sich trafen, winkte ich ihr mit dem Zeigefinger zu, und sie winkte zurück.

In einer Minute würde ich jetzt aufstehen müssen. Jill wollte mich in einer halben Stunde am Wiltshire-Ausgang treffen. Aber ich hatte meinen Spaziergang am Sunset-Boulevard-Zubringer begonnen, und ich war müde. Noch eine Minute …

Es war ein guter Ort, um zuzusehen, wie die Welt sich drehte.

Und auch ein guter Tag. Überhaupt keine Wolken. An diesem heißen, blauen Sommernachmittag war der King's Freipark so belebt wie selten.

Irgend jemand im Polizeihauptquartier hatte damit gerechnet. Doppelt so viele Monitore wie gewöhnlich hingen am Himmel und warteten. Goldene Kugeln auf blauem Grund, so groß wie Basketbälle, dreieinhalb Meter hoch. Jede von ihnen mit einem Fernsehauge und einem Paralysator ausgestattet, jede von ihnen direkt mit dem Polizeihauptquartier verbunden, waren sie da, um dem Gesetz des Parks Geltung zu verschaffen:

Keine Gewalt.

Keine Hand durfte gegen einen anderen erhoben werden – und sonst gab es keine Gesetze. Das Leben in einem Freipark war oft recht unterhaltsam.

Im Norden, auf Sunset zu, ging ein Mann mit einem weißen, rechteckigen Schild, das auf beiden Seiten leer war. Er marschierte vor einem verbissenen jungen Mann auf einem Plastikbehälter hin und her, der ihm einen Vortrag über Kernverschmelzung und die Probleme der Abwärmebelastung hielt. Selbst auf die Entfernung konnte ich die Überzeugung und den Eifer in seiner Stimme hören.

Im Süden warf eine Handvoll von wild schreienden Typen mit Steinen nach einem Monitor. Der goldene Basketball wich den Steinen aus, allerdings immer nur knapp. Irgendein schwarzhaariger Fanatiker schien sie dazu angestiftet zu haben. Ich fragte mich, woher sie wohl die Steine hatten. Steine waren selten im King's Freipark.

Der schwarzhaarige Mann kam mir irgendwie bekannt vor. Ich sah zu, wie er und seine Horde das Wachauge hetzten ... dann vergaß ich sie, weil ein Mädchen aus einer Ulmengruppe geschritten kam.

Sie war phantastisch. Lange, vollkommene Beine, dunkelrotes Haar, das ihr über die Schultern fiel, das Gesicht eines unnahbaren Engels und ein Körper so perfekt, daß er unwirklich erschien, wie der Traum eines Jünglings. Ihr Gang verriet Übung; vielleicht war sie ein Mannequin oder eine Tänzerin. Ihr einziges Kleidungsstück war ein wehender Mantel aus leuchtendblauem Taft.

Er war fünfzehn Meter lang, dieser Mantel. Er hing an zwei großen goldenen Scheiben, die irgendwie an ihren nackten Schultern befestigt waren. Er zog sich lang und länger bis zu seiner Gänze in etwa anderthalb Meter Höhe hinter ihr her und drehte und wand sich, um ihrem Pfad durch die Bäume zu folgen. Sie wirkte wie eine Illustration in einem Märchenbuch, wenn man berücksichtigt, daß die ursprünglichen Märchen nicht für Kinder gedacht waren.

Und das war sie gewiß nicht. Man konnte überall im Park die Nackenwirbel knacken hören. Selbst die Steinewerfer hatten innegehalten, um ihr nachzusehen.

Sie konnte die Aufmerksamkeit spüren oder sie in einem Raunen von Seufzern hören. Das war es, wofür sie hier war. Mit einem herablassenden Engelslächeln auf ihrem Engelsgesicht schritt sie vorbei; sie übertrieb ihre Bewegung nicht, sondern ließ sie fließen. Ihr Weg wand sich hin und her, unabhängig davon, ob es Hindernisse zu vermeiden gab, so daß fünfzehn Meter wehender Seide ihrer gewundenen Spur folgen konnten.

Ich lächelte, als ich ihr nachsah. Sie war auch von hinten schön, mit Grübchen am Po.

Der Mann, der sie ein Stückchen später ansprach, war derselbe, der die Steinewerfer angestachelt hatte. Mit wildem schwarzen Haar und Bart, hohlwangig und mit tiefliegenden Augen, einem verlegenen Lächeln und verlegener Haltung ... Ron Cole. Natürlich.

Ich konnte nicht hören, was er zu dem Mädchen mit dem Mantel sagte, aber ich sah das Ergebnis. Er zuckte zusammen, dann wandte er sich abrupt um und ging mit niedergeschlagenen Augen fort.

Ich stand auf und ging, um ihn abzufangen. »Nimm's nicht persönlich«, sagte ich.

Er sah überrascht auf. Seine Stimme, als sie kam, war bitter. »Wie soll ich es dann nehmen?«

»Sie hätte jeden auf dieselbe Weise abblitzen lassen. Sie ist zum Ansehen, nicht zum Anfassen.«

»Du kennst sie?«

»Ich habe sie nie in meinem Leben vorher gesehen!«

»Dann ...?«

»Ihr Mantel. Du *mußt* doch ihren Mantel gesehen haben.« Das Ende ihrer Schleppe zog an uns vorbei, seine Falten schimmerten in einem unwahrscheinlich tiefen, satten Blau. Ronald Cole lächelte, als ob es seinen Augen weh täte. »O ja.«

»Siehst du? Nun stell dir vor, du sprichst sie an, und stell dir weiter vor, die junge Dame findet dich nett und geht darauf ein. Was macht sie dann? Wenn man bedenkt, daß sie auch nicht eine Sekunde stehenbleiben kann.«

Er ließ es sich erst durch den Kopf gehen, dann fragte er: »Warum nicht?«

»Wenn sie stehenbleibt, ist die ganze Wirkung dahin. Ihr Mantel hängt einfach da wie ein nasser Sack. Er ist dazu da, um zu schweben. Wenn sie sich hinlegt, wird die Sache noch schlimmer. Ein Mantel, der meterhoch durch die Luft weht und dann in den Büschen verschwindet und auf und nieder hüpft ...« Ron lachte hilflos im Falsett. Ich sagte: »Siehst du? Ihre Zuschauer würden das Kichern kriegen. Das ist nicht, worauf sie aus ist.«

Er wurde nüchtern. »Aber wenn sie es wirklich wollte, dann wäre ihr es *egal,* ob ... oh. Ich verstehe. Sie muß ein Vermögen dafür ausgegeben haben.«

»Und ob. Sie würde nicht einmal für Casanova selbst haltmachen.« Ich bedachte das Mädchen in Gedanken mit ein paar unfreundlichen Bemerkungen. Es gibt höflichere Arten, jemanden einen Korb zu geben, und Ronald Cole war leicht verletzlich.

Ich fragte ihn: »Wo habt ihr die Steine herbekommen?«

»Welche Steine? Oh, wir fanden eine Stelle, wo der Mittelteiler durchkommt. Wir haben ein paar Betonbrocken losgehauen.« Ron blickte den Park hinunter, wo gerade einer der Jungen eine der goldenen Kugeln getroffen hatte. »Sie haben einen erwischt! Komm!«

Das schnellste Handelsschiff, das jemals unter Segeln das Meer befuhr, war der Klipper. Und doch hörte die Welt nach fünfundzwanzig Jahren auf, Klipper zu bauen. Die Dampfmaschine war da. Dampfschiffe waren schneller, sicherer, verläßlicher und billiger.

Die Freeways, die großen Schnellstraßen, dienten Amerika beinahe fünfzig Jahre lang. Dann sorgten moderne Transportsysteme für eine saubere Luft und ließen Verkehrsstaus zu einem Ding der Vergangenheit werden. Und sie hinterließen der Nation ein leidiges Problem: Was sollte man mit zehntausend Meilen unansehnlicher, verlassener Freeways anfangen?

King's Freipark war ein Teil vom San Diego Freeway gewesen, dem Abschnitt zwischen Sunset Boulevard und Santa Monica. Vor Jahrzehnten schon war der Beton mit Mutterboden bedeckt worden. Die Seitenstreifen waren von Anfang an schon landschaftlich gestaltet gewesen. Nun war der Park ebenso vollständig mit Grün bedeckt wie der ältere Griffith Freipark.

Innerhalb von King's Freipark herrschte eine Art von ordnungsgemäßer Anarchie. Besucher wurden an den Eingängen kontrolliert. Waffen waren im Park nicht erlaubt. Die Monitore, die außer Reichweite über der Erde schwebten, waren fast so gut wie gar keine Überwachung.

Es gab nur ein einziges Gesetz, für dessen Einhaltung sie zu sorgen hatten. Alle Versuche von Gewaltanwendung zogen dieselbe Strafe für Angreifer und Opfer nach sich. Wenn irgendeiner seine Hand gegen einen anderen erheben sollte, richtete eine der goldenen Basketbälle seinen Strahl auf sie und betäubte sie beide. Sie würden jeder für sich aufwachen, unter den Augen der Monitore. Es kam oft genug vor.

Natürlich bewarfen Leute die Monitore mit Steinen. Es war schließlich ein Freipark.

»Sie haben einen! Komm!« Ron zerrte mich am Arm. Der erlegte Monitor glänzte im Gras, umgeben von den Leuten, die ihn heruntergeholt hatten. »Ich hoffe, sie machen ihn nicht kaputt. Ich hatte ihnen gesagt, ich brauche ihn ganz, aber wer weiß, ob sie sich daran halten.«

»Es ist ein Freipark. Und sie haben ihn zur Strecke gebracht.«

»Mit meinen Steinen!«

»Was sind das für Leute?«

»Keine Ahnung. Sie waren beim Baseballspielen, als ich sie fand. Ich sagte ihnen, ich brauchte einen Monitor. Sie sagten, sie würden mir einen beschaffen.«

Ich kann mich jetzt sehr gut an Ron erinnern. Ronald Cole war ein Künstler und Erfinder. Für einen gewöhnlichen Menschen hätte dies zwei verschiedene Einkommensquellen dargestellt, aber Ron war anders. Er erfand neue Kunstformen. Aus Draht und Lötmasse, aus Diffraktionsgittern und verschiedenen Arten von Kunststoffzeug und einer unglaublichen Vielfalt von zufällig passenden Resten machte Ron Cole Dinge, deresgleichen niemand auf der Erde je gesehen hatte.

Der Markt für neue Kunstformen ist immer ziemlich klein gewesen, aber dann und wann ließ sich etwas verkaufen. Es brachte genug, um ihn mit Rohmaterialien zu versorgen, insbesondere, da viele seiner Rohmaterialien aus Kellern und von Speichern stammten. Selten machte er ein wirklich großes Geschäft, und dann schwamm er in Geld, wenn auch nicht lange.

Eine Sache hatte er an sich: Er wußte, wer ich war, aber er konnte sich nicht an meinen Namen erinnern. Ron Cole hatte Wichtigeres im Kopf als welcher Name zu welcher Person gehörte. Ein Name war nur ein Etikett und eine Gesprächseröffnung: »Russel! Wie geht's?« Ein Signal. Ron hatte einen Ersatz dafür entwickelt.

Wenn ein Gespräch einmal kurzzeitig verstummte, sagte er einfach: »Schau mal hier«, und zeigte – wunderbare Dinge.

Einmal war es eine durchsichtige Plastikkugel gewesen, von der Größe eines Golfballs, der in einer Höhlung von spiegelblankem Silber ruhte. Wenn der Ball auf dem konkaven Spiegel umherrollte, waren die Reflexionen einfach phantastisch.

Ein andermal war es eine sich windende Seeschlange gewesen, die auf einer Michelob-Bierflasche eingraviert war, jener wunderhübschen vasenförmigen Flasche aus den frühen sechziger Jahren, die für die üblichen Kühlschränke zu groß war.

Und ein andermal waren es zwei Rohlinge aus einem matten, silbrigen Metall gewesen, das unerwartet schwer war. »Was ist das?«

Ich wog sie in der Hand. Sie waren schwerer als Blei. Platin? Aber niemand trägt soviel Platin mit sich herum. Scherzhaft fragte ich : »U-235?«

»Sind sie warm?« fragte er interessiert. Ich unterdrückte einen plötzlichen Drang, sie soweit ich konnte wegzuwerfen und mich hinter einer Couch in Sicherheit zu bringen.

Aber es *war* Platin gewesen. Ich habe nie erfahren, weshalb Ron sie mit sich herumgetragen hat. Irgend etwas, aus dem nachher nichts wurde.

Von Zuschauern umgeben lag der außer Betrieb gesetzte Monitor im Gras. Er war noch heil, wahrscheinlich deshalb, weil zwei gutgelaunte, auffallend große Männer ihn bewachten und alle anderen zurückwinkten.

»Gut«, sagte Ron. Er hockte sich über die goldene Kugel, drehte sie mit seinen langen Künstlerfingern. Zu mir sagte er: »Hilf mir, sie aufzukriegen.«

»Wozu? Was hast du vor?«

»Ich werde es dir gleich sagen. Hilf mir – schon gut!« Das halbkugelförmige Oberteil löste sich. Zum erstenmal in meinem Leben blickte ich in das Innere eines Monitors.

Es war beeindruckend simpel. Ich erkannte den Lähmstrahler an seinem parabolischen Reflektor sowie die Kameras und eine Ringspule, die Teil des Schwebemechanismus sein mußte. Keine Energiequelle. Ich nahm an, daß die Hülle selbst eine Energieempfangsantenne darstellte. Wenn das Oberteil entfernt wurde, gäbe es keine Möglichkeit für irgendwelche Schwachköpfe, sich einen tödlichen Elektroschock einzufangen.

Ron kniete sich nieder und studierte das seltsame Innenleben des Monitors. Dann zog er etwas aus der Tasche, das aus Glas und Metall gemacht war. Er erinnerte sich plötzlich daran, daß ich auch noch da war, hielt es mir hin und sagte: »Schau mal hier.«

Ich nahm es und machte mich auf eine Überraschung gefaßt. Die kam auch. Es war eine alte Taschenuhr, eine große Uhr mit Aufziehfeder an einer Kette, mit einem Gehäuse. Uhren dieser Art waren vor ein paar hundert Jahren in Gebrauch gewesen. Ich blickte auf das Zifferblatt und sagte: »Sie geht fünfzehn Minuten nach. Du hast das Werk nicht ganz instand gesetzt, oder?«

»O nein.« Er ließ den Rückendeckel aufschnappen.

Das Uhrwerk war anscheinend modern. »Batterie und Stimmgabel«, vermutete ich.

»Das hat die Wache auch gedacht. Davon kommt es auch her. Aber die Zeiger bewegen sich nicht. Ich habe die Uhr gestellt, kurz bevor sie mich durchsucht haben.«

»Aah. Und was macht sie?«

»Wenn es klappt, dann kann ich damit alle Monitore im King's Freipark vom Himmel holen.«

Eine Minute oder so konnte ich vor lauter Lachen kein Wort hervorbringen. Ron sah mich mit schiefgeneigtem Kopf an und fragte sich wohl, ob ich ihn für einen Witzbold hielt.

Schließlich stieß ich hervor: »Das dürfte eine *Menge* Wirbel machen.«

Ron nickte heftig. »Natürlich hängt es davon ab, ob sie die Arten von Schaltkreisen verwenden, wie ich es vermute. Überleg doch mal: Von den Monitoren erwartet man nicht, daß sie gegen äußere Einwirkung geschützt sind. Sie sollen vor allem billig sein. Wenn einer draufgeht, gehen die Steuern nicht allzusehr in die Höhe. Der andere Weg wäre, sie teuer und absolut sicher zu machen und damit eine Menge Leute zu frustieren. Und es ist nicht das Ziel eines Freiparks, die Leute zu frustrieren.«

»Und das heißt?«

»Nun, es gibt eine billige Art, die Schaltungen für das Energiesystem zu konstruieren. Wenn sie es auf diese Weise gemacht haben, kann ich das ganze Ding hochgehen lassen. Wir werden sehen.« Ron zog dünne Kupferdrähte aus seinen Hemdmanschetten.

»Wie lange wirst du dafür brauchen?«

»Oh, eine halbe Stunde – vielleicht etwas mehr.«

Das gab für mich den Ausschlag. »Ich muß weg. Ich bin mit Jill Hayes am Wiltshire-Ausgang verabredet. Du müßtest sie kennen, ein großes, blondes Mädchen, ungefähr so groß wie ich ...«

Aber er hörte schon nicht mehr zu. »Okay, bis später«, murmelte er. Er begann mit dem Kupferdraht und einer Pinzette in der Kapsel zu hantieren. Ich ging.

Menschen fühlen sich von Menschenmengen angezogen. Ein paar Minuten, nachdem ich Ron sich selbst überlassen hatte, gesellte ich mich zu einem Halbkreis von Neugierigen, um zu sehen, was es dort zu sehen gab.

Ein kahlköpfiges, hohlwangiges Individuum war dabei, etwas zusammenzusetzen – eine archaische Maschine mit Propeller und einem kleinen Benzinmotor. Der T-förmige hölzerne Handgriff war nagelneu und ungestrichen. Die Metallteile hatten das stumpfe Aussehen von altem, erst jüngst entferntem Rost.

Die Menge stellte halblaut Vermutungen an. Was konnte

das sein? Kein Teil eines Autos; kein Außenbordmotor, obwohl es einen Propeller hatte; zu klein für einen Motorschlitten, zu groß für ein Motor-Skateboard ...

»Ein Rasenmäher«, meinte die weißhaarige Dame neben mir. Sie war eine von jenen kleinen, vogelgleichen Leuten, die mit dem Alter in sich zusammenschrumpfen und gewichtslos werden und ewig leben. Ihre Worte sagten mir nichts. Ich wollte grade eine Frage stellen, als ...

Der hohlwangige Mann hatte sein Werk vollendet und drehte irgendeinen Schalter, und der Motor erwachte röhrend zum Leben. Schwarzer Qualm stieg auf. Triumphierend packte er den Handgriff. Draußen konnte es einen ins Gefängnis bringen, wenn man einen funktionstüchtigen Verbrennungsmotor konstruierte. Hier ...

Mit dem Feuer der Hingabe in seinen Augen rollte er seine Höllenmaschine über das Gras. Er hinterließ einen Pfad so flach wie eine Fußmatte. Es war schließlich ein Freipark, nicht wahr?

Die Qualmwole traf alle auf einmal: schwarzer Staub in der Luft, ein Gestank von halbverbrannten Kohlenwasserstoffen, der Nase und Augen angriff. Ich hustete und würgte. Nie hatte ich irgend etwas Derartiges gerochen.

Die Menge brüllte auf und fiel über ihn her.

Er kreischte, als sie ihm seine Maschine fortnahmen. Irgend jemand fand einen Hebel und schaltete sie ab. Zwei Männer konfiszierten seinen Werkzeugkasten und machten sich mit Schraubenzieher und Hammer ans Werk. Der Besitzer protestierte. Er nahm eine schwere Zange und war drauf und dran, einen Mord zu begehen.

Ein Monitor lähmte ihn und den Mann mit dem Hammer, und beide sackten leblos ins Gras. Der Rest der Gruppe riß den Rasenmäher auseinander und zerbrach und verbog die Einzelteile.

»Es tut mir ein bißchen leid, daß sie das getan haben«, meinte die alte Frau. »Manchmal vermisse ich das Geräusch von Rasenmähern. Mein Vater pflegte sonntagsmorgens immer den Rasen zu mähen.«

Ich sagte: »Es ist ein Freipark.«

»Warum kann er sich dann nicht bauen, was er will?«

»Das kann er. Das hat er auch getan. Alles, was ihm freisteht zu bauen, steht uns frei, wieder auseinanderzunehmen.« Und in Gedanken setzte ich hinzu: *Wie Rons verwanzten Monitor.*

Ron war ein guter Mechaniker. Es würde mich kein bißchen überraschen, wenn er genug über Monitore wußte, um das ganze System auszuschalten.

Vielleicht sollte ihn jemand aufhalten.

Aber Monitore auszuschalten, war nicht illegal. Es geschah die ganze Zeit. Es war ein Teil der Freiheit des Parks. Wenn Ron sie alle gleichzeitig ausschalten konnte, nun ...

Vielleicht sollte jemand ihn aufhalten.

Ich ging an einer Schulmädchenklasse vorbei, die alle zwitscherten wie die Vögel, alle um die sechzehn. Womöglich war es ihr erster Besuch in einem Freipark. Ich blickte zu ihnen zurück, weil sie so niedlich waren, und sah, wie sie voll Staunen und Ehrfurcht den Drachen auf meinem Rükken anstarrten.

Ein paar Jahre weiter, und sie wären zu blasiert gewesen, um darauf zu achten. Es hatte Jill heute morgen beinahe eine halbe Stunde gekostet, um das Bild aufzutragen: ein gewaltiger rotgoldener Drache, der Flammen über meine Schulter blies, Flammen, die in ihrem eigenen Licht zu glühen schienen. Darunter waren eine Prinzessin und ein Ritter in goldener Rüstung. Die Prinzessin war an einen Pfahl gebunden, der Ritter rannte um sein Leben. Ich lächelte den Mädchen über die Schulter zu, und zwei von ihnen winkten zurück.

Kurzes, blondes Haar und goldene Haut, das größte Mädchen weit und breit und nicht einmal mit einer Schultertasche bekleidet, das war Jill Hayes. Sie stand mitten vor der Schleuse des Wiltshire-Eingangs und war sichtlich ungeduldig. Es war fünf Minuten nach drei.

Das hatte man davon, wenn man mit einer Sportfanatikerin zusammenlebte. Jill hatte es sich in den Kopf gesetzt, mich in Form zu bringen. Unsere täglichen Übungen gehörten ebenso dazu wie diese Wanderung durch den halben Freipark …

Ich war jedoch nicht willens gewesen, daraus einen Dauerlauf zu machen. Wer macht schon Dauerlauf im Freipark? Es gibt viel zuviel zu sehen. Sie hatte mir eine Stunde geben wollen; ich hatte drei daraus gemacht. Es war ein Kompromiß wie die Papiershorts, die ich trug, obwohl sie eine Verfechterin der Freikörperkultur war.

Früher oder später würde sie jemanden mit Muskeln finden oder ich würde in meinen alten Trott zurückfallen, und wir würden uns trennen. Inzwischen … kamen wir ganz gut miteinander aus. Es war nur vernünftig, sie mein Training auch beenden zu lassen.

Sie sah mich, rief: »Russel! Hier!« mit einer Stimme, die man an beiden Enden des Parks hätte hören können.

Als Antwort hob ich meinen Arm wie eine Signalflagge langsam über den Kopf und ließ ihn wieder fallen.

Und alle Monitore im King's Freipark fielen tot vom Himmel.

Jill blickte auf all die überraschten Gesichter rings um sie her und auf all die goldenen Bälle auf den Büschen und im Gras. Sie kam etwas unsicher auf mich zu. Sie fragte: »Hast du das gemacht?«

Ich sagte: »Aber klar! Wenn ich noch mal mit dem Arm winke, gehen sie alle wieder hoch.«

»Ich finde, das solltest du besser tun«, meinte sie. Jill hat ein bemerkenswertes Pokergesicht. Ich schwenkte meinen

Arm mit großer Gebärde über den Kopf und wieder zurück, aber die Monitore blieben, wie nicht anders zu erwarten, dort, wo sie hingefallen waren.

Jill sagte: »Ich möchte wissen, was mit ihnen passiert ist.«

»Ron Cole ist dran schuld. Du erinnerst dich an ihn? Er hatte diese alten Michelob-Bierflaschen für Steuben graviert ...«

»O ja. Aber wie hat er das gemacht?«

Wir gingen, um ihn zu fragen.

Ein muskulöser College-Student kam mit einem Kriegsgeheul im Affentempo an uns vorbeigerast. Wir sahen, wie er einen Monitor wie einen Fußball wegkickte. Die goldene Hülle sprang auf, aber der Mann heulte erneut und tanzte auf und nieder, wobei er seinen Fuß hielt.

Wir gingen an verbeulten goldenen Hüllen, zerbrochenen Schallverstärkern und verbogenen Parabolspiegeln vorbei. Eine Frau zeigte stolz ihre Armbänder aus kupfernen Ringspulen. Ein Junge sammelte Kameras. Vielleicht dachte er, er könne sie draußen verkaufen.

Nach der ersten Minute sah ich nirgendwo mehr auch nur einen intakten Monitor.

Alle waren damit zugange, Monitore auseinanderzunehmen.

Jill starrte auf die konservativ gekleidete Gruppe, die Schilder mit der Aufschrift POPULATION DURCH KOPULATION trug, und wollte wissen, ob das deren Ernst war. Ihr finster blickender Anführer händigte uns Flugblätter aus, die von dem Übel und der Blasphemie aller menschlichen Versuche sprachen, sich selbst durch Genmanipulationen und Experimente mit künstlich gezeugten Babys zu verändern. Wenn es nur Spiegelfechterei war, dann war es gut gemacht.

Wir kamen an sieben kleinen Männern vorbei, keiner von ihnen größer als einen Meter zwanzig, die von einer einzigen hochgewachsenen, hübschen Brünetten begleitet wurden. Sie trugen mittelalterliche Gewandung. Wir machten beide große Augen; aber ich war derjenige, dem das Make-up und die Spuren von Selbstbleiche auffielen. Afrikanische Pygmäen, vermutlich Teil einer Touristengruppe auf UN-Kosten; und das Mädchen war vermutlich ihr Fremdenführer.

Ron Cole war nicht dort, wo ich ihn zurückgelassen hatte.

»Er muß zu dem Schluß gekommen sein, daß Vorsicht der bessere Teil der Tapferkeit ist. Vielleicht gar nicht zu Unrecht«, vermute ich. »Niemand hat jemals *alle* Monitore außer Gefecht gesetzt.«

»Es ist nicht verboten, oder?«

»Nicht verboten, aber ein bißchen zuviel des Guten. Das Mindeste, was sie tun können, ist, ihn aus dem Park auszuschließen.«

Jill rekelte sich in der Sonne. Sie war ganz golden und riesig. Sie sagte: »Ich habe Durst. Gibt es hier in der Nähe einen Trinkbrunnen?«

»Sicher, wenn ihn nicht inzwischen jemand verstopft hat. Es ist ein …«

» … Freipark. Ich weiß. Willst du mir damit sagen, sie schützen nicht einmal die Brunnenanlagen?«

»Wenn man eine Ausnahme macht, ist es wie ein Keil. Wenn jemand einen Brunnen ruiniert, dann warten sie, bis es Nacht ist, und richten ihn dann wieder her. Und so … Wenn ich jemanden sehe, der einen Trinkbrunnen zu zerstören versucht, gebe ich ihm im allgemeinen eins auf die Nase. Viele von uns tun das so. Nachdem so ein Kerl genug von seiner freien Zeit durch die Lähmstrahlen der Monitore verloren hat, wird er es sich früher oder später schon anders überlegen.«

Der Trinkbrunnen bestand aus einem massiven Betonklotz mit vier Hähnen und einem handgroßen Metallknopf. Er war schwer zu blockieren und noch schwerer zu zerstören. Ron Cole stand daneben und machte einen niedergeschlagenen Eindruck. Er schien froh zu sein, mich zu sehen, wirkte aber immer noch niedergeschlagen. Ich stellte ihn vor. »Du erinnerst dich an Jill Hayes.« Er sagte: »Aber sicher. Hallo Jill«, und nachdem er ihren Namen seinem bestimmten Zweck zugeführt hatte, vergaß er ihn sofort.

Jill sagte: »Wir dachten, du hättest dich aus dem Staub gemacht.«

»Ich hab's versucht.«

»Oh?«

»Du weißt, wie kompliziert die Ausgänge sind. Sie müssen so sein, um zu verhindern, daß jemand mit – mit einer Pistole oder sonst was hineinkommt.« Ron fuhr sich mit beiden Händen durch das Haar, ohne daß es seiner Frisur genützt oder geschadet hätte. »Tja, alle Ausgänge funktionieren nicht mehr. Sie hängen anscheinend von demselben System ab wie die Monitore. Damit hatte ich nicht gerechnet.«

»Dann sind wir eingeschlossen«, sagte ich. Das war ärgerlich. Aber unter dem Ärger spürte ich ein komisches Gefühl in der Magengrube. »Wie lange, glaubst du ...«

»Schwer zu sagen. Sie werden erst einmal neue Monitore auftreiben müssen. Und das zerstrahlte Energiesystem reparieren und herausfinden, wie ich es lahmgelegt habe, und es so einrichten, daß so etwas nicht noch mal passieren kann. Ich schätze zwar, daß irgend jemand inzwischen meinen umgebauten Monitor demoliert hat, aber die Polizei weiß das nicht.«

»Oh, sie werden einfach ein paar Polizisten herschicken, um Ordnung zu halten«, sagte Jill.

Überall lagen Teile von Monitoren. Nicht einer war ganz geblieben. Ein Polizist mußte schon verrückt sein, um sich in einen Freipark zu wagen.

Ganz zu schweigen von dem Schaden für die Idee des Parks.

»Ich wollte, ich hätte mir etwas zu essen eingepackt«, meinte Ron.

Zu meiner Linken sah ich den Mantel näherkommen, ein Band aus leuchtendblauem Taft, das etwa anderthalb Meter hoch über dem Boden schwebte wie ein samtbelegter Pfad in der Luft. Ich gab keinen Laut, zeigte nicht hin oder sonst etwas. Ich wollte nicht bei Ron auf die falschen Knöpfe drükken.

Ron sah ihn nicht. »Eigentlich bin ich ganz froh, daß es so gekommen ist«, meinte er angeregt. »Ich habe immer gedacht, daß die Anarchie eine lebensfähige Form der Gesellschaft sein sollte.«

Jill gab höfliche Laute der Ermunterung von sich.

»Im Endeffekt ist Anarchie nur das letzte Wort in der freien Marktwirtschaft. Was kann eine Regierung für ein Volk tun, das das Volk nicht für sich selbst tun kann? Schutz vor anderen Ländern? Wenn alle anderen Länder auch Anarchien sind, braucht man keine Armeen. Polizei vielleicht, aber was spricht gegen eine private Schutztruppe?«

»Es gab Feuerwehrtruppen, die so funktionierten«, erinnerte sich Jill. »Sie standen bei Versicherungsgesellschaften unter Vertrag. Sie schützten nur Häuser ihrer Klienten.«

»Richtig! Also schließt man eine Versicherung gegen Diebstahl und Mord ab, und die Versicherungsgesellschaften mieten eine Polizeitruppe. Der Klient trägt eine Kreditkarte bei sich ...«

»Angenommen, der Dieb stiehlt auch die Kreditkarte?«

»Er kann sie nicht gebrauchen. Er hat nicht das richtige Retinamuster.«

»Aber wenn der Klient die Kreditkarte nicht hat, kann er die Polizei nicht hinter dem Dieb herjagen.«

»Oh.« Eine deutliche Pause. »Nur ...«

Ich hörte nur mit halbem Ohr zu; denn ich kannte das

alles schon. Statt dessen suchte ich nach den Endpunkten des Mantels. Ich fand leeren Raum an einem Ende und ein schönes rothaariges Mädchen am anderen. Sie redete mit zwei Männern, die ebenso exotisch aussahen wie sie selbst.

Man kann den Eindruck bekommen, daß ein Freipark eine einzige riesige Kostümparty sei. Das ist nicht der Fall. Nicht eine Person unter zehn trägt etwas anderes als normale Straßenkleidung; aber die Kostüme sind es, die Aufmerksamkeit erregen.

Die Männer waren zur Hälfte Vögel.

Ihre Augenbrauen und Augenlider waren winzige Federn, grün bei dem einen, golden bei dem anderen. Größere Federn bedeckten ihre Köpfe in Blau und Grün und Gold und liefen ihnen in einem Kamm den Rücken hinunter. Sie waren nackt bis zu den Hüften, und ihr Körperbau hätte Jill durchaus zufriedenstellen können.

Ron hielt seinen Vortrag. »Was tut die Regierung überhaupt für jemanden, außer für die Leute, die in der Regierung sitzen? Früher gab es private Postdienste, und sie waren billiger als das, was wir jetzt haben. Alles, was die Regierung übernimmt, wird teuer, und zwar sofort. Es gibt keinen Grund, weshalb private Unternehmen nicht alles tun können, was eine Regierung ...«

Jill schnappte nach Luft. Sie sagte: »Ooh! Wie schön.«

Ron drehte sich um.

Wie auf ein Stichwort schlug das Mädchen mit dem Mantel einem der gefiederten Männer mit der Hand ins Gesicht. Sie versuchte, auch den anderen zu ohrfeigen, aber er packte sie am Handgelenk. Dann erstarrten alle drei.

Ich sagte: »Seht ihr? Keiner hat etwas davon. Sie mag es nicht einmal, stehenzubleiben. Sie ...«, und mir wurde klar, warum sie sich nicht bewegten.

In einem Freipark ist es einfach für ein Mädchen, ein Angebot abzulehnen. Wenn der Typ trotzdem zudringlich wird, bekommt er eine Ohrfeige. Der Betäubungsstrahl erwischt ihn und das Mädchen. Wenn sie aufwacht, geht sie einfach weg. So einfach ist das.

Das Mädchen begriff zuerst, was los war. Sie schnappte nach Luft, riß sich los und wandte sich zur Flucht. Einer der Gefiederten versuchte gar nicht erst, ihr nachzulaufen; er packte einfach mit beiden Händen nach ihrem Mantel.

Die Sache wurde langsam ernst.

Der Mantel riß sie hart nach hinten. Sie zögerte keinen Moment. Sie griff nach den großen goldenen Scheiben an ihren Schultern, riß sie los und rannte weiter. Die Vogelmänner jagten ihr lachend nach. Dem Rotschopf war nicht nach Lachen zumute. Sie rannte mit aller Kraft. Zwei Blutstropfen liefen ihr die Schulter hinunter. Ich fragte mich, ob ich nicht die gefiederten Männer aufhalten sollte, rang mich schließlich zu dem Entschluß durch – aber da waren sie schon zu weit weg.

Jill verschränkte beklommen die Arme. »Ron, woher kriegen wir jetzt eine private Schutztruppe?«

»Na ja, du kannst nicht erwarten, daß sich so etwas spontan bildet ...«

»Versuchen wir es mal mit dem Eingang. Vielleicht können wir doch heraus.«

Es dauerte seine Zeit. Jedermann wußte, was ein Monitor tat. Niemand dachte es durch. Zwei gefiederte Männer, die einem hübschen nackten Mädchen nachjagten? Ein schöner Anblick, und warum sich einmischen? Wenn sie nicht wollte, daß man ihr nachjagte, dann brauchte sie nur ... ja, was? Aber sonst hatte sich nichts geändert. Die Kostüme, die Leute, die ein Anliegen hatten, die Leute, die nach einem Anliegen suchten, die Leute, die Leuten zusahen, und die Scherzbolde ...

Der Mann mit dem leeren Schild hatte sich zu den POPULATION-DURCH-KOPULATION-Leuten gesellt. Seine befleckte rosa Straßentunika stand in seltsamen Gegensatz zu ihren konservativen Anzügen, aber er zeigte kein Zeichen von Spott; sein Gesicht war ebenso unnatürlich ernst wie die ihren. Nichtsdestotrotz schien ihnen seine Gesellschaft nicht ganz recht zu sein.

Vor dem Wiltshire-Ausgang stauten sich die Leute. Ich sah genug verstörte und enttäuschte Gesichter, um den Schluß zu ziehen, daß die Tore geschlossen waren. Der kleine Vorplatz war so voll, daß wir nicht einmal den Versuch machten herauszufinden, was mit den Ausgängen nicht in Ordnung war.

»Ich glaube, wir sollten besser nicht hierbleiben«, meinte Jill unbehaglich.

Mir fiel auf, wie sie die Arme um ihren Oberkörper schlang. »Ist dir kalt?«

»Nein.« Sie zitterte. »Aber ich wünschte, ich hätte etwas zum Anziehen.«

»Wie wäre es mit einem Stück von diesem Mantel?«

»Gut!«

Wir kamen zu spät. Der Mantel war fort.

Es war ein warmer Septemberabend. Obwohl ich nur Papiershorts trug, war mir keineswegs kalt. Ich sagte: »Nimm meine Shorts.«

»Nein, Schatz, ich bin doch schließlich der Nudist hier.« Aber Jill hielt sich mit beiden Armen umklammert.

»Hier«, sagte Ron und reichte ihr seinen Pullover. Sie warf ihm einen dankbaren Blick zu, dann wickelte sie sich in offensichtlicher Verlegenheit den Pullover um die Hüften und verknotete die Ärmel.

Ron begriff es immer noch nicht. Ich fragte ihn: »Kennst du den Unterschied zwischen Nudismus und Nackheit?«

Er schüttelte den Kopf.

»Nudismus ist eine Lebenseinstellung. Nacktheit ist ein Zeichen von Schutzlosigkeit.«

Nudismus war populär im Freipark. Nacktheit war es in

jener Nacht nicht. Stücke des Mantels müssen über den ganzen King's Freipark verstreut gewesen sein. Ich sah mindestens vier in jener Nacht: eins als Kilt, zwei als improvisierte Sarongs und eins als Bandage.

An einem normalen Tag schließen die Eingänge zum King's Freipark um sechs. Diejenigen, die bleiben wollen, bleiben, solange sie mögen. Gewöhnlich sind es nicht viele; es gibt keine Beleuchtung in einem Freipark, aber es dringt etwas Licht von der nahegelegenen Stadt herüber. Die Monitore schweben umher, von Infrarot geleitet, aber die meisten von ihnen sind nicht bemannt.

Die heutige Nacht sollte anders sein.

Es war nach Sonnenuntergang, aber noch hell. Eine kleine alte Dame kam auf uns zugestampft mit einem mörderischen Ausdruck in ihrem verrunzelten Gesicht. Zuerst dachte ich, er gelte uns, aber dem war nicht so. Sie war so aufgebracht, daß sie nicht geradeaus gucken konnte.

Sie sah meine Füße und blickte auf. »Ach, Sie sind es. Der junge Mann, der geholfen hat, den Rasenmäher zu zerstören«, sagte sie – was nicht ganz fair war. »Ein Freipark, ja? Ein schöner Freipark? Zwei Männer haben mir soeben mein Abendessen weggenommen!«

Ich breitete die Hände aus. »Tut mir leid. Wirklich. Wenn Sie es noch hätten, könnten wir Sie vielleicht dazu überreden, uns etwas abzugeben. Wir haben nämlich auch Hunger.«

Ihr Zorn verrauchte ein wenig, was sie beinahe in Tränen ausbrechen ließ. »Dann sind wir alle hungrig. Ich hatte es in einer Plastiktüte. Das nächste Mal nehme ich etwas, was nicht durchsichtig ist, ach verf-flixt!« Sie bemerkte Jill und ihren improvisierten Pullover-Rock und fügte hinzu. »Tut mir so leid, Liebes, aber ich habe mein Handtuch schon einem anderen Mädchen gegeben, das es noch nötiger brauchte.«

»Trotzdem vielen Dank.«

»Bitte, kann ich bei euch bleiben, bis die Monitore wieder in Ordnung sind? Ich fühle mich irgendwie nicht sicher. Ich heiße übrigens Glenda Hawthorne.«

Wir stellten uns vor. Glenda Hawthorne gab uns die Hand. Inzwischen war es völlig dunkel geworden. Wir konnten die Stadt hinter den hohen grünen Hecken nicht sehen, aber die Veränderung war verblüffend, als die Lichter von Westwood und Santa Monica aufleuchteten.

Die Polizei ließ sich Zeit dabei, uns mit ein paar neuen Monitoren zu versorgen.

Wir kamen zu der Wiese, die manchmal von der Gesellschaft für kreativen Anachronismus für ihre Turniere gebraucht wird. Sie kämpfen zu Fuß mit beschwerten und gepolsterten Waffen, die so konstruiert sind, daß sie sich wie Schwerter, Schlachtäxte, Morgensterne und so weiter verhalten. Die Waffen sind mit Vorrichtungen versehen, daß sie nicht in die falschen Hände fallen können. Die Wiese ist groß und flach und frei von Bäumen und steigt an den Rändern etwas an.

Auf einem der Hänge bewegte sich etwas.

Ich blieb stehen. Es bewegte sich nicht mehr, aber es war deutlich in dem Licht zu erkennen, das von den Wolken zurückgeworfen wurde. Ich konnte eine helle, menschenähnliche Gestalt und ein fahles Rechteck daneben ausmachen.

Ich sprach leise: »Bleibt hier!«

Jill sagte: »Sei nicht blöd. Es gibt hier nichts, hinter dem man sich verstecken könnte. Also komm!«

Das weiße Schild war verbogen und von Fußabdrücken gezeichnet. Der Mann, der es getragen hatte, sah uns mit schmerzverzerrtem Gesicht an. Blut lief ihm aus der Nase. Mit sichtlicher Mühe flüsterte er: »Ich glaube, sie haben mir die Schulter ausgerenkt.«

»Laß mich mal sehen.« Jill beugte sich über ihn. Sie betastete ihn mit den Fingern, dann setzte sie an und zog fest und gleichmäßig an seinem Arm. Der Mann mit dem Schild schrie vor Schmerz und Elend.

»Das müßte jetzt gut sein.« Jills Stimme klang zufrieden. »Wie fühlt es sich an?«

»Es tut nicht mehr so weh.« Er lächelte fast.

»Was ist passiert?«

»Sie fingen an, mich zu stoßen und zu treten, damit ich weggehen sollte. Ich ging ja schon weg. Ich *ging* ja schon. Dann riß mir jemand mein Schild aus der Hand ...« Er stockte für einen Moment und fuhr dann in einer anderen Richtung fort: »Ich habe doch niemandem was getan mit meinem Schild. Ich studiere Psychologie. Ich schreibe eine Diplomarbeit darüber, was Leute in ein leeres Schild hineininterpretieren. Wie die leeren Karten beim Rorschach-Test.«

»Und was für Reaktionen haben Sie erhalten?«

»Meistens feindselige. Aber niemals *das* da.« Der Mann mit dem Schild wirkte verstört. »Sollte man nicht meinen, daß ein Freipark der Ort ist, an dem jeder sagen kann, was er will?«

Jill wischte ihm mit einem Papiertuch aus Glenda Hawthornes Handtasche das Gesicht ab. Sie sagte: »Insbesondere, wenn man überhaupt nichts sagt. He, Ron, erzähl uns mehr über deine Regierung durch Anarchie.«

Ron räusperte sich. »Ich hoffe, du beurteilst sie nicht nach *dem* da. Die Anarchie in King's Freipark ist erst ein paar Stunden alt. Sie braucht Zeit, um sich zu entwickeln.«

Glenda Howthorne und der Mann mit dem Schild fragten sich sicher, wovon er überhaupt redete. Ich wünschte ihm viel Spaß dabei, es ihnen zu erklären, und fragte mich, ob er ihnen sagen würde, wer für den Ausfall der Monitore verantwortlich war.

Diese Wiese erschien mir als ein guter Platz, die Nacht zu verbringen. Sie war offen, ohne Deckung und ohne Schatten, so daß niemand sich heimlich anschleichen konnte.

Und ich lernte langsam, wie ein echter Paranoiker zu denken.

Wir lagen im nassen Gras und dösten vor uns hin oder redeten miteinander. Zwei andere Gruppen, nicht größer als die unsrige, lagerten auf dem Turnierplatz. Sie hielten Abstand von uns und wir von ihnen. Ab und zu hörten wir Stimmen, dann wußten wir, daß sie nicht schliefen, oder zumindest nicht alle.

Der Mann mit dem Schild fand keine Ruhe. Seine Rippen bereiteten ihm Schmerzen, obwohl Jill sagte, daß keine von ihnen gebrochen sei. Wiederholt wimmerte er und versuchte seine Stellung zu verändern und wachte dadurch auf. Dann mußte er sich stillhalten, bis er wieder einschlief.

»Geld«, sagte Jill. »Man braucht eine Regierung, um Geld zu drucken.«

»Aber man könnte Schuldscheine drucken lassen. Zu einem vereinbarten Nennwert, gegen Bezahlung gedruckt und notariell beglaubigt. Gegengezeichnet mit deinem guten Namen.«

Jill lachte leise. »Du hast an alles gedacht, nicht wahr? Du könntest auf diese Art aber keine weiten Reisen machen.«

»Dann eben Kreditkarten.«

Ich hatte aufgehört, an Rons Anarchie zu glauben. Ich warf ein: »Ron, erinnerst du dich an das Mädchen mit dem langen blauen Mantel?«

Ein kleines Loch des Schweigens. »Ja?«

»Sie war doch hübsch, oder? Sie war doch nett anzusehen.«

»Doch, sicher.«

»Wenn es keine Gesetze gäbe, die dich davon abhalten, sie zu vergewaltigen, würde sie bis über die Ohren vermummt gehen und einen Tränengasstift tragen. Wäre das noch ein schöner Anblick? *Ich* mag den hüllenlosen Look. Sieh nur, wie schnell er verschwunden ist, nachdem die Monitore nicht mehr da waren.«

»Hm-m«, sagte Ron.

Die Nacht wurde langsam kühl. Leise Stimmen, gelegentliche ferne Schreie kamen wie dünne graue Fäden in einem schwarzen Vorhang des Schweigens. Mrs. Hawthorne sprach in das Schweigen:

»Was hat dieser Junge wirklich gesagt mit seinem weißen Schild?«

»Er hat überhaupt nichts gesagt«, meinte Jill.

»Nicht so voreilig, meine Liebe. Ich glaube er hat schon etwas gesagt, auch wenn er es selbst nicht wußte.« Mrs. Hawthorne sprach langsam, benutzte die Worte, um ihre Gedanken zu formulieren. »Es gab einmal eine Organisation, die gegen das Gesetz zur zwangsweisen Empfängnisverhütung protestierte. Ich gehörte dazu. Wir liefen stundenlang mit Transparenten herum. Wir druckten Flugblätter. Wir hielten Passanten an, um mit ihnen zu reden. Wir opferten unsere Zeit und unser Geld, wir nahmen eine Menge auf uns, weil wir den Leuten unsere Ideen vermitteln wollten.

Wenn sich jetzt ein Mann mit einem leeren Schild zu uns gestellt hätte, dann *hätte* er etwas gesagt.

Sein Schild sagt, daß er keine Meinung hat. Wenn er sich unter uns mischt, sagte er, daß wir auch keine Meinung haben. Er sagt, daß unsere Meinungen nichts wert sind.«

Ich sagte: »Erzählen Sie ihm das, wenn er aufwacht. Er kann es in sein Notizbuch schreiben.«

»Aber sein Notizbuch geht von falschen Annahmen aus. Er würde sein leeres Schild nicht zwischen Leuten aufstellen, mit denen er übereinstimmt, oder?«

»Ich ... schätze, ich mag einfach keine Leute, die keine Meinung haben.« Mrs. Hawthorne stand auf. Sie hatte seit ein paar Stunden im Schneidersitz gesessen. »Weiß jemand, ob es hier einen Getränkeautomaten gibt?«

Es gab natürlich keinen. Kein privates Unternehmen würde das Risiko eingehen, daß ihre Maschinen ein- bis zweimal am Tag eingeschlagen würden. Aber sie hatte uns andere daran erinnert, daß wir durstig waren. Schließlich machten wir uns alle auf und marschierten in Richtung des Trinkbrunnens.

Alle bis auf den Mann mit dem Schild.

Mir hatte die Idee mit dem leeren Schild gefallen. Wie seltsam, wie bedenklich, daß ein so grundlegendes Recht wie die Redefreiheit von einem so kleinen Ding wie einem schwebenden Monitor abhängen konnte.

Ich hatte Durst.

Der Park war hell erleuchtet von den Lichtern der Stadt, die scharfkantige Schatten warfen. In einem solchen Licht scheint es einem, daß man mehr sehen kann, als wirklich der Fall ist. Ich konnte in jeden Schatten hineinsehen; aber obwohl ringsum Unruhe herrschte, konnte ich niemanden sehen, bis er sich tatsächlich bewegte. Wir vier, die wir unter einer Eiche saßen, mit dem Rücken gegen den mächtigen Stamm gelehnt, mußten von jeder Entferung aus unsichtbar sein.

Wir redeten wenig. Der Park war ruhig, abgesehen von gelegentlichem Gelächter vom Trinkbrunnen her.

Ich konnte meinen Durst nicht vergessen. Ich konnte fühlen, daß andere um mich auch durstig waren. Der Trinkbrunnen stand direkt vor uns im Freien, ein massiver Block aus Beton, umgeben von fünf Männern.

Sie trugen alle dieselbe Kleidung, Papiershorts mit aufgesetzten Taschen. Sie sahen alle genauso aus: wie durchtrainierte Athleten. Vielleicht gehörten sie demselben Klub, einer Studentenverbindung oder einer Wehrsportgruppe an.

Sie hatten den Trinkbrunnen besetzt.

Wenn jemand kam und einen Schluck Wasser haben wollte, trat der große Blonde vor und hielt ihm den ausgestreckten Arm entgegen, mit der Handfläche nach außen. Er hatte einen breiten Mund und ein Grinsen, das anderweitig hätte ansteckend sein können, und eine tiefe, hallende

Stimme. Er rief: »Zurück! Keiner darf vorbei außer dem unsterblichen Cthulhu ...«, oder etwas gleich Albernes.

Das Dumme war, es war kein Ulk. Oder besser: Es war ein Ulk, aber sie ließen trotzdem niemanden an den Brunnen.

Als wir die Szene betraten, hatte ein Mädchen, das nur mit einem Handtuch bekleidet war, soeben versucht, sie zur Vernunft zu bringen. Es war ihr nicht gelungen. Es mochte sogar ihre Egos noch aufgebläht haben: ein hübsches, halbnacktes Mädchen, das sie um Wasser anbettelte. Schließlich hatte sie es aufgegeben und war weggegangen.

In jenem Licht könnte ihr Haar rot gewesen sein. Ich hoffte, daß es das Mädchen mit dem Mantel war.

Und ein fleischiger Mann in einem gelben Geschäftsoverall hatte den Fehler gemacht, auf seinen Rechten zu bestehen. Es war keine gute Nacht für Rechte. Der blonde Typ hatte ihn so lange gereizt, bis er sich in wüsten Beschimpfungen erging und versuchte, den Burschen zu schlagen. Dann waren drei von ihnen auf ihn losgegangen. Der Mann war schließlich auf Händen und Füßen weggekrochen, wobei er etwas von Polizei und Gerichtsverfahren stöhnte.

Warum hatte niemand etwas unternommen?

Ich hatte alles von meiner sitzenden Position aus mit angesehen. Ich konnte meine eigenen Gründe aufzählen. Erstens: Es war schwer, sich vorzustellen, daß kein Monitor kommen und sie außer Gefecht setzen würde. Zweitens: Ich mochte den kreischenden fetten Mann nicht besonders. Er brauchte schmutzige Ausdrücke. Drittens: Ich hatte darauf gewartet, daß jemand anders eingreifen würde.

Mrs. Hawthorne sagte: »Ronald, wie spät ist es?«

Ron war womöglich der einzige Mensch im King's Freipark, der die genaue Uhrzeit wußte. Gewöhnlich ließen die Leute ihre Wertsachen in Schließfächern am Eingang zurück. Aber vor Jahren, als Ron durch den Verkauf der gravierten Bierflaschen gerade gut bei Kasse war, hatte er sich eine Implantat-Uhr gekauft. Er konnte die Uhrzeit an einer roten Markierung und zwei roten Linien ablesen, die unter der Haut seines Handgelenks aufleuchteten. Wir hatten die Frauen in die Mitte genommen, aber ich sah die Bewegung, als er auf sein Handgelenk blickte. »Viertel vor zwölf.«

»Ob sie sich nicht mit der Zeit langweilen und von selber weggehen? Es ist zwanzig Minuten her, seit jemand versucht hat, etwas zu trinken zu bekommen.«

Jill wechselte die Stellung in der Dunkelheit. »Sie können sich nicht mehr langweilen als wir. Ich glaube, sie werden trotz ihrer Langeweile aushalten. Außerdem ...« Sie stockte.

»Außerdem haben wir *jetzt* Durst«, führte ich ihren Satz fort.

»Richtig.«

»Ron, hast du irgendeine Spur von den Steinewerfern von heute mittag gesehen? Insbesondere von dem, der den Monitor heruntergeholt hat?«

»Nein.«

Das überraschte mich nicht. In dieser Dunkelheit? »Erinnerst du dich an seinen ...«, und ich führte den Satz nicht einmal zu Ende.

» ... ja!« sagte Ron plötzlich.

»Du spinnst.«

»Nein. Sie nannten ihn Glubschauge. Einen solchen Namen vergißt man nicht.«

»Ich nehme an, er hatte hervortretende Augen.«

»Darauf habe ich nicht geachtet.«

Nun, es war einen Versuch wert. Ich stand auf, hielt die Hände zu einem Sprachrohr an den Mund und rief: *»Glubschauge!«*

Einer von den Wassermännern rief: »Mach nicht so 'nen Krach da draußen!«

»Glubschauge!«

Ein Chor von Kommentaren von den Wassermännern: »Seltsame Gewohnheiten, die diese Bauern ...« »Die meisten von ihnen sind bloß durstig. *Dieser* Typ ...«

Von links von der Seite: »Was willst du?«

»Wir wollen mit dir reden! Bleib, wo du bist!« Zu Ron gewandt sagte ich: »Komm!« Zu Jill und Mrs. Hawthorne: »Bleibt in Deckung. Laßt uns das machen.«

Wir traten hinaus in den freien Raum zwischen uns und Glubschauges Stimme.

Zwei von den fünf Jungs kamen sofort, um uns abzufangen. Sie mußten wirklich Langeweile gehabt haben und suchten nun Streit.

Wir nahmen die Beine unter den Arm. Wir erreichten den Schatten der Bäume, bevor jene zwei uns erreichten. Sie hielten an, lachten wie Irre und gingen dann zum Brunnen zurück.

Ron und ich, wir lagen auf dem Bauch im Schatten niedriger Büsche. Jenseits von zuviel schattenlosem Gras standen vier Männer in Papierhosen in Rührt-euch-Stellung an den vier Ecken des Brunnens. Der fünfte Mann hielt Ausschau nach einem Opfer.

Ein Junge trat zwischen uns in das Mondlicht hinaus. Seine Augen glänzten – große, ausdrucksvolle Augen, vielleicht ein wenig stark vorstehend. Auch seine Hände waren groß, mit wulstigen Knöcheln. Eine Hand war voller Eicheln.

Er warf sie in rascher Folge, eine nach der andern, und hart. Erst einer, dann ein anderer von den Wassermännern zuckte zusammen und sah in unsere Richtung. Glubschauge warf weiter.

Ganz plötzlich rannten zwei von ihnen los und kamen auf uns zu. Wir ließen den ersten vorbei; es war der blonde Sprecher mit dem Grinsen, aber jetzt lag ein Ausdruck primitiver Blutlust in seinem Gesicht. Der andere war klein und breitschultrig, eine furchteinflößende Silhouette; er schien ganz aus Muskeln zu bestehen. Ein Bulle. Ich stand auf, als er vor mir war, in der Erwartung, daß er vor Überraschung anhalten würde. Was er auch tat. Ich rammte ihm die Faust ins Gesicht, so hart ich nur konnte.

Er wich wie vom Blitz getroffen zurück. Ron legte ihm von hinten den Arm um die Kehle. Er bückte sich und versuchte, ihn abzuschütteln. Ron hielt fest. Ich tat etwas, was ich oft im Fernsehen gesehen hatte: verschränkte meine Finger und ließ beide Hände auf seinen Nacken heruntersausen.

Der blonde Sprecher sollte inzwischen zurück sein; und das war er auch, als ich mich umdrehte. Er war über mir, bevor ich meine Hände hochbekommen konnte. Wir rollten über den Boden, ich mit den Armen an die Seiten gepreßt, er, ohne seine Hände gebrauchen zu können, wenn er mich nicht losließ. Es war eine schlechte Ausgangslage für beide von uns. Er drückte mir den Atem aus den Lungen. Ron tanzte um uns herum und wartete auf die Gelegenheit, ihn zu erwischen.

Plötzlich waren eine Menge anderer Leute da. Drei von ihnen zogen den blonden Typen von mir weg, und ein fleischiger Mann in einem blutigen gelben Geschäftsoverall trat vor und schlug ihm mit einem Stein auf den Kopf.

Der blonde Typ sackte zusammen.

Der Mann hob die Fäuste wie ein Boxer und gab ihm einen geraden linken Haken mit dem Stein in der Hand gegen das Kinn. Der Kopf des Blonden knallte zurück, fiel nach vorn.

Ich schrie: »He!« sprang vor und bekam den Arm zu fassen, der den Stein hielt.

Etwas traf mich hart an der Schläfe.

Ich stürzte. Mir war, als ob jemand all meine Fäden durchgeschnitten hätte. Irgend jemand half mir auf die Füße – Ron –, ein unterdrücktes Stimmengewirr, jemand schrie: »Haltet ihn ...«

Ich konnte den blonden Typ nicht sehen. Der andere, der Bulle, stand wieder auf den Beinen und taumelte fort. Schatten sammelten sich zwischen den Bäumen um ihn her. Die Wälder wurden lebendig, und es war nur ein *kleines* Waldstück, voll von zornigen, durstigen Leuten.

Glubschauge war wieder da, mit einem breiten Grinsen auf dem Gesicht. »Was nun? Gehen wir woanders hin und versuchen dasselbe noch mal?«

»O nein. Es wird eine sehr böse Nacht draußen werden. Ron, wir müssen sie aufhalten. Sie werden ihn umbringen!«

»Es ist ein Freipark. Kannst du jetzt stehen?«

»Ron, sie bringen ihn um!«

Der Rest der Wasserbrigade kam den Bedrängten zu Hilfe. Einer von ihnen schwenkte einen Ast, von dem die Blätter entfernt worden waren. Hinter ihnen sammelten sich die Schatten um den Brunnen. Wir flohen.

Ich mußte nach ein paar Schritten innehalten. Mein Kopf war nahe daran zu explodieren. Ron sah sich besorgt um, aber ich winkte ihm, weiterzulaufen. Hinter mir brach der Mann mit dem Knüppel durch die Bäume und kam mordgierig auf mich zu. Hinter ihm wurde es plötzlich ganz still.

Ich sah den Schlag kommen.

Und dann nichts mehr.

Er lag quer über meinen Beinen und hielt den Ast immer noch in der Hand. Jill und Ron hatten mich an den Schultern gefaßt. Zwei goldene Monde schwebten über uns.

Ich machte mich los. Ich faßte mir an den Kopf. Er war anscheinend noch ganz.

Ron sagte: »Die Monitore haben ihn gelähmt, bevor er dich erwischen konnte.«

»Was ist mit den anderen? Haben sie sie umgebracht?«

»Ich weiß es nicht.« Ron fuhr sich mit den Händen durch das Haar. »Ich hatte unrecht. Anarchie ist nicht das Ideale. Sie geht zu leicht aus den Fugen.«

»Mach keine solchen Experimente mehr. Versprich mir das.«

Die ersten Leute rafften sich langsam auf. Sie strömten auf die Ausgänge zu, immer schneller, während die Monitore mit ihren gelben Augen über sie wachten.

Die Krieger

Das Organbank-Problem ist die Grundlage zu einem Verständnis dieser Epoche und späterer Epochen auf den Koloniewelten. Dieses Problem fungiert als ein Hintergrund für die drei Geschichten von Gil, dem Arm und für die Gesellschaft, wie sie in *A Gift From Earth* dargestellt wurde.

Phssthpok, der Pak, war der zweite Extraterrestrier, der mit der Menschheit Kontakt hatte. Obwohl er vom Zentrum der Galaxis einen endlos weiten Weg zurückgelegt hatte, war er kaum als echter Alien anzusehen; die Pak sind nämlich mit der Menschenrasse durchaus verwandt. Vor seinem Tode schuf er den ersten Menschen im Protektorstadium, und zwar aus einem Schürfer aus dem Belt namens Jack Brennan.

Danach folgte ein Goldenes Zeitalter – eine Periode des Friedens und der Zufriedenheit für die Erde und den Belt –, welches zweihundertfünfzig Jahre andauerte. Speziell die neuen Erkenntnisse in der Alloplastie und der Regenerationstechnik lösten das Organbank-Problem. Wahrscheinlich war dafür die gezielte Einmischung des superintelligenten Wesens verantwortlich, das sich nunmehr selbst als Brennan-Monster bezeichnete. Brennans Geschichte ist in *Protector* nachzulesen.

Unglücklicherweise konnte Brennan nichts von der Existenz der Kzinti ahnen …

LN

»Ich bin sicher, daß sie uns kommen sahen«, beharrte der Offizier für Fremdtechnologien auf seinem Standpunkt. »Sehen Sie diesen Ring, Sir?«

Das silbrig glänzende Bild des feindlichen Schiffs füllte den Sichtschirm nahzu vollständig aus. Es erwies sich als breiter, weiter Ring, der eine zylindrische Achse umgab, einem mechanischen Stift ähnlich, der innerhalb eines Platinarmbandes treibt. Ein mit Flossen versehenes Fahrzeug löste sich vom spitzen Ende der Achsensektion. Kantige Buchstaben waren an der Achse zu erkennen, die mit der Punkt-und-Komma-Schrift der Kzinti nicht das geringste gemein hatten.

»Natürlich sehe ich es«, sagte der Captain.

»Es rotierte, als wir sie entdeckten. Als wir uns dem Objekt auf zweihunderttausend Meilen genähert hatten, stoppte es seine Rotationsbewegung und hat sich seitdem nicht mehr gerührt.«

Der Captain ließ seinen Schwanz nachdenklich wie eine rosafarbene Peitsche sanft hin und her schlagen. »Ihre Darstellung beruhigt mich«, meinte er. »Wenn sie wissen, daß wir uns hier aufhalten, warum haben sie dann nicht wenigstens versucht, sich aus dem Staub zu machen? Sind sie sich so sicher, daß sie uns schlagen können?« Er wirbelte herum und starrte den Fremdrassen-Offizier an. »Sollten etwa wir diejenigen sein, die die Flucht ergreifen sollen?«

»Nein, Sir! Ich hab' zwar keine Ahnung, warum sie noch immer dort sind, aber sie können einfach keine sicheren Informationen über uns haben. Es gibt auch nichts, worauf sie vertrauen könnten. Jedenfalls ist ihr Raumschiff das primitivste, das ich je gesehen habe.« Er wies mit einer Klaue auf den Sichtschirm, als wolle er seine Worte unterstreichen.

»Die äußere Hülle besteht aus einer Eisenlegierung. Der rotierende Ring weist auf eine Methode hin, mittels derer Gravitation durch eine stetig wirkende Zentripedalkraft erzeugt wird. Demnach haben sie also keine Gravitationserzeuger. Und außerdem bedienen sie sich wahrscheinlich eines Reaktionsantriebs.«

Die katzengleichen Ohren des Captains stellten sich auf. »Aber wir sind Lichtjahre vom nächsten Stern entfernt!«

»Offensichtlich verfügen sie über einen weitaus besseren Reaktionsantrieb, als wir ihn je kennengelernt haben. Wir hatten bereits den Gravitations-Planer, ehe wir einen derart ausgeklügelten brauchten.«

Von der großen Haupt-Kontrolltafel klang ein Summen herüber. »Herein«, rief der Captain.

Der Waffenoffizier kam durch die Einlaßklappe heraufgefallen und nahm Haltung an. »Sir, wir haben alle Waffensysteme auf den Feind ausgerichtet.«

»Sehr gut.« Der Captain schwang herum und wandte sich an den Fremdrassen-Spezialisten. »Wie sicher sind Sie, daß sie für uns keine Bedrohung darstellen?«

Der Offizier entblößte seine nadelspitzen Zähne. »Ich wüßte nicht, wie sie es sein könnten.«

»Gut. Dann befehle ich alle Waffen feuerbereit. Aber sie werden nicht eher eingesetzt, als bis ich das Zeichen zum Feuern gebe. Ich lasse dem Mann die Ohren abschneiden, der das Schiff dort draußen ohne ausdrücklichen Befehl vernichtet. Ich will es unbeschädigt und völlig intakt haben.«

»Jawohl, Sir.«

»Wo ist der Telepath?«

»Er ist auf dem Weg hierher, Sir. Er hatte geschlafen.«

»Der schläft doch immer. Geben Sie ihm Bescheid, er soll seinen Schwanz schnellstens hierherbewegen.«

Der Waffenoffizier salutierte, drehte sich um und verschwand durch die Ausgangsöffnung.

»Captain?«

Der Fremdrassen-Offizier stand am Sichtschirm, der momentan das ringförmige Ende des fremden Schiffs zeigte. Er wies auf das spiegelhelle Ende des Achsenzylinders. »Das dort sieht so aus, als wäre es dazu konstruiert, Licht zu projizieren. Das ließe auf einen Photonenantrieb schließen, Sir.«

Der Captain überlegte. »Könnte es sich auch um eine Signalanlage handeln?«

»Urrr … Ja, Sir.«

»Dann sollten Sie keine voreiligen Schlüsse ziehen.«

Wie eine fertig geröstete Toastscheibe schoß der Telepath durch das Eingangsluk. Er nahm übertriebene Haltung an. »Melde mich wie befohlen zur Stelle, Sir.«

»Sie haben es unterlassen, den Summer zu betätigen und um Einlaß zu bitten.«

»Tut mir leid, Sir.« Der helle Sichtschirm erweckte die Aufmerksamkeit des Telepathen, und er schlenderte hinüber, wobei er vergaß, daß er eigentlich noch in Hab-acht-Stellung zu verbleiben hatte. Der Fremdrassen-Offizier verkrampfte sich innerlich und wünschte sich, schnellstens verschwinden zu können.

Die Augen des Telepathen hatten an den Rändern eine violette Farbe. Sein rosafarbener Schwanz hing schlaff herab. Wie gewöhnlich sah er aus, als wolle er jeden Moment an Schlafmangel sterben. Sein Pelz war auf der Seite, auf der er immer schlief, plattgedrückt; er hatte sich noch nicht einmal die Mühe gemacht, ihn zu striegeln. Er war so weit vom Idealbild eines Frontkriegers entfernt, wie die Vorschriften der Kzintirasse es gerade noch duldeten. Es war ein Wunder, daß der Captain ihn noch nicht ermordet hatte.

Und das würde er natürlich auch niemals tun. Telepathen waren zu selten, zu wertvoll und – verständlicherweise – emotional zu instabil. Im Kontakt mit den Telepathen konnte der Captain sich immer nur mit Mühe im Zaum halten. Bei Gelegenheiten wie diesen war es der unschuldige Gaffer, der in Gefahr war, seinen Rang oder seine Ohren aufgrund eines herausgefallenen Molekühls zu verlieren.

»Auf jeden Fall haben wir ein feindliches Schiff erwischt«, sagte der Captain. »Wir würden gerne von Ihnen ein paar Informationen bekommen. Würden Sie mal in ihre Gedanken vordringen und uns einiges über sie erzählen?«

»Ja, Sir.« Die Stimme des Telepathen spiegelte seine augenblickliche Abneigung wider, aber er war klug genug, nicht zu protestieren. Er verließ seinen Platz vor dem Schirm und ließ sich in einen Sessel sinken. Allmählich falteten seine Ohren sich zu dichten Fleischknoten zusammen, seine Pupillen verkleinerten sich, und sein rattenähnlicher Schwanz wurde schlaff wie ein Putzlappen.

Die Welt des elften Sinns drang auf ihn ein.

Er fing den Gedanken des Captains auf: »... ein schlampiger Zivilist, der hier nichts zu suchen hat ...« Und hastig verdrängte er ihn. Er haßte den Geist des Captains. Er fand andere Geister an Bord des Schiffes, isolierte und strich sie nacheinander. Danach war kein Geist mehr übrig. Es gab nur noch Unterbewußtseinsströme und Chaos.

Das Caos war nicht leer. Irgend etwas dachte seltsame und beunruhigende Gedanken.

Der Telepath zwang sich, zuzuhören.

Steve Weaver trieb knochenlos unweit einer Wand des Funkraums. Er war blond, hatte blaue Augen, war athletisch gebaut und konnte oft dabei beobachtet werden, wenn er so wie jetzt, entspannt, aber völlig regunglos, als gäbe es einen einleuchtenden Grund, warum er sich noch nicht einmal einen Lidschlag gestattete. Ein Rauchstreifen trieb von seiner linken Hand weg und schwebte durch den Raum, um im Luftschacht zu verschwinden.

»Das wär's dann«, sagte Ann Harrison resignierend. Sie legte vier Schalter in der Konsole mit den Funkkontrollen um. Jedesmal verlöschte ein kleines Licht.

»Du kommst nicht an sie ran, was?«

»Genau. Ich wette, die haben noch nicht einmal ein Funkgerät.« Ann lockerte ihr Sitznetz und streckte sich zu einem fünfzackigen Stern aus. »Ich habe den Empfänger eingeschaltet gelassen und die Lautstärke hochgedreht, falls sie später mit uns in Verbindung treten wollen. Mann, das tut gut!« Ruckartig rollte sie sich zu einer kompakten Kugel zusammen. Mehr als eine Stunde lang hatte sie zusammgekrümmt vor der Kommunikationstafel gehockt. Ann hätte Steves Zwillingsschwester sein können; sie war fast ebenso groß wie er, Haare und Augen hatten die gleiche Farbe wie seine, und die flache Muskulatur, die bei der Schwerelosigkeitsgymnastik entstand, zeichnete sich unter ihrer blauen Kombination ab, als sie sich reckte und streckte.

Steve schnippte den Rest seiner Zigarette zum Luftaustauscher, wobei er lediglich seine Finger bewegte. »Na schön. Was haben Sie also?«

Ann zuckte zusammen. »*Ich* habe keine Ahnung.«

»Dann betrachte die Sache doch mal wie ein Puzzle. Sie haben kein Funkgerät. Wie könnten sie demnach miteinander reden? Wie können wir nachprüfen, ob unsere Vermutungen richtig sind? Wir nehmen natürlich an, daß sie versuchen, eine Verbindung zu uns herzustellen.«

»Klar, natürlich.«

»Denk mal nach, Ann. Erzähl auch Jim von diesem Problem und laß ihn ebenfalls sein Hirn anstrengen.« Jim Davis war in diesem Jahr ihr Ehemann und gleichzeitig rund um die Uhr als Schiffsarzt tätig. »Du bist das Mädchen, das am wahrscheinlichsten zu einem Ergebnis kommen könnte. Willst du ein Rauchstäbchen?«

»Bitte.«

Steve stieß seine Zigarettenration durch den Raum zu ihr hinüber. »Nimm dir mehrere. Ich muß gleich weg.«

Die halbgeleerte Packung flog zurück. »Danke«, meinte Ann.

»Informiere mich, wenn irgend etwas passiert, ja? Oder wenn dir irgend etwas einfällt.«

»Ganz bestimmt. Und keine Angst, Steve, irgend etwas wird sich bestimmt ergeben. Kein Zweifel, daß sie genauso angestrengt an dem Problem arbeiten wie wir.«

Jedes Abteil der ringförmigen Personalsektion öffnete sich zum schmalen gerundeten Korridor, der an der Vorderkante des großen Rings verlief. Steve stieß sich in den Korridor, ruderte mit den Armen, bis er den Boden berührte, und stieß sich erneut ab. Danach war die Fortbewegung einfach. Der Fußboden krümmte sich ihm entgegen, und er eilte durch den Gang wie ein schwimmender Frosch. Von den zwölf Männern und Frauen des Schiffs *Angel's Pencil* beherrschte Steve diese Technik am vollkommensten; denn Steve war ein Belter, und die anderen waren Flachländer, Erdgeborene.

Wahrscheinlich würde Ann zu keiner vernünftigen

Lösung kommen, vermutete er. Nicht, daß sie nicht intelligent war. Sie war nicht neugierig genug, ihr fehlte die Begeisterung am Lösen kniffliger Rätsel. Nur er und Jim Davis ...

Er war zu schnell unterwegs und konzentrierte sich nicht richtig auf seinen Weg. Fast wäre er mit Sue Bhang zusammengestoßen, als sie unterhalb der Deckenkrümmung auftauchte.

Es gelang ihnen, rechtzeitig an der Wand abzustoppen. »Hallo, Schlafwandler«, machte Sue sich bemerkbar.

»Hallo, Sue. Wohin des Wegs?«

»Zum Funkraum. Und du?«

»Ich wollte gerade das Antriebssystem überprüfen. Nicht, daß wir es in absehbarer Zeit brauchen. Aber es kann nicht schaden, sich rechtzeitig um seinen Zustand zu kümmern.«

»Wenn du nichts zu tun hast, dann drehst du durch, was?« Sie legte den Kopf schief, wie sie es immer tat, wenn sie irgendwelche Fragen auf Lager hatte. »Steve, wann läßt du uns wieder rotieren? Ich kann mich an den Freifall einfach nicht gewöhnen.«

Dabei machte sie einen Eindruck, als sei sie schon im Freifall geboren worden, dachte er. Ihre kleine, schlanke Gestalt war zum Fliegen wie geschaffen; sie hätte niemals mit der Schwerkraft in Berührung kommen dürfen. »Wenn ich sicher davon ausgehen kann, daß wir den Antrieb brauchen. Bis dahin sollten wir in Bereitschaft bleiben. Abgesehen davon hoffe ich, daß du bald mal wieder einen Rock trägst.«

Sie lachte geschmeichelt. »Damit du ihn leichter ausziehen kannst. Ich wechsle meine Kleidung nicht, und wir rühmen uns nicht. Abel meint, das andere Schiff hätte mindestens zweihundert g daraufgehabt, als es auf unseren Kurs einschwenkte. Wieviel schafft die *Angel's Pencil*?«

Steve war völlig verblüfft. »Gerade 1,05. Und ich hatte daran gedacht, auf sie Jagd zu machen! Na schön, vielleicht sind wir diejenigen, denen es gelingt, eine Verbindung zu schaffen. Ich komme übrigens gerade aus dem Funkraum. Ann kommt nicht weiter und kriegt nichts herein.«

»Das ist schlecht.«

»Wir müssen eben warten.«

»Steve, du bist immer so ungeduldig. Haben Belter es immer so eilig? Komm mal her.« Sie sicherte sich an einem Handgriff und zog ihn vor eines der dicken Fenster, welche sich an der Vorderseite des Korridors befanden. »Dort sind sie«, verkündete sie und wies nach draußen.

Der Stern leuchtete matter und war größer als die anderen in seiner Umgebung. Zwischen Punkten, die dank des Doppler-Effektes blauweiß leuchteten, war das fremde Schiff als eine matte rote Scheibe zu erkennen.

»Ich habe es durch das Teleskop betrachtet«, berichtete Steve. »Es ist von Knoten und Graten bedeckt. Und auf einer Seite ist ein Kreis aus grünen Punkten und Kommas aufgemalt. Es sah aus wie etwas Geschriebenes.«

»Wie lange haben wir darauf gewartet, mit ihnen zusammenzutreffen? Fünfhunderttausend Jahre? Nun, dort sind sie. Immer mit der Ruhe. Sie werden schon nicht verschwinden.« Sue starrte aus dem Fenster, ihre gesamte Aufmerksamkeit war auf den schwach leuchtenden roten Kreis gelenkt, und ihr schimmerndes Haar umfloß ihren Kopf. »Die ersten Aliens. Ich bin gespannt, wie sie sind.«

»Das läßt sich nur erraten. Sie müssen ziemlich kräftig sein, um eine solche Belastung auszuhalten, es sei denn, sie verfügen über eine Art Beschleunigungs-Schutzschirm, doch der Freifall scheint ihnen auch nichts auszumachen. Das Schiff ist jedenfalls nicht für eine Dauerrotation konstruiert.« Er starrte angestrengt hinaus zu den Sternen, seine mächtige Gestalt wie immer reglos und mit einem ernsten und entspannten Gesichtsausdruck. Plötzlich sagte er: »Sue, ich mache mir Sorgen.«

»Weswegen?«

»Angenommen, sie sind uns feindlich gesonnen?«

»Feindlich?« Sie kostete diese unvertrauten Worte und entschied, daß sie es nicht mochte.

»Trotz allem wissen wir nichts über sie. Angenommen, sie wollen kämpfen? Wir ...«

Sie verstummte mit einem erstickten Seufzer. Steve erschrak, als er das Grauen in ihren Augen sah. »Wie – wie kommst du denn darauf?«

»Es tut mir leid, wenn ich dich erschreckt habe, Sue.«

»Ach, zerbrich dir deswegen nicht den Kopf, aber warum? Hat – sshh.«

Jim Davis war aufgetaucht. Die *Angel's Pencil* hatte die Erde verlassen, als er siebenundzwanzig war; nun war er ein leicht rundlicher Achtunddreißiger, der Bordälteste, ein umgänglicher Mann mit abnorm langen und schlanken Fingern. Sein Großvater, mit ähnlichen Händen ausgestattet, war ein weltberühmter Chirurg gewesen. Mittlerweile wurden Operationen vorwiegend von Autodocs vorgenommen, und als Arachnodaktyle war Davis nicht mehr als eine Kuriosität. Er polterte vorbei, bediente sich dabei magnetischer Sandalen und erinnerte mit seinem hüpfenden Gang an einen Clown. »Hi, Leute«, grüßte er, als er vorbeiging.

»Hallo, Jim.« Sues Stimme klang gepreßt. Sie wartete, bis er außer Sicht war, ehe sie wieder das Wort ergriff.

Heiser flüsterte sie: »Hast du im Belt gekämpft?« Sie glaubte es nicht; es war lediglich das Schlimmste, was sie sich vorstellen konnte.

Steve reagierte voller Heftigkeit. »Nein!« schnappte er. Dann, widerstrebend, fügte er hinzu: »Aber es ist gelegentlich passiert.« Hastig ließ er eine Erklärung folgen: »Das Problem war, daß alle Ärzte, die Psychiater eingeschlossen, auf den großen Basen wie Ceres ausharrten. Es war der einzige Weg, wie sie den Leuten helfen konnten, die sie brauchten, nämlich sich dort aufzuhalten, wo die Bergarbeiter sie finden konnten. Doch die wahren Gefahren lauerten draußen in den Felsgebirgen.

Du hast meine Eigenart schon einmal erwähnt. Ich vollführe niemals Gesten. Alle Belter haben diese Marotte. Es kommt daher, daß man sich in einem kleinen Schiff verletzen konnte, wenn man unkontrolliert mit den Armen herumruderte. Oder man betätigte unabsichtlich zum Beispiel den Knopf der Luftschleuse.«

»Manchmal ist es fast schon unheimlich. Minutenlang bewegst du dich überhaupt nicht.«

»Draußen in den Felsen herrscht dauernd Spannung. Manchmal schluckte ein Bergarbeiter zuviel Gefahr und Langeweile und Frustration, wurde der Raum ihm drinnen zu eng und draußen zu grenzenlos, und er kam nicht rechtzeitig genug zu einem Psychiater. Er fing dann in einer der Bars Streit an. Ich habe das einmal miterlebt. Der Typ benutzte seine Hände wie Trommelschlegel.«

Steve hatte weit in die Vergangenheit zurückgeblickt. Nun wandte er sich wieder an Sue. Sie war weiß im Gesicht und sah krank aus wie eine Lernschwester, die mit ihrem ersten richtigen schweren Fall konfrontiert wird. Seine Ohren fingen an rot zu werden. »Entschuldigung«, sagte er voller Mitleid.

Am liebsten wäre sie weggelaufen; es war ihr genauso peinlich wie ihm. Statt dessen sagte sie – und versuchte, es auch wirklich ernst zu meinen: »Es macht nichts. Dann nimmst du also an, daß die Insassen in diesem anderen Schiff tatsächlich einen, äh, Krieg anfangen wollen?«

Er nickte.

»Hast du an Kursen über Erd-Geschichte teilgenommen?«

Er lächelte trübselig. »Nein, ich konnte mich dafür nicht qualifizieren. Manchmal frage ich mich, wie viele Leute das überhaupt schaffen.«

»Etwa einer unter zwölf.«

»Das sind aber nicht viele.«

»Im allgemeinen haben die Leute Schwierigkeiten, Informationen über das Leben ihrer Vorfahren aufzunehmen und zu verarbeiten. Du weißt wahrscheinlich, daß es früher Kriege gab – na, sagen wir, vor rund dreihundert Jahren, aber hast du überhaupt eine Ahnung, was ein Krieg ist? Kannst du dir einen solchen bildhaft vorstellen? Siehst du vor deinem geistigen Auge einen Punkt elektrischer Verschmelzung, der eigens dazu konstruiert wurde, um mitten in der Stadt zu explodieren? Weißt du, was ein Konzentrationslager ist? Eine Vergeltungsaktion? Du nimmst wahrscheinlich an, daß gleichzeitig mit dem Krieg auch der Mord sein Ende fand. Nun, das ist nicht der Fall. Der letzte Mord geschah um einundzwanzighundert, vor gerade einhundertsechzig Jahren.

Jeder, der behauptet, die menschliche Natur könnte nicht verändert werden, ist total verrückt. Um seiner Aussage Gewicht zu verleihen, müßte er die menschliche Natur definieren – und das kann niemand. Drei Dinge schenkte uns unsere derzeitige friedliche Zivilisation, und jedes Ding war eine technologische Veränderung.« Sues Stimme hatte einen trockenen, eintönigen Vorlesungstonfall angenommen. Sie klang wie eine Dozentenstimme vom Tonband. »Die eine Sache war die Weiterentwicklung der Psychistrik über das Alchemistenstadium hinaus. Eine andere Sache war die Schaffung von Land für die Produktion von Nahrungsmitteln. Und die dritte Sache waren die Fruchtbarkeits-Begrenzungs-Gesetze und die jährlichen Antibabyimpfungen. Sie schenkten uns die Luft zum Atmen, den Raum, um uns frei zu bewegen. Möglich, daß der Bergbau im Belt und die Sternenkolonien auch etwas damit zu tun hatten; sie schenkten uns einen nicht lebendigen Feind. Sogar die Historiker neigen zu dieser Auffassung.

»Und das ist es speziell, worauf ich hinaus will.« Sue klopfte gegen das Fenster. »Sieh dir das Raumschiff an. Es verfügt über genügend Antriebskraft, um herauszufliegen wie eine Postrakete, und genug Treibstoff, um mit einskommaachtfacher Lichtgeschwindigkeit zu uns zu kommen – stimmt's?«

»Stimmt.«

»Und dabei hat es noch genügend Energie übrig, um zu manövrieren. Es ist ein besseres Schiff als unseres. Wenn die Fremden Zeit hatten, sich das Wissen zum Bau eines solchen Schiffs anzueignen, dann hatten sie auch die Zeit, sich ihre eigene Psychistrik, ihre eigenen Methoden zur Nahrungsmittelproduktion, zur Empfängnisverhütung, ihre eigene Wirtschaftstheorie, eben alles, was zur Verhinderung von Krieg notwendig war, aus eigener Kraft anzueignen. *Compris?*«

Steve mußte angesichts ihrer Ernsthaftigkeit lächeln. »Sicher doch, Sue, das klingt irgendwie logisch. Doch dieser Typ in der Bar stammte aus unserer Kultur und war streitsüchtig. Wenn wir nicht begreifen, wie er denkt, wie sollen wir dann erraten können, wie der Geist von jemandem beschaffen ist, über dessen chemische Eigenheiten wir noch nicht einmal vage Vermutungen anstellen können?«

»Dieses ominöse Wesen ist vernunftbegabt. Es baut Werkzeug.«

»Richtig.«

»Und wenn Jim dich so reden hörte, dann müßtest du dich in psychistrische Behandlung begeben.«

»Das ist das beste Argument aus deinem Mund.« Steve grinste und streichelte sie mit zwei Fingerspitzen hinter dem Ohr. Er spürte, wie sie sich plötzlich versteifte, er sah den Schmerz in ihrem Gesicht; und gleichzeitig meldete sich auch bei ihm der Schmerz, ein richtiger Kopfschmerzenanfall, als blähte sein Gehirn sich auf, um schon bald seinen Schädel zu sprengen.

»Ich habe sie, Sir«, sagte der Telepath undeutlich. »Fragen Sie mich irgend etwas.«

Der Captain beeilte sich, wußte er doch, daß der Telepath nicht so lange durchhielt. »Wie treiben sie ihr Schiff an?«

»Es handelt sich um einen Niederdruck-Antrieb, der von

einer unvollkommenen Wasserstoffusion gespeist wird. Sie benutzen eine elektromagnetische Rammschaufel, um sich ihren Wasserstoff aus dem Raum zu holen.«

»Clever ... Würden sie es schaffen, vor uns zu fliehen?«

»Nein. Ihr Antrieb befindet sich im Bereitschaftszustand, jederzeit aktivierbar, doch das hilft ihnen wenig. Das Antriebssystem ist furchtbar schwach.«

»Wie ist ihre Bewaffnung beschaffen?«

Der Telepath schwieg lange. Die anderen warteten geduldig auf seine Antwort. In der Kontrollkuppel wurde ein Geräusch laut, doch es war jene Art von Geräusch, die man schon sehr früh zu überhören lernt: das Jaulen eines spannungsstarken Stroms, das gedämpfte Summen von Stimmen unter ihm, das seltsame Geräusch von reißendem Stoff, welches von den Gravitationsmotoren verursacht wurde.

»Sie haben gar keine, Sir.« Die Stimme des Kzin wurde klarer; seine durch die Hypnose bedingte Schlaffheit wurde von Muskelzuckungen unterbrochen. Er wand sich wie in einem Alptraum. »Das Schiff hat nichts dergleichen an Bord, noch nicht einmal ein Messer oder einen Knüppel. Moment, sie haben Küchenmesser. Aber sie benutzen sie auch nur dort. Sie kämpfen nicht.«

»Sie kämpfen nicht?«

»Nein, Sir. Sie rechnen auch nicht damit, daß wir kämpfen könnten. Dieser Gedanke ist bei drei Besatzungsmitgliedern aufgetaucht, doch jeder hat diese Vorstellung sofort verworfen.«

»Aber warum?« fragte der Captain. Er wußte zwar, daß diese Frage völlig irrelevant war, konnte sie sich jedoch nicht verkneifen.

»Ich weiß es nicht, Sir. Es ist eine Wissenschaft, auf die sie sich stützen, oder eine Religion. Ich begreife das nicht«, wimmerte der Telepath. »Ich begreife überhaupt nichts mehr.«

Das muß ihn ja ziemlich mitnehmen, dachte der Captain.

Vollkommen fremdartige Gedanken ... »Was tun sie im Augenblick?«

»Sie warten darauf, daß wir mit ihnen reden. Sie haben ihrerseits versucht, mit uns eine Kommunikation anzufangen, und sie nehmen an, daß wir uns ebenso angstrengt um einen Kontakt bemühen.«

»Aber warum? – Egal, das ist nicht wichtig. Können sie durch Hitze getötet werden?«

»Ja, Sir.«

»Unterbrechen Sie den Kontakt.«

Der Telepath schüttelte heftig den Kopf. Er sah aus, als wäre er in eine Waschmaschine geraten. Der Captain berührte eine Tastfläche und bellte: »Waffenoffizier!«

»Hier.«

»Setzen Sie die Induktoren gegen das feindliche Schiff ein.«

»Aber, Sir! Sie sind so schwerfällig! Wenn das fremde Schiff nun angreift?«

»Fangen Sie mit mir keine Diskussion an, Sie ...« Wutschnaubend hielt der Captain einen kaum verständlichen Monolog über die Vorteile uneingeschränkten Gehorsams. Als er die Verbindung unterbrach, kehrte der Offizier für Fremd-Technologien an den Sichtschirm zurück, und der Telepath war eingeschlafen.

Der Captain schnurrte zufrieden und wünschte sich, alles andere ginge auch so einfach.

Wenn die Insassen den Hitzetod gestorben waren, dann würde er das Schiff in Besitz nehmen. Wenn er das fremde Lebenserhaltungssystem eingehend untersuchte, würde er alles erfahren können, was er über ihren Planeten wissen wollte. Er konnte die Heimat des Schiffs aufspüren, indem er die Flugbahn zurückverfolgte. Wahrscheinlich hatten sie sich noch nicht einmal zur Flucht gewandt.

Wenn sie von einer Kzin-ähnlichen Welt stammten, dann würde er daraus eine reine Kzin-Welt machen. Und er, als

Anführer dieser Suchexpedition, würde über einen Prozent des gesamten Reichtums verfügen können, und zwar für den Rest seines Lebens! Wirklich, die Zukunft sah rosig aus. Niemals würde man ihn nach seinem Beruf beurteilen oder ihn zum Einsatz rufen. Er hätte endlich einen *Namen* ...

»Zusätzliche Informationen«, meldete der Fremdrassen-Offizier. »Das Schiff erzeugte zwölf Vierundsechzigstel, ehe es aufhörte zu rotieren.«

»Ziemlich schwer«, dachte der Captain laut nach. »Bestimmt zuviel Luft, aber es dürfte kaum Schwierigkeiten machen, das Schiff auf die Anforderungen der Kzin abzustimmen; wir haben es schon oft genug mit den seltsamsten Lebensformen zu tun gehabt. Erinnern Sie sich noch an die Chunquen?«

»Beide Geschlechter waren empfindungsfähig. Sie kämpften permanent gegeneinander.«

»Und dann diese spaßige Religion auf Altair Eins. Sie glaubten, sie könnten Zeitreisen unternehmen.«

»Ja, Sir. Als wir unsere Infanterie absetzten, waren sie alle verschwunden.«

»Sie müssen mit ihren Desintegratoren Selbstmord begangen haben. Aber warum? Sie wußten, daß wir nach Sklaven suchten. Und ich versuche noch immer das Rätsel zu lösen, wie sie sich anschließend ihrer Desintegratoren entledigt haben.«

»Es gibt Wesenheiten«, meinte der Offizier für Fremdrassen-Technologie, »die tun alles, um an ihren Glaubensinhalten festzuhalten.«

Elf Lichtjahre hinter Pluto, acht Jahre von seinem Bestimmungsort entfernt, fiel das vierte Kolonisationsschiff auf dem Weg nach *Wir haben es geschafft* zwischen die Sterne. Vor dem Schiff leuchteten die Sterne grün-weiß und blau-weiß als grelle Punkte auf pechschwarzem Grund. Hinter dem

Schiff wurden diese Punkte zu matten, sterbensroten Funken. Zu den Seiten hin waren die Konstellationen seltsam abgeflacht. Das Universum erschien viel kürzer als jemals zuvor.

Für eine Weile war Jim Davis sehr geschäftig. Jeder, er eingeschlossen, litt unter rasenden Kopfschmerzen. Jedem Patienten verabreichte Dr. Davis eine winzige rosafarbene Pille aus dem Spenderfach des riesigen Autodoc, der die Rückwand der Krankenabteilung einnahm. Sie drängten sich draußen vor der Tür und warteten darauf, daß die Pillen endlich ihre Wirkung entfalteten, und erinnerten dabei an einen aufgescheuchten Mob in einem engen Korridor; und dann meinte jemand, es sei eine gute Idee, den Salon aufzusuchen, und jedermann folgte ihm. Es war ein ungewöhnlich leiser Mob. Niemand hatte Lust zu reden, solange er noch von den Schmerzen gepeinigt wurde. Selbst das Geräusch der Magnetsandalen versickerte im Plastikteppich.

Steve sah Jim Davis hinter sich. »Hey, Doc«, machte er sich halblaut bemerkbar. »Wie lange noch, bis der Schmerz nachläßt?«

»Meiner hat sich verflüchtigt. Sie haben Ihre Pille kurz nach mir erhalten, nicht wahr?«

»Stimmt. Danke, Doc.«

Mit Schmerzen wurden diese Leute nicht gerade leicht fertig. Sie waren einfach zu wenig daran gewöhnt.

Im Gänsemarsch schlenderten oder schwebten sie in den Salon. Halblaute Unterhaltungen setzten ein. Leute nahmen auf Couches Platz und vertrauten sich den Klebestreifen an ihren Kombinationen an. Andere standen oder schwebten in Reichweite der Salonwände. Der Salon war geräumig genug, um ihnen allen hinreichend Wohlbehagen zu vermitteln.

Steve bemühte sich an der Decke, seine Sandalen anzuziehen.

»Ich hoffe, daß sie das nicht noch einmal versuchen«, hörte er Sue sagen. »Das tut weh.«

»Was versuchen?« Die Frage kam von jemandem, den Steve, der das Gespräch an sich vorbeiplätschern ließ, nicht auf Anhieb erkannte.

»Was immer sie versucht haben. Telepathie vielleicht.«

»Nein. Ich glaube nicht an Telepathie. Ist es möglich, daß sie in den Wänden Ultraschallschwingungen erzeugt haben?«

Steve hatte endlich seine Sandalen übergestreift. Die Magneten ließ er ausgeschaltet.

»... ein kaltes Bier. Ist dir eigentlich klar, daß wir nie wieder Bier trinken werden?« Das war Jim Davis' Stimme.

»Mir fehlt das Wasserskilaufen.« Ann Harrisons Stimme klang sehnsüchtig. »Das Gefühl einer Schiebeinheit am Gesäß, das Wasser, das einem gegen die Füße schlägt, die Sonne ...«

Steve stieß sich in ihre Richtung ab. »Tabu-Thema«, rief er.

»Wir sind doch längst mittendrin«, entgegnete Jim aufgeräumt. »Es sei denn, du möchtest lieber über den Alien reden, wie alle anderen es gerade tun. Ich neige dazu, dieses Thema einstweilen fallenzulassen. Was bedauerst du am meisten, wenn du die Erde hinter dir läßt?«

»Nur, daß ich nicht lange genug dort gewesen bin, um sie richtig zu sehen.«

»Hmm, natürlich, schon klar.« Jim erinnerte sich plötzlich an die Trinkblase in seiner Hand. Er nippte daran und reichte sie an Steve weiter.

»Diese Warterei macht mich richtig nervös«, sagte Steve. »Was versuchen sie als nächstes? Lassen sie das Schiff im Morsecode herumhüpfen?«

Jim lächelte. »Vielleicht machen sie gar keinen neuen Versuch. Möglich, daß sie ihre Bemühungen aufgeben und verschwinden.«

»Oh, das will ich aber nicht hoffen!« meldete Ann sich zu Wort.

»Wäre das denn so schlimm?«

»Natürlich!« konterte Ann heftig. »Wir müssen erforschen, wie sie aussehen! Und dann stell dir einmal vor, Jim, was sie uns alles beibringen können!«

Sobald die Unterhaltung in einen Disput ausartete, gehörte es zu den guten Manieren, das Thema zu wechseln. »Hört mal«, sagte Steve, »als ich mich abstieß, spürte ich zufälligerweise, daß die Wand warm war. Ist das gut oder schlecht?«

»Das ist seltsam. Wenn überhaupt etwas, dann müßte sie eigentlich kalt sein«, meinte Jim. »Dort draußen gibt es nichts außer dem Licht der Sterne. Allerdings ...« Ein äußerst rätselhafter Ausdruck glitt über sein Gesicht. Er zog seine Füße an und berührte die Magnetsohlen mit den Fingerspitzen.

»Iiiii! Jim! Jim!«

Steve versuchte herumzukreiseln und schaffte es nicht. Das war Sue! Er schaltete seine Schuhe ein, landete mit einem dumpfen Laut auf dem Boden und eilte ihr zu Hilfe.

Sue wurde von verwirrten Leuten umringt. Sie wichen auseinander, um Jim Davis durchzulassen, und er versuchte, Sue aus dem Salon zu führen. Er machte ein sorgenvolles Gesicht. Sue stöhnte und bäumte sich gegen ihn auf.

Steve drängte sich zu ihr durch. »Sämtliches Metall erhitzt sich!« rief Davis. »Wir müssen sie schnellstens von ihrem Hörgerät befreien!«

»Krankenstation!« rief Sue.

Zu viert brachten sie Sue in die Krankenstation. Sie wimmerte und wehrte sich noch immer, als sie sie in den Raum schleppten, doch Jim hielt schon eine Hochdruckspritze bereit. Er aktivierte sie, und die Frau schlief ein.

Die vier schauten sorgenvoll zu, als Jim ans Werk ging. Der Autodoc hätte wertvolle Zeit mit seiner Diagnose verschwendet. Jim operierte eigenhändig. Er wurde schnell damit fertig, weil das winzige Instrument dicht unter der

Haut hinter ihrem Ohr saß. Dennoch hatte das Skalpell anscheinend seine Finger verbrannt, ehe er ganz fertig war. Steve konnte die zunehmende Wärme unter seinen Füßen spüren.

War den Aliens überhaupt klar, was sie da taten?«

Machte das einen Unterschied? Das Schiff wurde angegriffen. Sein Schiff.

Steve huschte hinaus auf den Gang und rannte zum Kontrollraum. Auf seinen Magnetsohlen vorwärts eilend, erinnerte er an einen aufgeschreckten Pinguin, trotzdem kam er schnell voran. Er wußte, daß er möglicherweise einen schrecklichen Fehler machte; vielleicht versuchten die Aliens verzweifelt, die *Angel's Pencil* zu erreichen; er würde es niemals erfahren. Sie mußten gestoppt werden, ehe sie alle geröstet wurden.

Die Schuhe verbrannten seine Füße. Er stöhnte vor Schmerz auf, ignorierte ihn aber weitgehend. Die Luft brannte in seinem Mund und in seiner Kehle. Sogar seine Zähne erhitzten sich.

Er mußte sich sein Hemd um die Hand wickeln, um die Tür zum Kontrollraum zu öffnen. Der Schmerz in seinen Füßen war unerträglich; er riß sich die Sandalen von den Füßen und schwamm zur Kontrolltafel. Mit den umwickelten Händen betätigte er die Schalter. Eine Drehung an einem großen weißen Knopf schaltete den Antrieb auf volle Leistung, und er ließ sich in den Pilotensitz gleiten, ehe sich der leichte Beschleunigungsdruck aufbaute.

Er wendete sich dem Achterteleskop zu. Es war auf das Sonnensystem ausgerichtet, denn der Antrieb konnte auf diese Entfernung dazu benutzt werden, Nachrichten weiterzuleiten. Er pegelte ihn auf kurze Reichweite ein und begann das Schiff zu drehen.

Das feindliche Schiff glühte in einem hochfrequenten Infrarot.

»Es dauert etwas länger, den Wohnsektor der Besatzung aufzuheizen«, meldete der Offizier für Fremd-Technologie. »Sie haben dort nämlich Temperaturkontrollen installiert.«

»Wird schon stimmen. Wenn Sie sicher sein können, daß alle tot sind, dann wecken Sie den Telepathen und lassen Sie ihn das Schiff durchchecken.« Der Captain fuhr fort, seinen Pelz zu streicheln, um sich die Zeit zu vertreiben. »Wissen Sie, wenn die nicht so total hilflos gewesen wären, hätte ich mich gar nicht für diese langsame Methode entschieden. Ich hätte zuerst einmal den Ring vom Maschinen-Sektor getrennt. Vielleicht hätte ich das sowieso tun sollen. Das wäre sicherer gewesen.«

Der T-Offizier wollte möglichst viel Lob einheimsen. »Sir, die haben überhaupt keine größeren Waffen. Dafür haben sie gar keinen Platz. Bei einem Reaktionsantrieb nehmen die Maschinen und die Treibstofftanks den meisten Raum ein.«

Das andere Schiff drehte sich allmählich von seinen Peinigern weg. Sein Antriebsende glühte rot.

»Sie versuchen zu fliehen«, stellte der Captain fest, als sich ihm das glühende Ende zuwandte. »Sind Sie sicher, daß sie dazu nicht in der Lage sind?«

»Ja, Sir. Dieser schwache Antrieb bringt sie nirgendwo hin.«

Der Captain schnurrte nachdenklich. »Was könnte geschehen, wenn dieses Licht auf unser Schiff trifft?«

»Es käme zu einem hellen Schein, glaube ich. Die Linse ist flach, deshalb müßte sie einen ziemlich breit gefächerten Lichtstrahl abgeben. Sie brauchten einen Parabolreflektor, um eine echte Gefahr darzustellen. Es sei denn ... »Seine Ohren richteten sich auf.

»Es sei denn was?« Die Stimme des Captians klang leise und sanft aber nichtsdestoweniger fordernd.

»Ein Laser. Aber das geht schon in Ordnung, Sir. Sie haben keine Waffen.«

Der Captain sprang zur Kontrolltafel. »Idiot!« schäumte er. »Die können doch eine Waffe nicht von einem Spielzeug unterscheiden. Waffenoffizier! Wie kann ein Telepath herausbekommen, was sie nicht wissen? WAFFENOFFIZIER!«

»Zur Stelle, Sir.«

»Brennen ...«

Ein grelles Licht schnitt in den Kontrollraum. Der Captain ging in Flammen auf, dann verlöschte er, als die Luft durch einen Riß aus der Kuppel entwich.

Steve lag auf dem Rücken. Das Schiff rotierte wieder und drückte ihn auf eine Unterlage, die sich anfühlte wie seine eigene Koje.

Er öffnete die Augen.

Jim Davis durchmaß den Raum und blieb über ihm stehen. »Bist du wach?«

Steve setzte sich kerzengerade auf. Er riß die Augen weit auf.

»Langsam.« Jims graue Augen hatten einen besorgten Ausdruck.

Steve blinzelte ihn an. »Was ist passiert?« fragte er und stellte dabei fest, wie heiser er war.

Jim setzte sich in einen der Sessel. »Das solltest du mir mal erzählen. Wir haben versucht, in den Kontrollraum zu gelangen, als das Schiff sich in Bewegung setzte. Warum hast du nicht das Anschnallsignal gegeben? Du hast den Antrieb ausgeschaltet, als Ann durch die Tür kam. Dann bist du ohnmächtig geworden.«

»Was ist mit dem anderen Schiff?« Steve bemühte sich, den drängenden Ausdruck in seiner Stimme zu überspielen, doch er schaffte es nicht.

»Einige von uns sind im Augenblick drüben und untersuchen das Wrack.« Steve hatte das Gefühl, als würde sein Herz stehenbleiben. Ich glaube, ich hatte von Anfang an eine Ahnung, daß das fremde Schiff eine Gefahr darstellt. Ich bin eben mehr Psychist als Arzt, und ich konnte mich für den Geschichtskursus qualifizieren, so daß ich möglicherweise mehr über die menschliche Natur weiß, als mir guttut. Es wäre zuviel erwartet anzunehmen, daß Intelligenzen, die zur Raumfahrt fähig sind, automatisch auch friedlich eingestellt sein müssen. Ich habe versucht, mich an diesen Gedanken zu klammern, doch sie sind es nicht. Sie verfügen über Dinge, über die Alpträume zu haben sich jeder halbwegs normale Mensch schämen würde. Sprengraketen, Fusionsbomben, Laser, diesen Induktionsprojektor, den sie gegen uns eingesetzt haben. Und Abwehrraketen. Weißt du, was das heißt? Sie haben Feinde, die so sind wie sie selbst, Steve. Vielleicht sogar ganz in der Nähe.«

»Also habe ich sie getötet.« Der ganze Raum schien sich um ihn zu drehen, doch seine Stimme klang erstaunlich fest.

»Du hast das Schiff gerettet. Ich habe versucht, uns in Sicherheit zu bringen.«

»Nein, das hast du nicht.« Davis' Beschuldigung klang genauso beiläufig und nebensächlich, als redete er gerade über die chemische Beschaffenheit von Urin. »Das Schiff war vierhundert Meilen entfernt. Du hättest es mit einem Teleskop beobachten müssen, um es treffen zu können. Du wußtest genau, was du tatest, denn du hast den Antrieb sofort abgeschaltet, nachdem du das Schiff durchbohrt hast.«

Steves Rückenmuskeln konnten ihn nicht länger aufrecht halten. Er kippte wieder zurück. »Na schön, damit weißt du es«, gestand er der Decke. »Wissen es auch die andern?«

»Das bezweifle ich. In einem Akt der Selbstverteidigung zu töten, liegt total außerhalb ihres Erfahrungsbereichs. Ich glaube, Sue vermutet irgend etwas.«

»Oooo.«

»Wenn dem so ist, dann hat sie es ganz gut geschluckt«,

sagte Davis aufgeräumt. »Besser als die meisten in ihrer Situation, wenn sie erfahren, daß das Universum voller Krieger ist. Dies ist das Ende der Welt, Steve.«

»Wie bitte?«

»Ich bin ziemlich theatralisch. Aber es ist so. Dreihundert Jahre friedlichen Lebens für jedermann. Sie nennen es das Goldene Zeitalter. Kein Hunger, kein Krieg, keine Krankheit außer dem Altwerden, keine andauernde geistige Krankheit, selbst nach unseren Maßstäben. Wenn jemand über vierzehn mit seinen Fäusten auf einen Bekannten eindringt, sagen wir, er sei krank, und wir heilen ihn. Und jetzt ist es vorbei damit. Der Frieden bietet keine sicheren Verhältnisse, uns jedenfalls. Möglicherweise gilt das nicht für alles Lebendige.«

»Kann ich von hier aus das Schiff sehen?«

»Ja. Es befindet sich dicht hinter uns.«

Steve rollte sich aus dem Bett und ging zum Fenster. Das Kzinti-Schiff war eine mächtige rote Kugel, die mit häßlichen Bildern auf seiner Außenhaut verziert war. Der Strahl hatte es in zwei ungleiche Hälften zerschnitten, wie eine Axt ein Ei. Steve starrte gebannt hin, unfähig, sich abzuwenden, als die größere Hälfte rotierte und dem Betrachter ihr verwüstetes Inneres zeigte.

»Nach einer kleinen Weile«, sagte Jim, »kommen die Männer zurück. Sie werden verängstigt sein. Jemand wird wahrscheinlich vorschlagen, daß wir uns bewaffnen und so auf den nächsten Angriff vorbereiten, und zwar mit Waffen aus dem anderen Schiff. Ich muß ihm darin zustimmen.

Möglich, daß sie denken, auch ich wäre blöd. Vielleicht bin ich das auch. Aber das ist eine Art Krankheit, die wir brauchen.« Jim machte ein verzweifelt unglückliches Gesicht. »Wir sind im Begriff, eine bewaffnete Gesellschaft zu werden. Und eines ist ja wohl klar – wir müssen auf jeden Fall die Erde warnen ...«

Im Grenzland der Sonne

Drei Monate auf Jinx; gestrandet. Während der beiden ersten Monate spielte ich Tourist. Nie bekam ich die Hochdruckregionen rund um den Ozean zu sehen, denn der einzige Weg dort hinunter wäre mit einer Safari möglich gewesen, wozu man Jagdpanzerwagen benutzte. Aber ich habe die bewohnbaren Landstriche beiderseits der See bereist, den zivilisierten Ostgürtel und den in der Entwicklung befindlichen Siedlungsstreifen im Westen. In einem Vakuumanzug durchstreifte ich die Ostregion, besichtigte die Destillerien und anderen Vakuumindustrien und blickte hinauf in die riesige Orange Primarys, Jinx' großen Zwillingsbruder. Vom zweiten Monat an teilte ich die meiste Zeit zwischen dem Institut des Wissens und dem Hotel Camelot. Das Touristendasein hatte seinen Reiz verloren. Das ist ungewöhnlich für mich. Ich bin ein geborener Tourist. Jinx' Schwerkraft von 1,78 g legt architektonischen Entwürfen hinsichtlich der Eleganz und des Erfindungsreichtums unausstehliche Beschränkungen auf. Die Gebäude in den bewohnbaren Zonen sehen alle gleich aus: flach und wuchtig. Die Ost- und Westregionen – also die Vakuumregionen – unterscheiden sich nicht sehr von anderen industrialisierten Monden. Ich habe noch nie viel Interesse an Fabrikbesichtigungen aufbringen können.

Was die Seefahrt angeht, so verkehren ausschließlich Schiffe für Freunde der Bandersnatchijagd. Die Bandersnatchis sind Monstren: gewaltige, intelligente weiße Panzerwagen. Die Ausrüstung der Panzer unterliegt strengen restriktiven Bestimmungen, durch die zwischen Menschen und Bandersnatchis eine Art von Gleichgewicht hergestellt wird, so daß die Bandersnatchis in etwa vierzig Prozent aller Begegnungen den Sieg davontragen. Da möchte ich mich lieber heraushalten.

Und alle meine Rundreisen hatte ich unter der Last einer Gravitation machen müssen, die dreimal so hoch war wie auf meiner Heimatwelt.

Den dritten Monat verbrachte ich in Sirius Mater, und die meiste Zeit davon im Hotel Camelot, das in der Mehrzahl der Räume Gravitationsgeneratoren hat. Wenn ich es verließ, nahm ich eine Schwebe-Konturen-Couch. Ich bewegte mich unter den Jinxanern wie ein Invalide, und sie machten sich darüber lustig. Oder bildete ich mir das nur ein?

Ich erspähte Carlos Wu in einem Saal im Institut des Wissens, während er seine Fingerspitzen über eine kdatlynische Sensualskulptur führte. Ein dunkelhäutiger, schlanker Mann mit schmalen Schultern und glattem schwarzen Haar. Unter jeder halbwegs normalen Gravitation war Carlos flink wie ein Affe; doch auf Jinx bediente er sich genau wie ich einer Konturen-Couch. Den Kopf zur Seite geneigt, betrachtete er die Büsten. Und ich betrachtete den vertrauten Rükken, fest davon überzeugt, daß er es unmöglich sein könnte.

»Carlos, müßtest du nicht auf der Erde sein?«

Er schrak auf. Doch als die Couch sich drehte, grinste er bereits. »Beo! Das gleiche könnte ich von dir sagen.«

Das mußte ich zugeben. »Ich war auch schon unterwegs zur Erde, aber als dann rings um das Solsystem diese ganzen Raumschiffe zu verschwinden begannen, überlegte der Kapitän es sich anders und wich zum Sirius aus. Die Passagiere waren machtlos.

»Sharrol ist wohlauf, die Kleinen sind wohlauf, und sie alle erwarten deine Heimkehr.« Seine Finger glitten noch immer über Lloobees *Helden* genannte Sensualskulptur, betasteten das warme fleischige Gewebe. *Helden* war eine ganz außergewöhnliche Skulptur; sie lieferte sowohl visuelle als auch Tasteindrücke. Carlos musterte die beiden Menschenbüsten. »Das ist *dein* Gesicht«, sagte er dann. »Nicht wahr?«

»Ja.«

»Nicht etwa, weil du jemals so gut ausgesehen hättest. Wie kam ein Kdatlyno dazu, Beowulf Shaeffer zum klassischen Helden auszuerwählen? Lag es an deinem Namen? Und wer ist der andere Bursche?«

»Irgendwann werde ich dir alles erzählen. Carlos, was machst du hier?«

»Ich ... habe die Erde zwei Wochen nach Louis' Geburt verlassen.« Er war verlegen. Warum? »Zehn Jahre lang hatte ich keinen Fuß von der Erde gesetzt. Ich hatte es wieder einmal nötig.« Aber er war abgereist, kurz bevor ich hätte eintreffen sollen. Und ... hatte nicht einmal jemand gesagt, Carlos Wu litte an einer schwachen Form der Flatlandphobie? Ich begann zu begreifen, was nicht stimmte. »Carlos, du hast Sharrol und mir einen unschätzbaren Gefallen erwiesen.«

Er lachte, ohne mich dabei anzusehen. »Um solcher Gefallen willen haben Menschen andere Menschen getötet. Ich dachte, es sei ... taktvoller ... fort zu sein, wenn du ankommst.« Nun war mir alles klar. Carlos war hier, weil das Bevölkerungsamt der Erde mir keine Vaterschaftsgenehmigung erteilte. Man kann dem Amt eigentlich keine Vorwürfe deswegen machen, daß es zu jedem erdenklichen Einwand greift, der sich bietet, um die Anzahl der zur Zeugung zugelassenen Paare zu verringern. Ich bin ein Albino. Sharrol und ich, wir begehrten einander; und wir wollten beide Kinder. Aber Sharrol ist dazu außerstande, die Erde zu verlassen. Sie hat Flatlandphobie, die Furcht vor fremder Luft, anderen Tagen, anderer Schwerkraft und vor schwarzem Himmel unter den Füßen. Als einzige Lösung sahen wir die, uns an einen guten Freund um Hilfe zu wenden. Carlos Wu ist ein anerkanntes Genie mit unglaublich starker Widerstandskraft gegen Krankheiten und andersartige Schädigungen des Körpers. Er besitzt eine unbegrenzte Zeugungslizenz, eine von sechzig und noch ein paar bei einer Erdbevölkerung von achtzehn Milliarden Menschen. Er erhält jede Woche derartige Angebote ... aber er ist ein guter Freund, und er erklärte sich einverstanden. Während der beiden letzten Jahre hatten Sharrol und er zwei Kinder gezeugt, die nun auf der Erde meiner harrten, damit ich die Vaterrolle antrete.

Ich empfand für das, war er für uns getan hatte, nichts als Dankbarkeit. »Ich verzeihe dir deine merkwürdigen Vorstellungen von Takt«, sagte ich großmütig. »Und nun – solange wir auf Jinx festsitzen, darf ich dich herumführen? Ich habe einige interessante Leute kennengelernt.«

»Das machst du stets.« Er zögerte. »Ich sitze eigentlich nicht auf Jinx fest«, sagte er schließlich. »Ich habe eine Offerte für einen Heimflug. Vielleicht kann ich dich einbeziehen.«

»Ach, tatsächlich? Ich wußte nicht, daß zur Zeit irgendwelche Raumschiffe zum Solsystem abfliegen. Oder von dort kommen.«

»Dieses Raumschiff gehört einem Mann von der Regierung. Schon einmal von Sigmund Ausfaller gehört?«

»Das klingt irgendwie ... Warte! Halt! Als ich Sigmund Ausfaller zum letztenmal begegnet bin, hatte er gerade eine Bombe an Bord meines Schiffs versteckt!«

Carlos blinzelte mich an. »Du scherzt.«

»Nein, nicht.«

»Sigmund Ausfaller ist vom Amt für Außerirdische Angelegenheiten. Das Verstecken von Bomben in Raumschiffen zählt keineswegs zu seinen Aufgaben.«

»Kann sein, er war außer Dienst«, sagte ich boshaft.

»Na, das hört sich wahrhaftig nicht so an, als wolltest du allzu gerne eine Raumschiffkabine mit ihm teilen. Womöglich ...«

Doch unterdessen war mir ein anderer Gedanke gekommen, und ich konnte ihn ganz einfach nicht wieder verdrängen. »Nein, wir können uns ruhig mit ihm unterhalten. Wo finden wir ihn?«

»In der Bar des Hotels Camelot«, antwortete Carlos.

Wir glitten, bequem in unsere Schwebe-Couches gelehnt, auf deren Luftkissen durch Sirius Mater. Die Orangenbäume, welche die Wege säumten, waren von der Gravitation zusammengedrückt; ihre Stämme glichen dicken Zapfen, und die Orangen an den Ästen waren kaum dicker als Tischtennisbälle. Ihre Welt hatte sie verändert, ganz so wie unsere Welten Sie und mich verändert haben. Ein Leben unter der Oberfläche und eine Schwerkraft von 0,6 g haben aus mir eine blasse Bohnenstange von Mann gemacht, hochgewachsen und dünn. Die Jinxaner, denen wir begegneten, waren klein und breit, gebaut wie Ziegelsteine, die Frauen ebenso wie die Männer. Unter ihnen wirkten die gelegentlichen Fremdweltler auf erschreckende Weise absonderlich, als seien es Kdatlynos oder Piersons Puppeteers.

Und schließlich erreichten wir das Hotel Camelot.

Das Camelot ist ein flaches zweistöckiges Gebäude, das sich wie ein kubistischer Krake über mehrere Acre des Zentrums von Sirius Mater ausbreitet. Die meisten Fremdweltler quartieren sich darin ein, weil die Zimmer und Korridore den Vorzug einer Gravitatioskontrolle aufwiesen und damit außerdem die Zugänglichkeit des Instituts des Wissens verbunden war. Forschungseinrichtung und zugleich prächtigstes Museum im von Menschen bewohnten Raum.

In der Bar des Camelot herrscht durchgehend eine Schwerkraft von 1 g. Wir ließen unsere Schwebe-Couches im Vestibül zurück und betraten die Bar wie Männer. Jinxaner ähneln beim Eintreten Gummiziegelsteinen, die herumhüpfen; aber sie haben dabei ein breites, fröhliches Grinsen auf ihren breiten Gesichtern. Jinxaner lieben Niedriggravitation. Viele wandern nach anderen Welten aus.

Wir erblickten Ausfaller ohne Umstände – er war ein rundlicher, mondgesichtiger Flatlander mit dichten, dunklen, gewellten Haaren und einem dünnen schwarzen Schnurrbart. Als wir uns näherten, erhob er sich. »Beowulf Shaeffer!« Er strahlte vor Freude. »Wie schön, Sie einmal wiederzusehen! Es müssen schon acht Jahre oder so verstrichen sein. Wie ist es ihnen inzwischen ergangen?«

»Ich habe überlebt«, stellte ich fest.

Carlos rieb sich lebhaft die Hände. »Sigmund! Warum haben Sie in Beos Schiff eine Bombe versteckt?«

Ausfaller blinzelte vor Überraschung. »Hat er Ihnen erzählt, es sei sein Schiff gewesen? Das war's nicht. Er beabsichtigte es zu stehlen. Ich überlegte mir, daß er davon Abstand nehmen werde, wenn sich eine Zeitbombe an Bord versteckt befand.«

»Aber was hatten Sie damit zu schaffen?« Carlos schob sich neben ihm in die Nische. »Sie sind kein Polizist. Sie sind vom Amt für Außerirdische Angelegenheiten und auch nur für die ganz besonderen außerirdischen Angelegenheiten zuständig.«

»Das Raumschiff gehörte der General Products Corporation, die ihrerseits Piersons Puppeteers gehört, nicht Menschen.«

Carlos fiel mir in den Rücken. »Beo! Schäm dich!«

»Ach, verdammt! Sie versuchten, mich durch Erpressung zu einem Selbstmordunternehmen zu zwingen! Und Ausfaller hat es geduldet! Und das ist das schlechteste Beispiel von anständigem Verhalten, das ich jemals erlebt habe!«

»Ein Glück, daß diese Nischen schallisoliert sind«, sagte Carlos. »Laßt uns eine Bestellung aufgeben.« Schallisolierung oder nicht, die Leute starrten herüber. Ich setzte mich. Als unsere Drinks kamen, trank ich einen ordentlichen Schluck. Warum hatte ich die Bombe überhaupt erwähnt?

»Nun, Carlos«, sagte Ausfaller, »haben Sie sich's überlegt, ob Sie mit mir fliegen wollen?«

»Ja, ich will, falls ich einen Freund mitnehmen kann.«

Ausfaller runzelte die Stirn und sah mich an. »Sie möchten auch zur Erde?«

Mein Entschluß stand mittlerweile fest. »Durchaus nicht. Vielmehr möchte ich Carlos dazu überreden, ebenfalls darauf zu verzichten.«

»Oho!« rief Carlos.

Ich ließ ihn nicht zu Wort kommen. »Ausfaller, wissen Sie, wer Carlos ist? Mit achtzehn Jahren besaß er eine unbegrenzte Zeugungslizenz. Mit achtzehn! Es ist mir egal, wenn Sie Ihr Leben riskieren; um ehrlich zu sein, diese Vorstellung gefällt mir sogar außerordentlich. Aber seines?«

»Es handelt sich um kein so großes Risiko«, schnauzte Carlos dazwischen.

»So? Was kann Ausfaller denn bieten, das acht anderen Raumschiffen fehlt?«

»Zweierlei«, sagte Ausfaller geduldig. »Erstens werden wir einfliegen. Sechs der acht verschwundenen Raumschiffe verschwanden beim Verlassen des Solsystems. Falls es im Gebiet von Sol Piraten gibt, muß es wesentlich leichter für sie sein, ein ausfliegendes Schiff zu orten.«

»Zwei Schiffe haben sie beim Einflug abgefangen. Zwei Schiffe mit fünfzig Besatzungsmitgliedern und Passagieren einfach fort, pffft!«

»Mich könnten sie nicht so leicht schnappen«, brüstete sich Ausfaller. »Der Anschein der *Hobo Kelly* trügt. Sie scheint ein Fracht- und Passagierschiff zu sein, aber in Wirklichkeit ist sie ein Kriegsschiff, bewaffnet und zu einer Beschleunigung von dreißig Gravos fähig. Im Normalraum vermögen wir uns allem, das wir nicht bekämpfen können, zu entziehen. Wir vermuten doch, daß es sich um Piraten handelt, oder? Piraten muß doch auf jeden Fall daran gelegen sein, ein Schiff auszuplündern, bevor sie es vernichten.«

Ich war neugierig geworden. »Warum? Ich meine, warum ein getarntes Kriegsschiff? *Hoffen* Sie etwa darauf, daß man Sie überfällt?«

»Wenn es Piraten sind, ja; dann hoffe ich darauf. Aber nicht während des Einflugs. Wir planen einen Austausch. Ein ganz gewöhnlicher Frachter wird auf der Erde landen, eine Ladung von gewissem Wert an Bord nehmen und dann auf direktem Kurs nach Wonderland gehen. Bevor er jedoch den Asteroidengürtel passiert, wird mein Schiff an seine Stelle treten. Sie sehen also, daß nicht die Gefahr besteht, Mr. Wus kostbare Gene zu verlieren.«

Die Arme aufgestützt, die Handflächen auf dem Tisch gespreizt, stand Carlos auf und blickte finster auf uns herab. »Ich darf wohl die vorsichtige Bemerkung anbringen, daß es meine verdammten Gene sind, und ich, verdammt noch einmal, damit anfange, was mir paßt! Beo, ich habe bereits eine ansehnliche Zahl von Kindern gezeugt, und du hast davon deinen Teil erhalten!«

»Friede, Carlos. Ich wollte keines deiner unveräußerlichen Rechte verletzen.« Ich wandte mich an Ausfaller. »Ich verstehe allerdings nach wie vor nicht, wieso diese verschwundenen Raumschiffe das Amt für Außerirdische Angelegenheiten interessieren.«

An Bord einiger dieser Raumschiffe befanden sich nichtmenschliche Passagiere.«

»Ach so.«

»Und wir haben uns auch gefragt, ob nicht die Piraten selbst nichtmenschlicher Herkunft sein könnten. Zweifellos verfügen sie über eine den Menschen unbekannte Technik. Von den sechs ausfliegenden Raumschiffen meldeten fünf kurz vor ihrem Verschwinden, daß sie vor dem Übergang in den Hyperraum standen.«

Ich stieß einen Pfiff aus. »Dazu müßten sie ein Raumschiff aus dem Hyperraum entführen können. Das ist unmöglich. Nicht wahr? Carlos?«

Carlos' Mundwinkel zuckten. »Nicht, falls es wirklich getan wird. Allerdings begreife ich das Prinzip nicht. Wären die Raumschiffe einfach verschwunden, verhielte es sich anders. So ergeht es Schiffen, die während des Hyperflugs zu nahe an Gravitationsquellen geraten.«

»Dann ... sind es vielleicht doch keine Piraten. Carlos, könnten im Hyperraum nicht irgendwelche Geschöpfe existieren, welche die Schiffe verschlingen?«

»Von mir aus, warum nicht, so etwas könnte es geben. Im Gegensatz zur öffentlichen Meinung, Beo, weiß ich nicht alles.« Aber einen Moment später schüttelte er entschieden den Kopf. »Ich glaube es nicht. Ich könnte an eine bislang unregistrierte Masse am Rand des Sonnensystems glauben. Raumschiffe, die sich ihr im Hyperflug zu sehr nähern, würden verschwinden.«

»Nein, sagte Ausfaller. »Keine einzelne Masse könnte für sämtliche Fälle von Verschwinden verantwortlich sein. Registriert oder nicht, ein Planet unterliegt den Gesetzen der Schwerkraft und der Trägheit. Wir haben Computersimulationen durchgeführt. Es hätte mindestens drei große und allesamt unbekannte Massen gebraucht, die obendrein zugleich in die stark frequentierten Flugbahnen geraten sein müßten.«

»Wie groß? So groß wie der Mars oder größer?«

»Also haben Sie auch darüber nachgedacht.«

Carlos lächelte. »Ja. Es mag unmöglich klingen, aber das ist es nicht. Es ist bloß unwahrscheinlich. Dort draußen jenseits des Neptuns gibt es unglaubliche Mengen von Schutt und Schrott. Vier bekannte Planeten und unendlich viele Brocken von Eis und Gestein und Nickeleisen.«

»Trotzdem ist es sehr unwahrscheinlich.«

Carlos nickte. Ein Schweigen ergab sich. Ich dachte noch immer an Ungeheuer im Hyperraum. Das Schönste an dieser Hypothese war freilich die Tatsache, daß man in bezug auf sie nicht einmal eine Wahrscheinlichkeit schätzen konnte. Wir wußten noch zuwenig. Die Menschheit benutzt den Hyperantrieb seit nunmehr fast vierhundert Jahren. Während dieser Zeitspanne sind nur wenige Raumschiffe verschwunden, ausgenommen in Kriegszeiten. Und jetzt waren es acht Raumschiffe in zehn Monaten, und alle im Randbereich des Solsystems. Unterstellt, eine solche Hyperraumbestie hatte den Raumschiffverkehr in dieser Region bemerkt, sagen wir einmal, während eines der Kriege zwischen der Menschheit und den Kzinti. Es hatte seine Kumpel geholt. Nun veranstalten sie rund um das Solsystem Beutezüge. Der Schiffsverkehr um Sol ist dichter als um jeden anderen Dreikolonienstern. Doch falls sich immer mehr Monster einfanden, waren sie sicherlich gezwungen, sich über kurz oder lang den anderen Kolonien zuzuwenden.

Gegen solche Wesen vermochte ich mir keine Abwehr vorzustellen. Wir müßten den Interstellarverkehr einstellen.

»Ich wäre sehr erfreut«, sagte Ausfaller, »wenn Sie es sich anders überlegten, Mr. Shaeffer, und uns doch begleiteten.«

»Hmm? Sind Sie sicher, daß Sie mit mir im selben Raumschiff sein möchten?«

»Oh, das bejahe ich mit Nachdruck! Wie könnte ich sonst sichergehen, daß Sie an Bord keine Bombe verstecken?« Ausfaller lachte. »Außerdem könnten wir einen fähigen Raumpiloten gebrauchen. Und letztlich möchte ich die Gelegenheit nutzen, mich Ihres Gehirns zu bedienen, Beowulf Shaeffer. Sie besitzen die seltsame Fähigkeit, mir meine Arbeit abzunehmen.«

»Was meinen Sie damit?«

»Die General Products erpreßte Sie, damit Sie eine Nahumkreisung eines Neutronensterns vornähmen. Sie erfuhren etwas über die Heimatwelt der Puppeteers – was, das wissen wir noch immer nicht – und erpreßten sie daraufhin Ihrerseits. Wie uns bekannt ist, zählen erpresserische Abmachungen zum gewöhnlichen Geschäftsgebaren der Puppeteers. Damit hatten Sie ihre Hochachtung gewonnen. Seitdem haben Sie wiederholt für sie gearbeitet. Sie haben auch reibungslos mit anderen Fremdweltlern zusammengearbeitet. Wirklich beeindruckt jedoch hat mich Ihre Art, wie Sie mit der Lloobee-Entführung fertig geworden sind.«

Carlos lauschte mit höchster Aufmerksamkeit. Ich hatte noch keine Gelegenheit erhalten, um ihm davon zu erzählen. Ich grinste. »Darauf bin ich selber stolz«, sagte ich.

»Das dürfen Sie auch sein. Sie haben mehr geleistet als nur den berühmtesten Kdatlynischen Sensualbildner des erforschten Weltraums befreit – Sie haben es unter ehrenvollen Umständen getan, indem Sie lediglich einen der Täter umbrachten und es dem dadurch befreiten Lloobee überließen, den Rest ohne öffentlichen Wirbel aufzuspüren. Alles andere hätte den Kdatlyno verärgert.«

Nichts hatte mir innerhalb der letzten acht Jahre ferner gelegen als der Gedanke, Sigmund Ausfaller zu helfen; doch plötzlich fühlte ich mich ganz großartig. Vielleicht lag das an der Art, wie Carlos zuhörte. Es braucht schon allerhand, um Carlos Wu zu beeindrucken.

»Wärst du der Auffassung, daß es Piraten sind, würdest du mitkommen, nicht wahr, Beo?« meinte Carlos. »Wahrscheinlich sind sie dazu außerstande, einfliegende Schiffe zu *finden*.«

»Klar.«

»Und du glaubst doch nicht wirklich an Hyperraummonster.«

Ich legte mich nicht fest. »Wenn mir jemand eine bessere Erklärung liefert, dann nicht. Es ist so, daß ich eben auch nicht an Piraten mit einer Supertechnologie glaube. Wie wäre es mit diesen Wandermassen?«

Carlos schob die Unterlippe vor. »Nun gut – das Solarsystem hat nicht wenig Planeten«, sagte er. »Bis jetzt ist wenigstens ein Dutzend entdeckt. Davon liegen vier außerhalb der Hauptsingularität um Sol.«

»Ohne Pluto?«

»Ja, Pluto halten wir für einen verlorenen Mond des Neptuns. Die Reihenfolge lautet Neptun, Persephone, Caina, Antenora, Ptolomäa, geordnet nach ihrer Entfernung von der Sonne. Und die Umlaufbahnen liegen nicht mit dem System auf einer Ebene. Persephone weicht um einhundertundzwanzig Grad ab und ist obendrein rückläufig. Sollte man da draußen noch einen weiteren Planeten entdecken, wird er Judecca genannt.«

»Warum denn das?«

»Nach der Hölle. Die vier inneren Abteilungen von Dantes Hölle heißen so. Sie bilden eine große Eiswüste, worin Sünder festgefroren sind.«

»Bleiben wir bei der Sache«, sagte Ausfaller.

»Fangen wir beim Kometarhalo an«, sagte Carlos zu mir. »Er ist sehr dünn. Ein Komet pro Gebiet von ungefähr der Ausdehnung des sphärischen Volumens der Erdumlaufbahn. Die Masse wird nach innen dichter – ein paar Planeten, einige innere Kometen, einige Brocken aus Eis und Stein, alle in schrägen Umlaufbahnen zur Ekliptik, aber all das ist trotzdem ziemlich weiträumig verstreut. Innerhalb der Neptunbahn gibt es viele Planeten und Asteroiden, und die Umlaufbahnen sind in Übereinstimmung mit Sols Rotationen flacher. Jenseits des Neptun ist der Raum weit und leer. Es *könnte* dort bislang nicht verzeichnete Planeten geben. Einzelgänger, die Raumschiffe verschlucken.«

Ausfaller zeigte Unwillen. Aber gleich drei, die gleichzeitig in die Quere kommen?«

»Nicht ausgeschlossen, Sigmund.«

»Die Wahrscheinlichkeit ... Sie ist unendlich klein, gewiß. Es ist nahezu völlig unmöglich, Beo. Jeder vernünftige Mensch würde es vorziehen, an Piraten zu glauben.«

Es war lange her, daß ich Sharrol zuletzt gesehen hatte. Ich fühlte mich qualvoll in Versuchung geführt. »Ausfaller, haben Sie den Verbleib der Beute zu verfolgen versucht? Haben Sie Erpresserbriefe erhalten?« *Überzeuge mich, Mann!*

Ausfaller warf den Kopf in den Nacken und lachte.

»Was finden Sie so lustig?«

»Hunderte von Erpresserbriefen sind eingetroffen. Jeder Geistesschwache kann einen Erpresserbrief schreiben, und das Verschwinden der Raumschiffe hatte eine beachtliche Publizität. Keine der Forderungen stammte wirklich von etwaigen Tätern. Ich wollte, es wäre mit dieser oder jener der Fall gewesen. Als sie verschwand, war ein Sohn des

Patriarchen von Kzin an Bord der *Wayfarer*. Und was die Beute betrifft ... hmmm. Die Schwarzmarktpreise für Edelhölzer und Boosterspice sind gefallen. Aber sonst ...« Er zuckte die Achseln. »Keine Spuren sind von den Barr-Originalen, dem Midasstein oder anderen der auffälligen Kostbarkeiten an Bord der verschwundenen Schiffe aufgetaucht.«

»Also besitzen Sie weder über das eine noch über das andere Gewißheit.«

»Genau. Kommen Sie mit?«

»Ich habe mich noch nicht entschlossen. Wann starten Sie?«

Ihr Start war für den folgenden Morgen vorgesehen und sollte in der Ostregion erfolgen. Das gab mir Zeit, um meinen Entschluß reiflich zu überlegen. Nach dem Essen kehrte ich zurück in mein Zimmer; ich fühlte mich niedergeschlagen. Carlos gedachte zu fliegen, das stand fest. Schwerlich meine Schuld ... aber er war hier auf Jinx, weil er mir und Sharrol eine große Gefälligkeit erwiesen hatte. Wenn er auf dem Heimflug ums Leben kam ...

In meinem Zimmer lag ein Band von Sharrol. Es enthielt Bilder von den Kindern, Tanya und Louis, und vom Apartment, das sie für uns in der Arkologie Twin Peaks gefunden hatte; und vielen anderen Dingen.

Ich spulte es dreimal ab. Dann rief ich Ausfaller in seinem Zimmer an. Es war ganz einfach verdammt zu lange her.

Nach dem Start umkreiste ich Jinx einmal. So habe ich es immer gehalten, auch damals, als ich noch für die Nakamura Lines flog; und nie hatte ein Passagier etwas dagegen.

Jinx ist der innere Mond eines gigantischen Gasplaneten, der massereicher ist als der Jupiter, jedoch kleiner, weil sein Kern aus komprimierter Materie degenerierter Natur besteht. Vor einer Milliarde Jahre standen Jinx und Primary ihm noch näher, bis die Anziehungskräfte sie entfernten.

Selbige Kräfte hatten schon zuvor Jinx' Rotation an Primary gebunden und dem Mond eine Eiform aufgezwungen, ihn in einen abgeflachten Sphäroiden verwandelt. Als der Mond sich entfernte, wurde er wieder kugelförmig; aber die erkaltete Felsoberfläche widersetzte sich der Verformung. Das ist der Grund, warum Jinx' Ozean auf seinem Äquator liegt, unter einer Atmosphäre, die zum Atmen zu dicht und zu heiß ist; jene Zonen der Oberfläche dagegen, die Primary am nächsten und am weitesten entfernt sind, die Ost- und Westregionen, ragen wahrhaftig aus der Atmosphäre auf. Aus dem Raum ähnelt Jinx einem Osterei Gottes; die beiden Erdregionen sind von knochigem Weiß und gelb gesprenkelt; außerdem sieht man einen hellen Schimmer von den Ringen glitzender Eisfelder an den Grenzen der Atmosphäre; ferner die verschiedenen Blautöne erdähnlicher Verhältnisse, die in wachsendem Maße, während man den Blick dem Äquator nähert, vom weißen Frost der Wolken verhangen werden, bis man das pure Weiß sieht, das den Planeten/ Mond umgürtet. Den Ozean kann man niemals sehen.

Ich umflog Jinx einmal und drehte ab. Sirius weist ebenfalls ansehnliche Mengen an mannigfaltiger Treibmaterie auf, die den Weg in den interstellaren Raum verunsichert. Fünf Tage lang blieb ich fast pausenlos an den Kontrollen, aus eben diesem Umstand und um mich an das unbekannte Schiff zu gewöhnen.

Die *Hobo Kelly* war ein Horizontalparker, zweiundsiebzig Meter lang und mit dreieckigem Querschnitt. Unter einer aufwärts gebogenen, nach vorn überragenden Bugspitze befanden sich große muschelförmige Luken für die Fracht. Das Raumschiff besaß adäquate Rumpfdüsen und einen erheblich stärkeren Fusionsantrieb im Heck, und eine Reihe von Sichtflächen ließ auf Kabinen schließen. Zweifellos wirkte es ganz harmlos; und ebenso unanzweifelbar war diese Harmlosigkeit Teil einer Tarnung. Die Kabinen hätten Platz für vierzig oder fünfzig Personen bieten müssen; in

Wirklichkeit gab es nur Platz für vier. Beim Rest der vorgeblichen Kabinenfenster waren dahinter lediglich holografische Projektionen.

Der Antrieb funktionierte bis zum Maximum von 10 Gravos tadellos und einwandfrei; dies Maximum war nicht hoch für ein Raumschiff, das eigentlich dazu gebaut war, um schwere Ladung zu befördern. DIe Kabinengravitation blieb konstant, ohne mehr als einen Bruchteil der Energie zu beanspruchen. Als Jinx und Primary zwischen den Sternen unsichtbar waren und wir den Sirius so weit hinter uns gelassen hatten, daß ich ihn direkt anschauen konnte, widmete ich meine Aufmerksamkeit dem verborgenen Kontrollpult, das Ausfaller für mich aufgeschlossen hatte. Ausfaller traf mich dabei an, nachdem er aufwachte, und begann mir alles zu erläutern.

Sein Schiff verfügte über einen schweren R-Laser und mehrere leichtere, auf verschiedene Frequenzen adjustierte Laserkanonen; und vier Selbstlenkprojektile mit Fusionssprengköpfen. Außerdem gab es an Bord ein Teleskop, das so hervorragend war, daß das offensichtliche Schiffsteleskop ihm nur als Sucher diente. Und wir hatten Tiefenradar. Und von alledem sah man nichts auf dem verschlissenen Rumpf.

Ausfaller war sozusagen für Bandersnatchis gerüstet. Meine Gefühle waren gemischt. Anscheinend konnten wir es mit allem aufnehmen und ebenso allem entkommen. Aber was für eine Art von Gegner erwartete er?

Immer wieder im Laufe jener vier Wochen im Hyperflug, während wir mit einem Lichtjahr an jeweils drei Tagen durch den toten Winkel des Universums rasten, erhob das Thema ›Raumschiffentführer‹ sein Haupt und stiftete Beunruhigung. Gewiß, wir sprachen auch von anderen Dingen – Musik und Kunst, über die neuesten Animationstechniken, die Computerprogramme, mit denen man sich für kaum mehr als die Kosten einer Mittagsmahlzeit eigene Holo-Streifen fabrizieren konnte. Wir erzählten Geschichten. Ich berichtete Carlos, warum der Kdatlyno Lloobee von mir und Emil Horne Büsten geschaffen hatte; ich erzählte den einzigen Fall, daß Piersons Puppeteers die Garantie für eine Rumpfkonstruktion der General Products einhielten – nachdem nämlich Antimaterie das angeblich unzerstörbare Produkt vernichtet hatte. Auch Ausfaller wußte mancherlei gute Geschichten zu erzählen – viel mehr, als er eigentlich ausplaudern durfte, wie ich daraus schloß, auf welche Weise er jedesmal in seinem Gedächtnis suchte. Aber wir kamen immer wieder zurück auf die Raumschiffentführer.

»Es bleiben zuletzt nur drei Möglichkeiten«, entschied ich. »Kzinti, Puppeteers hätten niemals den Mumm dazu!«

»Ich berücksichtigte sie, weil sie ein Interesse daran haben könnten, den interstellaren Wertpapiermarkt zu manipulieren. Sieh doch einmal – unsere hypothetischen Piraten haben praktisch ein Embargo verhängt, das Solsystem von der Außenwelt abgeschnitten. Die Puppeteers haben das Kapital, um die Veränderungen, die sich auf dem Markt ergeben, zu ihrem Vorteil auszunutzen. Und sie benötigen Geld. Für ihre Nomadenzüge.«

»Die Puppeteers sind philosophische Feiglinge.«

»Das stimmt. Sie würden das mit dem Ausrauben von Schiffen verbundene Risiko nie eingehen, oder wenigstens würden sie sich zu diesem Zweck nicht in ihre Nähe wagen. Aber angenommen, sie sind in der Lage, die Raumschiffe aus sicherer Entfernung verschwinden zu lassen?«

Diesmal lachte Carlos nicht. »Das wäre einfacher, als sie aus dem Hyperraum zu reißen, um sie auszurauben. Er brauchte nicht mehr als einen großen, sehr starken Gravitationsgenerator ... und zu den Grenzen der Puppeteertechnologie sind wir nie vorgedrungen.«

»Sie halten das für möglich?« fragte Ausfaller.

»Für nichts anderes als eben möglich. Das gleiche gilt für die Kzinti. Die Kzinti sind rauberisch genug für so etwas. Allerdings müßten sie bedenken, daß wir ihnen, sollten wir jemals herausfinden, daß sie sich an unseren Raumschiffen vergreifen, höllisch einheizen. Die Kzinti wissen das, und sie wissen auch, daß wir sie schlagen können. Sie haben lange dazu gebraucht, aber inzwischen haben sie's längst begriffen.«

»Also vermutest du«, sagte Carlos, »es sind Menschen.«

»Ja, falls es Piraten sind.« Die Piratentheorie stand nach wie vor auf schwachen Beinen. Spektrumteleskope hatten in jedem Gebiet des Raums, wo die Schiffe verschwunden sein mußten, nicht einmal Konzentrationen von Schiffsmetall entdeckt. Würden Piraten auch das Raumschiff stehlen? Wenn ein Raumschiff nach einem Angriff noch ein intaktes Hypertriebwerk besaß, ließ es sich, sobald es ausgeplündert war, ins Unendliche schießen; aber konnten Piraten in jedem Falle auf diese Möglichkeit vertrauen? Und keines der verschwundenen Schiffe hatte auf der Hyperwelle um Hilfe gefunkt.

Ich hatte nie an Piraten geglaubt. Es gab Raumpiraten, aber sie sind ohne Nachfolger ausgestorben. Das Abfangen eines Raumschiffs war schwierig. Es zahlte sich nicht aus. Im Hyperflug fliegen Raumschiffe von allein. Der Pilot hat lediglich die grünen Radiallinien auf dem Massensensor zu beobachten. Das allerdings muß er regelmäßig tun, denn der Massensensor ist ein psionisches Instrument; ein lebendiger Verstand muß es überwachen, keine andere Maschine.

Indem die schmale grüne Linie, die Sol darstellte, sich verlängerte, entwickelte ich ein überhöhtes Bewußtsein um den Raumschutt rings um Sol. Die letzten zwölf Stunden des Flugs verbrachte ich an den Kontrollen und benutzte meinen Fuß zum Kettenrauchen. Ich muß wohl darauf hinweisen, daß ich das gewohnheitsmäßig praktiziere, wenn ich freie Hände haben will; doch nun tat ich es, um Ausfaller zu ärgern. Ich hatte bemerkt, wie seine Augen aus dem Kopf zu quellen schienen, als er erstmals sah, wie ich an einer Zigarette zwischen meinen Zehen zog. Flatlander sind mehr als ungelenkig.

Carlos und Ausfaller hielten sich bei mir im Kontrollraum auf, als wir in Sols Kometarhalo eintraten. Sie waren beide erleichtert, da sich nun das Ende des langen Fluges absehen ließ. Ich dagegen war nervös. »Carlos, wie groß müßte eine Masse sein, um uns verschwinden zu lassen?«

»Planetengröße, Mars und größer. Bei kleineren Massen hinge es davon ab, wie dicht sie sind und wie nahe wir ihnen kommen. Wenn eine Masse dicht genug ist, kann sie weniger massiv sein und uns trotzdem aus dem Universum katapultieren. Aber du würdest sie auf dem Massensensor bemerken.«

»Nur für einen Augenblick … und nicht, falls sie zufällig desaktiviert sein sollte. Was, wenn jemand während unseres Vorbeiflugs einen gigantischen Gravitationsgenerator einschaltet?«

»Wozu? Dann könnte man das Schiff nicht ausrauben. Wo bliebe der Nutzen?«

»Wertpapiere.«

Aber Ausfaller schüttelte den Kopf. »Die Kosten einer derartigen Operation wären enorm hoch. Keine Bande von Piraten hätte genug Investitionskapital locker, um ein solches Unternehmen aussichtsvoll anzupacken. Den Puppeteers dagegen wäre es möglich.«

Zum Teufel, er hatte recht. Kein Mensch, der so reich war, würde sich der Piraterie zuwenden.

Die lange grüne Linie, welche Sol darstellte, schien fast die Oberfläche des Massensensors zu berühren. »Eintritt in den Normalraum in zehn Minuten«, sagte ich.

Und da schlingerte das Schiff heftig.

»Anschnallen!« schrie ich und blickte auf die Monitoren des Hypertriebwerks. Das Triebwerk verbrauchte nicht länger Energie, und die übrigen Kontrollinstrumente zeigten lauter Quatsch an. Ich aktivierte die Fenster. Im Hyperraum hatte ich sie desaktiviert gelassen, damit meine Flatlandpassagiere angesichts der toten Zone keine geistigen Schäden davontrugen. Die Sichtflächen klärten sich, und ich sah Sterne. Wir waren im Normalraum.

»Verflixt und zugenäht, die haben uns tatsächlich herausgeholt!« Carlos' Stimme verriet weder Furcht noch Zorn, nur höchste Bewunderung.

»Warten Sie!« rief Ausfaller, als ich das geheime Kontrollpult öffnete. Ich hörte nicht auf ihn. Ich betätigte den roten Schalter, und ein weiterer Ruck durchfuhr die *Hobo Kelly,* als ihr Rumpf zerfiel. Ausfaller fing in irgendeiner ausgestorbenen Flatlandersprache zu fluchen an. Zwei Drittel der *Hobo Kelly* trieben in langsamer Rotation davon. Der Rest enthüllte ihre wirkliche Beschaffenheit – ein Rumpf vom Typ II der General Products, hergestellt von den Puppeteers, in Form eines schlanken, transparenten Speers von zweiundsiebzig Meter Länge und fünf Meter Durchmesser, unterm Bauch ganze Trauben kriegerischer Instrumente. Bislang inaktive Bildschirme flackerten auf. Und ich zündete das Haupttriebwerk und brachte es auf volle Kraft.

»Shaeffer, Sie Idiot, Sie Feigling!« Ausfaller schäumte vor Wut und Erbitterung. »Wir ergreifen die Flucht und wissen nicht einmal, wovor wir fliehen. Nun wissen unsere Gegner genau, wer wir sind. Welche Chancen gibt's noch, daß sie uns folgen werden? Dies Schiff ist für einen ganz besonderen Zweck gebaut worden, und jetzt haben Sie alles verdorben!«

»Ich habe Ihre Spezialinstrumente einsatzfähig gemacht«, bemerkte ich. »Warum halten Sie nicht Ausschau, ob Sie etwas entdecken können?« Unterdessen konnte ich uns nämlich so schnell wie möglich fortbringen.

Ausfaller entfaltete rege Geschäftigkeit. Von meiner Seite des Kontrollpults aus konnte ich beobachten, was er auf die

Schirme bekam. Machte irgendwer Jagd auf uns? Es würde jedem schwerfallen, uns einzuholen; und noch schwerer, mit uns fertig zu werden. Man konnte kaum mit einer Konstruktion der General Products gerechnet haben. Seit die Puppeteers die Produktion von GP-Rümpfen einstellten, sind die Preise in die Höhe geschnellt und mittlerweile außer Reichweite gelangt.

Draußen *waren* Raumschiffe. Ausfaller holte sie in Nahaufnahme – drei Raumschlepper vom Beltertyp; geformt wie dicke Teller, ausgestattet mit überstarken Triebwerken und leistungsfähigen elektromagnetischen Generatoren. Belter benutzen sie, um Nickeleisenasteroiden dorthin zu schleppen, wohin jemand das Erz haben wollte. Mit diesen schweren Triebwerken vermochten sie uns wahrscheinlich einzuholen; aber würden sie dabei eine angemessenere Kabinengravitation bewahren können?

Sie versuchten es jedoch gar nicht. Anscheinend wollten sie weder uns folgen noch sich vor uns aus dem Staub machen. Und sie sahen völlig harmlos aus. Aber Ausfaller unterzog sie einer Begutachtung durch seine zusätzlichen Instrumente. Das war mir nur recht. Noch vor einem Moment hatte auch die *Holo Kelly* noch gänzlich friedlich gewirkt. Jetzt strotzte ihre Rumpfunterseite von Gerät und Waffen. Womöglich waren die Schlepper auf ähnliche Weise getarnt. »Beo«, fragte hinter mir Carlos, »was ist geschehen?«

»Zum Teufel, woher soll ich das wissen?«

»Was zeigen die Instrumente an?«

Er mußte den Hyperantriebskomplex meinen. Zwei Nadeln waren vollständig verrückt geworden; fünf andere rührten sich nicht länger. Ich sagte ihm das. »Und das Triebwerk verbraucht überhaupt keine Energie. Von so etwas habe ich noch nie gehört. Carlos, das ist selbst *theoretisch* unmöglich.«

»Ich bin … dessen weniger sicher. Ich möchte mir das Triebwerk ansehen.«

»Die Zugangsschächte haben keine Kabinengravitation.«

Ausfaller kümmerte sich nicht länger um die Schlepper, die zurückblieben. Er hatte etwas entdeckt, das wie ein großer Komet aussah, eine Kugel gefrorener Gase in gehöriger Entfernung an unserer Längsseite. Ich sah zu, während er das Tiefenradar darauf einpeilte. Es lauerte keine Flotte an Freibeuterschiffen dahinter. »Haben Sie sich die Schlepper auch mit dem Tiefenradar vorgenommen?« erkundigte ich mich.

»Natürlich. Wir untersuchen die Bänder später im Detail. Ich habe nichts festgestellt. Und nichts und niemand hat uns angegriffen, seit wir aus dem Hyperraum gekommen sind.«

Ich hatte das Schiff blindlings davonrasen lassen. Nun nahm ich Kurs auf Sol, den hellsten Stern am Sternenhimmel des Alls. Die zehn Minuten weniger im Hyperraum würden unseren Flug um drei Tage verlängern.

»Falls dort ein Gegner auf der Lauer gelegen hat, dann haben Sie ihn abgeschreckt. Shaeffer, diese Mission und dies Schiff haben meine Dienststelle eine ungeheuerliche Summe gekostet – und wir haben überhaupt nichts in Erfahrung gebracht.«

»So schlimm ist es nicht«, sagte Carlos. »Noch habe ich mir das Hypertriebwerk nicht angeschaut. Beo, würdest du uns auf ein Gravo herunterbringen?«

»Ja. Aber ... Wunder machen mich nervös, Carlos.«

»Mich auch. Also gehen wir gemeinsam.«

Wir krochen durch einen Zugangsschacht, der nur wenig breiter war als die Schultern eines kräftigen Mannes; die Röhre führte zwischen dem Gehäuse des Hypertriebwerkes und den rundum befindlichen Brennstofftanks entlang. Carlos erreichte ein Inspektionsfenster. Er blickte hinein. Er begann zu lachen. Ich fragte ihn, was er denn so verflucht lustig finde.

Carlos machte mir Platz, indem er noch immer gluckerte und schnaufte. Ich kroch vorwärts und schaute ebenfalls hinein.

Im Gehäuse des Hypertriebwerks war kein Hypertriebwerk.

Ich stieg durch eine Reparaturluke, betrat das zylindrische Gehäuse und sah mich um. Nichts. Nicht einmal ein Loch. Die Superleitungskabel und die Beschläge des Triebwerkblocks waren so glatt durchtrennt, daß die Schnittstellen wie kleine Spiegel funkelten.

Ausfaller bestand darauf, sich alles selber anzuschauen. Carlos und ich warteten im Kontrollraum. Eine Zeitlang brach Carlos wiederholt in Gekicher aus. Dann setzte er eine verträumte Miene der Geistesabwesenheit auf, die mich noch mehr ärgerte. Ich fragte mich, was wohl in seinem Kopf vorgehen möge, und kam zu der unangenehmen Einsicht, daß ich es niemals erraten konnte. Vor Jahren habe ich mich IQ-Tests unterzogen in der Hoffnung, auf diesem Wege eine Zeugungslizenz zu erhalten. Ich bin kein Genie. Ich begriff bloß, daß Carlos an etwas gedacht hatte, worauf ich nicht verfiel; daß er es nicht aussprach und ich zu stolz war, um ihn zu fragen.

Ausfaller hatte keinen Stolz. Er kehrte zurück und wirkte, als habe er einen Geist erblickt. »Fort! Aber wohin? Wie konnte das passieren?«

»Darauf kann ich antworten«, sagte Carlos fröhlich. »Es bedarf dazu einer extrem hohen Gravitationsgradierung. Das Triebwerk geriet unter deren Einfluß, umhüllte sich mit Raum und entschwand in eine höhere Ebene des Hyperflugs, die wir nicht zu erreichen vermögen. Jetzt kann es schon ganz gut zum Ende des Universums unterwegs sein.«

»Und dessen bist du sicher, hm?« meinte ich. »Vor einer Stunde gab es noch keine Theorie, um irgendeine dieser Behauptungen zu stützen.«

»Nun, auf jeden Fall bin ich dessen sicher, daß unser Triebwerk weg ist. Alles andere ist ein bißchen heikel. Aber immerhin ist dies ein vorzügliches Beispiel dafür, was geschieht, wenn ein Raumschiff mit einer Singularität konfrontiert wird. Bei einer niedrigeren Gravitationsgradierung hätte das Triebwerk das ganze Schiff mitgenommen und dann auf seinem Weg hinter sich die Atome des Schiffs ausgestreut, bis nichts außer dem Hyperfeld selbst übrig gewesen wäre.«

»Brrr!«

Nun war Carlos plötzlich Feuer und Flamme für einen neuen Einfall. »Sigmund, ich möchte die Hyperwelle benutzen. Ich kann mich irren, aber es gibt ja gewisse Dinge, die sich nachprüfen lassen.«

»Falls wir uns noch im Bereich einer Massensingularität aufhalten, wird die Hyperwelle sich selbst aufheben.«

»Ja. Ich glaube, daß das Risiko sich lohnt.«

Wir waren zehn Minuten vor der Singularität Sols aus dem Hyperraum gerutscht beziehungsweise hinausgeschubst worden. Hieraus ergaben sich nunmehr sechzehn Lichtstunden Entfernung normalen Raums plus fast fünf Stunden für den Abstand von der Grenze der Singularität bis hinein zur Erde. Glücklicherweise funktionierte die Hyperwelle ohne Zeitverlust, und jedes zivilisierte Sonnensystem unterhält außerhalb seiner Singularitätsgrenze zur Hyperwellenübermittlung eine Relaisstation. Die Southworth-Station würde unsere Mitteilung per Laser ins System weiterleiten, auf gleichem Wege die Antwort empfangen und sie dann uns übermitteln – mit zehnstündiger Verzögerung.

Wir schalteten den Hyperwellensender ein; es erfolgten keine Explosionen. Zuerst erledigte Ausfaller seine Anfrage auf Ceres, wo er sich nach den Registrationsdaten der gesichteten Schlepper erkundigte. Danach rief Carlos Elephants Computerzentrum in New York an, indem er sich einer Kodenummer bediente; zweifelsohne vergab Elephant beileibe nicht an viele Leute eine Kodenummer. »Eines

Tages werde ich's ihm vergelten«, schwor Carlos und lachte sich ins Fäustchen. »Vielleicht mit einem abenteuerlichen Anekdötchen, das ich ihm auftische.«

Ich hörte zu, während Carlos seine Wünsche vortrug. Er wolle sämtliche vorhandenen Aufzeichnungen über einen Meteoriten, der im Jahre 1908 im Tunguskagebiet, Sibirien, UdSSR, Erde, eingeschlagen war; er wollte eine Überprüfung dreier Modelle bezüglich des Ursprungs des Universums, beziehungsweise des Mangels an einem Ursprung – Urknall, Zyklisches Universum und Unendliches Universum; er wollte Daten über Kollapsare; er verlangte Namen, Laufbahnen und Anschriften der besten bekannten Forscher im Solsystem, die sich mit Gravitationsphänomenen befaßten. Als er abschaltete, lächelte er.

»Du hast mich geschafft«, sagte ich. »Ich habe nicht die entfernteste Ahnung davon, worauf du abzielst.«

Carlos lächelte noch immer, als er aufstand und sich anschickte, seine Kabine aufzusuchen, um ein wenig zu schlafen.

Ich brachte den Hauptantrieb restlos auf Null. Sobald wir tief im Innern des Solsystems waren, konnten wir mit 30 g abbremsen. Bis dahin flogen wir mit erheblicher Geschwindigkeit, die wir während unseres Flugs aus dem Siriussystem aufgenommen hatten. Ausfaller blieb im Kontrollraum. Vielleicht aus dem gleichen Grund wie ich. Hier draußen gab es keine Polizeiraumschiffe. Wir konnten noch immer angegriffen werden. Er verbrachte die Zeit damit, seine Aufnahmen der drei Abschlepper durchzusehen. Wir sprachen nicht, aber ich schaute zu.

Die Schlepper machten einen ganz normalen Eindruck. Teleskopfotos zeigten keine verdächtigen Nahtstellen am Rumpf, keine Luken für Geschütze. Die Aufnahmen des Tiefenradars hatten geisterhaft Querschnitte geliefert; wir erkannten die massiven Kraftfeldringe, die hohlen, gleichermaßen massiven Antriebsdüsen, die geringeren Dichten der Brennstofftanks und der Versorgungssysteme. Wir fanden keine Lücken oder Schatten, die nicht hätten sein dürfen.

»Wissen Sie«, meinte Ausfaller bald darauf, »welchen Wert die *Hobo Kelly* besaß?« Ich gab zur Antwort, ich könne eine ziemliche genaue Schätzung liefern. »Sie war meine Karriere wert. Ich wollte mit der *Holo Kelly* eine ganze Piratenflotte vernichten. Aber mein Pilot ergriff die Flucht. Die Flucht! Was kann ich jetzt noch für mein teures Trojanisches Pferd als Erfolg vorweisen?«

Ich verkniff mir die offensichtliche Antwort und auch den Hinweis, daß meine Verantwortung in erster Linie Carlos' Leben galt. Ausfaller hätte sowieso an mir gezweifelt. »Carlos hat etwas auf Lager«, sagte ich statt dessen. »Ich kenne ihn. Er weiß, wie's gemacht wird.«

»Können Sie es nicht aus ihm herausholen?«

»Ich weiß nicht.« Ich konnte ihm einzureden versuchen, daß wir sicherer seien, wenn wir alle wüßten, was oder wer es auf uns abgesehen hatte. Aber Carlos war ein Flatlander. Er würde sich geschmeichelt fühlen.

»Dann haben wir nichts vorzuzeigen«, sagte Ausfaller, »als das unerreichbare Wissen in Carlos' Schädel.«

Eine Waffe, die die Möglichkeiten menschlicher Technologie weit überschritt, hatte mich aus dem Hyperraum gerissen. Ich war geflohen. *Natürlich* war ich geflohen. In der Nähe zu bleiben, wäre reiner Wahnsinn gewesen, sagte ich mir. Doch wider jede Vernunft war mir nicht wohl zumute. »Was mögen nur diese Abbauschlepper zu bedeuten haben?« sagte ich zu Ausfaller. »Ich begreife nicht, wozu sie hier draußen sind. Man setzt sie im Asteroidengürtel ein, um für die Industrie Nickeleisenasteroiden zu bergen.«

»Dem gleichen Zweck dienen sie hier. Die meisten Funde sind bestimmt nutzlos – Steinmassen oder Eisklötze. Aber das wenige Metall, das sich hier finden läßt, ist um so kostbarer. Es wird zum Bauen benötigt.«

»Um was zu bauen? Was für Menschen leben denn hier? Genausogut könnte man im interstellaren Raum einen Laden eröffnen.«

»Sehr richtig. Touristen gibt's hier nicht, aber es arbeiten Forschungsgruppen hier, wo der Raum weit und leer ist, wo die Temperaturen beinahe beim absoluten Nullpunkt liegen. Mir ist bekannt, daß sich hier das Quicksilber-Team etabliert hat, um Hyperraumphänomene zu untersuchen. Wir vermögen den Hyperraum nicht zu begreifen – noch immer nicht. Bedenken Sie, daß wir den Hyperantrieb nicht entwickelt, sondern von einer fremden Rasse gekauft haben. Außerdem gibt es in diesem Gebiet ein Genforschungslabor, wo man eine Baumart zu züchten versucht, die auf Kometen wachsen kann.«

»Sie scherzen.«

»Die Leute meinen es aber ernst. Ein fotosynthetisches Gewächs, das die in allen Kometen existenten Chemikalien nutzt ... so etwas wäre außerordentlich wertvoll. Man könnte im gesamten Kometarhalo Sauerstoff erzeugende Pflanzen säen ...« Abrupt verstummte Ausfaller. »Warten wir's ab«, sagte er dann. »Auf jeden Fall benötigen alle diese Gruppen Baumaterial. Es ist billiger, an Ort und Stelle zu bauen, als alles von der Erde oder vom Asteroidengürtel herfliegen zu lassen. Die Anwesenheit der Schlepper ist unverdächtig.«

»Aber es gab nichts anderes rund um uns. Überhaupt nichts.«

Ausfaller nickte.

Als Carlos sich etliche Stunden später wieder zu uns gesellte und den Schlaf aus den Augen rieb, wandte ich mich mit einer direkten Frage an ihn. »Carlos, könnten die Schlepper in irgendeinem Zusammenhang mit deiner Theorie stehen?«

»Ich wüßte nicht, wie. Ich habe eine halbgare Idee, aber es kann sein, daß ich in einer halben Stunde wieder ganz schön dumm dastehe. Heute, da man weiß, was die Quasare sind, bevorzugt anscheinend jedermann die Hypothese vom unendlichen Universum. Du kennst sie – die Spannung im vollkommen leeren Raum produziert unaufhörlich immer mehr Wasserstoffatome. Das Universum hat keinen Anfang und kein Ende.« Er zog eine trotzige Miene. »Aber wenn ich recht habe, weiß ich, wohin die Schiffe, nachdem man sie ausgeraubt hat, verschwunden sind. Und das ist etwas, was kein anderer weiß.«

Ausfaller fiel ihn beinahe an. »Wo sind sie? Leben die Passagiere?«

»Bedaure, Sigmund. Sie sind alle tot. Wir werden nicht einmal ihre Leichen finden, um sie begraben zu können.«

»Worum handelt es sich? Womit haben wir es zu tun?«

»Mit einem Gravitationseffekt. Eine jähe Verzerrung des Raums. Ein Planet kann sie nicht erzeugen, auch eine Batterie von Gravitationsgeneratoren zur Erzeugung von Kabinenschwerkraft nicht, sie könnten kein so scharf gebündeltes Feld herstellen.«

»Ein Kollapsar«, mutmaßte Ausfaller.

Carlos grinste ihn an. »Das wäre möglich, aber es wirft andere Probleme auf. Ein Kollapsar kann keine kleinere Masse als fünf Solarmassen bilden. Man sollte meinen, in dieser Nähe Sols wäre eine so große Masse schon bemerkt worden.«

»Also *was*?«

Carlos schüttelte den Kopf. Wir mußten warten. Von der Southworth-Station erhielten wir die Zulassungsdaten dreier Raumschlepper übermittelt, alle gebraucht und von unterschiedlichem Alter, alle drei vor zwei Jahren durch die Sechste Kongregationale Kirche von Rodney der IntraBelt Mining abgekauft. »Rodney?«

Aber Carlos und Ausfaller waren beide erheitert. »So machen Belter* das manchmal«, unterrichtete mich Carlos. »Das ist ihre Art, um zu sagen, daß es niemanden etwas angeht, wer die Schiffe kauft.«

»Na schön, mag ja ganz lustig sein, aber wir wissen noch immer nicht, wem sie gehören.«

»Vielleicht sind es ehrbare Belter. Vielleicht nicht.«

Kurz nach der ersten Übermittlung trafen die von Carlos angeforderten Daten ein; sie wurden direkt dem Bordcomputer überspielt. Carlos rief die Liste von Namen und Rufnummern ab – sie enthielt in alphabetischer Reihenfolge die hervorragendsten Forscher des Solsystems auf dem Gebiet der Gravitation und ihrer Wirkungsweise. Eine Adresse erregte meine Aufmerksamkeit: *Julian Forward Nr. 1192326 Southworth-Station*. Eine Hyperwellennummer. Er war *hier* draußen, irgendwo in der gewaltigen Kluft zwischen der Neptunbahn und dem Kometargürtel, hier draußen, wo nur noch die Hyperwellenübermittlung die Abgründe überbrückte. Ich schaute nach weiteren Nummern der Southworth-Station. Es waren welche dabei. *Launcelot Starkey Nr. 1844719 Southworth-Station; Jill Luciano Nr. 1844719 Southworth-Station; Mariana Wilton Nr. 1844719 Southworth-Station.*

»Diese Leute«, erkundigte sich Ausfaller, »sind das die, mit denen Sie Ihre Theorie zu diskutieren gedenken?«

»Genau. Sigmund, ist 1844719 nicht die Wellenlänge des Quicksilver-Teams?«

»Ich glaube, ja. Allerdings glaube ich auch, daß es sich außerhalb unserer Reichweite befindet, da unser Hypertriebwerk buchstäblich dahin ist. Das Quicksilver-Team ist in

* ›Belter‹ nennen sich die Bewohner des ›Belt‹, des Asteroidengürtels zwischen Mars und Jupiter. Sie sind hauptsächlich Prospektoren und dringen auf der Suche nach verwertbarem Raumschutt bis ins Grenzland der Sonne vor. Planetenbewohner werden von ihnen spöttisch ›Flatlander‹, also ›Flachlandbewohner‹, genannt.

einem Fernorbit um Antenora etabliert worden und daher zur Zeit auf der anderen Seite der Sonne. Carlos, haben Sie schon einmal daran gedacht, daß einer dieser Leute die Raumschiffalle konstruiert haben könnte?«

»Was ...? Sie haben recht. Dazu braucht es jemanden, der sich mit der Gravitation auskennt. Aber ich würde sagen, daß das Quicksilver-Team kein Verdacht treffen kann. Wie sollte man unter mehr als zehntausend Mitarbeitern irgend etwas verheimlichen können?«

»Was für ein Mann ist dieser Julian Forward?«

»Forward. Ja. Ihm wollte ich immer schon einmal begegnen.«

»Er ist Ihnen bekannt? Wo steckt er?«

»Er pflegt im Institut des Wissens auf Jinx zu arbeiten. Ich habe aber jahrelang nichts von ihm vernommen. Er hat sich mit Gravitationswellen des galaktischen Kerns befaßt ... und sich dabei getäuscht. Sigmund, wir setzen uns mit ihm in Verbindung.«

»Und wieso fragen wir ihn?«

»Wieso ...?« Dann besann Carlos sich auf die Lage. »Ach, Sie meinen, daß er ... ja.«

»Wie gut kennen Sie den Mann?«

»Ich kenne seinen Ruf. Er ist sehr berühmt. Ich halte es für ausgesprochen unglaubwürdig, daß sich ein solcher Mann dem Massenmord hingibt.«

»Vorhin haben Sie gesagt, daß es jemanden bräuchte, der in der Erforschung von Gravitationsphänomenen Erfahrung besitzt.«

»Ja, gewiß, zugegeben.«

Ausfaller saugte auf seiner Unterlippe. »Vielleicht können wir mehr tun als nur mit ihm reden«, sagte er dann. »Womöglich verbirgt er sich auf der anderen Seite der Sonne und ist Chef einer Piratenflotte ...«

»Nein. Unmöglich.«

»Überlegen Sie's sich genau«, sagte Ausfaller. »Wir befinden uns außerhalb der Singularität Sols. Eine Piratenflotte benötigte zweifellos Raumschiffe mit Hyperantrieb.«

»Wäre Julian Forward der Raumschiffentführer, müßte er in der Nähe sein. Das ... äh ... Gerät würde sich nicht durch den Hyperraum bewegen lassen.«

»Carlos«, sagte ich, »was wir nicht wissen, das kann uns das Leben kosten. Du mußt damit aufhören, mit uns dein Spiel zu treiben ...« Aber er lächelte nur und schüttelte den Kopf. Verdammnis! »Nun gut, aber wir sollten Forward trotzdem überprüfen. Nimm mit ihm Kontakt auf und frage ihn, wo er ist. Besteht die Möglichkeit, daß er seinerseits dich aufgrund deiner Reputation kennt?«

»Klar. Schließlich bin ich auch berühmt.«

»Na also. Falls er nahe genug ist, können wir ihn sogar um eine Möglichkeit zum Heimflug bitten. Solange wir hier draußen festhängen, sind wir auf die Gnade eines jeden Hyperraumschiffs angewiesen.«

»Ich hoffe, daß man uns doch noch angreift«, sagte Ausfaller. »Wir sind dazu imstande, alles zu schlagen ...«

»Aber wir sind zum Entweichen außerstande. Der Gegner kann sich uns entziehen, aber wir vermögen uns nicht zu drücken.«

»Friede, ihr zwei. Eines nach dem andern.« Carlos setzte sich an die Hyperfunkkontrollen und tippte eine Nummer.

»Können Sie versuchen, in diesem Gespräch meinen Namen zu vermeiden?« meinte Ausfaller plötzlich. »Falls notwendig, geben Sie sich als Schiffseigentümer aus.«

Überrascht schaute Carlos sich um. Ehe er Zeit zum Antworten erhielt, leuchtete der Bildschirm auf. Ich sah aschblondes Haar im Kammschnitt der Beller über einem mageren bleichen Gesicht mit unpersönlichem Lächeln. »Forward-Station. Guten Abend.«

»Guten Abend. Hier spricht Carlos Wu von der Erde im Fernruf. Ich möchte bitte Dr. Julian Forward sprechen.«

»Ich sehe nach, ob er abkömmlich ist.« Auf dem Bildschirm erschien der Text BITTE WARTEN.

»Was für ein Spielchen treiben denn *Sie* nun?« brauste Carlos während dieser Unterbrechung auf. »Welche Begründung hätte ich denn für den Besitz eines bewaffneten und getarnten Kriegsschiffs?«

Ich jedoch begann zu begreifen, worauf Ausfaller hinauswollte. »Dafür eine Erklärung abzugeben«, sagte ich, »würdest du so oder so vermeiden wollen. Vielleicht fragt er nicht. Ich ...« Ich verstummte, denn nun hatten wir Kontakt mit Forward selbst.

Julian Forward war Jinxaner, klein und breit, die Arme so dick wie die Beine und die Beine so dick wie Säulen. Seine Haut war nahezu so schwarz wie sein Haar – Siriusbräune, vermutlich erhalten durch Sonnenlampen. Er hockte auf der Kante eines Massagesessels. »Carlos Wu!« Seine Stimme bezeugte schmeichelhafte Begeisterung. »Sind Sie derselbe Carlos Wu, der das Problem der Sealeyhamschen Limits gelöst hat?«

Carlos bestätigte ihm das. Die beiden gerieten in eine Diskussion über mathematische Fragen – soviel ich verstand, die Anwendung eines anderen von Carlos gelösten Limitproblems. Ich sah zu Ausfaller hinüber – unauffällig, denn für Forward sollte er ja nicht existieren – und bemerkte, daß er Forward auf seinem Nebenbildschirm mit höchster Anspannung musterte. »Nun«, forschte Forward schließlich nach, »was kann ich für Sie tun?«

»Julian Forward, das ist Beowulf Shaeffer«, sagte Carlos. Ich neigte den Kopf. »Beo flog mich gerade heimwärts, da verschwand unser Hypertriebwerk.«

»Verschwand?«

Zur Abwechslung meldete ich mich zu Wort. »Verschwand, verdammt richtig. Das Gehäuse des Hyperantriebs ist leer. Die Triebwerksanschlüsse sind durchtrennt. Wir hängen hier draußen ohne Hypertriebwerk und wissen nicht einmal wieso.«

»Stimmt nur fast«, sagte Carlos gut aufgelegt. »Ich habe

eine gewisse Vorstellung, wie es geschehen sein könnte, Dr. Forward. Ich hätte sie gerne mit Ihnen diskutiert.«

»Wo befinden Sie sich im Moment?«

Ich ließ mir vom Computer unsere Position und Geschwindigkeit geben und leitete beides an die Forward-Station weiter. Ob das richtig war, dessen war ich mir nicht sicher; aber Ausfaller hatte die Möglichkeit, mich daran zu hindern, und er tat es nicht. »Ausgezeichnet«, ertönte es von Forwards Abbild. »Es sieht so aus, als könnten Sie schneller zu mir gelangen als zur Erde. Die Forward-Station liegt voraus auf Ihrem Kurs, innerhalb zwanzig AE von Ihrer Position. Sie können hier auf die nächste Fähre warten. Das ist besser als ein Flug in einem beschädigten Schiff.«

»Gut! Wir errechnen den neuen Kurs und geben Ihnen Nachricht über den Zeitpunkt unserer Ankunft.«

»Ich bin hocherfreut über diese Gelegenheit, Sie kennenlernen zu dürfen, Carlos Wu.« Forward gab uns seine Koordination durch und unterbrach die Verbindung.

Carlos drehte sich nach mir um. »So, Beo. Jetzt besitzt *du* ein bewaffnetes und getarntes Kriegsschiff. Nun denk *du* dir aus, woher du es hast.«

»Wir haben viel schlimmere Sorgen. Die Forward-Station ist genau dort, wo der Raumschiffschlucker sitzen müßte.« Er nickte. Aber voller Heiterkeit. »Was also ist unser nächster Schritt? Wir vermögen Raumschiffen mit Hyperantrieb nicht zu entkommen. So nicht. Ist es wahrscheinlich, daß Forward versuchen wird, uns umzubringen?«

»Wenn wir die Forward-Station nicht zum angekündigten Zeitpunkt erreichen, kann's sein, daß er uns Schiffe auf den Hals schickt. Wir wissen zuviel. Wir haben es ihm selbst verraten. Das Hypertriebwerk ist komplett verschwunden. Ich kenne ungefähr ein halbes Dutzend Leute, die sagen könnten, sobald sie nur dies wissen, wie es möglicherweise geschehen ist.« Plötzlich lächelte Carlos. »Alles unter der Voraussetzung, daß Forward der Raumschiffentführer ist.

Aber das wissen wir nicht. Ich glaube, wir haben eine vorzügliche Chance, um die Wahrheit herauszufinden, so oder so.«

»Wie? Indem wir bei ihm hineinspazieren?«

Ausfaller nickte zur Bestätigung. »Dr. Forward erwartet, daß Sie und Carlos ihm arglos ins Netz gehen und das Raumschiff unbewacht zurücklassen. Ich glaube, wir können ihm ein paar Überraschungen bereiten. Zum Beispiel hat er bestimmt nicht bemerkt, daß dies ein Rumpf der General Products ist. Und ich werde an Bord sein, um das Schiff zu verteidigen.«

Gewiß, nur Antimaterie vermochte einem GP-Rumpf ernsthaft etwas anzuhaben ... doch einige Dinge konnten sie durchdringen, wie Licht und Gravitation und Vibrationswellen. »Sie werden also in diesem unzerstörbaren Rumpf sitzen«, sagte ich, »während wir uns in der Station aufhalten und hilflos sind. Sehr schlau. Ich würde gern mit Ihnen tauschen. Aber Sie müssen ja schließlich an Ihre Karriere denken.«

»Das will ich gar nicht leugnen. Aber es gibt Mittel, um Sie gut vorzubereiten.«

Hinter Ausfallers Kabine, hinter einer scheinbar ununterbrochenen Wand, befand sich ein Raum von den Ausmaßen eines Kämmerchens. Ausfaller war anscheinend sehr stolz darauf. Er zeigte uns darin nicht alles, aber ich sah genug, um auch den letzten Rest meines ursprünglichen Eindrucks von Ausfaller aufzugeben. Dieser Mann besaß durchaus nicht die Seele eines verweichlichten Bürokraten.

In einem Glasschrank bewahrte er zwei Dutzend Spezialwaffen auf. Eine Reihe von vier Klammern hielt drei gleichartige Schußwaffen, tragbare Raketenwerfer für jeweils ein dickes Geschoß, wovon Ausfaller uns anvertraute, daß es sich um eine winzige Atombombe handelte, die vierte Klammer war leer. Außerdem standen Lasergewehre und Laserpistolen zur Verfügung, ein Schrotgewehr mit zehn Zentimeter langem Rückstoßabsorber, Wurfmesser und eine eigentlich für olympische Zwecke gedachte Präzisionspistole mit Handformgriff und Platz für nur ein 22er Projektil. Ich fragte mich, was er mit einem Hobbybaukasten für Sensualskulpturen anfing. Vielleicht stellte er Skulpturen her, die einen Menschen oder Nichtmenschlichen in den Irrsinn stürzen konnten. Vielleicht war der Zweck auch weniger subtil; möglicherweise explodierten seine Skulpturen bei der Berührung durch bestimmte Fingerabdrücke.

Sein Arsenal umfaßte auch einen Textilkompaktautomaten. »Ich werde Sie neu einkleiden«, sagte er. Warum, fragte Carlos. »Können Sie Geheimnisse für sich behalten?« meinte er darauf. »Sehen Sie, ich auch.« Er fragte uns, welchen Bekleidungsstil wir bevorzugten. Ich war ganz ehrlich und wünschte mir einen weiten Jumper in Grün und Silber mit vielen Taschen. Er war nicht der beste, den ich jemals getragen habe, aber er paßte.

»Von Knöpfen war nicht die Rede«, sagte ich.

»Ich hoffe, sie stören Sie nicht zu sehr. Carlos, Sie müssen auch Knöpfe in Kauf nehmen.« Carlos entschied sich für eine feuerrote Tunika mit einem grünen und goldenen Drachen auf der rückwärtigen Seite. Die Knöpfe waren verziert mit dem Monogramm der Familie. Ausfaller stellte sich vor uns auf und begutachtete uns in unserer neuen Pracht; sie fand sichtlich seinen Beifall. »Und nun sehen Sie her«, sagte er. »Hier stehe ich vor Ihnen, völlig unbewaffnet ...«

»Stimmt.«

»Sie sind sich aber dessen *sehr* sicher.« Ausfaller grinste. Er nahm den oberen und den unteren Knopf und zog kräftig an beiden. Sie lösten sich. Der Stoff zwischen ihnen zerriß wie durch einen Draht. Indem er die Knöpfe hielt, als spanne er dazwischen diesen unsichtbaren Draht, senkte er sie über eine auf rohe Weise plastische Sensualskulptur. Die

Skulptur zerteilte sich in Hälften. »Eine Sinclair-Molekülkette. Sie zerschneidet jede normale Materie, falls Sie genug Kraft aufwenden. Sie müssen sehr vorsichtig damit umgehen. Sie können sich damit so leicht die Finger abschneiden, daß Sie's erst merken, wenn es zu spät ist. Beachten Sie, daß die Knöpfe besonders groß sind, um Griffigkeit zu gewährleisten.« Behutsam legte er die beiden Knöpfe auf einen Tisch und stellte zwischen sie ein schweres Gewicht. »Dieser dritte Knopf von oben ist eine Sonikgranate. Im Umkreis von zehn Metern wirkt sie tödlich. Im Umkreis von dreißig Metern bewirkt sie Taubheit.«

»Sie dürfen darauf verzichten«, sagte ich, »sie uns vorzuführen.«

»Vielleicht legen Sie Wert auf das Zielwerfen mit Übungsknöpfen. Dieser zweite Knopf ist eine Power-Pille, ein kommerzielles Stimulans. Zerbrechen Sie den Knopf, wenn Sie's nötig haben, und nehmen Sie die Hälfte. Die ganze Dosis brächte womöglich Ihr Herz zum Stillstand.«

»Von dieser Power-Pille habe ich noch nie gehört. Wie wirkt sie auf Crahslander?«

Er war verblüfft. »Das weiß ich nicht. Vielleicht begnügen Sie sich mit einem Viertel der Dosis.«

»Oder ich verzichte ganz darauf«, entgegnete ich.

»Es gibt noch etwas, das ich lieber nicht demonstriere. Befühlen Sie den Stoff, aus dem Ihre Kleidung besteht. Spüren Sie, daß er drei Schichten hat? Die mittlere Schicht ist ein nahezu perfekter Spiegel. Sie reflektiert sogar R-Strahlen. Damit können Sie einen Laserbeschuß überleben – wenigstens für die erste Sekunde. Der Kragen läßt sich zu einer Kapuze entrollen.«

Carlos nickte zufrieden. Vermutlich sind wirklich alle Flatlander gleich; vermutlich denken sie alle so. Eineinhalb Milliarden Jahre lang haben die Vorfahren der Menschheit sich unter den Bedingungen nur einer Welt entwickelt – der Erde. Ein Flatlander wächst in einer Umwelt auf, die ihm völlig untertan ist. Instinktiv betrachtete er das gesamte Universum auf gleiche Weise. Wir wissen es besser; wir, die wir auf anderen Welten geboren sind. Auf We Made It sind es die höllischen Stürme, im Sommer wie im Winter. Auf Jinx ist es die Gravitation. Auf Plateau ist es die Kante der Klippe, die alles umsäumt, die an eine Tiefe von vierzig Meilen grenzt, in der Hitze und Druck von unerträglichen Ausmaßen herrschen. Auf Down ist es das Rotsonnenlicht; Pflanzen wollen nicht ohne die Unterstützung ultravioletter Lampen gedeihen. Aber Flatlander denken, das Universum sei zu ihrem Wohle vorhanden. Für sie ist Gefahr etwas Unwirkliches.

»Ohrstöpsel«, sagte Ausfaller und hielt uns eine Handvoll Zylinder aus Weichplastik hin. Wir stopften sie uns in die Ohren. »Können Sie mich hören?« fragte daraufhin Ausfaller.

»Ja.« Die Stöpsel beeinträchtigen unser Gehör nicht im mindesten.

»Das sind Audiotransmitter mit sonischen Polstern. Wenn Sie von einer Schallwelle getroffen werden, etwa durch eine Explosion oder durch eine Sonikwaffe, unterbricht das Gerät seine Tätigkeit. Falls Sie also plötzlich nicht länger hören, wissen Sie, daß man sie angreift.«

Für meine Begriffe waren Ausfallers sorgsame Vorbereitungen nur ein Zeugnis dafür, was uns bevorstehen mochte. Ich hielt den Mund. Wenn wir uns in Panik hineinsteigerten, verschlechterten sich bloß unsere Chancen.

Wir kehrten zurück in den Kontrollraum, und Ausfaller setzte sich mit dem Amt für Außerirdische Angelegenheiten auf der Erde in Verbindung. Er berichtete dorthin eine gestraffte Darstellung dessen, was uns widerfahren war; hinzu fügte er einige vorsichtig formulierte Mutmaßungen. Er forderte Carlos auf, daß er zur Vervollständigung seine Theorien beisteuern möge. Carlos lehnte ab. »Es ist noch immer möglich, daß ich mich irre. Lassen Sie mir die Gelegenheit zu einigen Forschungen. Ich möchte mich nicht blamieren.«

Ausfaller legte sich mißmutig in seine Koje. Er war zu lange auf den Beinen gewesen, und man merkte es ihm an. Carlos schüttelte den Kopf, als Ausfaller in seine Kabine entschwand. »Paranoia. Ich vermute, in seinem Beruf muß man paranoid sein.«

»Du könntest selbst etwas davon vertragen.«

Er hörte mich nicht. »Man stelle sich einmal vor – verdächtigt eine interstellare Berühmtheit, ein Raumpirat zu sein!«

»Deine Berühmtheit ist zur richtigen Zeit am richtigen Ort.«

»Ach, Beo, vergiß, was ich gesagt habe. Dieses ... äh ... Gerät, das die Raumschiffe schluckt, muß am richtigen Ort sein, aber das gilt nicht für die Piraten. Sie können es am Einsatzort stationieren und sich mit ihren Hyperraumschiffen zu ihrem Stützpunkt zurückziehen.«

Das war in der Tat etwas, das man beachten mußte. Im Vergleich zum inneren System war dies innerhalb des Kometarhalos gelegene Volumen gewaltig; aber für Raumschiffe mit Hypertriebwerken war das alles Nachbarschaft. »Warum besuchen wir dann Forward?« fragte ich.

»Ich möchte meine Überlegungen sowieso mit ihm besprechen. Aber es geht mir um noch mehr. Wahrscheinlich kennt er den Chef der Raumpiraten, ohne es zu wissen, daß er es ist. Wahrscheinlich kennen wir ihn beide. Es erfordert schon so etwas wie einen Kosmologen, um diese Vorrichtung zu finden und zu begreifen. Wer es auch sein mag, er muß für irgend etwas einen Namen haben.«

»Finden?«

Carlos grinste mich an. »Abwarten. Ist dir schon jemand eingefallen, dem du gerne mit diesem magischen Draht zu Leibe rücken würdest?«

»Ich habe eine Liste aufgestellt. Du stehst an erster Stelle.«

»Oho, gib acht. Sigmund weiß, daß du in ihrem Besitz bist, wenn's auch sonst niemand weiß.«

»Er ist auf dem zweiten Platz.«

»Wie lange sind wir noch zur Forward-Station unterwegs?«

Ich hatte einen neuen Kurs errechnet. Wir bremsten mit 30 g und drehten weiträumig bei. »Zwanzig Stunden und ein paar Minuten«, antwortete ich.

»Gut. Ich nutze die Zeit zu einigen Studien.« Er begann, aus dem Computer Daten abzurufen. Ich bat um die Erlaubnis, ihm über die Schulter schauen zu dürfen. Er erteilte sie mir. Der Lump! Er liest doppelt so schnell wie ich. Um wenigstens eine Ahnung davon zu erhalten, worum es ihm ging, versuchte ich den Text zu überfliegen.

Kollapsare; drei waren bekannt. Der nächste war die Komponente eines Doppelgestirns im Sternbild Cygnus, mehr als einhundert Lichtjahre entfernt. Expeditionen waren dorthin geflogen, um Sonden zu stationieren. Die Theorie von den Dunkelsternen war mir nicht neu, allerdings übersteigt die damit verbundene Mathematik meinen Verstand. Wenn ein Stern massiv genug ist, und er beginnt abzukühlen, nachdem er seinen Nuklearbrennvorrat verbrannt hat, kann keine denkbare innere Kraft es verhindern, daß er bis unter seinen eigenen Schwartzschildradius zusammenschrumpft. An diesem Punkt überschreitet die Fluchtgeschwindigkeit des Sterns die Lichtgeschwindigkeit; und dann ist dieser Stern schwarz und stumm, denn nichts kann ihn verlassen, keine Materie, keine Strahlung, folglich liefert er keine Informationen. Nichts – außer Gravitation. Ein solcher Schrumpfstern kann fünf Solarmassen oder mehr wiegen; andernfalls würde sein Schrumpfungsprozeß im Neutronensternstadium zum Stillstand kommen. Danach kann er nur noch wachsen und massiver werden. Es gab nicht die leiseste Wahrscheinlichkeit, einen derart massiven

Himmelskörper hier am Rande des Solsystems zu entdekken. Wäre hier ein solches Objekt, dann müßte die Sonne es umkreisen.

Jener sibirische Meteorit muß eine seltsame Erscheinung gewesen sein, da man sich neunhundert Jahre später noch an ihn erinnerte. Tausende von Quadratmeilen weit hatte er Bäume geknickt; im Bereich der Aufschlagstelle dagegen blieben Bäume stehen. Vom Meteoriten selber hatte man nie bloß ein Stückchen gefunden. Niemand sah den Aufschlag. Im Jahre 1908 dürfte das Tunguskagebiet in Sibirien so dünn besiedelt gewesen sein wie heute der irdische Mond.

»Carlos, was hat das alles mit irgend etwas im Zusammenhang mit unserem Unternehmen zu tun?«

»Hat Holmes immer alles Watson gesagt?«

Es bereitete mir ernste Schwierigkeiten, den kosmologischen Text zu begreifen. Darin grenzte die Physik an die Philosophie; oder umgekehrt. Im Prinzip jedenfalls stand die Urknalltheorie – die sich das Universum als infolge der Explosion einer einzigen Urmasse im Ausdehnungsprozeß vorstellt, wie eine titanische Bombe – im Widerstreit mit der Theorie vom unendlichen Universum, die besagt, daß es schon immer existiert habe und immer existieren werde. Die Theorie vom zyklischen Universum ist eine Erweiterung der Urknalltheorie, und zwar dergestalt, daß das Universum Kontraktionen unterliege. Von allen Theorien gibt es verschiedene Varianten.

Als man erstmals die Quasare entdeckte, schienen sie aus einem früheren Stadium der Evolution des Universums zu datieren; wogegen die Theorie von der Unendlichkeit des Universums eine Evolution überhaupt bestritt. Die Theorie von der Unendlichkeit des Universums kam außer Mode. Dann löste vor einem Jahrhundert Hilbury das Rätsel der Quasare. Indessen war eine der Implikationen der Urknalltheorie unhaltbar geworden. Und von da an überstieg die Mathematik meine Fähigkeiten. Als der Text eine Diskussion darüber erreichte, ob das Universum offen sei oder im vierdimensionalen Raum eingeschlossen, legte Carlos ihn beiseite. »Sehr schön«, sagte er zufrieden.

»Was?«

»Ich könnte recht haben. Unzureichende Daten. Ich muß hören, was Forward dazu meint.«

»Ich hoffe, daß ihr beide an eurer Schlaumeierei erstickt. Ich hau' mich in die Koje.«

Hier draußen im weiten Grenzland zwischen dem Solsystem und dem interstellaren Raum hatte Julian Forward eine stark felsige Masse von der Größe eines mittleren Asteroiden aufgespürt. Aus einiger Entfernung wirkte sie, als sei sie von jeglicher Technologie unberührt – ein seitenlastiger Sphäroid in schmutzigem Weiß und mit rauher Oberfläche. Aus näherem Abstand erkannte man Flecken von Metall und hellen Farben wie wahllos verstreute Edelsteine. Luftschleusen, Fensterflächen, lange Antennen und andere, weniger eindeutig erkennbare Dinge. Eine runde, erleuchtete Fläche, aus deren Mitte etwas aufragte – ein langer Metallarm mit einem halben Dutzend Kugelgelenken und am Ende einen Trichter. Ich betrachtete dieses Gebilde und versuchte zu erraten, was es sein mochte – und gab es auf.

Ich brachte die *Hobo Kelly* in angemessener Entfernung in Parkposition. »Und Sie bleiben an Bord?« wandte ich mich an Ausfaller.

»Selbstverständlich. Ich werde nichts tun, was Dr. Forward in der Annahme verunsichern könnte, daß das Schiff leer sei.«

Wir setzten auf einem offenen Taxi zur Forward-Station über; zwei Sitze, ein Treibstofftank und ein Raketenmotor. Einmal wollte ich Carlos etwas fragen, aber als ich ihn ansah, fiel meine Frage anders aus. »Carlos? Bist du in Ordnung?«

Sein Gesicht war bleich und verspannt. »Ich schaffe es.«

»Hast du's schon mit geschlossenen Augen versucht?«

»Das war noch schlimmer. Verdammt, so lange habe ich dank Hypnose durchgehalten. Beo, es ist so *leer* ringsum.«

»Reiß dich zusammen. Wir sind gleich da.«

Vor einer der Luftschleusen stand in hautengem Schutzanzug mit Kugelhelm der blonde Belter. Er benutzte eine Taschenlampe, um uns einzuweisen. Wir verankerten unser Taxi an einer Felsspitze – es herrschte beinahe Nullschwerkraft – und folgten ihm ins Innere. »Ich bin Harry Mäuseschweiß«, sagte der Belter. »Man nennt mich aber lieber Angelino. Dr. Forward befindet sich im Laboratorium.«

Das Innere des Asteroiden bestand aus einem Netzwerk gerader zylindrischer Korridore, gebohrt mit Lasern, unter Druck gesetzt und mit kühlen blauen Leuchtstreifen ausgestattet. An der Oberfläche hatten wir ein paar Pfund gewogen; weiter einwärts verringerte sich das Gewicht sogar noch. Angelino bewegte sich auf eine Weise, die mir neu war: Er tat vom Boden aus einen flachen Sprung, der ihn ziemlich weit voraus an die Decke trug, von der er sich dann abstieß und danach wieder vom Boden aus sprang. Nach drei solchen Sätzen mußte er auf uns warten, und er verbarg seine Belustigung darüber, welche Mühe es uns kostete, den Anschluß zu bewahren, durchaus nicht. »Dr. Forward hat mich gebeten«, verriet er uns, »Sie herumzuführen.«

»Anscheinend gibt es hier viel mehr Korridore, als Sie eigentlich benötigen«, sagte ich. »Warum haben Sie die Räumlichkeiten nicht zusammengelegt?«

»Dieser Felsklotz war einmal eine Mine. Diese Gänge haben noch die Minenarbeiter gebohrt. Sie hinterließen große Hohlräume, wo immer sie lufthaltiges Gestein oder Eistaschen fanden. Wir hatten nicht mehr zu tun, als Wände einzufügen und das Ding abzudichten.« Das erklärte, warum es hier zwischen den Räumen so ausgedehnte Korridore gab, warum die Räume, die wir zu sehen bekamen, so groß waren; einige dienten als Lager – behauptete Angelino. Es lohne sich nicht, meinte er, sie zu öffnen. Bei anderen handelte es sich um Gerätedepots, Maschinenräume des Versorgungssystems, einen Garten, einen recht ansehnlichen Computerraum, ein Fusionskraftwerk von beachtlicher Kapazität. In einem Kasino, das dreißig Personen Platz bot, saßen nur zehn, als wir eintraten, ausschließlich Männer; sie warfen uns neugierige Blicke zu, ehe sie sich wieder ihrem Essen widmeten. Ein Hangar, viel größer als erforderlich und unterm offenen Weltraum; untergestellte Taxis und Schutzanzüge mit Energiespeichern und Spezialwerkzeugen; drei gleichartige runde Parkschalen, alle drei leer.

Ich ging ein Wagnis ein. »Sie verwenden auch Raumschlepper?« fragte ich mit äußerstem Gleichmut.

Angelino zögerte nicht. »Klar. Natürlich können wir Wasser und Metalle aus dem inneren System beziehen, aber es ist billiger, wenn wir beides mit eigenen Mitteln hier aufspüren. Und in einem Notfall könnten die Schlepper uns wahrscheinlich bis ins innere System befördern.« Wir kehrten zurück ins Tunnelsystem. »Da wir gerade von Raumfahrzeugen reden«, sagte Angelino, »ich glaube nicht, daß ich schon einmal so eines wie Ihres gesehen habe. Waren diese *Bomben* entlang der Unterseite angebracht?«

»Einige«, antwortete ich.

Carlos lachte. »Beo hat sich bis jetzt geweigert, mir zu erzählen, wie er an dies Schiff gekommen ist.«

»Bla-bla-bla! Na schön, ich habe es *geklaut*! Ich bezweifle, daß irgend jemand sich darüber beklagen wird.«

Angelino, zuvor aufrichtig neugierig, war nun ebenso aufrichtig fasziniert, als ich die Geschichte erzählte, wie man mich angeheuert habe, damit ich einen Frachter ins Wonderland-System flöge. »Die Burschen, die mich angeworben haben, sahen für meine Begriffe nicht sympathisch aus, aber ich dachte mir, was verstehst du schon von den Wonderlandern? Außerdem kam mir das Geld gerade recht.« Ich erwähnte meine angebliche Verwunderung über die Proportionen des Schiffs, über die solide Wand hinter der Kabine, die Passagiersektion, welche nur aus Holographien hinter undurchsichtigen Bullaugen bestand. Um diese Zeit hätte ich bereits befürchtet, daß man mich, falls ich noch auszusteigen versuchte, verschwinden ließe. Aber richtig bange sei mir erst geworden, als ich das genaue Ziel erfuhr. »Das war nämlich die Serpent-Region – Sie wissen doch, dieser halbmondförmige Asteroidenschwarm im Wonderland-System. Alle Welt weiß, daß dort zwischen den Asteroiden *niemand anders* als die Rebellenorganisation Free Wonderland regiert. Als ich meinen Kurs erhalten hatte, zischte ich einfach ab und flog zum Sirius.«

»Merkwürdig, daß man Sie mit einem funktionstüchtigen Hypertriebwerk hat durchgehen lassen.«

»Das haben sie natürlich *nicht*, Mensch. Sie hatten die Relais unterbrochen. Ich mußte sie selbst reparieren. Es war mein Glück, daß ich zuerst nachschaute, denn sie hatten die Relais mit einer kleinen Bombe unter meinem Kontrollsessel gekoppelt.« Damit beendete ich das Märchen. »Vielleicht ist mir bei der Reparatur ein Fehler unterlaufen. Haben Sie gehört, was geschehen ist? Der Hyperantrieb ist schlicht und einfach verschwunden. Ich muß unbeabsichtigt einige Sprengverriegelungen ausgelöst haben, denn plötzlich trennte sich der Schiffsbauch vom Rumpf. War nur eine Attrappe. Was übrig ist, sieht aus wie ein Taschenbomber.«

»Genau das habe ich auch gedacht.«

»Ich fürchte, ich muß ihn den Bonzen der Raumpolizei ausliefern, sobald wir das Innensystem erreichen. Jammerschade.«

Carlos lächelte und schüttelte den Kopf. »Das beweist doch lediglich«, sagte er zur Ablenkung, »daß man seinen Problemen entfliehen *kann*.«

Der nächste Tunnel mündete in eine große halbkugelförmige Kammer, über die sich ein gewölbter Transparentendom erhob. Eine mannsdicke Säule ragte aus dem Felsboden auf bis zu einer Dichtung im Mittelpunkt der Kuppel. Oberhalb der Dichtung, wo er zwischen Weltraumnacht und Sternen schimmerte, griff ein Metallarm mit mehreren Gelenken blindlings hinaus ins All. Der Arm endete in so etwas wie einem kolossalen eisernen Hundefutternapf. Forward saß in einer hufeisenförmigen Kontrollkonsole in der Nähe der Säule. Ich beachtete ihn kaum. Diesen Arm mit dem Trichterding hatte ich schon gesehen, aber dabei keine richtige Vorstellung von den *Ausmaßen* besessen. Forward bemerkte mein Gaffen. »Das ist der Greifer«, sagte er. Er kam uns mit einem Hüpfen entgegen, das zwar komisch aussah, mit dem er jedoch flott vorankam. »Ich freue mich, Sie kennenzulernen, Carlos Wu ... Beowulf Shaeffer.« Sein Händedruck war, da er Vorsicht walten ließ, nicht schmerzhaft. Er besaß ein breites, gewinnendes Lächeln. »Der Greifer ist unsere Attraktion. Danach gibt's nichts mehr zu sehen.«

»Wozu ist er gut?« fragte ich.

Carlos lachte. »Er ist schön! Warum muß er zu etwas gut sein?«

Forward wußte die Schmeichelei zu schätzen. »Ich habe daran gedacht, ihn später in einer Ausstellung von Schrottkunst unterzubringen. Aber er ist auch zu etwas gut – er bewegt große, dichte Massen. Der Trichter am Ende des Arms ist ein Bündel von Elektromagneten. Ich kann damit Massen zwecks Erzeugung polarisierter Gravitation in Vibration versetzen.«

Sechs mächtige Verstrebungen teilten die Kuppel in Dreiecksektionen. Ich bemerkte nun, daß sie und die Dichtung in ihrer Mitte wie Spiegel schimmerten. Sie waren durch Stasisfelder verstärkt. Eine zusätzliche Verankerung für den Greifer? Ich versuchte mir Gewalten vorzustellen, die eine solche Standfestigkeit erforderten. »Und was bringen Sie zur Vibration? Eine Megatonne Blei?«

»Als Testmasse haben wir Blei in Leichtmetallumhüllung

benutzt. Aber das ist schon drei Jahre her. Ich habe seit einiger Zeit keine Arbeiten mit dem Greifer durchgeführt, aber wir erhielten sehr zufriedenstellende Ergebnisse mit einer Neutroniumkugel in einem Stasisfeld. Zehn Milliarden metrische Tonnen.«

»Und was hat das Ganze für einen Sinn?« fragte ich.

Carlos warf mir einen sauren Blick zu. Forward jedoch empfand die Frage anscheinend als völlig vernünftig. »Zum Beispiel Kommunikation. Es dürfte überall in der Galaxis intelligente Rassen geben, meistenteils zu weit entfernt, um von unseren Raumschiffen erreicht werden zu können. Gravitationswellen sind wahrscheinlich das beste Mittel, um mit ihnen in Kontakt zu kommen.«

»Gravitationswellen bewegen sich mit Lichtgeschwindigkeit, nicht wahr? Wäre die Hyperwelle denn nicht besser?«

»Wir können nicht voraussetzen, daß sie sie kennen. Wer außer Outsidern verfällt auf den Gedanken, so weit von einer Sonne entfernt zu experimentieren? Wollen wir Verbindung mit Lebewesen erhalten, die noch keine Kontakte zu Outsidern hatten, müssen wir Gravitationswellen benutzen ... sobald wir wissen, wie man's anstellt.«

Angelino bot uns Sessel und Erfrischungen an. Als wir es uns bequem gemacht hatten, war ich bereits vom weiteren Gespräch ausgeschlossen; Forward und Carlos redeten über Plasma- und Metaphysik und davon, wie es diesen und jenen alten Bekannten gehe. Soviel ich mitbekam, mußten sie eine beträchtliche Anzahl gemeinsamer Bekannter haben.

Und Carlos forschte nach dem Verbleib von auf Gravitationsphysik spezialisierten Kosmologen. Ein paar arbeiteten im Quicksilver-Team. Andere waren über die Kolonialwelten verstreut – vor allem befanden sich viele auf Jinx, um das Institut des Wissens zur Finanzierung verschiedenartiger Projekte zu überreden, beispielsweise Expeditionen zu jenem Kollapsar im Sternbild Cygnus.

»Sind Sie auch noch für das Institut des Wissens tätig, Doktor?«

Forward schüttelte den Kopf. »Das Institut hat die Unterstützung eingestellt. Die Resultate waren ihm zu gering. Aber ich habe die Erlaubnis, weiterhin diese Station zu verwenden, die Institutseigentum ist. Eines Tages wird es sie verkaufen, und dann müssen wir umziehen.«

»Ich habe mich schon gewundert, wieso man Sie überhaupt nach hier geschickt hat«, sagte Carlos. »Sirius besitzt selbst eine adäquate Kometarzone.«

»Aber Sol ist das einzige System, das so weit draußen noch Zivilisation aufweist. Und ich kann mich auf bessere Mitarbeiter stützen. Das Solsystem hat zu allen Zeiten einen beachtlichen Anteil von Kosmologen hervorgebracht.«

»Mir ist eingefallen, daß Sie vielleicht dazu Gelegenheit hatten, ein altes Rätsel zu lösen. Ich meine das des tunguskischen Meteoriten. Zweifellos ist Ihnen der Fall vertraut.«

Forward lachte. »Natürlich. Wem nicht? Ich bezweifle, daß wir jemals herausfinden werden, was in jener Nacht auf Sibirien gestürzt ist. Es könnte ein Splitter Antimaterie gewesen sein. Wie man hört, soll es innerhalb des bekannten Weltraums Antimaterie geben.«

»Wenn es welche war, werden wir's nie nachweisen können«, stimmte Carlos ihm zu.

»Sollen wir nun erst einmal Ihr Problem diskutieren?« Plötzlich schien Forward sich meiner Anwesenheit zu entsinnen. »Shaeffer, wie ist einem professionellen Raumpiloten zumute, wenn unerwartet sein Hypertriebwerk verschwindet?«

»Es ist ganz schön platt.«

»Irgendwelche Theorien?«

Ich entschied, nichts von Piraten zu erwähnen. Ich wollte sehen, ob Forward zuerst davon sprach. »Meine Theorie hat bisher wenig Zuneigung gefunden«, sagte ich und setzte ihm knapp die Gründe für meine angebliche Annahme auseinander, daß es sich um Hyperraummonster handeln müsse.

Höflich hörte Forward mir zu. »Eines kann ich Ihnen sagen«, meinte er dann. »Das wird auf jeden Fall schwer zu widerlegen sein. Sind Sie fest davon überzeugt?«

»Nur widerwillig. Einmal wäre ich fast ums Leben gekommen, weil ich nach Hyperraummonstern Ausschau hielt und doch lieber nach natürlichen Ursachen hätte schauen sollen.«

»Warum sollten diese Hyperraummonster nur den Antrieb verschlingen?«

»Hmm ... Verdammnis. Keine Ahnung.«

»Was meinen Sie, Carlos? Natürliche Phänomene oder Monster?«

»Piraten«, sagte Carlos.

»Wie sollten sie so etwas schaffen?«

»Freilich, diese Methode, daß man das Hypertriebwerk verschwinden läßt, so daß das Raumschiff ohne selbiges zurückbleibt, ist brandneu. Ich glaube, das erfordert eine scharfe Gravitationsgraduierung mit einer Anziehungskraft, die so stark ist wie bei einem Neutronenstern.«

»Sie werden nichts dergleichen irgendwo im von den Menschen erreichten Weltraum finden.«

»Das weiß ich.« Carlos wirkte enttäuscht. Aber er mußte die Enttäuschung spielen. Er hatte sich ja zuvor schon so aufgeführt, als wisse er die unanzweifelbare Antwort.

»Ich glaube ohnehin nicht, daß ein Dunkelstern einen solchen Effekt auszuüben vermochte. Andernfalls hätten Sie nichts bemerkt; denn der Dunkelstern hätte das ganze Raumschiff verschlungen.«

»Wie wäre es mit einem starken Gravitationsgenerator?«

»Hmmm ...« Forward überlegte, dann schüttelte er seinen schweren Schädel. »Sie sprechen von einer Oberflächengravitation in Millionenwerten. Jeder Gravitationsgenerator, von dem ich bisher gehört habe, müßte auf dieser

Ebene sich selbst kollabieren. Wollen sehen, vielleicht mit einem Gerüst, verstärkt mit Stasisfeldern ... nein. Das Gerüst würde halten, aber der Rest der Maschinerie müßte zerfließen wie Wasser.«

»Sie lassen von meiner Theorie nicht viel übrig.«

»So leid es mir tut ...«

Carlos beendete ein kurzes Schweigen mit einer Frage. »Wie hat nach Ihrer Meinung das Universum angefangen?«

Forward wirkte über den Wechsel des Gesprächsstoffs verwirrt. Und mir wurde unbehaglich zumute. Wie mangelhaft meine Kenntnisse der Kosmologie auch sein mögen, ich kenne mich in Verhaltensweisen und Nuancen der Stimme aus. Carlos äußerte deutliche Annahmen und versuchte, Forward zu seinen eigenen Schlußfolgerungen zu leiten. Dunkelsterne, Piraten, der Tunguska-Meteorit, der Ursprung des Universums – er bot sie als mögliche Ursachen an. Und Forward reagierte nicht erwartungsgemäß. »Fragen Sie einen Priester«, antwortete er. »Was mich betrifft, ich neige zum Urknall. Ein unendliches Universum schien mir seit jeher so unnütz zu sein.«

»Ich bin auch für den Urknall«, sagte Carlos. Ich sah noch einen weiteren Anlaß zur Besorgnis – diese Raumschlepper; es war nahezu gewiß, daß sie zur Forward-Station gehörten. Wie würde Ausfaller reagieren, wenn die drei wohlbekannten Raumfahrzeuge bei der Station aufkreuzten? Welche Reaktion hätte ich denn vorgezogen? Die Forward-Station wäre ein erstklassiger Piratenstützpunkt. Durchzogen von lasergebohrten Korridoren, die ein Netz mit fast zufälligem Verlauf bildeten ... konnte es zwei Tunnelsysteme geben, nur auf dem Weg über die Oberfläche miteinander verbunden? Woher sollten wir es wissen?

Plötzlich legte ich gar nicht länger Wert darauf, es zu erfahren. Ich wollte heim. Wenn Carlos bloß die heiklen Themen ausließe ... Aber er stellte bereits neue Spekulationen über den Raumschiffschlucker an. »Diese zehn Milliarden metrische Tonnen von Neutronium, sagen wir einmal, die Sie als Testmasse benutzt haben – die wäre doch nicht groß oder dicht genug, um eine ausreichend starke Gravitationsgraduierung zu bewirken?«

»Sie könnte es – direkt über der Oberfläche.« Forward grinste und hielt seine Hände nahe aneinander. »Sie war ungefähr so groß.«

»Und dabei so dicht, wie Materie in diesem Universum nur werden kann. Zu dumm.«

»Sicher, aber ... kennen Sie sich in der Theorie der Schwarzen Löcher aus?«

»Ein bißchen.«

Forward erhob sich schroff. »Falsche Antwort.«

Ich rollte mich aus meinem Gurtsessel, um zu einem Sprung anzusetzen, während meine Finger nach dem dritten Knopf an meinem Jumper tasteten. Es war aussichtslos. Ich hatte das nicht unter Gravitation geübt. Forward befand sich schon mitten im Sprung. Im Vorbeisausen schlug er Carlos von der Seite an den Kopf. Er packte mich aus der Höhe seines Sprungs und riß mich mit seinem Griff um mein Handgelenk mit sich. Ich besaß keinerlei Standfestigkeit, aber ich trat nach ihm. Er machte sich nicht einmal die Mühe, mich daran zu hindern. Mein Widerstand glich einem Kampf gegen einen Berg. Er umklammerte meine Handgelenke mit einer Faust und zerrte mich davon.

Forward war beschäftigt. Er saß im Hufeisen seiner Kontrollkonsole und erteilte Anweisungen. Über die Kante der Konsole sah ich drei körperlose Hinterköpfe. Offensichtlich enthielt die Konsole auch ein Laservisifon. Ich verstand einen Teil von Forwards Worten. Er befahl den Piloten der drei Raumschlepper, die *Hobo Kelly* zu vernichten. Anscheinend wußte er noch nicht von Ausfaller.

Forward war beschäftigt, wogegen Angelino uns nachdenklich oder unzufrieden musterte; oder beides. Nun, nicht ganz grundlos. Man konnte uns beseitigen, aber wer wußte, welche Funksprüche wir möglicherweise schon losgeschickt hatten? Während Angelino uns betrachtete, vermochte ich natürlich nichts Hilfreiches zu tun. Und auf Carlos ließ sich nicht zählen.

Ich konnte Carlos nicht sehen. Forward und Angelino hatten uns an gegenüber befindliche Seiten der Zentralsäule unter dem Greifer gefesselt. Seitdem hatte Carlos keinen Ton von sich gegeben. Womöglich starb er infolge des furchtbaren Schlags gegen den Schädel. Ich suchte die Beschaffenheit der Fesseln um meine Handgelenke zu ergründen. Irgendwelche Metallstränge, die sich auf der Haut kühl anfühlten – und sie waren unverrückbar fest. Forward drehte einen Schalter. Die Köpfe seiner Gesprächsteilnehmer verschwanden. Ein Moment verstrich, ehe er wieder den Mund öffnete. »Sie haben mich in eine recht üble Lage gebracht.«

Die Antworte erteilte Carlos. »Ich würde sagen, das haben Sie selber getan.«

»Kann sein. Sie hätten nicht durchblicken lassen sollen, was Sie wissen.«

»Tut mir leid, Beo«, sagte Carlos. Seine Stimme klang, als sei er wohlauf. Gut.

»Schon recht«, sagte ich. »Aber worum drehte sich dieser Wirbel überhaupt? Was hat denn dieser Forward auf Lager?«

»Ich glaube, er hat den Tunguska-Meteoriten.«

»Nein. Den habe ich nicht.« Forward stand auf und baute sich vor uns auf. »Ich gebe zu, daß ich mich hier niedergelassen habe, um nach ihm zu suchen. Mehrere Jahre habe ich auf den Versuch verwendet, seine Bahn, die er nach Verlassen der Erde eingeschlagen haben mußte, zu verfolgen. Vielleicht *war* es ein Schwarzes Loch. Vielleicht nicht. Das Institut sperrte mir ohne Vorwarnung die Finanzen, als ich gerade ein richtiges Schwarzes Loch entdeckt hatte – das erste in der Geschichte.«

»Das sagt mir nicht viel«, beteuerte ich.

»Geduld, Mr. Shaeffer. Sie wissen, daß ein Schwarzes Loch entstehen kann, indem ein massiver Stern kollabiert und zum Dunkelstern wird? Schön. Und Sie wissen auch, daß er einen Körper von mindestens fünf Solarmassen besitzen muß. Er könnte eine Masse in der Größe einer Galaxis haben – oder gar so groß sein wie das gesamte Universum. Es gibt gewisse Anzeichen dafür, daß das Universum ein schrumpfendes Schwarzes Loch ist. Bei weniger als fünf Solarmassen muß der Kollaps jedoch im Neutronensternstadium zu einem Halt kommen.«

»Ich kann Ihnen folgen.«

»In der Geschichte des Universums gab es aber einen bestimmten Moment, in dem kleinere Schwarze Löcher sich gebildet haben können. Das war im Moment der Explosion des Monoblocks, jenes kosmischen Eies, das einmal alle im Universum vorhande Materie enthielt. Die Gewalt dieser Explosion muß eine Ausdehnung von unvorstellbarem Druck entwickelt haben. Dabei können Schwarze Löcher mit Massen bis hinab zu $2{,}2 \times 10^{-5}$ Gramm und einem Radius von $1{,}6 \times 10^{-25}$ Angströmeinheiten entstanden sein.«

»Natürlich könnten Sie ein so winziges Ding niemals finden«, sagte Carlos. Er wirkte fast wie von Fröhlichkeit erfüllt. Ich überlegte, warum ... und dann verstand ich den Grund. Er hatte mit seiner Vermutung, auf welche Weise die Raumschiffe verschwunden waren, recht behalten. Das entschädigte ihn wohl dafür, an eine Säule gefesselt zu sein.

»Aber bei jener Explosion können sich Schwarze Löcher aller Größen gebildet haben, und so dürfte es auch gewesen sein. Im Laufe von mehr als siebenhundert Jahren des Forschens hat man nie eins dieser kleinen Schwarzen Löcher entdeckt. Die meisten Kosmologen haben die Suche aufgegeben – und den Urknall auch.«

»Natürlich war da der Tunguska-Meteorit«, sagte Carlos. »Es könnte ein Schwarzes Loch von ... äh ... der Masse eines Asteroiden gewesen sein ...«

»Und etwa Molekülgröße gehabt haben. Doch die Anziehungskraft hatte beim Vorbeiflug durchaus Bäume zu fällen vermocht ...«

»Und es hätte glattweg die Erde durchschlagen und wäre um ein paar Tonnen schwerer ins Weltall zurückgekehrt. In der Tat hat man vor achthundert Jahren eine Suche nach der Austrittsöffnung durchgeführt. Mit Kenntnis desselben wäre es möglich gewesen, eine Kursberechnung vorzunehmen ...«

»Haargenau!« bestätigte Forward. »Aber ich mußte die Suche ebenfalls aufgeben. Ich wollte gerade eine neue Methode anwenden, da gefiel es dem Institut ... hm ... die Beziehung abzubrechen.«

Sie müssen beide verrückt sein, dachte ich. Carlos war an eine Säule gebunden und Forward drauf und dran, ihn umzubringen, und doch benahmen sich die beiden wie Mitglieder eines höchst vornehmen Klubs – dem ich nicht angehörte. Carlos war voll aufrichtigem Interesse. »Wie haben Sie's denn nun gefunden?«

»Wissen Sie, daß es einem Asteroiden möglich ist, ein Schwarzes Loch geringer Masse einzufangen? In seinem Innern? Bei einer von Masse von 10^{12} Kilogramm zum Beispiel – also einer Milliarde metrischer Tonnen – wäre ein Schwarzes Loch ...« – die Umrechnung hatte er offenbar nur für mich vorgenommen – » ... lediglich $1,5 \times 10^{-5}$ Angströmeinheiten groß. Kleiner als ein Atom. Bei langsamer Durchquerung eines Asteroiden kann es ein paar Milliarden Atome absorbieren, die genügen, um es zu verlangsamen und in einen Orbit zu zwingen. Daraufhin kann es für Äonen im Innern des Asteroiden kreisen, wobei es mit jedem Durchgang eine sehr geringe Masse absorbiert.«

»Tatsächlich?«

»Falls man also einen Asteroiden findet, der mehr Masse besitzt, als er haben dürfte ... und schafft es, ihn zu bewegen, und etwas Masse bleibt zurück ...«

»Da haben Sie aber sehr viele Asteroiden untersuchen müssen. Warum hier draußen? Warum nicht im Asteroidengürtel? Ach, klar, hier können Sie Hyperraumschiffe einsetzen.«

»Genau. Pro Tag konnten wir rund zwanzig Massen begutachten und hatten nur geringfügigen Brennstoffverbrauch.«

»Hmmm ... wenn es groß genug war, um ein Raumschiff zu verschlingen, wieso hat es dann nicht den Asteroiden geschluckt, in dem Sie es ausfindig gemacht haben?«

»So groß war es nicht«, sagte Forward. »Das Schwarze Loch, welches ich entdeckt habe, war genauso wie vorhin von mir beschrieben. Ich habe es vergrößert. Wir haben es eingefangen und in meine Neutroniumkugel plaziert. Danach war es groß genug, um einen Asteroiden zu absorbieren. Jetzt ist es ein ziemlich massives Objekt! Die Masse beträgt 10^{20} Kilogramm, entspricht also der eines größeren Asteroiden, wogegen der Radius nur 10^{-5} Zentimeter mißt.« Forwards Stimme hatte Befriedigung ausgedrückt.

Carlos' Stimme jedoch klang nun nach nichts außer Verachtung. »All das haben Sie erreicht, und dann benutzen Sie's, um Raumschiffe auszurauben und die Indizien zu beseitigen. Und so soll's wohl auch uns ergehen? Ab ins Loch?«

»Vielleicht in ein anderes Universum. Wer weiß, wohin man durch ein Schwarzes Loch gerät?« Diese Frage stellte ich mir insgeheim auch. Angelino hatte Forwards Platz an der Kontrollkonsole eingenommen. Er hatte den Sicherheitsgurt umgelegt, eine Maßnahme, die mir bei Forward nicht aufgefallen war, und widmete seine Aufmerksamkeit teils den Instrumenten, zum Teil der Unterhaltung.

»Ich weiß noch immer nicht, wie Sie es bewegt haben«, sagte Carlos. »Ach!« rief er dann. »Die Schlepper!«

Forward starrte ihn an, dann lachte er höhnisch. »Darauf sind Sie nicht gekommen? Aber es ist doch natürlich, daß ein

Schwarzes Loch eine Ladung aufnehmen kann! Fast einen Moment lang habe ich es dem Ausstoß eines alten Ionentriebwerks ausgesetzt. Jetzt enthält es eine ungeheure Ladung. Die Schlepper können es ganz gut bewegen. Ich wollte, ich hätte mehr davon. Ich werde auch bald mehr haben.«

»Einen Moment«, sagte ich; mir war ein entscheidender Umstand bewußt geworden. »Die Schlepper sind gar nicht bewaffnet? Sie dienen nur dem Zweck, das Schwarze Loch zu bewegen?«

»So ist es.« Forward musterte mich neugierig.

»Und das Ding ist natürlich unsichtbar.«

»Ja. Wir schleppen es auf den Kurs eines Raumschiffs. Falls es sich weit genug nähert, wird es in den Normalraum gezerrt. Wir lenken das Schwarze Loch durch den Antrieb, um das Raumschiff fluchtunfähig zu machen, dann entern wir es und holen heraus, was uns gefällt. Zum Schluß ein langsamerer Durchgang mit dem Schwarzen Loch, und das Schiff verschwindet ganz einfach.«

»Nur noch eine Frage«, meinte Carlos. »Warum?«

Ich wußte eine bessere Frage. Was würde Ausfaller tun, wenn die drei ihm bekannten Raumschlepper sich näherten? Sie besaßen keine regelrechten Waffen. Ihre einzige Waffe war unsichtbar. Und sie konnte einen Rumpf der General Products mühelos schlucken. Würde Ausfaller auf unbewaffnete Raumfahrzeuge schießen? Wir würden es bald genug erfahren. Oben über dem Rand der Kuppel hatte ich drei winzige Lichter in engem Verband erspäht. – Angelino hatte sie auch bemerkt. Er aktivierte das Visifon. Phantomköpfe erschienen; eins, zwei, drei.

Mein Blick schweifte zurück zu Forward, und ich war bestürzt über seine Miene festgefressenen Hasses. »Sie sind eben ein Glückskind«, sagte er zu Carlos. »Ein natürlicher

Aristokrat. Supermann mit amtlichem Zertifikat. Warum sollten Sie auf den Gedanken kommen, irgend etwas zu stehlen? Frauen flehen Sie an, ihnen Kinder zu machen, wenn nicht persönlich, dann wenigstens per Post! Zur Erhaltung Ihrer Gesundheit stehen alle Hilfsmittel der Erde zu Verfügung – und nicht etwa, daß Sie die bräuchten!«

»Vielleicht versetzt es Sie in Erstaunen«, sagte Carlos, »aber es gibt Leute, die würden Sie für einen Supermann halten.«

»Wir Jinxaner pflanzen uns im Hinblick auf das Ideal körperlicher Kraft fort. Aber um welchen Preis? Wir entbehren andere Faktoren. Unser Leben ist kurz, selbst mit der Unterstützung durch Boosterspice. Es ist länger, wenn wir außerhalb von Jinx' Gravitation leben. Aber die Bewohner anderer Welten finden uns komisch. Die Frauen ... lassen wir's.« Er brütete einen Moment lang finster vor sich hin, dann sprach er doch weiter. »Eine Frau von der Erde hat einmal zu mir gesagt, sie würde lieber mit einer Stollenbohrmaschine ins Bett gehen. Sie glaubte nicht an meine Kraft. Welche Frau würde das schon tun?«

Die drei hellen Punkte hatten fast den Mittelpunkt der Kuppel erreicht. Zwischen ihnen war nichts zu sehen; ich hatte auch nichts zu sehen erwartet. Angelino sprach noch mit den Piloten.

»Ist das Ihre Entschuldigung für Massenmord, Forward?« fragte ich. »Mißerfolg bei Frauen?«

»Ich habe es gar nicht nötig, mich überhaupt für irgend etwas zu entschuldigen, Shaeffer. Meine Heimatwelt wird mir für meine Taten dankbar sein. Schon viel zu lange hat die Erde vom interstellaren Handel den Löwenanteil eingesackt.«

»So, man wird Ihnen dankbar sein, wirklich? Sie wollen es dort herumerzählen?«

»Ich ...«

»Julian!« Der Ruf kam von Angelino. Er hatte es gesehen ... nein, nicht er, sondern einer der Schlepperpiloten.

Sofort wandte sich Forward von uns ab. Er und Angelino berieten sich in gedämpfter Lautstärke; dann schaute er wieder herüber. »Carlos! Hast du das Schiff der Automatik übergeben? Oder ist noch jemand an Bord?«

»Ich sehe keinen Anlaß«, sagte Carlos, »um darauf zu antworten.«

»Ich könnte ... nein. Noch einen Moment, und er spielt ohnehin nicht länger eine Rolle.«

»Julian, sieh dir an, was er macht«, sagte Angelino.

»Ja ... sehr geschickt. Darauf kommt nur ein menschlicher Pilot.« Ausfaller hatte die *Hobo Kelly* zwischen uns und die Schlepper manövriert. Falls die Schlepper mit konventionellen Waffen feuerten, würden sie den Dom zerstören und uns alle umbringen. Die Schlepper kamen näher. »Dennoch, er weiß nicht«, sagte Forward mit gewisser Befriedigung, »womit er es zu tun hat.«

Das stimmte; und es mußte ihm zum Verhängnis werden. Drei unbewaffnete Schlepper näherten sich Ausfallers gefährlichem Rachen und beförderten doch dabei geruhsam eine Waffe heran, die sie auf die *Hobo Kelly* stürzen und dadurch das Schiff aus dem Weg räumen, die sie wieder einfangen konnten, ehe eine Gefahr für uns entstand. Aus meinem Blickwinkel war die *Hobo Kelly* ein heller Punkt mit drei weniger hellen, entfernteren Punkte rundum. Forward und Angelino hatten über das Visifon eine bessere Sicht. Uns beachteten sie nun überhaupt nicht. Ich begann mit dem Versuch, meine Schuhe abzustreifen. Es waren weiche Schiffsslipper, knöchelhoch; sie machten es mir schwer. Gerade hatte ich meinen linken Fuß entblößt, als einer der Schlepper in rubinrotem Licht aufflammte. »Er hat es wahrhaftig getan!« Carlos wußte nicht, ob er sich freuen oder entsetzt sein sollte. »Er hat auf unbewaffnete Schiffe gefeuert!«

Forward winkte gebieterisch. Angelino glitt aus dem Sitz. Forward nahm Platz und schloß den breiten Sicherheitsgurt. Keiner von beiden sprach ein Wort. Der zweite Schlepper glühte hellrot auf und trieb als rosafarbene Wolke davon. Das dritte Fahrzeug ergriff die Flucht. Forward betätigte pausenlos irgendwelche Kontrollen. »Ich habe es im Massenindikator«, knurrte er. »Wir besitzen nur eine Chance.«

Das galt auch für mich. Mit meinen Zehen zerrte ich den anderen Slipper vom Fuß. Über unseren Köpfen begann der vielgelenkige Arm des Greifers einzuschwenken ... und plötzlich verstand ich, wovon sie redeten.

Gegenwärtig war jenseits der Kuppel wenig zu sehen. Der Greifer in seiner Bewegung, der Lichtschein des Triebwerks der *Hobo Kelly,* die Reste der beiden ausgeschalteten Schlepper; das alles gegen einen Hintergrund regloser Sterne. Plötzlich leuchtete der zuerst geschädigte Schlepper blauweiß auf und verschwand. Nicht einmal eine Gaswolke blieb zurück. Ausfaller mußte inzwischen die Gefahr bemerkt haben. Er brachte das Schiff auf Gegenkurs, um die Flucht anzutreten. Dann schien es, als hätte eine unsichtbare Faust die *Hobo Kelly* gepackt und aus ihrer Bahn geworfen. Das Fusionslicht des Triebwerks glitt seitwärts davon und verschwand hinter dem Kuppelrand außer Sicht. Nachdem nun zwei Schlepper vernichtet waren und der dritte sich absetzte, befand das Black Hole sich im freien Fall, und es drohte uns auf den Kopf zu fallen.

Dann gab es nichts zu sehen außer den erstaunlich feinfühligen Bewegungen des Greifers. Angelino stand hinter Forwards Sitz, die Knöchel weiß vom festen Griff, mit dem er sich an die Lehne klammerte. Die paar Pfund meines Gewichts verließen mich, als plötzlich Schwerelosigkeit entstand. Dann spürten wir wieder Anziehungskraft. Das unsichtbare Ding war massiver als dieser Asteroid unter meinen Füßen. Der Greifer schwang um einen weiteren Meter zur Seite ... und etwas verursachte einen gewaltigen Stoß. Unter mir schoß der Boden davon, und dann hing ich kopfüber unterhalb des Greifers. Der große eiserne Hundefutternapf fiel auf mich herab; der metallene Arm knickte zusammen wie ein Grashalm. Langsam kam er zum Stillstand.

»Du hast es!« Angelino krähte wie ein Hahn und schlug eine Hand auf die Sessellehne, daß es klatschte, während er sich mit der anderen Hand festhielt. Er warf uns einen höhnischen Blick zu, doch ebenso plötzlich wandte er seine Aufmerksamkeit wieder von uns ab. »Das Schiff! Es entwischt!«

»Nein.« Forward saß über die Kontrollen geduckt. »Ich sehe es. Gut, es kommt zurück, direkt auf uns zu. Diesmal sind keine Schlepper da, die den Piloten warnen könnten.« Der Greifer schwenkte schwerfällig in die Richtung, wohin ich die *Hobo Kelly* verschwinden sehen hatte. Er bewegte sich nur zentimeterweise, zerrte ein massives unsichtbares Gewicht. Und Ausfaller kehrte zurück, um uns Beistand zu leisten. Er bot ein Ziel wie auf einem Präsentierteller; es sei denn ...

Ich langte mit meinen Zehen aufwärts und tastete nach dem ersten und dem vierten Knopf meines weiten Jumpers. Das Waffenarsenal in meinem hübschen Kleidungsstück hatte mir nicht gegen jinxanische Kraft und Schnelligkeit geholfen. Aber Flatlander sind alles andere als gelenkig; das gleiche gilt für Jinxaner. Forward hatte sich damit begnügt, meine Hände zu fesseln. Ich bekam die zwei Knöpfe zwischen die Zehen und zog. Meine Beine verrenkten sich zu einer Bretzel. Ich besaß keinen Halt. Aber der eine Knopf riß ab; dann kam der Moleküldraht heraus. Eine unsichtbare Waffe für den Kampf gegen Forwards unsichtbares bodenloses Loch. Der Draht riß den anderen Knopf ab. Ich senkte meine Füße wieder hinab, wohin sie gehörten, straffte den Draht und drückte nach hinten. Ich spürte, wie die Sinclair-Molekülkette in die Säule schnitt wie Zwirn in Butter.

Der Greifer war noch in Bewegung. Sobald der Draht die Säule durchschnitten hatte, konnte ich damit die Fesseln zu durchtrennen versuchen. Wahrscheinlich war es allerdings, daß ich mir dabei die Handgelenke aufschnitt und verblutete; aber ich mußte es wenigstens versuchen. Ich fragte mich, ob sich noch irgend etwas unternehmen ließ, ehe Forward mit seinem Schwarzen Loch Ausfaller buchstäblich aus der Welt schaffte.

Ein kalter Luftzug umwehte meine Füße. Ich blickte hinab. Rings um die Säule breitete sich dichter Nebel aus. Durch die haarfeine Schnittstelle mußte ein sehr kaltes Gas ausdringen. Ich sägte weiter. Immer mehr Nebel kam zum Vorschein. Die Kälte wirkte lähmend. Ich spürte einen Ruck, als der magische Draht die Säule zerteilt hatte. Nun die Handgelenke ...

Flüssiges Helium?

Forward hatte uns an das Hauptsuperleitungskabel der Energiezufuhr gebunden. Das war wahrscheinlich ein Fehler. Ich drückte meine Füße vorwärts, gleichmäßig und zielstrebig, und fühlte, wie der Draht sich nochmals durch die Säule schob.

Der Greifer hatte seine Schwenkbewegungen eingestellt. Er wand sich wie ein blinder Wurm, der umhertastet, während Forward feine Adjustierungen vornahm. Angelino zeigte allmählich Anzeichen der Mühe, die es ihn kostete, sich mit dem Kopf nach unten am Sessel festzuhalten. Durch meine Füße ging ein neuer Ruck. Sie waren schrecklich kalt, beinahe gefühllos. Ich ließ die Knöpfe los, so daß sie hinauf unter die Kuppel schwebten, und trat mit den Fersen kräftig nach hinten aus.

Das herausgeschnittene Stück Säule rutschte. Ich trat nochmals zu. Um meine Füße brachen Donner und Blitz aus. Ich riß die Füße herauf bis unters Kinn. Die Blitze knatterten und spien weißes Licht in das Wallen des Nebels. Verwundert drehten Forward und Angelino die Köpfe. Ich lachte sie aus, ließ sie wissen, woher das rührte: Ja, meine Herren, das ist mein Werk.

Das Blitzen hörte auf. Forward schrie in die plötzlich entstandene Stille. »Wissen Sie, was Sie da *angerichtet* haben?«

Die Säule erbebte unter vernehmlichem Knirschen; ich spürte sie unter meinem Rücken zittern. Ich blickte auf. Dem Greifer fehlte ganz unvermittelt ein Stück.

Ich hing kopfüber und wurde schwerer. Angelino löste es aus seinem Halt am Sessel; er trudelte hinauf unter die Kuppel zu dem Sternenhimmel. Er schrie. Meine Beine umklammerten fest die Säule. Ich bemerkte, wie Carlos' Füße nach einem Halt suchten, und hörte ihn lachen. Über den Rand der Kuppel erhob sich ein Lichtspeer – die *Hobo Kelly* im Bremsmanöver; sie wurde größer. Von ihr abgesehen, war der Sternenhimmel leer und verlassen. Und dann löste sich mit einem Knacken ein Stück der Kuppel. Angelino schrie und fiel. Dicht über der Kuppel schien ein blaues Licht ihn in Brand zu setzen. Dann war er fort.

Durch das Loch in der Kuppel fauchte Luft nach draußen, weitere Luft verschwand in das Ding, welches unsichtbar gewesen war, das nun jedoch als blauer Stecknadelkopf hinab zum Boden sank. Forward hatte sich umgedreht und beobachtete es. Unbefestigte Gegenstände fielen durch die Kammer, kreisten mit der Geschwindigkeit von Meteoren um den blauen Punkt oder stürzten unter Ausbrüchen heller Leuchterscheinungen hinein. Jedes einzelne Atom meines Körpers spürte die Anziehungskraft dieses Dings, das Drängen, in endlosem Fall zu vergehen. Wir hingen nun nebeneinander an einer horizontalen Säule. Mit Anerkennung stellte ich fest, daß Carlos Mund weit geöffnet war – so wie meiner –, um die Lungen dem Druckwechsel anzupassen, damit sie nicht platzten, wenn alle Luft sich verflüchtigt hatte. Dolche schienen in meinen Ohren und Stirnhöhlen zu bohren, Druck peinigte meine Eingeweide.

Forward wandte sich wieder den Kontrollen zu. Er schob einen Schalter mit einem Ruck bis zum Anschlag durch. Dann öffnete er den Gurt, verließ seinen Platz – und fiel. Licht flammte auf. Er war verschwunden.

Der grelle blaue Punkt sank hinab auf den Boden – und

hinein. Durch das Fauchen der Luft, das anschwoll, vernahm ich das Rumpeln von Gestein, als er im Einsinken in den Fels auf seinem Weg pulverisierte; das Schwarze Loch näherte sich dem Mittelpunkt des Asteroiden.

Die Luft war lebensgefährlich dünn, aber noch nicht völlig fort. Meine Lungen jedoch schienen bereits im Vakuum zu keuchen. Aber mein Blut kochte nicht; das hätte ich bemerkt. Also keuchte ich und keuchte immerzu weiter. Dieser Tätigkeit war meine gesamte Aufmerksamkeit gewidmet. Schwarze Flecken wirbelten vor meinen Augen, aber ich keuchte noch und lebte vor allem noch immer, als Ausfaller auftauchte; er trug ein klares Plastikbündel und eine klobige Waffe. Er näherte sich dank der umgeschnallten Einmannrakete schnell. Beim Abbremsen hielt er nach irgend etwas Ausschau, das ihn zum Schießen gezwungen hatte. Nach einer Runde hielt er mit feurigem Schweif auf uns zu. Er musterte uns durch seine Sichtfläche; womöglich überlegte er, ob wir tot sein konnten.

Er schüttelte das Plastikbündel; es handelte sich um einen dünnen Sack mit Reißverschluß und einen kleinen damit verbundenen Tank. Um unsere Fesseln zerschneiden zu können, mußte er erst nach einem Schweißbrenner kramen. Zunächst befreite er Carlos und half ihm in den Sack. Carlos quoll bereits unaufhörlich Blut aus der Nase und den Ohren; er vermochte sich kaum noch zu regen. Mir ging es ebenso, aber Ausfaller stopfte auch mich in den Sack und verschloß ihn hinter mir und Carlos. Mit einem Zischen fuhr aus dem Tank Luft herein.

Ich fragte mich, was nun folgen sollte. In aufgeblasenem Zustand war der Rettungssack zu groß für die Stollen. Ausfaller hatte das berücksichtigt. Er feuerte auf die Kuppel, bis er ein weites Loch hineingestrahlt hatte, dann flog er uns mit Hilfe der Einmannrakete hinaus. Die *Hobo Kelly* war in der

Nähe geparkt. Ich erkannte sofort, daß der Rettungssack auch nicht durch die Luftschleuse paßte ... und Ausfaller bestätigte meine schlimmsten Befürchtungen. Er gab uns ein Zeichen, indem er den Mund weit aufriß. Dann öffnete er blitzartig den Rettungssack und zerrte uns in die Schleuse, während die Luft noch aus unseren Lungen pfiff.

»Bitte tun Sie das nicht noch einmal«, flüsterte Carlos, als wir wieder atmen konnten.

»Es wird auch nicht erforderlich sein.« Ausfaller lächelte. »Was Sie auch getan haben, Sie haben es gut gemacht. Ich verfüge über zwei gut ausgestattete AutoMeds, die für Ihre Wiederherstellung sorgen werden. Während Sie sich der Genesung hingeben, will ich den Schatz zu bergen versuchen, der sich in diesem Asteroiden befindet.«

Carlos hob eine Hand, brachte jedoch keinen Laut hervor. Er sah aus wie jemand, den man von den Toten erweckt hatte; Blut rann ihm aus den Ohren und der Nase, sein Mund stand offen, eine kraftlose Hand hielt er gegen die Gravitation emporgehoben.

»Eine Frage«, sagte Ausfaller schroff. »Ich habe viele Tote gesehen, aber keinen einzigen Lebenden. Wie viele Personen waren dort? Ist es wahrscheinlich, daß ich während meiner Nachforschungen auf Widerstand stoße?«

»Vergessen Sie das«, krächzte Carlos. »Bringen Sie uns weg von hier. Sofort!«

Ausfaller schnitt ein finsteres Gesicht. »Was ...?«

»Keine Zeit. Fort!«

Ausfaller schluckte die bittere Pille. »Also gut. Aber zuerst die AutoMeds.« Er drehte sich um, aber Carlos' entkräftete Hand hielt ihn zurück.

»Verdammt, nein«, flüsterte Carlos. »Ich will es sehen.« Wieder gab Ausfaller nach. Er machte sich auf zum Kontrollraum. Carlos taumelte hinterdrein. Ich torkelte den beiden nach, obwohl ich mich halbtot fühlte, und wischte mir das Blut aus der Nase, vom Gesicht. Doch halb hatte ich erraten, was Carlos erwartete. Auch ich wollte es mir nicht entgehen lassen. Wir schnallten uns an. Ausfaller zündete das Haupttriebwerk. Das Raumschiff schoß davon. »Weit genug«, flüsterte Carlos schließlich. »Drehen Sie.«

Ausfaller tat es. »Worauf warten wir?« fragte er dann.

»Carlos, war es richtig, daß ich auf die Schlepper gefeuert habe?«

»O ja.«

»Gut. Ich habe mir schon Sorgen gemacht. Also war Forward der Raumschiffentführer?«

»Ja.«

»Ich habe ihn nicht gesehen, als ich Sie herausholte. Wo ist er?«

Ausfaller ärgerte sich, als Carlos lachte, und sein Ärger erhöhte sich, als ich in das Lachen einstimmte. Es schmerzte meine Kehle. »Trotz allem, er hat uns das Leben gerettet«, sagte ich. »Ehe er seinen Platz verließ, muß er die Luftversorgung auf Maximalleistung geschaltet haben. Warum mag er das wohl getan haben?«

»Um in Erinnerung zu bleiben«, sagte Carlos. »Niemand sonst wußte, was er getan hatte. Ah ...?«

Ich blickte auf; ein Teil des Asteroiden sackte ein, und zurück blieb ein großer Krater. »Mit immer weiterer Annäherung bewegt es sich langsamer«, sagte Carlos. »Absorbiert mehr Materie.«

»Wovon *reden* Sie denn eigentlich?«

»Später, Sigmund. Wenn mein Hals verheilt ist!«

»Forward hatte sozusagen ein Loch in der Tasche«, sagte ich hilfsbereit. »Er ...« Die andere Seite des Asteroiden sackte ein. Einen Moment lang schienen im Inneren Blitze zu zucken. Dann schrumpfte der ganze schmutzige Schneeball zusammen. Mir fiel etwas ein, das Carlos womöglich vergessen hatte. »Sigmund, hat das Schiff automatische Blenden?«

»*Natürlich* haben wir ...«

Ein Licht blitzte auf, das das ganze Universum verschlingen zu wollen schien, bevor der Bildschirm sich mit Schwarz überzog. Als er sich wieder erhellte, war nichts zu sehen außer Sternen.

Das fremde Raumschiff

1

Damals hatte der Planet noch keinen Namen. Er umkreist einen Stern, der im Jahre 2830 außerhalb des bekannten Weltraums lag, fast vierzig Lichtjahre von der Sonne entfernt. Der Stern ist von der Sorte G3, etwas roter als die Sonne und etwas kleiner. Der Planet ist im Mittel achtzigtausend Meilen von seiner Sonne entfernt und für den Geschmack der Menschen ein wenig zu kalt.

Im Jahre 2830 kam dort zufällig ein gewisser Louis Cridley Wu vorbei. Die Betonung liegt nicht ohne Absicht auf ›zufällig‹. In einem Universum, das so groß ist wie das unsrige, passiert nämlich irgendwann einmal alles, was passieren kann, und sei es durch Zufall. Nehmen Sie zum Beispiel die Begegnung – nein, dazu kommen wir später.

Louis Wu war einhundertachtzig Jahre alt, doch als regelmäßigem Konsumenten von Boosterkraut sah man ihm die Jahre nicht an. Wenn es ihm nicht zu langweilig würde und ihm nichts Schlimmes passierte, könnte er leicht die Tausend erreichen.

»Aber nicht«, sagte er manchmal zu sich selbst, »wenn ich noch eine einzige Cocktailparty ertragen muß oder diese Bandermatch-Jagden oder die angemalten Flachländer, die in einem Anarchiepark herumlaufen, der um einen Faktor zehn zu klein für sie ist. Nicht, wenn ich noch einmal so eine Zwölf-Stunden-Liebe oder eine Zwanzig-Jahre-Ehe oder zwanzig Minuten Wartezeit für eine Reisekabine, die genau dann ihren Geist aufgibt, wenn ich an der Reihe bin, erleben muß. Und dann die Leute. Ich kann nicht all diese endlosen Jahrhunderte Tag und Nacht mit Leuten zusammensein.«

Wenn er sich so fühlte, war es Zeit für ihn zu verschwinden. Dreimal in seinem Leben war es schon passiert, und nun das vierte Mal. Wahrscheinlich würde es immer wieder so gehen. In diesem Zustand akuter Abneigung gegen alles und jedes stand er nur allen im Wege, besonders seinen Freunden und ganz besonders sich selbst. Er ging also weg. In einem kleinen, aber angemessenen Raumschiff, das ihm selbst gehörte, verließ er alles und jeden, machte sich auf zum Rand des Universums, um erst wieder zurückzukehren, wenn der Durst nach dem Anblick eines menschlichen Gesichts, nach dem Klang einer menschlichen Stimme unerträglich würde.

Auf seinem zweiten Trip hatte er seine Zähne gebleckt und gewartet, bis er süchtig war nach dem Anblick eines Kzinti-Gesichts.

Das war eine lange Reise gewesen, erinnerte er sich. Und weil er auf dieser, seiner vierten, Reise erst seit dreieinhalb Monaten unterwegs war und weil trotzdem seine Zähne schon beim bloßen Gedanken an eine menschliche Stimme klapperten, eben weil es so war, sagte er sich: »Ich glaube, diesmal werde ich abwarten, bis ich es nicht mehr ohne einen Kdatlyno aushalte. Einen weiblichen natürlich.«

Nur wenige seiner Freunde konnten erraten, wieviel Kummer und Tränen ihm diese Reisen ersparten, und nicht nur ihm, sondern auch ihnen. Er verbrachte die Monate mit Lesen und ließ sich in der Bibliothek mit orchestraler Musik berieseln. Inzwischen hatte er das bekannte Universum ein gutes Stück hinter sich gelassen. Nun vollzog er eine Neunzig-Grad-Wende und schwenkte ein in eine weite Kreisbahn mit der Sonne im Zentrum.

Er näherte sich einem bestimmten G3-Stern. In sicherem Abstand von der Singularität im Hyperspace, die sich im Umkreis jeder größeren Massenansammlung befindet, verließ er den Hyperdrive-Status. Er ließ sich von seinem Haupttriebwerk in das Planetensystem schieben, während er den Raum vor sich mit Tiefenradar abtastete. Er suchte nicht nach bewohnbaren Planeten. Er suchte nach den Stasisboxen der Slaver.

Wenn er kein Echo mehr empfinge, würde er sofort beschleunigen, bis er zu Hyperdrive übergehen konnte. Er würde die Geschwindigkeit halten und dafür nutzen können, das nächste Sonnensystem zu durchlaufen, das er versuchen würde, und dann noch eins und immer weiter. So sparte er Treibstoff.

Noch nie hatte er bisher eine Slaver-Stasisbox gefunden, doch das hielt ihn nicht davon ab, weiterzusuchen.

Er streifte durch das System, und das Tiefenradar zeigte ihm die Planeten wie fahle Geister, hellgraue, runde Flecke auf dem weißen Bildschirm. Die G3-Sonne war eine große graue Scheibe mit einem fast vollkommen schwarzen Fleck in der Mitte. Das Fastschwarze war degenerierte Materie, die über die Schwelle hinweg komprimiert war, hinter der die Elektronenorbits sämtlicher Atome zusammenbrechen.

Er hatte die Sonne schon hinter sich und beschleunigte immer noch, als auf dem Bildschirm ein kleiner schwarzer Punkt erschien.

»Kein System ist perfekt, wie man sieht«, murmelte er, als er den Antrieb abstellte. Dort draußen, wo niemand ihn unterbrechen konnte, sprach er gern und viel mit sich selbst.

»Ich *sollte* damit Treibstoff sparen«, sagte er sich eine Woche später. Zu diesem Zeitpunkt war er schon außerhalb der Singularität im freien Raum. Er versetzte sein Schiff in Hyperdrive, umrundete halb das System und begann zu bremsen. Allmählich verlor er die Geschwindigkeit, die er in jenen ersten zwei Wochen aufgebaut hatte. Irgendwo in der Nähe des schwarzen Flecks, den die Tiefenradar-Projektion ihm gezeigt hatte, hielt er schließlich an.

Obwohl er es bis jetzt noch nie gesehen hatte, basierte sein System der Treibstoffersparnis auf der Annahme, daß er niemals eine Slaverbox finden würde. Doch der Fleck war immer noch da, ein schwarzer Punkt auf dem grauen Geist des Planeten.

Louis Wu bewegte sich näher heran.

Die Welt sah der Erde ein wenig ähnlich. Sie war fast gleich groß, hatte annähernd die gleiche Form und irgendwo auch die gleiche Farbe. Einen Mond sah er nicht.

Louis schaute sich den Planeten durch sein Teleskop an und pfiff bewundernd durch die Zähne. Weiße Wolkenkratzer über dunstig hellem Blau ... schwach die Umrisse von Kontinenten ... ein Wirbelsturm in der Nähe des Äquators. Die Eiskappen sahen recht groß aus, doch am Äquator würde ein angenehmes Klima herrschen. Laut Spektrograph war die Luft süß und nicht karzinogen. Und kein Lebewesen weit und breit. Keine Seele!

Keine Nachbarn. Keine Stimmen. Keine Gesichter.

»Zum Henker«, jubelte er. »Ich habe meine Box gefunden. Ich werde einfach den Rest meiner Ferien hier verbringen. Wahnsinn: Keine Männer. Keine Frauen. Und keine Kinder!« Er runzelte die Stirn und rieb sich die Bartstoppeln unter seinem Kinn. »Bin ich nicht voreilig? Vielleicht sollte ich erst anklopfen.«

Doch er horchte in sämtliche Frequenzbänder hinein, ohne die Spur eines Signals zu entdecken. Jeder zivilisierte Planet hat ein Radiofeld um sich herum wie eine kleine Sonne. Aber hier gab es kein Anzeichen irgendeiner Zivilisation, nicht das geringste.

»Irre! Na gut, als erstes werde ich mir diese alte Stasisbox holen.« Er war ganz sicher, endlich eine gefunden zu haben. Nur Sterne und Stasisboxen haben eine genügend hohe Dichte, daß sie einen Hyperwave-Pulse absorbieren können.

Er folgte dem Bild um den ganzen Planeten herum, der, wie sich herausstellte, doch einen Mond besaß, und zwar in zwölfhundert Meilen Höhe, mit einem Durchmesser von drei Metern.

»Warum nur«, wunderte er sich laut, »könnten die Slaver ihn in den Orbit gesetzt haben. Man findet ihn einfach zu leicht. Zum Teufel, sie haben doch Krieg geführt! Und wieso kann er immer noch hier sein?«

Der kleine Mond war noch ein paar tausend Meilen entfernt, immer noch unsichtbar für das bloße Auge. Doch auf dem Tele war er deutlich zu erkennen. Eine glatte silberne Kugel. Drei Meter Durchmesser.

»Anderthalb Milliarden Jahre muß der jetzt schon hier sein«, sagte Louis zu sich selbst. »Und wenn du das glaubst, dann glaubst du alles. Normalerweise müßte es ihn schon längst heruntergeholt haben. Staub, ein Meteor, der Sonnenwind, ein magnetischer Sturm, tnuktipische Söldner. Eben irgendwas.« Er fuhr sich mit den Fingern durch seine viel zu lange schwarze Haarmähne. »Er muß von irgendwo her, von außen hereingetrieben sein. Vor gar nicht langer Zeit. Wa ...«

Ein anderes Raumschiff, ein kleiner Konus, war hinter der Silberkugel aufgetaucht. Seine Hülle war grün mit dunkelgrünen Markierungen.

2

»Verdammt«, sagte Louis. Die Bauart war ihm unbekannt. Es war kein Schiff der Menschen. »Was soll's, es hätte schlimmer kommen können. Es hätten Menschen an Bord sein können.« Er setzte den Nachrichtenlaser ein.

Das fremde Raumschiff hielt an. Louis war höflich und tat dasselbe.

»Würdest du das glauben?« fragte er sich selbst. »Seit insgesamt drei Jahren suche ich jetzt nach Stasisboxen. Jetzt habe ich eine gefunden, und schon ist jemand anderes da, der auch dahinter her ist!«

Strahlend blau blitzte ein anderer Laser an der Spitze des

fremden Schiffes auf. Louis hörte den Autopilot-Computer leise kichern, während er die Signale in dem fremden Laserstrahl zu entschlüsseln versuchte. Wenigstens benutzten sie Laser und nicht Telepathie oder Tentakelwinken oder schnelle Veränderungen der Hautfarbe.

Auf dem Bildschirm erschien ein Gesicht.

Es war nicht der erste Fremde, den er gesehen hatte. Dieser hier hatte, wie einige andere auch, einen deutlich als solchen erkennbaren Kopf, ein Haufen von Sinnesorganen um einen Mund herum und genug Platz für ein Gehirn. Dreiäugig, stellte er fest. Die Augen lagen – wohl geschützt, aber im Blickfeld eingeschränkt – in tiefen Höhlen. Er hatte auch einen dreieckigen Mund mit gelben, zackigen Knochenmessern, deren Spitzen hinter den drei runzligen Lippen hervorlugten.

Ohne Zweifel handelte es sich hier um eine unbekannte Spezies.

»Junge, bist du häßlich«, verkniff sich Louis zu sagen. Vielleicht konnte das Alien ihn hören.

Sein Autopilot wurde langsam mit der Übersetzung der ersten Nachricht des Fremdlings fertig. Sie lautete: »Verschwinde. Dieses Objekt gehört mir.«

»Bemerkenswert«, antwortete Louis. »Bist du ein Slaver?« Das Wesen erinnerte nicht im entferntesten an einen Slaver; außerdem waren die Slaver schon vor Jahrmilliarden von der Bildfläche verschwunden – alle.

»Das letzte Wort konnte ich nicht verstehen«, sagte der Fremde. »Ich habe den Apparat vor dir entdeckt. Ich werde darum kämpfen, wenn es sein muß.«

Louis kratzte sich an seinem Zweiwochenbart und überlegte. Sein Schiff hatte wenig, womit man kämpfen konnte. Sogar der Fusionsreaktor, der seine Triebwerke speiste, war ganz auf Sicherheit ausgelegt. Eine Laserschlacht mit einem auf maximale Leistung geschraubten Nachrichtenlaser wäre kaum mehr als ein Haltbarkeitstest; er würde auf jeden Fall den kürzeren ziehen, denn das fremde Schiff hatte mehr Masse und konnte damit mehr Hitze absorbieren. Eigentliche Waffen besaß er überhaupt keine, wahrscheinlich aber der Fremde.

Doch die Stasisbox war wirklich groß.

Der Tnuktipun-Slaver-Krieg hatte die meisten intelligenten Gattungen in der Galaxis ausgelöscht. Das war jetzt anderthalb Milliarden Jahre her. Zahllose Vorgeplänkel müssen stattgefunden haben, bevor eine von den Slavern entwickelte, endgültige Waffe eingesetzt wurde. Oft lagerten die Slaver, wenn sie eine Schlacht zu verlieren drohten, ihre Kostbarkeiten in einer Stasisbox und versteckten sie an einem sicheren Ort, bis sie die Gegenstände eines Tages wieder gebrauchen konnten.

In einer geschlossenen Stasisbox steht die Zeit still. Noch nach anderthalb Milliarden Jahren war fremdes Fleisch vollkommen frisch aus seinem Versteck gekommen. Waffen und Gerätschaften zeigten keine Spur von Rost. Einmal hatte eine Stasisbox ein kleines, lemurenhaftes, denkendes Wesen ausgespuckt, das immer noch lebte. Dieser frühere Sklave hatte noch ein seltsames Leben geführt, bevor ihn, den letzten seiner Rasse, der Alterungsprozeß hinwegraffte.

Der Wert einer Slaverbox ist unermeßlich. Soweit man weiß, kannten die Tnuktipun das Geheimnis der direkten Umwandlung von Materie, wenn nicht noch mehr. Und ihre Feinde kannten es vielleicht auch. Eines Tages würde in einer Stasisbox außerhalb des bekannten Universums ein solcher Apparat gefunden werden. Und dann wäre die Fusionsenergie, genau wie die innere Selbstentzündung, plötzlich Schnee von gestern.

Und diese Kugel hier von drei Meter Durchmesser muß wohl die größte Stasisbos sein, die je gefunden wurde.

»Ich werde ebenfalls um den Apparat kämpfen«, sagte Louis, »aber überlege einmal: Unsere Rassen sind nun einmal aufeinandergestoßen und werden wieder aufeinanderstoßen, ganz gleich, wer den Apparat jetzt bekommt. Unsere Beziehung kann Freundschaft oder Feindschaft sein. Warum sollten wir aber diese Beziehung dadurch gefährden, daß einer den anderen tötet?«

Aus dem fremden Organhaufen drang kein Ton. Dann aber: »Was hast du also vor?«

»Ein Glücksspiel mit gleichen Chancen und gleichen Risiken auf beiden Seiten. Machst du schon mal Glücksspiele?«

»Nachdrücklich ja! Das Leben ist ein Glücksspiel. Dem aus dem Weg zu gehen, ist pure Dummheit.«

»Das ist es. Hm.« Louis stellte fest, daß der Kopf des Alien ganz aus Dreiecken zusammengesetzt schien. Plötzlich drehte er sich um, nein, er wirbelte förmlich herum und schaute nun direkt nach hinten, um im nächsten Augenblick wieder herumzufahren. Bei dem Anblick rumorte es ein wenig in Louis' Magen.

»Hast du etwas gesagt?« fragte der Fremde.

»Nein. Willst du dir auf die Art das Genick brechen?«

»Die Frage ist interessant. Wir müssen später unbedingt über Anatomie reden. Ich habe einen Vorschlag.«

»Gut.«

»Wir sollten auf dem Planeten landen, der unter uns liegt. Wir treffen uns auf halbem Weg zwischen unseren Schiffen. Ich bin so frei und steige als erster aus. Kannst du deinen automatischen Dolmetscher mitbringen?«

Er konnte den Computer mit seinem Taschensender verbinden. »Kein Problem.«

»Wir treffen uns zwischen den Schiffen und spielen irgendein Spiel, das keiner von uns kennt und das nur auf dem Zufall beruht. Einverstanden?«

»Vorläufig ja. Und was spielen wir?«

Auf dem Bildschirm flimmerten diagonale Streifen. Eine Störung? Bald war das Bild wieder klar. »Ich kenne da ein Mathematik-Spiel«, sagte der Fremdling. »Ihr habt doch sicher die gleiche Mathematik wie wir.«

»Das stimmt«, sagte Louis, obwohl er von einem ausgesprochen zähen Zwist zwischen verschiedenen, einander fremden Mathematikern gehört hatte.

»Zu dem Spiel gehört ein ›Flieh‹ –« Ein Wort, das der Autopilot nicht übersetzen konnte. Der Fremde hob eine dreifingrige Hand, in der er einen linsenförmigen Gegenstand hielt. Er drehte es so zwischen seinen Fingern, daß Louis die verschiedenen Marken auf den beiden Seiten des Dings sehen konnte. »Das hier ist ein ›Flieh‹. Jeder von uns wird es sechsmal hochwerfen. Ich suche mir eine Seite des Fliehs aus und du die andere. Wenn meine Seite öfter oben liegt als deine, gehört der Apparat mir. Gleiches Risiko.«

Das Bild verschwamm kurz und wurde wieder klar.

»Einverstanden«, sagte Louis. Er war ein bißchen enttäuscht über die Einfachheit des Spiels.

»Wir sollten uns jetzt beide von dem Apparat entfernen. Folgst du mir nach unten?«

»Ja«, sagte Louis.

Das Bild verschwamm.

3

Louis Wu kratzte sich an seinem eine Woche alten Bart. So sollte er einen fremden Botschafter begrüßen? Auf den Planeten der Menschen kleidete sich Louis Wu immer einwandfrei, aher hier draußen nahm er sich die Freiheit, auszusehen wie der Tod auf Urlaub.

Doch wie sollte ein – Trinok überhaupt wissen können, daß er sich rasieren müßte? Nein, das war wirklich kein Problem. War er ein Narr? War er ein Genie?

Er hatte Freunde, viele Freunde, die so ähnlich waren wie er. Zwei von ihnen waren schon vor Jahrzehnten verschwunden; er wußte ihre Namen auch nicht mehr. Er wußte nur noch, daß beide in dieser Gegend nach Stasisboxen gesucht hatten und daß beide vergessen hatten, zurückzukehren.

Waren sie auf fremde Raumschiffe gestoßen?

Es gab viele Erklärungen, unzählige. Ein halbes Jahr oder länger allein in einem Raumschiff zu leben, ist eine gute Methode, herauszufinden, ob man sich selbst noch mag oder nicht. Und wenn jemand sich erst für das letztere entschieden hat, dann gibt es für ihn auch keinen Anlaß mehr, auf die Planeten der Menschheit zurückzukehren.

Doch andererseits *gab* es hier fremde – und bewaffnete – Raumschiffe. Eins davon schwebte hundert Meilen vor ihm im Orbit, und auf halbem Weg zwischen ihnen stand der unschätzbare Apparat. Wie dem auch sei, Spielen war jedenfalls sicherer als Kämpfen. Louis Wu wartete auf die nächste Aktion des Fremden.

Diese Aktion bestand darin, daß er sich fallen ließ wie ein Stein, mit mindestens drei Erdbeschleunigungen. Nach der Schocksekunde folgte ihm Louis unter dem Schutz der Kabinengravitation mit der gleichen Beschleunigung. Wollte der Fremde seine Manövrierfähigkeit testen?

Vielleicht nicht. Er schien von Tricks nicht viel zu halten. Louis folgte ihm in einigem Abstand und war jetzt viel näher an der Silberkugel als der Fremdling. Was wäre wohl, wenn er jetzt einfach wendete, zu dem Satelliten hetzte, es in sein Schiff laden würde, um sich dann damit aus dem Staub zu machen?

Natürlich wäre das gar nicht möglich gewesen. Er hätte eine Vollbremsung machen müssen, und der Fremde hätte das nicht gemußt, um ihn anzugreifen. Und bei zwanzig stieß sein Schiff auch an die Grenzen seiner Leistungfähigkeit.

Trotzdem war Abhauen vielleicht gar keine schlechte Idee. Welche Garantie hatte er schon, daß der Fremde guten Willens war? Was war, wenn das Alien ihn schlicht linken wollte?

Diese Gefahr konnte er kleinhalten. Sein Druckanzug verfügte über Sensoren für seine verschiedenen Körperfunktionen. Und Louis programmierte den Autopiloten so, daß der Fusionsreaktor im selben Augenblick in die Luft fliegen würde, wenn sein Herz aufhörte zu schlagen. Er tastete nach dem Signalgeber an seinem Anzug, mit dem er die Explosion auch manuell auslösen konnte.

Das fremde Schiff glühte hellorange auf, als es in die Lufthülle eindrang. Zunächst stürzte es frei die Fallinie entlang, dann wurde es abrupt langsamer und blieb etwa eine Meile über dem Ozean stehen. »Showoff«, murmelte Louis und richtete sich darauf ein, das Manöver nachzumachen.

Das konische Schiff zeigte keinerlei Schwäche. Es mußte entweder einen rückstoßfreien Antrieb besitzen wie Louis auch oder seine Beschleunigungskraft nach Kzin-Manier aus induzierter Gravitation beziehen. Beides waren saubere, elegante Technologien: ruhig, sicher und absolut fortschrittlich.

Im Ozean lagen verstreut einzelne Inseln. Der Fremde kreuzte, suchte sich scheinbar unwillkürlich eine aus und landete wie eine Feder auf einem nackten Strand.

Louis stürzte ihm hinterher. Einen unangenehmen Moment lang wartete er darauf, daß irgendeine unvorstellbare Waffe ihn von dem stehenden Schiff aus vom Himmel holte und in seinem brennenden Wrack in den Teich fallen ließ, während er durch die Landeprozedur abgelenkt wurde. Doch er landete unbehelligt und sicher einige hundert Meter von dem fremden Zylinder entfernt.

»Wenn mir etwas passiert, wird eine Explosion beide Raumschiffe zerstören«, sagte er dem Fremdling via Signalstrahl.

»Unsere Rassen scheinen in ähnlichen Bahnen zu denken. Ich werde jetzt aussteigen.«

Louis sah ihn in einer großen runden Luftschleuse unter der Nase des Raumschiffes erscheinen. Er sah zu, wie er sanft auf den Sand hinabglitt. Dann erst klappte er seinen Helm zu und ging zur Luftschleuse.

War sein Entschluß richtig gewesen?

Glücksspiel ist sicherer als Krieg. Macht auch mehr Spaß. Und vor allem gab es ihm bessere Chancen.

»Es wäre mir gar nicht recht, wenn ich ohne diese Box nach Hause gehen müßte«, dachte er. In den annähernd zweihundert Jahren, die er jetzt schon lebte, hatte er nie etwas Wichtigeres geschafft, als diese Box zu finden. Er hatte keine Entdeckung gemacht, kein Wahlamt gewonnen und keine Regierung gestürzt. Und heute hatte er seine große Chance.

»Fifty-fifty«, sagte er und schaltete den Intercom ein, als er die Treppe hinabstieg.

Seine Muskeln und semizirkularen Kanäle registrierten etwa ein g. In hundert Meter Entfernung überschlugen sich die Wellen des Ozean und glitten zischend über den reinen, weißen Sand. Hohe, grüne Wellen, wie geschaffen zum Surfen. Der Strand, ein ausgesprochener Bier-und-Würstchen-Strand.

Vielleicht würde er später, wenn er die Luft gecheckt hätte und sicher wäre, daß in dem Wasser keine Räuber herumschwammen, die Gelegenheit nutzen und auf seinem Bauch zum Strand hereinreiten. Bisher hatte er noch keine Zeit gehabt, den Planeten einer gründlichen Prüfung zu unterziehen.

Sand klebte an seinen Stiefeln, als er zum Rendezvous mit dem Alien ging.

Er war anderthalb Meter groß. Als er aus dem Schiff herabstieg, hatte noch viel größer ausgesehen, aber das lag wohl daran, daß er zum größten Teil aus Beinen bestand. Über einen Meter lange magere Beine, ein Rumpf wie ein Bierfaß und kein Hals. Unglaublich, daß dieser nicht vorhandene Hals so flexibel sein konnte. Und die chromgelbe Haut hing in dicken Rollen von seinem Kopf herab und verdeckte die anatomischen Details.

Er trug einen durchsichtigen Anzug, eine Art zerknitterten Ballon, der an den Schultern, über und unter den komplizierten, vielachsigen Ellbogengelenken, an den Handgelenken sowie an Hüfte und Knien zusammengerafft und verschlossen war. Luftwirbel an Hand- und Fußgelenken. An Schnüren über seiner Brust hingen verschiedene Werkzeuge. Auf dem Rücken unter dem Anzug trug er einen Rucksack. Beim Anblick all der Gerätschaften erfaßte Louis eine gewisse Unruhe, jedes der Werkzeuge konnte schließlich eine Waffe sein.

»Ich dachte, du wärst größer«, sagte der Fremde.

»So ein Laserbild ist ziemlich nichtssagend, nicht wahr? Meine Übersetzungsmaschine hat bestimmt auch links und rechts verwechselt. Hast du die Münze bei dir?«

»Das ›Flieh‹, meinst du? Schon hatte er es in der Hand. »Wir können uns ja vorher noch ein wenig unterhalten. Mein Name ist ›Flieh‹.«

»Das kann meine Maschine nicht übersetzen. Buchstabiere es. Ich heiße Louis. Sind deiner Rasse schon einmal andere begegnet außer der meinen?«

»Ja, zwei. Ich bin aber kein Experte auf diesem Gebiet.«

»Ich auch nicht. Laß uns jetzt aufhören mit den Höflichkeiten, wir sind schließlich zum Zocken hier.«

»Welches Bild wollen Sie?« fragte der Fremde und gab ihm die Münze.

Es war eine scharfkantige Linse aus Platin oder einem ähnlichen Material. Auf der einen Seite war die dreifingrige Hand seines neuen Spielpartners eingeprägt, auf der anderen ein Planet mit dicken Eiskappen. Vielleicht waren es auch keine Eiskappen, sondern Kontinente.

Er drehte die Münze in seiner Hand, als ob er sich noch nicht für eine Seite entscheiden könnte. Komisch, diese Gasströme. Vielleicht hatten sie etwas zu bedeuten, vielleicht aber auch nicht. Angenommen, er würde gewinnen. Sollte vielleicht ein schneller, gewaltsamer Tod der einzige Lohn sein?

Aber sie würden beide sterben, wenn sein Herz stehenbliebe. Kein fremdes Wesen konnte wissen, mit welcher Waffe es ihn außer Gefecht setzen konnte, ohne ihn zu töten.

»Ich nehme den Planeten. Du bist zuerst dran.«

Der Fremdling warf die Münze in Richtung auf Louis' Schiff. Louis' Augen folgten ihr, bis zu der Stelle, wo sie liegenblieb, dann machte er zwei Schritte, um sie anzuschauen. Als er sie aufhob, stand der Fremde neben ihm.

»Hand«, sagte er. »Jetzt bin ich dran.« Er war schon einen Punkt in Rückstand. Er warf die Münze, und als sie sich glitzernd in der Luft drehte, sah er zum ersten Mal, daß das fremde Schiff verschwunden war.

»Was soll das denn werden?« fragte er.

»Wir müssen nicht sterben«, sagte das Alien. Er hielt etwas in der Hand, das an einem Strick vor seiner Brust hing. »Das ist eine Waffe, doch wenn ich sie benutze, werden wir beide sterben. Bitte versuche nicht, zu deinem Schiff zu kommen.«

Louis faßte den Druckknopf an, mit dem er den Reaktor sprengen konnte.

»Mein Schiff ist gestartet, als du dich herumgedreht hattest, um das ›Flieh‹ zu verfolgen. Im Augenblick befindet es sich außer Reichweite jedweder Explosion, die du hervorrufen könntest. Wir brauchen wirklich nicht zu sterben, wenn du nicht versuchst, dein Schiff zu erreichen.«

»Falsch. Ich kann deinem Schiff immer noch den Piloten rauben.«

Er ließ die Hand, wo sie war. Besser, als vor einem Alien im Glücksspiel übers Ohr gehauen zu werden …

»Der Pilot ist an Bord, und mit ihm der Astrogator und das ›Flieh‹. Ich bin nur der Kommunikationsoffizier. Wie konntest du annehmen, daß ich allein bin?«

Louis seufzte und ließ seinen Arm sinken. »Weil ich blöd bin«, sagte er verbittert. »Weil du – oder mein Computer –

die erste Person Singular benutzt hast. Weil ich dachte, du wärst ein Spieler.«

»Ich habe gespielt, indem ich darauf gesetzt habe, daß du nicht sehen würdest, wie mein Schiff abhebt, weil du durch die Münze abgelenkt sein würdest und hinten keine Augen hast. Es war ein Glücksspiel, aber meine Chance schien mir höher als fünfzig zu fünfzig zu sein.«

Louis nickte. Scheinbar war alles klar.

Es bestand auch die Möglichkeit, daß du mich nur hier herunterlocken wolltest, um mich zu vernichten.« Der Computer übersetzte immer noch Singular. »Ich habe schon mindestens ein Expeditionsschiff in dieser Gegend verloren.«

»Nicht schuldig! Dasselbe könnte ich auch sagen.« Plötzlich schoß ihm ein Gedanke durch den Kopf, und er fragte: »Beweise, daß das da in deiner Hand eine Waffe ist.«

Der Fremde gehorchte. Man sah keinen Strahl, doch links neben Louis explodierte der Sand mit einem häßlichen ›Kracks‹ und einem bunten Blitz. Der Fremde hatte also etwas in der Hand, das Löcher machte.

Das war das. Louis bückte sich und hob die Münze auf. »Solange wir noch hier sind, können wir das Spiel doch noch zu Ende machen.«

»Wozu?«

»Nur um zu sehen, wer gewonnen hätte. Spielt dein Volk nicht auch mal nur so zum Spaß?«

»Was soll's? Wir spielen ums Überleben.«

»Dann soll der Teufel deine ganze verdammte Brut holen!« krächzte Louis und warf sich in den Sand. Da ging er hin, der Ruhm, einfach abgeblufft hatte man ihn ihm. Im Leben gibt es eine Art Gezeitenrhythmus, der das Glück beherrscht ... und jetzt war eben Ebbe und trug sie hinaus aufs Meer, die Statuen von Louis Wu, die Geschichtsbücher, die seinen Namen erwähnten, Treibgut auf dem fliehenden Gezeitenstrom.

»Dein Benehmen verwirrt mich. Man spielt doch nur, wenn es nötig ist.«

»Idiot.«

»Mein Dolmetscher wird diesen Kommentar übergehen.«

»Weißt du Bescheid über diesen Apparat dort oben?«

»Ich weiß von der Spezies, die ihn gebaut hat. Sie war weit gereist.«

»Noch nie haben wir eine so große Stasisbox gefunden. Es muß sich um eine Art Gruft handeln.«

»Man sagt, daß diese Spezies ihren Krieg und die Existenz sämtlicher Teilnehmer mit einer einzigen Waffe beendet hat.«

Sie sahen einander an. Vielleicht dachten sie beide dasselbe. »Was für eine Katastrophe, wenn irgendeine andre als meine eigene Rasse in den Besitz dieser Waffe käme!«

Aber das war ganz typisch anthropomorphes Denken. Louis wußte, daß ein Kzin wahrscheinlich sagen würde: »Jetzt kann ich das Universum erobern, und das ist mein gutes Recht.«

»Zum Teufel mit meinem verdammten Pech«, zischte Louis Wu durch die Zähne. »Warum mußtest du unbedingt zur selben Zeit hier auftauchen wie ich?«

»Das war nicht der Zufall. Meine Instrumente orteten dein Raumschiff, als du dich in dieses System fallen ließt. Um rechtzeitig in die Nähe des Apparates zu kommen, war es nötig, einen Schub einzusetzen, der mein Schiff beschädigt und einen aus meiner Mannschaft getötet hat. Ich habe den Apparat also verdient.«

»Durch Pfuschen, du Falschspieler!« Louis stand auf ...

Etwas funkte zwischen seinem Gehirn und seinen semicirkularen Kanälen.

4

Eine Erdgravitation. Die Dichte einer Planetenatmosphäre hängt von der Schwerkraft ab. Und vom Mond. Ein großer Mond würde den größten Teil der Atmosphäre im Laufe der Jahrmillionen einer Evolution allmählich abziehen. Die Luft einer mondlosen Welt von Größe und Masse der Erde wäre andererseits nicht zu atmen; sie wäre unerträglich dicht, schlimmer als auf der Venus.

Doch dieser Planet hatte keinen Mond. Bis auf …

Das Alien sagte etwas, einen erschrockenen Tonschwall, den zu übersetzen der Computer sich weigerte. »Fillieh! Wo ist denn das Wasser abgeblieben?«

Louis schaute sich um. Was er sah, überraschte ihn nur einen kurzen Moment lang. Der Ozean war zurückgewichen, unmerklich hatte er sich verkrochen, so daß nur eine halbe Meile grauer, glänzender Schlick zu sehen war.

»Wo ist das Wasser? Das verstehe ich nicht.«

»Aber ich.«

»Was geht hier vor? Ohne einen Mond kann es keine Gezeiten geben. So schnell können sich Gezeiten sowieso nicht ändern. Kannst du mir das erklären?«

»Es wird einfacher sein, wenn wir mein Bordteleskop einsetzen.«

»Und wenn du in deinem Schiff Waffen hast?«

»Paß mal auf«, sagte Louis, »dein Schiff ist nahe an der totalen Zerstörung. Der Comm-Laser in meinem Schiff ist das einzige, was deine Crew noch retten kann.«

Der Fremde zitterte und gab auf. »Hättest du Waffen, dann hättest du sie schon früher eingesetzt. Mein Schiff kannst du jetzt auch nicht mehr aufhalten. Gehen wir also zu dir. Aber denke an die Waffe in meiner Hand.«

Das Alien saß neben ihm in der engen Kabine. Seine Lippen zuckten beunruhigend um die scharfen Enden seiner

Zähne, als Louis Teleskop und Bildschirm aktivierte. Ein Sternenmeer erschien kurz, dann ein grünes, konisches Raumschiff mit dunkelgrünen Markierungen. Am unteren Ende des Bildschirms sahen sie den Schleier der dicken Atmosphäre.

»Siehst du? Der Apparat befindet sich in der Nähe des Horizonts und bewegt sich mit hoher Geschwindigkeit.«

»Ja. Siehst du auch, daß dieser Planet einen massiven Trabanten haben muß?«

»Hat er aber nicht; es sei denn, er wäre unsichtbar.«

»Nicht unsichtbar, nur so klein, daß man ihn nicht erkennen kann. Das heißt aber, daß seine Dichte sehr groß sein muß.«

Der Fremde antwortete nicht.

»Warum haben wir die Kugel sofort für eine Slaver-Stasisbox gehalten? Die Form stimmt nicht; die Größe stimmt nicht. Aber sie schimmerte wie die Oberfläche eines Stasisfeldes, und sie ist rund wie ein künstlicher Trabant. Planeten haben auch Kugelform, doch normalerweise ist ein Materiehaufen, der einer Kugel von drei Metern Durchmesser entspricht, viel zu klein, um sich durch die inneren Gravitationskräfte auf natürliche Weise zu einer Kugel zu formieren, es sei denn, die Materie ist sehr dünnflüssig – oder sehr dicht. Verstehst du?«

»Nein.«

»Ich weiß nicht, wie eure Instrumente funktionieren. Mein Tiefenradar benutzt jedenfalls einen Hyperwave-Impuls, um die Stasisboxen aufzuspüren. Wenn etwas einen Hyperwave-Puls absorbiert, dann ist es entweder eine Stasisbox oder etwas, das dichter ist als degenerierte Materie, die Materie im Kern eines normalen Sterns. Und *dieses* Ding ist dicht genug, um Gezeiten zu verursachen.«

Eine silberne Perle hatte sich in das Blickfeld vor den Zylinder geschoben. Die perspektivische Verkürzung, die das Teleskop verursachte, ließ sie unmittelbar längsseits neben dem fremden Raumschiff liegen. Louis hob die Hand, um sich den Bart zu kraulen, wurde jedoch von seinem Helmvisier davon abgehalten.

»Ich glaube, ich verstehe, was du meinst. Aber wie ist das möglich?«

»Laß uns mal raten.«

»Rufe mein Schiff. Sie müssen alle sterben, wenn wir sie nicht retten!«

»Zuerst mußte ich sicher sein, daß du auch weißt, worum es geht, und mir nicht mehr in die Quere kommst.« Louis Wu machte sich an die Arbeit. Sofort flammte ein Licht auf. Der Computer hatte mit seinem Nachrichtenlaser das fremde Raumschiff angepeilt.

Louis sprach ohne Umscchweife. »Ihr müßt sofort das runde Objekt verlassen. Es ist kein künstlicher Apparat. Es ist eine drei Meter dicke Kugel aus reinem Neutronium, vielleicht ein Bruchstück aus einem Neutronenstern.«

Natürlich bekam er keine Antwort. Der Fremde stand hinter ihm und schwieg. Vielleicht wurde sein Schiffscomputer mit der Übersetzung nicht fertig. Er machte nur immer wieder mit beiden Armen eine ausladende Geste.

Der grüne Konus drehte sich scharf herum, so daß es dem Teleskop jetzt die Längsseite bot.

»Gut, sie versuchen es seitlich«, sagte Louis zu sich selbst. »Vielleicht können sie auf einer Hyperbelbahn davon loskommen.« Mit lauter Stimme: »Setzt alle verfügbare Energie ein. Ihr *müßt* euch von der Kugel entfernen!«

Die beiden Objekte auf dem Bildschirm schienen sich voneinander zu entfernen, doch Louis war sich im klaren darüber, daß das wahrscheinlich nur eine Sinnestäuschung war, zumal die Kugel und das Raumschiff von ihm aus gesehen fast auf der Linie der Blickrichtung lagen. »Laßt euch nicht von dem kleinen Volumen täuschen.« Dieser Rat war jetzt schon nicht mehr nötig. »Computer, welche Masse hat die Drei-Meter-Neutroniumkugel? – Zirka zweimal das zehn hoch minus Sechsfache der Masse dieses Planeten. Das ist ziemlich wenig, doch wenn man ihr zu nahe kommt ... Computer, wie stark ist die Gravitation an der Oberfläche? – *Nicht* zu fassen!«

Die beiden Objekte schienen sich wieder näher zu kommen. Verdammt, dachte Louis. Wenn die nicht zufällig vorbeigekomen wären, wäre ich jetzt in der Situation.

Er quasselte weiter unwichtiges Zeug, nur um seiner eigenen Anspannung Herr zu werden. »Mein Computer hat zehn Millionen g an der Oberfläche der Kugel ausgerechnet. Das ist wahrscheinlich jenseits des Gültigkeitsbereichs der Newtonschen Gravitationsformel. Könnt ihr mich hören?«

»Sie sind schon zu nahe dran«, sagte der Fremde. »Es dürfte zu spät sein, sie noch zu retten.« Gerade, als er es ausgesprochen hatte, passierte es. Sekundenbruchteile vor der Berührung mit der Kugel sackte das Raumschiff in sich zusammen. Es sah zunächst nicht gefährlicher aus, als wenn eine Kanonenkugel eine Befestigungsmauer streift. Doch plötzlich schlüpfte die Kugel durch die Seitenwand des Raumschiffs, und im nächsten Augenblick fiel es in sich zusammen wie ein Wattebausch in der Faust eines starken Mannes. Gefangen in einer Perle, die sich bei dem Einfangprozeß bis zum gelebn Glühen aufgeheizt hatte. Eine winzige Kugel von drei Metern Durchmesser – oder ein wenig mehr ...

»Trauer, o Trauer!« klagte das Alien.

»Jetzt verstehe ich alles«, sagte Louis. »Ich hatte mich schon gewundert, was unsere Laser-Nachrichten so verbogen hat. Dieser Neutronenhaufen war genau zwischen unseren Schiffen und hat die Lichtstrahlen abgelenkt.«

»Warum hat man uns nur diese Falle gestellt?« jammerte der Fremde. »Haben wir Feinde, die so mächtig sind, daß sie über so gewaltige Massen verfügen können?«

Neigte sein neuer Freund vielleicht zum Verfolgungswahn? – fragte sich Louis. Vielleicht war das ein Charakteristikum dieser Lebensform. »Ich würde tippen, es war purer Zufall. Ein Stück eines zertrümmerten Neutronensterns.«

Eine Zeitlang schwieg der Fremde. In Ermangelung eines besseren Ziels blieb das Teleskop auf die silberne Perle fokussiert, die jetzt auch nicht mehr glühte.

Der Fremde sagte: »Mein Druckanzug wird mich nicht lange am Leben halten.«

»Na ja, es wird ein Rennen gegen die Zeit. Bis zum Margrave brauche ich ein paar Wochen. Wenn du solange durchhältst, werden wir dir dort eine maßgeschneiderte Schutzbox bauen, in der du existieren kannst, bis uns was Besseres einfällt. Wir brauchen nur ein paar Stunden, um so etwas hinzukriegen. Ich werde uns schon mal voranmelden.«

Der dreifache Blick des Fremdlings starrte ihn an. »Könnt ihr denn Sprüche absetzen, die schneller sind als das Licht?«

»Na klar.«

»Ihr habt Kenntnisse, über die man gut mal reden könnte. Ich werde mit dir kommen.«

»Oh, vielen Dank.« Louis Wu drückte verschiedene Knöpfe. »Margrave, Zivilisation, Leute, Gesichter, Stimmen: Bah!« Das Schiff stieg auf, durchschnitt die Atmosphäre. Die Kabinenschwerkraft schwankte ein wenig, bevor sie sich stabilisierte.

»Na schön«, sprach er zu sich selbst, »ich kann ja noch mal zurückkommen.«

»Du willst hierher zurück?«

»Ich glaube schon.« Aber eigentlich war er schon fest entschlossen.

»Ich hoffe, du wirst nicht mehr ohne Waffe hierherkommen.«

»Was? Noch mehr von dieser Paranoia?«

»Eure Gattung ist nicht mißtrauisch genug«, sagte das Alien. »Es wundert mich, daß ihr so lange überlebt habt. Stell dir nur diese Neutroniumkugel als Verteidigungswaffe vor. Ihre Masse zieht alles, womit sie in Berührung kommt, durch ihre glänzende Oberfläche und verleibt es sich ein. Sollte sich je wieder irgendein Raumfahrzeug diesem Planeten nähern, so würde der Besatzung dieses Objekt sofort auffallen. Sie würden neugierig, es für einen künstlichen, machtvollen Apparat halten. Was sollten sie auch sonst denken? Sie würden näher herangehen und es genauer betrachten wollen. Und dann ...!«

»Wahr, wahr, doch dieser Planet ist vollkommen unbewohnt. Es ist keiner da, den man verteidigen könnte.«

»Mag sein.«

Unter ihnen verschwand der Planet in der Ferne. Louis Wu steuerte sein Schiff in den schwarzen, leeren Raum.

Funktionstüchtig & narrensicher

In den zweihundert Jahren zwischen Beowulf Shaeffer und Louis Wu hatte sich nach außen hin nicht viel verändert. Der Bekannte Raum war etwas größer geworden. Die meisten Schiffe bewegten sich mit einem reaktionsfreien Antrieb vorwärts, dem sogenannten ›Schieber‹. Die Geburtsrecht-Lotterien gab es auf der Erde schon fast seit der Zeit Shaeffers.

Es waren die Geburtsrecht-Lotterien, die die Tatsache des Geborenwerdens zu einem Produkt des reinen Zufalls machten, wobei das Teela Brown-Gen entstand. Teela Browns Geschichte wird in *Ringworld* erzählt. Es gab auch noch andere Teelas auf der Erde, und die Reaktionen, die sie auslösten, waren katastrophal, zumindest für einen Schriftsteller. Geschichten über grenzenlos glückliche Leute sind meistens langweilig.

Aus dem Goldenen Zeitalter, das darauf folgte, hat sich eine Geschichte erhalten können ...

Aber wie, so werden Sie sicherlich fragen, *konnte es geschehen, daß mein Wagen mich im Stich ließ?*

Ich kann schon jetzt die Angst in Ihren Augen erkennen bei der Vorstellung, daß auch Ihr Wagen zusammenbricht. Da stehen Sie nun mit Ihrer nahezu unendlichen Lebenserwartung, ein potentiell unsterbliches Wesen, das alle möglichen Schutzmaßnahmen gegen die überraschende Elimination des eigenen Quadratschädels ergriffen hat; und alles umsonst. Das Zersetzerfeld Ihres Müllschluckers in Ihrer Küche könnte sich zum Beispiel plötzlich ausdehnen und Sie vernichtend liebevoll mit umarmen. Ihre Transmitter-Zelle könnte sie im Transmitter verschwinden lassen und ganz einfach vergessen, Sie beim Empfänger wieder auftauchen zu lassen. Ein Gleitband könnte sich plötzlich bis auf hundert Stundenmeilen beschleunigen, sich dann zu irgendeiner Seite hin aufbäumen und Sie gegen eine Hauswand schmettern. Jede Boosterspice-Pflanze könnte über

Nacht eingehen und Sie alt und grau und faltig und arthritisch werden lassen. Nein, so etwas ist in der gesamten Menschheitsgeschichte noch nicht passiert; doch wenn man noch nicht einmal seinem Wagen trauen kann, um Himmels willen, wem kann man denn dann trauen?

Aber keine Angst, lieber Leser, ganz so schlimm war es auch wieder nicht.

So passierte die ganze Affäre auf Margrave, einer Welt, die sich gerade im ersten Stadium der Zivilisation befand. Ich hatte vor etwa zwanzig Minuten den Triangel See hinter mir gelassen und flog in einer Höhe von eintausend Fuß der Gegend am Wiggly River entgegen. Seit einigen Tagen schnitten die automatischen Sägen nur noch Bäume, die einfach zu jung waren, und man hatte um den Besuch eines Technikers gebeten, damit dieser beim Meister-Gehirn ein paar notwendige Änderungen vornahm. Ich hatte meinen Autopiloten eingeschaltet und spielte auf dem Rücksitz eine einsame Runde Solitaire. Die Kamera hatte ich eingeschaltet, so daß ich, falls ich ein Spiel gewinnen würde, über die entsprechenden Beweise für meine angebliche Prahlerei verfügte.

Plötzlich stürzte sich ein Roc auf mich, schlang zehn kräftige Klauen um meinen Flugwagen und verschluckte ihn.

Spätestens jetzt sollte jedem von Ihnen klar sein, daß so etwas nirgendwo sonst außer auf Margrave geschehen konnte. Zum einen, auf keiner anderen zivilisierten Welt hätte ich mich für die Dauer eines Zwei-Stunden-Trips einem solchen Wagen anvertraut. Ich hätte mich eher für die Transfer-Kammer entschieden. Und zum anderen – wo sonst stößt man schon auf Rocs?

Nichtsdestoweniger schnappte mich dieser verdammte Vogel und verschluckte mich, und alles um mich herum wurde finster. Der Wagen setzte unbeirrt seinen Weg fort und ignorierte den Roc, doch der Flug wurde ziemlich unruhig, als der Roc wegzufliegen versuchte und es nicht schaffte. Von draußen hörte ich knirschende Geräusche. Ich versuchte mein Glück mit der Funkanlage und bekam nichts herein. Entweder kam es durch die dicke Fleischschicht um uns nicht nach draußen, oder der kurze Flug durch die Eingeweide des Vogels hatte meinen Wagen die Antennen gekostet.

Es schien nichts zu geben, was ich hätte tun können. Ich schaltete die Innenbeleuchtung ein und setzte mein Spiel fort. Das Knirschen hielt an, und nun konnte ich auch erkennen, wodurch es hervorgerufen wurde. Irgendwann einmal hatte der Roc einige Felsbrocken verschluckt, und zwar aus demselben Grund, aus dem ein Huhn Sand verschluckt: um die Verdauung zu unterstützen. Der Felsbrocken wurde mittels der peristaltischen Magenbewegungen gegen den Wagen gepreßt, um ihn in kleinere Stücke zu zerlegen, so daß die scharfen Verdauungssäfte mehr Angriffsflächen fanden.

Ich fragte mich, wie intelligent dieses Meistergehirn wohl war. Falls es einen Roc in einem der Holzfällerlager landen sähe, und wenn es erkannte, daß der Vogel das Lager nicht mehr verlassen konnte, ganz gleich, wie laut er schrie und mit den Flügeln schlug – würde der Hauptcomputer dann die richtigen Schlußfolgerungen ziehen? Würde er begreifen, daß der Vogel einen Wagen verschluckt hatte? Ich fürchte nein. Wenn das Meistergehirn wirklich so schlau wäre, hätte es sich bestimmt einen besseren und gewinnträchtigeren Platz gesucht.

Auf meine Frage sollte ich keine Antwort bekommen. Plötzlich hüllte mein Sitz-Kokon mich ein wie eine übertrieben fürsorgliche Mutter, und dann erfolgte ein ungeheurer, dreihundert Stundenmeilen heftiger Aufprall.

Der Kokon öffnete sich und gab mich frei. Im Licht meiner Kabinenbeleuchtung konnte ich eine rote Flüssigkeit um mich herum erkennen, und das Rot wurde ständig intensiver. Die Felsbrocken rollten nicht mehr umher. Und meine Karten waren über die ganze Kabine verteilt, als wäre soeben erst ein Schneesturm hindurchgefegt.

Offenbar hatte ich beim Programmieren meines Autopiloten einen winzigen kleinen Berg vergessen. Der Roc hatte mein Radar und Sonar mit seiner Körpermasse blockiert, was zu voraussehbaren Folgen führte. Ich experimentierte ein wenig herum und stellte fest, daß mein Antrieb bei dem Aufprall gelitten hatte, mein Funkgerät gab noch immer keinen Muckser von sich, und meine Energiestrahlen ließen sich im Magen des Roc nicht aktivieren.

Es gab keine Möglichkeit, aus dem Gefängnis auszubrechen, ohne daß ich die Wagentür öffnete und alle die widerwärtigen Verdauungssäfte ins Wageninnere eindringen ließ. Auch das wäre nicht so schlimm gewesen, aber wie hatte ich ahnen können, daß ich ein solches Ding bei meinem Ausflug mit dem Flugwagen erleben würde?

Es gab nur noch eins zu tun.

Ich sammelte meine Karten auf, mischte und begann ein neues Spiel. Es dauerte ein halbes Jahr, bis der Kadaver des Roc so weit verwest war, daß ich wieder in die Freiheit gelangen konnte. In dieser Zeit gewann ich fünf Spiele Solitaire, habe aber nur vier davon auf Filmzelluloid festgehalten; die Kamera hatte den Geist aufgegeben. Es ist mir eine besondere Freude mitzuteilen, daß das Notaggregat der Speisenzubereitung hervorragend arbeitete, wenn auch ein bißchen eintönig, die Luftaufbereitung arbeitete störungsfrei, und das Uhren-TV ging so genau wie eine richtige Armbanduhr. Als Fernsehapparat zeigte es nur in Technicolor schimmernde Statikwellen. Die Toilette streikte etwa im August, aber ich konnte sie ohne große Schwierigkeiten reparieren. Um 2 Uhr nachmittags am 24. Oktober stemmte ich die Tür auf, hackte mir zwischen mumifizierter Haut und Fleisch einen Weg zu zwei Roc-Rippen und gönnte mir einen tiefen Zug absolut frischer Luft. Sie roch nach Roc. Ich ließ die

Kabinentür offen und konnte hören, wie die Luftaufbereitungsanlage wie verrückt losheulte, als sie versuchte, den Gestank zu verarbeiten.

Ich feuerte ein paar Salven ab, und fünfzehn Minuten später kam mich ein Wagen abholen und brachte mich nach Hause. Sie sagten, ich sei das haarigste menschliche Wesen, das sie je gesehen hätten. Seit damals habe ich Mr. Dickson, den Chef der Transportabteilung Blitztransport Inc., immer wieder aufs neue gefragt, warum zu der Ausrüstung der Erste-Hilfe-Kits nicht auch eine Enthaarungscreme gehörte.

»Ein Schiffbrüchiger sollte auch wie ein Schiffbrüchiger aussehen«, erklärte er mir. »Wenn man sein Haar ein Jahr lang wachsen läßt, dann wissen die Retter auf Anhieb, daß man lange allein war, und unternehmen die richtigen Schritte.«

General Transportation hat mir eine mehr als angemessene Summe als Entschädigung dafür gezahlt, daß mein Wagen nicht fähig war, mit einem Roc fertig zu werden. (Soweit ich gehört habe, will man die Garantiebedingungen beim nächstjährigen Modell ändern.) Dieselbe Summe boten sie mir für diesen Artikel. Es scheint so, als wären einige unschöne und rufschädigende Gerüchte hinsichtlich meiner späten Ankunft am Wiggly River in Umlauf.

Aber machen Sie sich keine Sorgen, lieber Leser. Ich habe diese ganze Affäre nicht nur unversehrt überstanden, ich habe sogar am Ende noch einen anständigen Gewinn gemacht. Auch Ihr Wagen ist vollkommen einsatzbereit und zuverlässig, vorausgesetzt, er wurde nach 3100 n. Chr. gebaut.

ENDE